大鴉の啼く冬

アン・クリーヴス

人マ

高校

生だった。ひとりは金髪，もうひとりは黒髪——そう，まるで彼が助けた，傷ついた大鴉の羽根のようにつややかな。だが，四日後の朝，黒髪のキャサリンは死んでいた。大鴉の群れ飛ぶ雪原で，赤いマフラーを喉に食い込ませて……。地元のペレスと本土のテイラー，二人の警部が見いだしたのは，八年前の少女失踪事件との奇妙な相似。誰もが顔見知りの小さな町で，誰が，なぜ，彼女を殺したのか？　試行錯誤の末にペレスが摑んだ悲しき真実とは？　英国本格派の新旗手が，冬のシェトランド島の事件を細密な筆致で描き出す，CWA 最優秀長篇賞受賞作。

登場人物

キャサリン・ロス……………高校生
ユアン・ロス…………………キャサリンの父。高校の英語教師
サリー・ヘンリー……………高校生。キャサリンの友人
アレックス・ヘンリー………サリーの父。自然保護係官
マーガレット・ヘンリー……サリーの母。小学校の教師
マイクル・イズビスター……実業家
シーリア・イズビスター……マイクルの妻
ロバート・イズビスター……マイクルの息子
ダンカン・ハンター…………富豪
フラン・ハンター……………画家。ダンカンの前妻
キャシー・ハンター…………フランの娘
マグナス・テイト……………知的障害のある老人
メアリー・テイト……………マグナスの母。故人
アグネス・テイト……………マグナスの妹。故人
デヴィッド・スコット………高校の英語教師

カトリオナ・ブルース……八年前に失踪した少女
ケネス・ブルース……カトリオナの父
サンドラ・ブルース……カトリオナの母
ブライアン・ブルース……カトリオナの弟
ジミー・ペレス……シェトランド署の警部
モラグ……
サンディ・ウィルソン……｝同署の巡査
ロイ・テイラー……インヴァネス署の警部
ジェーン・メルサム……同署の犯行現場検査官

大鴉の啼く冬

アン・クリーヴス

玉木亨訳

創元推理文庫

RAVEN BLACK

by

Ann Cleeves

エラに。そして、彼女の祖父に。

ウエスト・ヨークシアに暮らしながらシェトランドを舞台にした本を書こうとするのは、無謀な試みでした。シェトランドの人びとの助けと応援がなければ、不可能だったでしょう。ボブ・ガン、シェトランド芸術トラストの方々（とくに、クリッシーとアレックス）、ラーウィック図書館のモラグ、若いというのがどういうものかを教えてくれたベッキーとフルアチェ、そして脚本にかんしても細かいアドバイスをくれたベッキーに、感謝します。すべてのはじまりとなったフェア島、およびそこに住む友人たちのことも、忘れるわけにはいきません。こうした助力にもかかわらず、おそらく誤りがあるでしょうが、それらはすべてわたしの責任です。

大鴉の啼く冬

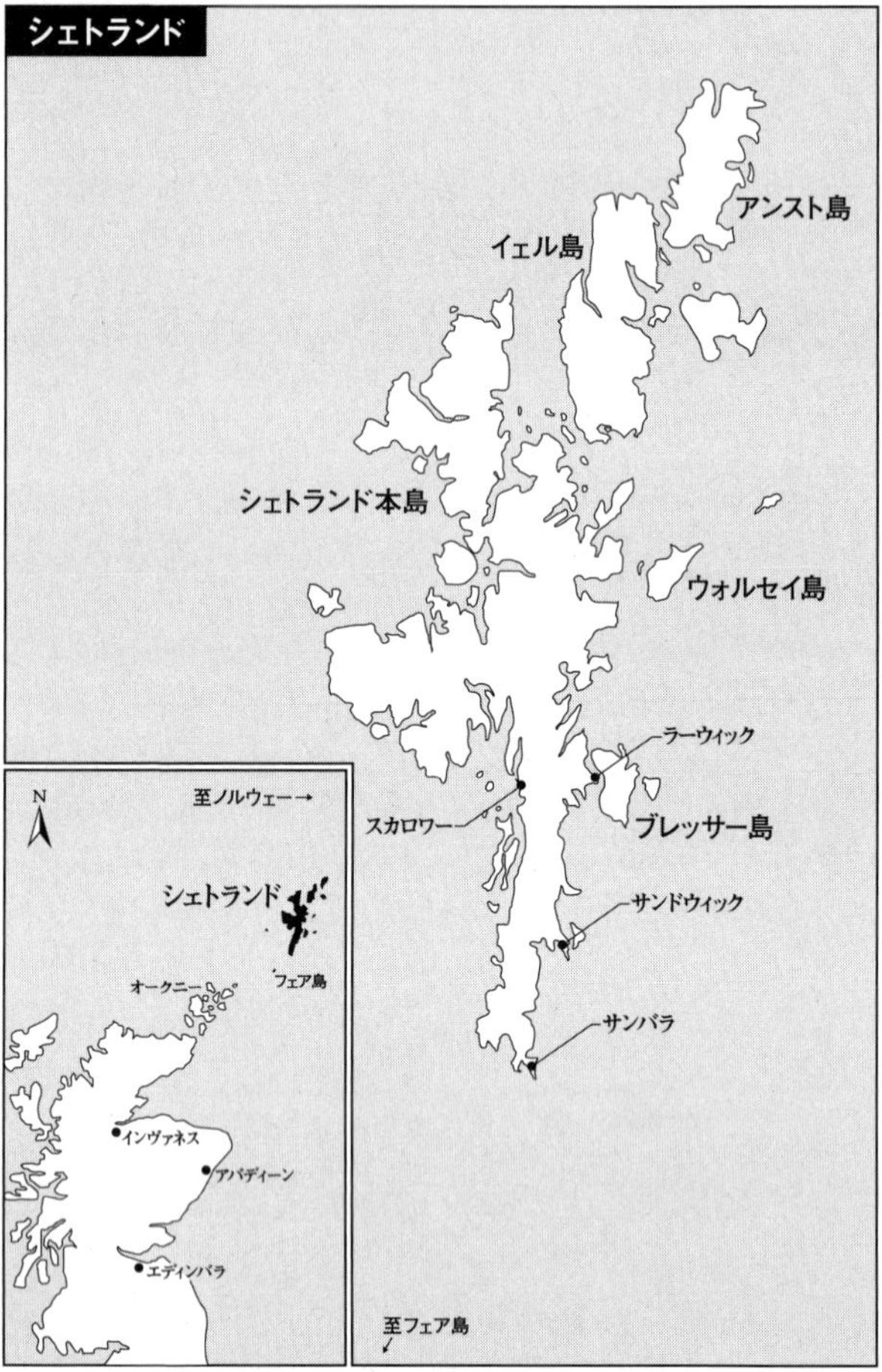
シェトランド
アンスト島
イェル島
シェトランド本島
ウォルセイ島
ラーウィック
スカロワー
ブレッサー島
サンドウィック
サンバラ
至フェア島
N
至ノルウェー→
シェトランド
フェア島
オークニー
インヴァネス
アバディーン
エディンバラ

1

元日の午前一時二十分。マグナスはその時刻を暖炉の上の棚にあるずんぐりした母親の置き時計で知った。部屋の隅にある枝編みの鳥かごのなかで、大鴉が寝ぼけて喉を鳴らした。マグナスは待った。部屋は訪問客を迎える準備ができていた。暖炉の火には泥炭がくべられ、テーブルにはウイスキーの瓶と、このまえラーウィックにいったときにスーパーマーケットで買ってきたジンジャー・ケーキが用意してあった。自分がうとうとしかけているのがわかったが、ベッドには入りたくなかった。誰か訪ねてくるかもしれない。窓に明かりがついていれば、陽気なおしゃべりとお酒をたっぷり携えて、誰かくるかも。この八年間、彼に新年の挨拶をしにきたものはひとりもいなかったが、それでも万が一にそなえて、彼は待った。

外は完全に静まりかえっていた。風の音さえしなかった。シェトランドでは、風が吹いていないと、人びとはぎょっとする。耳を澄ませ、なにが欠けているのかと考える。その日は、まず雪がすこし降ってから、夕暮れとともに霜が降りた。その結晶が暮れゆく光のなかでダイヤモンドのように冷たくきらめき、暗くなってからも灯台の明かりを反射していた。寒さも、マグナスがこの部屋にいる理由のひとつだった。寝室の窓の内側には氷が厚く張り、シーツは冷たくじっとりしているだろう。

きっと眠っていたにちがいない。起きていれば、彼女たちがくるのが聞こえたはずだ。騒々しくやってきたのだから。こっそりちかづいてきたわけではない。その笑い声やよろける音を耳にし、カーテンのない窓越しに揺れる懐中電灯の光を目にしていただろう。彼はドアを乱暴に叩く音によって起こされた。ぎょっとして目覚める。自分が悪夢を見ていたのはわかったが、細かいことまでは覚えていなかった。

「どうぞ」彼は叫んだ。「さあ、入って」苦労して立ちあがる。身体がこわばり、節々が痛んだ。彼女たちはもう張り出し玄関のなかにいるらしく、かすかなささやき声が聞こえてきた。

ドアが押しあけられ、凍てつくような空気とともに、ふたりの若い娘が飛びこんできた。異国の鳥みたいに派手で色鮮やかに彩られた娘たち。ふたりとも酔っているのがわかった。おたがいに寄りかかるようにして立っている。この寒さにしては薄着だったが、頰が紅潮し、活力が熱気のように伝わってきた。ひとりは金髪で、ひとりは黒髪だった。金髪のほうが可愛らしく、ふくよかだったが、まずマグナスの目をひいたのは黒髪のほうだった。きらきら光るブルーの筋の入った黒髪だ。なにはさておき、手をのばして、その髪にふれたかったが、やめておいたほうがいいとわかっていた。そんなことをすれば、娘たちは怯えて逃げだしていくだけだ。「さあ、入って」ふたりともすでになかにいるにもかかわらず、彼はいった。きっと馬鹿な老人だと思われているのだろう。意味もなく、おなじ文句ばかりくり返して。昔から、彼は笑いものにされてきた。頭が鈍いといわれてきた。そのとおりなのかもしれない。マグナスは自分の顔にゆっくりと笑みが広がっていくのを感じた。頭のなかで、母親の声が響く。その馬鹿みたいなにやにや笑いをやめなさい。それ以上、間抜けだと思われてもいいのかい？

娘たちはくすくす笑い、さらに部屋の奥へと入ってきた。マグナスは張り出し玄関のドアをふたつとも閉めた。風雨にさらされて歪んだ外側のドアと、家のなかに通じる内側のドア。寒さを締め出したかったし、ふたりを逃がしたくなかった。こんなに美しいものが自分の家の戸口にあらわれるなんて、信じられなかった。

「すわって」彼はいった。安楽椅子はひとつしかなかったが、彼の叔父さんが流木から作った椅子が二脚、テーブルの脇にあり、マグナスはそれをひっぱり出した。「新年のお祝いに、いっしょに一杯やろう」

娘たちはふたたびくすくす笑い、じゃれあいながら椅子にすわった。ふたりとも髪に金ぴかの薄片をつけていて、毛皮とビロードとシルクでできた服を着ていた。金髪のほうは革のアンクルブーツをはいていた。生乾きのタールみたいに光っていて、銀のバックルと小さな鎖がついている。ヒールが高く、先が尖っていた。こんな靴を見るのははじめてで、マグナスは一瞬、それから目が離せなかった。黒髪のほうは赤い靴をはいていた。彼はテーブルの端に立った。

「会うのははじめてだよな？」彼はいった。だが、じっくり見ているうちに、ふたりが家のまえを通るのを見かけたことがあるのがわかった。相手に理解してもらえるように、ゆっくりしゃべることを心がけた。ときどき、彼は早口で不明瞭になるのだ。自分の声が奇妙に聞こえた。

大鴉の声みたいだ。彼は大鴉にいくつか言葉を教えていた。一週間、ほかに誰も話し相手がいないことが、しばしばあったからである。彼は先をつづけた。「どこからきたんだい？」

「ラーウィックにいってたの」椅子が低かったので、金髪の娘は頭をそらして、彼を見上げなくてはならなかった。舌とピンクの喉が見えた。みじかいシルクのブラウスがスカートのベルトからずりあがり、おなじくシルクのようにすべすべした肌とへそがのぞいていた。「大晦日のどんちゃん騒ぎで。この道路の先まで車で送ってもらって、家に帰る途中で、ここの明かりが見えたから」

「それじゃ、一杯いいだろ？」マグナスは期待を込めていった。「どうだい？」黒髪の娘に目をやる。黒髪の娘は視線をゆっくりと動かして部屋全体を食い入るように見ていたが、またしても返事をしたのは金髪のほうだった。

「お酒なら持ってきてるわ」そういって、膝の上できつく握りしめていた布のショルダーバッグからボトルを取り出す。ボトルの口にはコルクが押しこんであって、中身は四分の三くらい残っていた。白ワインだろう、とマグナスは思ったが、ほんとうはよくわからなかった。ワインを飲んだことがないからだ。彼女はその白くて鋭い歯でコルクを抜いた。マグナスはぎょっとした。彼女がなにをしようとしているのか気づいたとき、やめろ、と叫びたかった。歯が根もとから折れてしまう。自分がボトルを開けよう、と申し出るべきだった。それが紳士らしいふるまいというものだ。だが、彼は魅入られたように、黙って見つめていた。金髪の娘はボトルから直接飲み、手の甲で唇を拭ってから、それを友だちにまわした。マグナスは自分のウイスキーに手をのばした。手が震えており、グラスに注ぐとき、数滴テーブルクロスにこぼしてしまった。彼がグラスを掲げると、黒髪の娘がワインのボトルをかちんとそれにあわせた。細められた目。まぶたはブルーとグレーに塗られ、黒く縁取られていた。

「サリーよ」金髪の娘がいった。黒髪の娘とちがって、黙っていられないのだ。にぎやかなのが好きなのだろう。おしゃべりとか、音楽とか。「サリー・ヘンリー」

「ヘンリー」マグナスはくり返した。聞き覚えのある名字だったが、はっきりとは思い出せなかった。彼は世間から離れて暮らしていた。もともと考えるのは得意でなかったが、いまでは努力を要した。濃い海霧のむこうを見ているような感じだ。形とおおよその印象はわかるのだが、焦点がなかなかあわない。「どこに住んでるんだい？」

「入江の外れにある家」金髪の娘がいった。「学校の隣の」

「お母さんは学校の先生だ」

いまでは思い出していた。母親は小柄な女性だ。北のほうの島の出身。アンスト島。イェル島だったかもしれない。役所に勤めるブレッサー島の男と結婚している。マグナスはその男が大きな四輪駆動車を運転しているのを見たことがあった。

「そうよ」金髪の娘はそういって、ため息をついた。

「で、きみは？」マグナスは黒髪の娘にむかっていった。こちらのほうが興味があった。ちらちらと目をやらずにはいられないくらい。「名前は？」

「キャサリン・ロスよ」黒髪の娘がはじめて口をひらいた。若い子にしては太い声だった。太くてなめらかな声。糖蜜のようだ。一瞬、彼は自分がいまいる場所を忘れ、母親が自家製のジンジャー・ケーキの種にスプーンで糖蜜をくわえるところを思い浮かべた。鉢の上でスプーンをひねって粘っこい糸を絡め取り、それを彼に渡して、なめさせてくれたときのことを。彼は舌なめずりしてから、キャサリンに見つめられているのに気づいて、ばつの悪さをおぼえた。彼女はまばたきせずにいることができた。

「地元の子じゃないな」アクセントでわかった。「イングランド人か？」

「こっちにきて一年になるわ」

「きみらは友だちなのかい？」友人関係というのは、もの珍しかった。自分には友だちがいたことがあっただろうか？　彼はじっくり時間をかけて考えた。「きみらは仲良しなんだ。だろ？」

「もちろん」サリーがいった。「親友よ」それから、ふたりはふたたび笑いはじめた。ボトルが何度もゆきかう。テーブルの上にぶら下がる裸電球の光のなかで、頭をのけぞらして飲む彼女たちの首が白亜のように白く見えた。

2

真夜中まで、あと五分。人びとは通りにくりだし、ラーウィックの中心部はにぎわっていた。

みんな酔っぱらっていたが、殺気立ってはいなかった。一杯機嫌というだけで、一体感が漂っている。誰もが、飲んで笑いさざめく群衆の一部になっていた。父親もきてみればいいのに、とサリーは思った。そうすれば、眉をひそめることなどなにもない、とわかっただろう。楽しみさえしたかもしれない。シェトランドの大晦日は、ニューヨークとはちがう。あるいは、ロンドンとも。なにが起きるというのか？　ここにいるほとんどの人を、彼女は知っていた。

ベースの音が脚を伝って腹に響き、彼女の頭のまわりでぐるぐる回っていた。音楽の出所はわからなかったが、彼女はみんなとおなじように、それにあわせて身体を動かした。やがて真夜中の鐘が鳴り、〈蛍の光〉がはじまって、彼女は両隣にいた人たちに抱きついた。気がつくと男性とキスしており、頭がはっきりした一瞬、相手がアンダーソン高校の数学教師であることに気がついた。彼はサリーよりも酔っぱらっていた。

それ以降の出来事を、彼女はあとで思い出せなかった。正確に、順序どおりには。ロバート・イズビスターの姿を見かけた。熊みたいに大きくて、〈ザ・ラウンジ〉のまえに立っていて、手に赤い缶を持っていて、人びとを見渡していた。もしかすると、彼女は彼を捜していたのかもしれない。自分が音楽にあわせて腰をくねらせ、踊るようにして彼にゆっくりとちかづいていったのを覚えていた。彼のまえに立ち、無言で誘いをかけていた。そう、あれは間違いなく誘っていた。たしか、彼の手首に手をのせたのでは？　そして、あの獣のような腕のうぶ毛をなでた。しらふだったら、とてもできなかっただろう。彼にちかづいていく勇気さえなかったはずだ。もっとも、ここ数週間、彼女は細部にいたるまで、ずっとこれを想像していたのだが。寒さにもかかわらず、彼は肘まで袖をまくりあげており、ゴールドの腕時計が見えていた。それは記憶にあった。彼女の頭にこびりついていた。純金製ではないかもしれないが、相手がロバート・イズビスターともなると、ちがうとはいいきれなかった。

つぎに覚えているのは、キャサリンがそこにいて、帰りの車を調達してきた、といったことだった。とりあえず、レイヴンズウィックの分岐点までは乗せてってもらえるわ。サリーは残りたかったが、キャサリンに説得されたのだろう。気がつくと、車の後部座席にすわっていた。これもまた夢のようだった。なぜなら、突然、隣にロバートもすわっていたからだ。すぐそばにいて、彼のデニムのジーンズが脚にあたっていた。彼のむきだしの前腕がうなじにふれていた。彼の息に混じるビールの匂いがわかった。気分が悪くなったが、ここで吐くわけにはいかなかった。ロバート・イズビスターのまえで吐くなんて、とんでもない。

後部座席には、もうひと組のカップルも押しこめられていた。ふたりとも見覚えがある気がした。男のほうはサウス・メインランドのほうの出身で、アバディーンのカレッジに進学した学生だ。女は？　ラーウィック在住のギルバート・ベイン病院の看護師。ふたりはおたがいにむしゃぶりついていた。男が上からのしかかり、彼女の唇や首筋や耳たぶをそっと咬んでいる。やがてその口は、彼女をすこしずつ飲みこもうとするかのように、大きくひらかれた。むきなおったサリーは、ロバートにキスされた。だが、そのキスはゆったりとして、やさしかった。オオカミに食べられる赤頭巾ちゃんになったような気は、まったくしなかった。

運転している男は、ほとんど見えなかった。サリーは運転手の真後ろの席だったので、わかるのは頭とアノラックに包まれた両肩だけだった。彼はサリーにも、助手席のキャサリンにも、話しかけてこなかった。車で送らされて、腹を立てていたのかもしれない。サリーはなんとか機嫌を取りたくて声をかけようとしたが、そのときロバートにふたたびキスされて、ほかのことなどどうでもよくなった。音楽はかかっておらず、苦しげなエンジンの音と隣で窮屈そうにしているカップルのキスの音だけが車内に響いていた。

「止めて！」キャサリンだった。大きな声ではなかったが、沈黙のなかで発せられたので、全員がぎょっとした。そのイングランド訛りが、サリーの耳にはどぎつく聞こえた。「そこで止めて。サリーとあたしはここで降りるわ。学校までいってくれるんなら、話は別だけど」

「冗談じゃない」学生が看護師から顔をあげていった。「それでなくても、パーティに遅れてるんだ」

「いっしょにこいよ」ロバートがいった。「パーティに」

彼の誘いは魅惑的で、サリーにむけられていたが、キャサリンが返事をした。「いいえ、無理よ。サリーはあたしの家にいることになってるの。町にいくお許しは出てなかった。いま帰らなきゃ、彼女の両親が捜しにくるわ」

キャサリンが自分のかわりに返事をしたのがサリーには面白くなかったが、彼女のいうとおりだとわかっていた。いまぶち壊しにしてはならない。自分がどこにいたのか母親が知ったなら、激怒するだろう。父親になら話も通じるが、母親は手に負えなかった。魔法が解け、現実の世界が戻ってきた。サリーはからめあっていた手足をロバートからほどき、彼を乗り越えて車を降りた。寒さで息が止まり、もう一杯やったみたいに、頭がくらくらして幸せな気分になった。彼女とキャサリンは並んで立ち、車のテールランプが消えていくのを見送った。

「ほんとサイテーな連中」キャサリンがいった。あまりにも毒がこもっていたので、彼女と運転手のあいだになにかあったのだろうか、とサリーは思った。「家まで乗せてってくれりゃいいのに」キャサリンがポケットに手を入れ、細身の懐中電灯を取り出して、前方の小道を照らした。さすが、キャサリン。いつだって用意周到だ。

「でも」サリーは甘ったるい笑みが自分の顔に広がっていくのがわかった。「楽しかったじゃない。めちゃくちゃ楽しかった」バッグを肩にかけると、重たいものが腰にあたった。取り出してみると、ワインのボトルだった。開栓済みで、口にコルクが押しこんである。どこからあらわれたのだろう？　おぼろげな記憶さえなかった。彼女はキャサリンの気分を盛りあげようと、それを見せた。「ほら。家までの景気づけがある」

ふたりはくすくす笑い、よろめきながら凍った小道を歩いていった。

その四角い光はどこからともなくあらわれたように思われ、ふたりは驚いた。「ここはどこ？　まだ着かないはずよね」はじめてキャサリンが不安そうな表情を浮かべた。すこし自信をなくして、まごついているように見えた。

「あれはヒルヘッド。土手のてっぺんにある家よ」

「誰か住んでるの？　空き家かと思ってた」

「老人がいるわ」サリーはいった。「マグナス・テイト。頭が弱いって、うわさよ。世捨て人なの。ちかづいちゃいけないって、昔からいわれてた」

キャサリンはもはや怖がっていなかった。あるいは、虚勢を張っていただけかもしれない。

「でも、あそこに住んでるんでしょ。ひとりで。訪ねていって、新年の挨拶をすべきよ」

「いったでしょ。彼、頭が弱いって」

「怖いんでしょ」キャサリンがささやくような声でいった。

ええ、理由はわからないけど、ちびりそうなくらい怖いわ。「馬鹿いわないで」

「じゃ、肝だめしよ」キャサリンがサリーのバッグのボトルに手をのばした。ひと口あおってからコルクを戻し、サリーに返す。

サリーはこの寒さのなかで突っ立っているのがいかに馬鹿げているかを示すため、足踏みをしてみせた。「もう帰らなきゃ。自分でいったじゃない。うちの親が待ってるのよ」

「近所の年始まわりをしてたっていえばいいわ。さあ。どうする」

「ひとりじゃ、嫌よ」

「いいわ。じゃ、ふたりでいきましょ」それがキャサリンの最初からの目論みだったのか、それとも自分のプライドを守るため、自らをのっぴきならない立場に追いこんでしまったのか、サリーにはよくわからなかった。

家は道路からひっこんだところにあった。戸口まで、道らしい道はついていなかった。ちかくまできてキャサリンが懐中電灯をむけると、まず灰色のスレート葺きの屋根、つづいて張り出し玄関の片側に積まれた泥炭が、光のなかに浮かびあがった。煙突から煙の匂いがした。張り出し玄関のドアの緑のペンキはかさぶたのようになっており、下から木がのぞいていた。

「ほら、いきなさいよ」キャサリンがいった。「ノックして」

サリーはためらいがちにドアをノックした。「もしかして、寝てるのかも。明かりをつけっぱなしにしてるだけで」

「寝てないわ。なかにいるのが見えるもの」キャサリンが張り出し玄関のなかへ入っていき、内側のドアをこぶしで叩いた。もう無茶なんだから、とサリーは思った。自分が誰を相手にしてるのか、わかっていないのだ。こんなこと、馬鹿げてる。サリーは逃げだしたかった。退屈で分別のある両親のところへ戻りたかった。だが、その考えを行動に移すまえに内側で音がして、キャサリンがドアを開けていた。ふたりはいっしょに部屋に転がりこみ、突然の明るさに、目をしばたたかせた。

老人がちかづいてきた。サリーは相手をじっと見つめた。自分がそうしているのがわかったが、やめられなかった。これまで、遠くから見かけたことがあるだけだった。母親は、ふだん近所の老人にやさしく思いやりをもって接しており、買い物を手伝ったり、スープやパンを配ったりしていたが、マグナス・テイトとは一切かかわりを持とうとしなかった。彼が外に出ていると、サリーをせき立てるようにして、彼の家のまえを通りすぎた。「絶対にあそこへいってはだめよ」サリーは幼いころ、そう言い聞かされていた。「彼は意地悪なの。小さい女の子がいったら、あぶないの」その結果、サリーはこの小農場に強く魅せられていた。町へのいきかえりに、遠くから眺めた。羊の毛を刈る彼の背中がちらりと見えたこともあれば、太陽を背に家のまえで道路を見おろしている彼の影を目にしたこともあった。いまこうしてちかくで見ると、おとぎ話の登場人物とむきあっているような感じがした。

老人のほうも彼女を見つめていた。ほんとうに絵本から飛び出してきたみたいだ、とサリーは思った。〝醜いこびと《トロール》〟という言葉が、ふと頭に浮かんだ。そう、それにそっくりだ。太くてみじかい脚、ずんぐりした身体、すこし丸まった背中、細長い隙間のような口からのぞく黄ばんだ乱杭歯。サリーはトロールの出てくる『三びきのやぎのがらがらどん』のお話が嫌いだった。すごく小さかったころ、家のまえの小川にかかる橋を渡るのが怖くてたまらなかった。その下にトロールが住んでいる、と考えていたからである。真っ赤な目。彼女に襲いかかろうと丸めている背中。キャサリンはまだカメラを持ってるのだろうか？　この老人はいい被写体になるだろう。

老人は焦点があっていないように見えるしょぼついた目で、ふたりを見た。「どうぞ」という。「さあ、入って」それから、歯を見せて、にっこり笑った。

サリーは自分でも気がつかないうちに、ぺちゃくちゃとおしゃべりしていた。落ちつかないと、そうなるのだ。言葉がつぎつぎと口から飛び出してきて、自分がなにをいっているのかよくわからなかった。老人がドアを閉め、そのまえに立っていたので、唯一の出口はふさがれていた。ウイスキーを勧められたが、サリーはそれを飲むほど馬鹿ではなかった。なにが入っているか、わからないではないか？　彼女はバッグからワインのボトルを取り出し、老人の機嫌を損ねないように頬笑みかけてから、しゃべりつづけた。

立ちあがろうとしたが、老人は黒い握りの長くて尖ったナイフを持っていた。それを使って、テーブルの上のケーキを切る。

「もういかなくちゃ」サリーはいった。「ほんとうに、両親が心配するわ」

だが、誰も聞いていないようだった。サリーは、キャサリンが手をのばしてケーキの切れ端を受け取り、それを口に滑りこませるのを、ぞっとしながら見ていた。ケーキのくずが歯の隙間と唇についているのが見えた。老人はナイフを手に、ふたりにのしかかるように立っていた。

サリーは逃げ道を探してあちこち見まわしているうちに、かごのなかの鳥に気づいた。

「あれは？」彼女は唐突にたずねた。止める間もなく、言葉が口から出ていた。

「大鴉さ」老人はじっと立ったまま彼女を見つめていたが、やがて注意深くナイフをテーブルに置いた。

「あんなふうに閉じこめておくなんて、残酷じゃない？」

「羽根が折れてた。放してやっても、飛べないだろう」

だが、サリーは老人の説明を聞いてなかった。この男は自分たちを家に閉じこめるつもりなのだ、と考えていた。あの冷酷なくちばしと傷ついた羽根を持つ黒い鳥とおなじように。

そのとき、キャサリンが両手についたケーキのくずを払いながら立ちあがった。サリーもそれにならう。キャサリンが老人のすぐちかくまで歩いていった。彼女のほうが背が高く、相手を見おろすような恰好になった。一瞬、サリーはキャサリンが老人の頬にキスするのではないかと思い、ぞっとした。キャサリンがそうすれば、彼女もおなじようにせざるを得ないだろう。

なぜなら、これも肝だめしの一部なのだから。ちがうか？　すくなくとも、サリーにはそう思えた。この家に足を踏み入れた瞬間から、すべてが挑戦だった。老人はきちんとひげを剃っていなかった。頬のしわのあいだから白い剛毛が生えていた。歯は黄色く、唾液にまみれていた。彼にふれるくらいなら、死んだほうがましだ。

だが、その瞬間はすぎ、ふたりは外にいた。あまりにも笑いすぎたので、サリーは自分がおしっこを洩らすか、ふたりして地面を転げまわって雪まみれになるのではないかと思った。目がふたたび暗闇に慣れると、懐中電灯で道を照らす必要はなかった。満月にちかい月が出ていたし、家までの道はわかっていた。

キャサリンの家は静かだった。彼女の父親は新年のお祝いを重要視しておらず、はやめにベッドに入っていた。

「寄ってく？」キャサリンがたずねた。

「やめとく」サリーは、自分がそうこたえることを期待されているのがわかった。キャサリンがなにを考えているのか、さっぱりわからないときもあれば、正確にわかるときもあった。いまは、家にきてもらいたがっていないのがわかった。

「ボトルを預かっといたほうがいいわね。証拠隠しよ」

「そうね」

「ここで、あなたが家に着くまで見守ってるわ」キャサリンがいった。

「必要ないって」

だが、キャサリンは庭の壁にもたれかかり、目を光らせていた。サリーがふり返ると、彼女はまだそこにいた。

3

機会さえあれば、マグナスは喜んで彼女たちに大鴉の話をしただろう。彼の土地には昔から、彼が子供のころから、大鴉がいた。そして、彼はずっとそれを観察してきた。遊んでいるように見えることもあった。子供たちが追っかけっこするみたいに空を大きく旋回していたかと思うと、羽根を畳んで、急降下してくる。その興奮が、彼にも想像できた。耳もとを猛然とかすめていく風、突っこんでいくときのスピード。と、途中でコースを変えて舞いあがり、笑い声をあげるみたいに鳴くのだ。一度、大鴉たちが仰向けになり、つぎつぎと雪の積もった土手を道路まで滑り降りていくのを見たことがあった。母親たちに呼び戻されるまで、彼の家のそばでリュージュ遊びをしていた郵便配達の少年たちに、そっくりだった。

だが、ときとして大鴉は、きわめて残酷になった。生まれたばかりの病気の子羊の目玉をかれらがつつきだすのを、マグナスは見たことがあった。痛みと怒りで甲高い声で鳴いていた雌羊は、大鴉を追い払わなかった。マグナスも追い払わなかった。そうしようとさえしなかった。目玉をつつき、ひき裂き、血だまりのなかを鉤爪で歩きまわる大鴉たちから、目が離せなかった。

　年明けの最初の週、マグナスはずっとサリーとキャサリンのことを考えていた。朝、目が覚めると、頭のなかに彼女たちの姿があった。夜遅く、暖炉のそばの椅子でうとうとしていると、彼女たちの夢を見た。あの子たちは、いつまたきてくれるのだろう？　ふたりが戻ってくると信じていたわけではないが、もう二度と話をする機会がないと考えるのは耐えられなかった。それに、その週はずっと、シェトランド諸島全体が雪に覆われ、凍りついていた。すごい暴風雪が吹き荒れていたので、窓から道路が見えないくらいだった。雪はとても細かく、風に吹かれると煙のようにねじれて渦を巻いた。やがて風がやみ、太陽が顔をのぞかせた。反射する光がまぶしくて、彼は家の外を見るときに目をすがめなくてはならなかった。入江に青い氷が張っているのが見えた。脇道の雪を取り除いていく除雪車、郵便配達のヴァンも見えたが、あの美しい娘たちの姿はどこにもなかった。

　一度、ミセス・ヘンリーの姿をちらりと見かけた。サリーの母親、学校の先生だ。校舎から出てきたところだった。もっこりした毛裏の長靴をはいている。ピンクのジャンパーで、フードをあげていた。マグナスよりずっと若いのに、お婆さんみたいな恰好だった。すくなくとも、自分がどう見えようと気にしない女性といった感じだ。彼女はとても小柄で、時間が重要だとでもいうように、せわしなくせかせかと動いた。それを見ているうちに、突然、彼女が自分のところへくるつもりではないかと思って、マグナスは怖くなった。娘のサリーが元日に彼の家にきたことに気づいたのだ。彼女が大騒ぎをして叫ぶ姿が目に浮かんだ。息がかかるくらい顔がちかづいてきて、唾が飛んでくる。うちの娘にちかづいたら承知しないからね。一瞬、彼は混乱した。この光景は想像だろうか？　それとも、過去に実際あったことだろうか？　だが、彼女が丘をのぼって彼の家へやってくることはなかった。そのまま歩み去っていった。

三日目、パンとミルク、オート麦のビスケット、それにお気に入りのお茶菓子であるチョコレート・ビスケットがなくなった。マグナスはバスでラーウィックにいった。彼女たちが足を滑らせ家を離れるのは気が進まなかった。留守のあいだに、あの娘たちがくるかもしれない。彼女たちが足を滑らせて笑いながら土手をのぼり、ドアをノックし、家に誰もいないことに気づくところを想像した。最悪なのは、彼女たちがきたかどうか、彼にはわからないという点だった。雪が固く締まっているので、足跡は残らないだろう。

バスの乗客のなかには、マグナスの知っている顔がいくつもあった。いっしょに学校に通ったものもいた。たとえば、スキリグ・ホテルで調理の仕事をしていて、いまは引退しているフローレンス。小さいころは、けっこう仲がよかった。可愛い子で、ダンスが上手かった。サンドウィックの集会場で、あるときダンス・パーティがあった。ユンソン家の息子たちの演奏で、リールを踊った。音楽がどんどんはやくなって、フローレンスがつまずいた。マグナスは両腕で彼女を受けとめ、一瞬、彼女を抱きしめていた。それから、彼女は笑いながら、ほかの女の子たちのところへ駆けていった。バスのさらにむこうには、ジョージー・サンダーソンがいた。事故で脚を怪我して、漁師をやめなくてはならなかった男だ。

だが、マグナスはひとりで離れてすわることにした。誰も彼に話しかけてこなかったし、彼に気づいたそぶりさえ見せなかった。いつものことだった。習慣だ。たぶん、彼の姿が目に入ってすらいないのだろう。運転手は暖房を全開にしていた。座席の下から熱い空気が吹きだし、みんなの長靴についた雪を解かして、中央の通路に水たまりを作っていた。バスが坂道にさしかかるたびに、それが前後にちょろちょろと流れていった。窓が水滴で曇っていたので、ほかのみんなが降りるのを見てはじめて、マグナスは自分もここで降りるのだと気がついた。

ラーウィックは、いまでは騒々しい町になっていた。マグナスが子供のころは、通りですれちがう全員の顔がわかった。ちかごろでは、冬でも知らない人と車であふれかえっている。夏になると、もっとひどかった。観光客がくるからだ。かれらはアバディーンから夜行フェリーでやってきて、まるで動物園か別の惑星にでもきたみたいに、まばたきしながら見つめる。きょろきょろとあたりを見まわす。建物を見おろすくらい巨大な観光船が入港することもあった。一時間のあいだ、町はその乗客たちに占拠される。まさに侵略だ。興味津々といった顔、大きな笑い声。だが、マグナスはかれらががっかりしているのを感じた。この船旅に大金を払ったのに、期待はずれもはなはだしい、とでもいうように。結局のところ、ラーウィックはかれらのいたところと、そう変わらないのかもしれない。

この日の朝、マグナスはラーウィックの中心部ではなく、町はずれにあるスーパーマーケットのまえでバスを降りた。クリキミン湖は氷結しており、二羽の大白鳥が着水する場所を求めて旋回していた。スポーツセンターにむかってジョギングしている人がいた。いつもなら、スーパーマーケットにくるのは楽しみだった。明るいライトや色とりどりの表示が好きで、広い通路や品物の詰まった棚をあきずに眺めた。ここでは誰にも煩《わずら》わされることなく、誰にも知られていなかった。ときおり、レジの女性が愛想良く、彼の買った品物についてなにかいうことがあった。すると、彼は頬笑み返して、みんながそんなふうに愛想良く声をかけてくれていたころのことを思い出すのだった。買い物を終えると、カフェへいってミルクのたっぷり入ったコーヒーと甘いものを注文するのが、お決まりのコースだった。アプリコットとヴァニラのパン菓子とか、チョコレート・ケーキとか。とにかく、べとべとしていて、スプーンで食べなくてはならないようなものだ。

きょうの彼は急いでいた。コーヒーを飲む時間も惜しかった。つぎのバスで家に帰りたかった。買い物を入れたビニール袋を足もとにふたつ置いて、停留所で待った。太陽が顔をのぞかせていたが、粉砂糖みたいに細かいにわか雪が降っていて、それが彼の上着や髪の毛に積もった。帰りのバスでは、乗客は彼ひとりだった。うしろのほうの席にすわった。

二十分後、家まで半分というところで、キャサリンが乗りこんできた。最初、彼は気づかなかった。窓の水滴を手で拭きとり、外を見ていたのだ。バスが止まったのがわかったが、夢見心地でぼうっとしていた。そのとき、なぜか窓からむきなおった。切符をもらう彼女の声が聞こえたのかもしれない。もっとも、耳にした記憶はなかったが。香水のせいだ、と彼は思った。元日に彼女が彼の家に持ちこんだ、あの匂い。だが、そんなことはあり得ないのでは？　バスのまえからこの席まで、匂いが届くはずがない。マグナスは鼻を空中に突き出してみたが、嗅げるのはディーゼルと濡れたウールの匂いだけだった。

彼女が挨拶してくれるとは、思ってなかった。彼女の姿を目にしただけで、わくわくしていた。どちらの娘も気に入っていたが、より心を惹かれたのはキャサリンのほうだった。このまえのときとおなじく、黒髪にブルーの筋が入っていたが、きょう着ているのは丈の長いコートだった。大きな灰色のコートで、丈が足首のあたりまであり、裾が濡れていて、すこし泥がついている。マフラーは手編みで、鮮やかな赤だった。鮮血のような赤。疲れているように見えたので、どこかへいった帰りなのかもしれなかった。彼に気づかず、まえのほうの席にどさりと腰をおろした。へとへとで、バスのうしろまで歩く元気もない、といった感じだ。マグナスの席からはよく見えなかったが、たぶん目を閉じているのだろう。

キャサリンは彼とおなじ停留所でバスを降りた。降りるときに彼女に先を譲ったが、それでもマグナスには気づかないようだった。まあ、無理もない。彼女にとっては、老人はみんなおなじに見えるのだろう。彼にとって、観光客がそうであるように。だが、彼女は昇降口を降りきったところでふり返ると、彼を見た。そして、ゆっくりと笑みを浮かべて、彼が降りるのに手を貸した。ウールの手袋をしていたので、素肌に直接ふれたわけではなかったが、それでも彼はぞくりとした。自分の肉体の反応に驚いて、マグナスはその興奮を彼女に気取られていなければいいがと願った。

「こんにちは」キャサリンが例の糖蜜のような声でいった。「このあいだの晩は、ごめんなさい。お邪魔したんでなければいいけど」

「邪魔だなんて、とんでもない」緊張して、声がかすれていた。「きてくれて嬉しかったよ」

マグナスがなにか面白いことでもいったみたいに、キャサリンはにっこり笑った。

ふたりはしばらく黙って歩きつづけた。なにを話しかけたらいいのか、マグナスにはわからなかった。耳の奥で血がごうごうと音を立てて流れているのがわかった。長時間、日差しのなかで蕪《かぶ》の間引きをしていて、息切れしたときのような感じだ。

「あしたからまた学校なの」突然、キャサリンがいった。「お休みはきょうまで」

「学校は好きかい?」マグナスはたずねた。

「そうでもないわ。退屈だもの」

マグナスはなんといえばいいのかわからなかった。「おれも学校は好きじゃなかった」すこししてから、いう。それから、沈黙を埋めるために、つづけた。「けさはどこへ?」

「けさじゃないわ。きのうの晩、出かけたの。友だちのところに泊まったわ。パーティがあって。バス停まで車で送ってもらったの」

「サリーはいっしょじゃなかった?」

「ええ、お許しが出なかったから。あの子の両親、すごく厳しいの」

「パーティは楽しかったかい?」マグナスはほんとうに興味があってたずねた。パーティには、ほとんどいったことがなかった。

「そうねえ」キャサリンがいった。「なんていうか……」

彼女がその先をつづけそうな気がした。秘密を打ち明けてくれるのではないか、という印象さえ受けた。土手をのぼって彼の家へとむかう分岐点まできており、ふたりは足を止めた。彼はキャサリンが話をつづけるのを待ったが、彼女はただ立っていた。けさはまぶたに色がついてなかったが、あいかわらず目のまわりは黒く縁取られていた。それはまえの晩からあったみたいに、にじんで汚れて見えた。ようやく彼は、無理して沈黙を破った。

「寄ってかないか？　寒さしのぎに、いっしょに一杯やろう。さもなきゃ、お茶でも？」

彼女が誘いにのってくるとは、一瞬たりとも思わなかった。彼女はきちんとした育ちの子だ。それは間違いない。知らない人の家にひとりで入ってはいけないと、しっかりしつけられているだろう。彼女は、どうしようか迷っているような目で、彼を見た。

「お酒には、すこしはやすぎるわ」

「じゃ、お茶は？」自分の口もとに馬鹿みたいな笑みが浮かんでくるのが、マグナスにはわかった。母親をいつも怒らせていた、あの笑みだ。「紅茶とチョコレート・ビスケットだ」

彼は家にむかって小道をのぼりはじめた。彼女はついてくる、と確信していた。

鍵をかけたことはなかったが、彼女のためにドアを開け、脇にどいて、先に通した。彼女がマットの上で足踏みをしてブーツの泥を落としているあいだ、マグナスはあたりを見まわした。外の世界はひっそりしていた。見ているものは、誰もいなかった。彼がこの美しい女性の訪問を受けていることを、誰も知らなかった。彼女は彼の宝物、鳥かごの大鴉だった。

4

フラン・ハンターは車を持っていたが、近所に出かけるときは使わないようにしていた。地球温暖化に配慮して、自分にできることをしたかったのだ。かわりに自転車があった。キャシーを乗せる後部座席のついた自転車で、こちらに引っ越してくるときにノースリンク・フェリーでいっしょに運んできたのだ。彼女は旅の荷物がすくないのが自慢で、このときもこれが唯一のかさばる品物だった。だが、この天気では自転車は役に立たなかった。フランは、ダンガリーとコート、それに甲に緑のカエルがついた長靴という恰好でキャシーを武装させると、橇《そり》に乗せて学校までひいていった。きょうは一月五日、新学期の初日だった。家を出たとき、外はまだ薄暗かった。フランはすでに自分がミセス・ヘンリーの覚えがめでたくないのを知っており、遅刻したくなかった。これ以上、心得顔で眉をひそめられ、ほかの母親たちに陰口をたたかれるのは、ごめんだった。それでなくても、キャシーは溶けこむのに苦労しているのだ。

フランは、ラーウィックに通じる道路からすこし入ったところにある小さな家を借りていた。隣には煉瓦造りの厳めしい教会があり、それに較べると控えめな平屋だった。部屋は三つで、裏にあとから増築された簡素な浴室がついていた。生活の中心はキッチンで、そこは家が建てられた当時とほとんど変わっていなかった。調理用こんろは、毎月町からトラックで運んでく石炭を燃やす方式だった。電気こんろもあったが、フランはこちらのほうが好きだったロマンチストだったのである。いまでは家屋のみだったが、昔は小農場として土地もついていたにちがいなかった。シーズン中は休暇用の貸家となるので、復活祭までに、フランは自分とキャシーがその先どうするかを決めなくてはならなかった。家主は売ってもいいようなことをほのめかしていた。彼女はすでにここをわが家、および仕事場として考えるようになっていた。寝室には大きな天窓がふたつあり、レイヴン岬が見渡せた。アトリエにちょうどいいだろう。

夜明けの薄暗さのなかで、キャシーはぺちゃくちゃとおしゃべりをし、フランは機械的にあいづちを打っていたが、心はここにあらずだった。

ヒルヘッドのそばの土手をまわりこんだとき、太陽がのぼってきて、雪の上に長い影ができた。フランは足を止め、景色を眺めた。海のむこうに岬が見えた。戻ってきたのは正解だった、と彼女は思った。ここは子供を育てるのに理想的な場所だ。その瞬間、彼女は自分がどれほどこの決断の正しさに確信が持てずにいたのかを、はじめて悟った。強気なシングルマザーの役を演じるのが上手すぎて、自分でもそういう人間だと錯覚しかけていたのである。

キャシーは五歳で、母親同様、自己主張が強かった。フランは、娘が学校にあがるまえに読むことを教えた。そして、それもまたミセス・ヘンリーの不興をかった一因だった。キャシーは押しが強くて頑固になることがあり、母親のフランでさえ、自分がおませな怪物を作りだしてしまったのではないかと、心ならずも恐ろしい疑念にとらわれることがあった。

「手を焼かされています」ミセス・ヘンリーは最初の保護者面談で冷ややかにいった。「キャシーが一度でなかなかいうことをきいてくれなくて。まずそれをする理由を、事細かに説明しなくてはならないんです」

あなたの娘さんは天才で、教えるのが楽しくて仕方がない、といわれることを期待していたフランは、大いに傷ついた。そして、落胆を隠すために、子育てにかんする持論を熱く展開して自分の育て方を弁護した。いわく、子供は自信を持って自分で選択し、権威にたてつくべきである。ただおとなしく従うような子供にだけはしたくない。

ミセス・ヘンリーは黙って聞いていた。

「さぞかし大変でしょうね」フランが息切れしたところで、ミセス・ヘンリーがいった。「ひとりでお子さんを育てるのは」

ロシアの皇女のように橇にちょこんと腰掛けたキャシーは、そわそわしはじめていた。

「どうしたの？」ときつい口調でたずねる。「なんで止まったの？」

フランはさまざまな色の対比に注意を奪われていた。絵の題材になるかもしれない。だが、彼女はおとなしくロープをひいて、ふたたび進みはじめた。ミセス・ヘンリーとおなじく、彼女もまた専制君主のようなキャシーの要求には逆らえないのだ。土手のてっぺんまでくると、彼女は立ちどまり、自分も橇に乗った。そして、両脚を娘の身体に巻きつけて両手でしっかりロープをつかむと、かかとを雪にめりこませてうしろに蹴り、土手を滑り降りはじめた。キャシーが恐怖と興奮で悲鳴をあげた。橇は凍った轍《わだち》に乗りあげ、スピードをあげながら、土手を下っていった。冷たさと陽光で、フランは顔がひりひりするのを感じた。左手で握ったロープをひいて、校庭の壁際にある柔らかい雪の吹きだまりへと橇を誘導していく。これに勝るものはなかった。ほんと、最高だわ。

めずらしく、学校にはやく着いた。フランは忘れずに、図書館の本とランチの包みと替えの靴をキャシーに持たせていた。キャシーをクロークルームへ連れていき、ベンチにすわらせて、ゴム長靴を脱がせる。ミセス・ヘンリーは教室にいて、ひとつづきの数字を壁に貼りつけていた。教師用の机の上に立っていたが、それでもなかなか手が届かずに苦労していた。合成繊維のパンツは着古されてややすり切れており、両膝が毛羽立っていた。なんとなくノルディック模様っぽい機械編みのカーディガン。フランは服にうるさかった。大学を出たあとで、女性誌のファッション・エディターの助手をしていたことがあるのだ。ミセス・ヘンリーには、ぜひともイメージチェンジが必要だった。

「手伝いましょうか？」ことわられたらどうしよう、とフランはおかしなくらいびくつきながらいった。大の男でさえ泣かせる写真家たちを手玉に取ってきたというのに、ミセス・ヘンリーのまえに出ると、自分が六歳の子供になったような気がした。ふだん、彼女は始業ベルが鳴る直前に学校に着いた。そのころにはすでにミセス・ヘンリーはほかの親たちに囲まれており、その全員と個人的に親しくしているように見えた。

ミセス・ヘンリーがふり返り、フランを見て驚きの表情を浮かべた。「お願いできるかしら？　助かるわ。キャシー、マットにすわって、ほかのみんながくるまで、本でも読んで待っててちょうだい」

どういうわけか、キャシーはおとなしく言いつけに従った。

橇をひいて丘をのぼりながら、フランはあんなに喜んだ自分を情けなく思った。あれくらい、なんだっていうの？　そもそも丸暗記する教え方だって、よしとしてないくせに。もしもあのままロンドンに残っていたら、彼女はキャシーをシュタイナーの自由学校に入れることを考えていただろう。だが、いまの彼女は教室の壁に九九の二の列を貼らせてもらっただけで、有頂天になっていた。そう、それにミセス・ヘンリーから頬笑みかけられ、名前で呼ばれたことも、忘れてはならない。

ヒルヘッドに住む老人の姿は、どこにもなかった。その家のまえを通ったとき、何度か老人が挨拶するために出てきたことがあった。老人はほとんどしゃべらなかった。たいていは、黙って手をふるだけだった。一度、キャシーの手にキャンディを押しこんだ。フランはキャシーに甘いものを食べさせないようにしていた。砂糖は無駄なカロリー以外のなにものでもないし、虫歯にもなる。だが、老人があまりにもおずおずとして、受け取ってもらいたそうだったので、フランは礼をいった。すると、キャシーはすこし汚れた縞模様のハッカキャンディをすばやく口に入れた。老人の手前、母親は制止しないだろうし、老人が家のなかに戻ってからも、よもや吐き出させはしまい、と踏んでいたのだ。

フランはヒルヘッドのまえでふたたび足を止め、海のほうへ目をやった。学校へいく途中で見たイメージを、再現したかったのだ。彼女の注意をひいたのは、その色彩だった。シェトランドでは、たいていの色がくすんでいた。緑がかったオリーブ色、こげ茶色、どんよりとした灰色。それらすべてが、霧でぼやけているのだ。だが、早朝のさんさんと降りそそぐ陽光のなかで、目のまえの光景はくっきりと色鮮やかに浮かびあがっていた。まぶしいくらい白い雪。そこに映える三つの影。大鴉だ。彼女の絵のなかでは、大鴉はキュビズム風に角張って描かれるだろう。硬い木からぞんざいに彫り出された鳥だ。そして、あのけばけばしい色。深紅の太陽を思わせる赤。

フランは道ばたに橇を残して、この光景をもっとちかくで見ようと野原を横切っていった。道沿いに門があった。押しあけようとしたが雪でつかえていたので、乗り越えた。石壁が野原をふたつに分けていたが、ところどころで崩れていて、一箇所、トラクターが通れそうなくらい大きな切れ目ができていた。ちかづくにつれて構図が変化したが、フランは気にしなかった。すでに絵は頭のなかにしっかりと焼きつけられていた。彼女は大鴉たちが飛び立つだろうと考えていた。そうするところを見たいとさえ思っていた。空中で楔《くさび》形の尾をかたむけてバランスを取るところを見ておけば、地上にいるときのイメージに生気を吹きこめるだろう。

彼女は、すべてのものが現実感を失うくらい集中していたし、四方八方から反射してくる光で頭がくらくらしていたので、現場に到着するまで、自分がなにを目にしているのか正確に理解していなかった。そのときまで、すべてはただ形と色だけだった。それから、鮮やかな赤がマフラーに変わった。灰色のコートと白い肌が、その周辺のあまりきれいではない雪のなかに溶けこんでいる。大鴉たちが少女の顔をつついていた。片方の目がなくなっていた。

フランは、その若い娘が誰だかわかった。こんなふうにおとしめられ、変わりはてた姿になっていたにもかかわらず。人がちかづいてきたので、大鴉たちが羽ばたきして、すこし飛びのいた。だが、彼女がじっと立ちつくして見つめていたので、また戻ってきた。突然、彼女は悲鳴をあげた。喉の奥がひきつりそうなくらい大きな声で悲鳴をあげ、両手を叩いて大鴉たちを空高くへと追いやった。だが、その場からは動けなかった。

そこにいたのは、キャサリン・ロスだった。首に赤いマフラーがきつく巻きつけられており、房飾りが血みたいに雪の上に広がっていた。

5

マグナスは窓から外を見ていた。日がのぼるころから、いや、それよりまえから、そこにいた。眠れなかった。女が通りすぎるのが見えた。小さな女の子を橇《そり》に乗せて、ひっぱっていく。かすかに羨ましさを感じた。時代がちがうんだ、と彼は思った。彼が子供のころ、母親はあんなふうに子供と遊んだりしなかった。そんなひまなど、なかった。

その小さな女の子は、まえにも見かけていた。母娘がどこに住んでいるのか確かめたくて、道路の先までふたりをつけていったこともある。あれは十月だった。ハロウィーンの仮面をかぶって蕪《かぶ》の提灯を持って出かけたときの思い出にひたっていたころだから、十月だ。彼は昔のことをよく思い出した。記憶は彼の頭をぼやけさせ、混乱させた。

その母娘は、夏のあいだ観光客が寝泊まりする家に住んでいた。牧師と奥さんが住んでいたこともある家だ。彼はしばらく窓の外から母娘を観察していたが、相手はまったく気づいていなかった。見つかるほどへまではなかったし、あのふたりを怯えさせたくなかった。そんなつもりは、さらさらなかった。母親も絵を描いていた。少女はテーブルのまえにすわり、太いクレヨンで大きな色紙に絵を描いていた。母親も絵を描いていた。すばやくてきぱきと木炭を動かし、娘の隣に立って、その頭越しに紙に手をのばしていた。絵が見えるくらいちかづけたら、と彼は思った。一度、母親が顔から髪の毛を払いのけた。頬に煤《すす》のような痕が残った。

なんて可愛い子だろう、とマグナスはいま考えていた。寒さで赤くなった、ぽっちゃりした頬。黄金色の巻き毛。だが、母親が着せた服は、あまり好きではなかった。スカートがいい。サテンとレースでできたピンクのスカートに、小さな白いソックスとバックル付きの靴。あの子が踊るところを見たかった。だが、ズボンに長靴という恰好でも、あの子が男の子に間違われる心配はなかった。

キャサリン・ロスが雪のなかに横たわる丘の隆起した部分は、ここからは見えなかった。マグナスはお茶をいれるために窓から離れ、カップを手に戻ってくると、ふたたび待った。ほかにやることは、なにもなかった。いまやらなければならないことは、なにも。まえの晩は、農場で飼っている羊のために干し草をやりにいった。いまでは家畜はほんのわずかしかいなかった。きょうみたいに地面が固く凍りついて雪に覆われた日は、外でできる作業は干し草やりくらいだった。

ひまをもてあました手には悪魔が仕事をあたえるんだよ。母親の言葉が鮮明に甦《よみがえ》ってきて、彼は思わずふり返りそうになった。そしたら、暖炉のそばの椅子に母親が腰掛け、馬の毛を詰めた腰のベルトに編み針を差しこんで、もう一本の編み針を忙しく動かしているところが見えそうな気がした。靴下なら午後いっぱい、無地のセーターなら一週間で、母親は編むことができた。南でいちばんの編み手として知られていたが、手の込んだフェア島《アイル》の模様を編むのは好きではなかった。あんな模様、なんの役に立つんだい？　母親は〝あんな模様〟という部分を吐き捨てるようにいっていた。それでもっと暖かくなるとでも？

悪魔はほかにどんな仕事を自分にあたえるのだろう、とマグナスは思った。

先ほど通りすぎた母親が、誰も乗っていない橇をひいて学校から戻ってきた。身体をまえに倒し、男みたいに一歩ずつ雪を踏みしめながら、丘の下を進んでいく。彼女がマグナスの家の真下で足を止め、入江のむこうをふり返るのが見えた。なにかが彼女の関心をひきつけたのだ。外に出て、彼女を家に招くべきだろうか、とマグナスは考えた。身体が冷えてるなら、紅茶の誘いで注意をひけるかもしれない。暖炉の火とビスケットで誘惑できるかもしれない。ビスケットはまだいくらか残っていたし、ジンジャー・ケーキもブリキ缶にひと切れあった。あの母親は娘のためにお菓子を焼くのだろうか、と彼はふと思った。たぶん、焼かないだろう。それもまた、昔とちがうことのひとつだ。いまの時代、誰がわざわざそんなことをする？　大きなボウルでこねあわせた砂糖とマーガリン、鉢から取り出したスプーンからとろりと垂れる糖蜜。ラーウィックにスーパーマーケットがあり、彼の母親が焼いてくれたのとおなじくらい美味しいアプリコットとアーモンドの菓子パンやジンジャー・ケーキを売っているというのに、なぜそんな手間をかける？

お菓子作りの考えに気を取られていたので、マグナスは彼女を家に招き入れる機会を逃してしまった。彼女はすでに道路から外れて歩きだしていた。こうなっては、もうどうしようもない。彼女が野原の窪みを滑り降りていったので、見えるのはおかしな手編みの縁なし帽をかぶった頭だけになった。やがて、それも視界から消えた。三羽の大鴉が撃たれたみたいにちりぢりに飛んでいくのが、マグナスの目に飛びこんできた。だが、遠く離れていたので、彼女の悲鳴までは聞こえなかった。彼女がいったん見えなくなると、彼はその存在を忘れた。姿が脳裏に焼きつけられるほど、重要な人物ではなかったからである。

先生の亭主がランドローヴァーを運転して道路をやってきた。マグナスは彼の顔を知っていたが、話しかけたことはなかった。家を出るのがこんなに遅いなんて、めずらしかった。いつも朝早く学校を出て、暗くなってから戻ってくるのだ。雪でいつものスケジュールが狂ったのかもしれない。マグナスは谷の住人全員の行動を把握していた。母親が死んでからというもの、ほかに興味を持てるものがなかった。郵便局やバスで洩れ聞いたうわさ話から、彼はアレックス・ヘンリーがシェトランドの公務員であることを知っていた。野生動物に関係した仕事だ。男たちが不平を洩らすのも耳にしていた。地元の人間なら、もっと理解があってもよさそうなものなのに。あんなふうに法律を押しつけて、自分を何様だと思ってるんだ？　かれらはアザラシを魚泥棒とみなしており、撃ち殺してもいいようにすべきだと考えていた。ヘンリーみたいな連中は人間の生活より動物のほうが大切なんだ、とかれらはいっていた。マグナスはアザラシを見るのが好きだった。海面から頭を突き出したところが、可愛くて滑稽だった。だが、彼は漁に出たことがなかった。したがって、アザラシは彼にとってどうでもいい存在だった。

アレックス・ヘンリーの車が止まったので、マグナスはマーガレット・ヘンリーの姿を目にしたときとおなじパニックに見舞われた。サリーがしゃべったのかもしれない。娘たちを家に招き入れたことで、父親が文句をいいにきたのかも。だが、彼にはもっとほかに怒っていることがありそうに見えた。車を降りてきたとき、顔をしかめていた。彼は大柄でがっしりした中年男だった。肩の部分がぴんと張った防水性のジャケット、厚手の革のブーツ。喧嘩になったら、マグナスに勝ち目はないだろう。マグナスは姿を見られないように窓辺から離れたが、アレックス・ヘンリーは彼のほうに目もくれなかった。マグナスは興味をひかれた。門を乗り越え、先ほど女性が残していった足跡をたどっていく。マグナスは興味をひかれた。丘のふもとで展開されているであろう光景を見たいと思った。あの女性しかいないのであれば、彼は見に出かけていただろう。きっと女性が先生の亭主に手をふって、車を止めさせたにちがいない。

ちょうどなにが起きているのか想像しているところへ、女性が戻ってきた。すこしよろめきながら、道路にたどり着く。女性が動揺しているのがわかった。その呆然としてこわばった表情は、まえにも見たことがあった。漁師をやめなくてはならなくなったときのジョージー・サンダーソン、それにアグネスが死んだあとの彼の母親も、おなじ表情を浮かべていた。マグナスの父親が死んだとき、母親はそんな表情にはならなかった。そのときは、ふだんの生活がそのままつづいているような気がした。これからは、おまえとあたしだけだね、マグナス。あたしのために、いい子にならなきゃだめだよ。母親はきびきびと、明るいといってもいい口調でそういった。涙はなかった。

そういえば、女性は泣いていたようだったが、よくわからなかった。ときどき、冷たい風で涙が出てくることもあるからだ。女性はランドローヴァーの運転席に乗りこむと、エンジンをかけた。だが、車は走りださなかった。外に出ていって彼女に声をかけるべきだろうか、とマグナスはふたたび考えた。フロントガラスをこんこんと叩けばいい。ディーゼルエンジンの音で彼がちかづいていく音は聞こえないだろうし、ウィンドウが曇っていて彼の姿は見えないだろうから。なにがあったのか、たずねてみてもいい。彼女が家にきたら、今度はあの小さな女の子といっしょにきたらどうか、と提案することもできる。彼は女の子のために用意する食べ物と飲み物のことを考えはじめた。ピンクの砂糖衣のついた丸くて小さなビスケット、チョコレート・フィンガー。三人で素晴らしいティー・パーティをひらけるだろう。それに、奥の部屋にはアグネスのものだった人形がまだあった。あの金髪の子は、それで遊びたがるかもしれない。あげるわけには、いかなかった。それは間違いだ。彼はアグネスのおもちゃをすべて取っておいた。だが、あの子に人形を持たせて、髪をリボンで結わせても、害はないだろう。

彼の夢想はエンジンの音で破られた。別のランドローヴァーだった。こちらは濃紺で、運転しているのは制服姿の男だった。厚手の防水ジャケットとネクタイ、それに男が車から降りたときにかぶった帽子を目にして、マグナスは恐慌をきたした。前回のことを思い出したのだ。

壁に光沢仕上げの塗料が塗られた小さな部屋、厳しい質問、大きく開いた口、分厚い唇。あのときは、制服姿の男がふたりいた。朝早く、マグナスを連れに家にやってきた。彼の母親はいっしょにきたがり、急いでコートを取りにいった。だが、その必要はない、といわれた。いまよりもっと遅い時期で、それほど寒くはなかったが、じめじめしていた。雨をたっぷり含んだ強い西風が吹いていた。

あのとき口をきいたのは、ひとりだけだっただろうか？　マグナスは片方の男しか覚えていなかった。

記憶が甦ってくると同時に身体が激しく震えだして、手に持った皿の上でカップがかちゃかちゃと鳴った。母親が忌み嫌っていた、あのにやにや笑いが口もとに浮かんでくるのがわかった。つぎつぎとくりだされる質問に対して、彼が取ることのできた唯一の防御策だ。その笑みに、質問者は我慢しきれずにぶち切れた。

「おかしいか？」男は怒鳴った。「幼い少女が行方不明になってるんだぞ。冗談だと思っているのか？　え？」

マグナスはそんなふうに思っていなかったが、にやけた笑いは顔に張りついたまま消えなかった。どうしようもなかった。返事もできなかった。

「どうなんだ？」男ががなりたてた。「なにを笑ってる、この変態野郎が？」そういうと男はゆっくり立ちあがり、傍観者然としたマグナスが怪訝そうに見守るなか、こぶしを握りしめ、それを彼の顔に叩きこんだ。マグナスの頭ががくんとうしろに倒れ、椅子が揺れた。口のなかに血が広がり、折れた歯のかけらがあたった。相棒に制止されていなければ、男はもう一発殴っていただろう。

血は金属と氷の味がする、とマグナスは思った。自分がまだ皿とカップを持っていることに気づいて、それを注意深くテーブルに置く。あのときとおなじ警官のはずはなかった。あれはもう何年もまえのことだ。あの警官はいまごろ中年になっているだろう。もう引退してるかもしれない。マグナスは、奥の部屋に隠れて目を閉じていたいという衝動に逆らい、おそるおそる窓辺に戻った。子供のころ、彼は自分が目を閉じれば、ほかのみんなからも自分が見えなくなる、と思っていた。母親のいうとおり、すごく馬鹿だったのだ。いま目を閉じても、警官はまだ家の外にいつづけるだろうし、鉤爪が血だらけの大鴉たちは啼きながら空を舞いつづけるだろう。キャサリン・ロスは雪のなかに横たわりつづけるだろう。

6

アレックス・ヘンリーにいわれたとおり、フランはランドローヴァーに戻って車内で待った。彼がちかづいてきたとき、彼女はまだ叫んでいた。鳥のことをわめきたてていた。キャサリンをあの鳥たちといっしょに残していくわけにはいかなかった。

「わたしが追い払う」アレックスがいった。「約束する」

しばらくのあいだ、彼女はランドローヴァーの前部座席に背筋をぴんとのばしてすわり、最後にキャサリンと会ったときのことを思い出していた。PTAの年次総会があり、キャサリンにベビーシッターを頼んだのだ。彼女にワインを一杯出し、おしゃべりしたあとで、学校に出かけた。キャサリンには自信と落ちつきがそなわっており、それが彼女を実際よりも年上に見せていた。

「アンダーソン高校には、もう慣れた?」フランはたずねた。

みじかい間があり、すこし顔をしかめてから、キャサリンはこたえた。「ええ、まあ」

年齢差にもかかわらず、フランは彼女と友だちになれたらと思っていた。そもそも、レイヴンズウィックにはあまり若い女性がいないのだ。ランドローヴァーのなかはうだるような暑さだった。ヒーターから熱い空気がせっせと送り出されていた。フランは目を閉じて、雪のなかに埋もれた若い娘の姿を頭から締め出そうとした。突然、頭ががくりと垂れて、ぐっすり眠りこんだ。ショックのせいだ、とあとになって彼女は考えた。まるで、ヒューズが飛んだみたいだった。逃避する必要があったのだ。

目を開けると、まわりの状況は一変していた。すこしまえから、車のドアをばたんと閉める音や複数の人の声に気づいていたものの、彼女は意識を完全に取り戻すのをなるべく先延ばしにしていた。いま目のまえでは、人びとがてきぱきと手際よく動きまわっていた。

「ミセス・ハンター」誰かがアレックス・ヘンリーのランドローヴァーの窓を叩いていた。「大丈夫ですか、ミセス・ハンター?」男の顔が見えた。印象派の画家が描いたような顔。窓ガラスの水滴と汚れで、ぼやけている。ぼさぼさの黒い髪、力強い鉤鼻、黒い眉毛。よそ者だ。あたしより、もっと遠くからきた人間。地中海、いや、北アフリカの出身かもしれない。そのとき、男がふたたび口をひらき、教育を受けて弱められているものの、そのアクセントがシェトランド人のものであることがわかった。

フランはのろのろとドアを開け、車から降りた。冷気が肌を刺した。

「ミセス・ハンター？」男がふたたびいった。どうして名前を知ってるのだろう、と彼女は思った。ダンカンの古い友人とか？　それから、アレックス・ヘンリーが警察に通報したときに発見者の名前を告げたのだ、ということに思いいたった。もちろん、そうに決まってる。いまはパラノイアになっているときではなかった。

「そうです」こうして面とむかいあっても、男の顔はどことなくぼやけていた。はっきりとした線がないのだ。顎の輪郭は不精ひげの下に隠れていたし、髪の毛は警官にしてはすこし長すぎたし、まず間違いなくとかされていなかった。そして、いっときもじっとしていない顔。制服は着ていなかった。厚手のジャケットの下の服装も、やはり雑然としているにちがいない。

「ペレスといいます」男がいった。「警部です。質問にこたえられますか？」

ペレス？　それってスペイン系の名前なのでは？　シェトランド人の名前にしては、すごく変わっている。でも、それをいうなら、彼はすごく変わって見えた。彼女の注意はふたたびほかへとそれはじめた。キャサリンが雪に埋もれているのを見て以来、なにに対しても集中できなかった。警官たちが犯行現場をあらわす青と白のテープを張り、彼女が学校帰りに足を止めて丘を下ったときに使った塀の切れ目を立入禁止にしていた。キャサリンはまだあそこにいるのだろうか？　きっと寒い思いをしているにちがいない、という馬鹿げた考えが浮かんできた。誰か気を利かせて、彼女を覆う毛布を持っていってればいいんだけど。

ペレスは別の質問をしたにちがいなく、返事を待つ風情で彼女の顔を見つめていた。

「ごめんなさい」フランはいった。「自分でも、どうしちゃったのかわからなくて」

「ショックです。じきに薄れます」彼女を見る男の目つきは、かつてフランが写真撮影のときにモデルにむけていたのと似ていた。冷静に観察している目だ。「さあ。家まで送りましょう」

ペレスは彼女の住まいを知っており、なにも訊かずにそこまで車で送り届けた。そして、彼女から鍵を受け取り、かわりにドアを開けた。

「紅茶でも、いかが？」フランはたずねた。「それか、コーヒーでも？」

「では、コーヒーを」ペレスはいった。「ちょうど時間もあるので」

「現場にいて死体を見ている必要はないの？」

ペレスが頬笑んだ。「近寄らせてもらえないんです。犯行現場検査官が仕事を終えるまでは。必要以上に多くの人間に現場を荒らさせるわけにはいかないので」

「誰かユアンに知らせたのかしら？」フランはたずねた。

「被害者の父親ですか？」

「ええ。ユアン・ロス。学校の先生よ」

「いまやっているところです」

フランはやかんを電気こんろにかけ、コーヒーの粉をカフェティエールに入れた。

「彼女を知ってたんですか？」ペレスがたずねた。

「キャサリンを？　ときどき外出するときに、キャシーの面倒を見てもらってました。そうたびたびではなかったけれど。好きな作家がこちらにきて町の集会所で講演会をひらいたときとか、ＰＴＡの集まりのときに。一度、ユアンの家に食事に招かれたことがあるわ」

「親しい間柄なんですか？　あなたとミスタ・ロスとは？」

「ご近所というだけです。ひとりで子育てしている親同士の団結とでもいうのかしら。彼は奥さんを亡くしたんです。癌で。数年間にわたる闘病生活の末に奥さんを失ったユアンは、変化の必要を感じた。ヨークシアの市中心部にある大きな学校の校長をしてたんですけど、ここの仕事の募集広告を見て、ふと思い立って応募したんだとか」

「そのことについて、キャサリンはどう感じていたんでしょう？　ちょっとしたカルチャー・ショックだったでしょうね」

「どうだったのかしら。あの年頃の女の子は、なにを考えてるのかよくわからないから」

「いくつだったんですか？」

「十六歳。もうすぐ十七歳でした」

「それで、あなたは？」ペレスがたずねた。「どうしてこちらへ戻ってきたんです？」

その質問に、フランはかっとなった。どうして以前こちらに住んでいたことを知っているのか？

「それが関係あるのかしら?」フランはきつい口調でたずねた。「今回の捜査と?」

「あなたは死体を発見した。殺人の被害者の死体を。いろいろ質問にこたえてもらわなくてはなりません。たとえ事件に関係ないと思われる個人的な質問にも」ペレスは小さく肩をすくめて、それが捜査の進め方であり、自分にはどうしようもないことを示してみせた。「それに、あなたのご主人はこのあたりの有力者だ。みんながうわさする。まさか誰にも気づかれずにシェトランドに戻ってこられるとは、思っていなかったはずだ」

「夫じゃないわ」フランはぴしゃりといった。「離婚したんだから」

「どうして戻ってきたんです?」ペレスがたずねた。窓辺の椅子に腰掛け、まえに投げだした脚を交差させている。戸口でブーツを脱いでおり、厚手の白いウールのソックスは何度も洗濯して毛玉ができていた。ジャケットは壁のフックにかけてあり――キャシーのジャンパーの隣だ――その下はしわくちゃの赤い格子縞のシャツだった。手にマグカップを持って椅子の背にもたれかかり、窓の外を眺めている。すっかりくつろいでいるように見えた。フランは大判の紙と木炭を用意して、彼をスケッチしたくなった。

「ここが気に入ってるからよ」彼女はいった。「ダンカンへの愛が消えたからといって、この土地を嫌いになる必要はないと思って。それに、ここに住めば、キャシーは父親といっしょにいられる。ロンドンの暮らしは楽しいけれど、子育てをするのにいい環境とはいえないわ。ロンドンのフラットを売って、しばらく食べていけるだけのお金ができたの」自分が絵を描いていることは、いいたくなかった。それで生計を立てる夢を持っていること、引っ越すきっかけとなった恋人との破局のこと、自分が父親を知らずに育ったので、娘におなじ思いをさせたくないということは。

「では、こちらに残る?」

「ええ」彼女はいった。「そのつもりよ」

「ユアン・ロスはどうです? 彼はこの土地に馴染んでいますか?」

「まだ苦労してるんじゃないかしら。奥さんもいないし」

「というと?」

フランは、ユアン・ロスを正確にいいあらわす言葉を見つけようと頭をひねった。「彼のことをよく知らないから。どういったらいいのか」

「でも?」

「ユアンはまだ落ちこんでるのかもしれない。鬱状態ってやつね。彼は引っ越せば事態が変わり、問題が解決されると考えていた。でも、それって無理じゃないかしら? だって、二十年間連れ添った女性がいないことには、変わりがないんだから」フランは言葉を切った。ペレスがつづきを期待して、彼女を見ていた。「あたしが引っ越してきた日に、彼は挨拶にきてくれた。とても親切で、人当たりがよかった。コーヒーとミルク、それに自宅の庭から摘んできた花をくれたわ。あたしたちはお隣さんみたいなものだ、と彼はいっていた。あいだに一軒ヒル・ヘッドがあるから正確にはちがうけれど、彼の家は丘のふもとの学校の手前にあるから。はじめて会ったときは、ごくふつうに見えた。彼の人生に悲しみがあるなんて、わからなかった。

彼は演じるのがすごく上手いの。感情を隠すのが。キャシーを見ると、自分にもキャサリンという娘がいる、といったわ。ベビーシッターが必要になったら、あの子はいつでも小遣い稼ぎをしたがってる、って。それだけだった。奥さんの話は、ひと言も出なかった。そのことはキャサリンから聞いたの。彼女がはじめてキャシーの面倒を見にきてくれたときに。

彼から食事に招かれたとき、どう考えたらいいのかわからなかったわ。ほら、あたしくらいの年齢の独身女性だと、ときどき男性からお誘いを受けるの。男に飢えてるだろうから、ひと声かけてみよう、ってことで。わかるでしょ。ユアンにはそういうそぶりがまったくなかったけれど、間違うこともあるから」

「でも、あなたは食事に出かけた？　彼の動機に確信が持てなかったにもかかわらず？」

「ええ」フランはいった。「あたしはあまり活気ある生活を送っていないの。ときどき大人のつきあいが恋しくなる。それに、誘いをかけられるのも悪くないんじゃないかと思った。彼は魅力的で楽しい独身男性よ。このあたりでは、そういう人はあまりいないわ」

「で、楽しい夜だった？」ペレスがすこしからかうような感じで頬笑みかけ、先を促した。フランとはほとんど年齢差がないはずだが、父親みたいな笑みだった。

「ええ、はじめのうちは。彼はすごく念入りに準備してたわ。素敵な家よ。知ってるかしら？増築部分は木とガラスだけでできていて、海岸の素晴らしい景色を見渡せるの。亡くなった奥さんの写真がいっぱい飾ってあった。文字どおり、いたるところに。すこしやりすぎなくらい。あそこで暮らすのはキャサリンにとってどうなんだろう、って思ったわ。自分はしょせん二番手だ、父親は母親のかわりに自分が死ねばよかったと思っている、って気分にならないかしら？　でも、人それぞれ悲しみに対処するやり方があるのよね。あたしには、それをとやかくいう権利はなかった。

すぐに食事がはじまったわ。見事な料理だった。どこに出しても恥ずかしくないくらい。会話はとどこおりなくつづいて、あたしは軽い調子で、面白おかしく自分の離婚話をした。練習を積んでたから、お手のものだった。プライドのなせるわざね。夫が自分の母親とおなじくらい年上の女性と熱烈な恋に落ちていることを世間にむかって認めるのは、けっこうきついのよ。いいもの笑いの種だから。彼はすごく飲んでて、あたしも同様だった。ふたりとも、かなり緊張してたの」

フランの頭のなかに、そのときの光景が鮮やかに甦《よみがえ》ってきた。外は暗くなっていたが、ブラインドは閉まっておらず、かれらは夜の景色の一部となっていた。崖の上にテーブルがあるような感じだった。部屋は蠟燭のほのかな光に包まれており、亡くなった奥さんの大きな写真がランプで照らされていたので、フランは彼女も食事に同席しているような気がした。なにもかも、ちょっとずつ手が込んでいた――ずっしりと重たい食器、刻印の入ったグラス、糊のきいたナプキン、高価なワイン。そのとき、彼が泣きはじめた。涙がぼろぼろと頰を伝い落ちた。はじめは声を立てずに泣いていた。フランはどうしていいかわからず、そのまま食べつづけた。とにもかくにも、料理はすごく美味しかった。すこし時間がたてば、彼も落ちつくかもしれない。だが、やがてそれは嗚咽《おえつ》へと変わり、彼はきまり悪そうに声を殺して、きれいなナプキンで鼻水と涙を拭った。こうなると、見て見ぬふりをつづけるのは不可能だった。フランは立ちあがると、悪夢で目を覚ましたキャシーにやるみたいに、彼を両腕で抱きかかえた。

「彼はこらえきれなかったの」フランは刑事にむかっていった。「ぼろぼろだった。まだ人をもてなす準備ができてなかったのね」突然、キャサリンの死が意味する悲劇の大きさに、フランは気づいた。「ああ、なんてことかしら。いまではユアンには娘さんもいないんだわ」彼はおかしくなってしまうだろう、とフランは思った。もう誰にも救えないだろう。

「親子関係はどうでした？」ペレスがたずねた。「緊張や軋轢《あつれき》を感じたことは？　十代の娘を男手ひとつで育てるのは、大変にちがいない。むずかしい年頃だ。それでなくても、反抗的になる。それに、まわりのみんなとちがうことを嫌がる」

「あの親子が言い争ったことがあるとは、思えないわ」フランはいった。「想像できないの。ユアンは自分の悲しみに浸りきっていたから、娘に好きなようにさせてたんじゃないかしら。子育てを放棄してたっていうんじゃないわ。それとはちがう。ふたりとも、おたがいのことを大切に思っていたのは間違いない。でも、彼が娘の服装や就寝時間や宿題をやったかどうかで大騒ぎするところは、想像できない。彼にはほかにも考えることがいろいろあったから」

「キャサリンはあなたに父親の話をしましたか？」

「いいえ。あたしたちは重要なことはなにも話さなかった。彼女にしてみれば、あたしはこの丘陵地帯とおなじくらい古くさい存在に思えたんじゃないかしら。あたしに対しては、いつも距離を置いてた。でも、考えてみれば、たいていの若者はそうよね。大人に打ち明け話をしたりしないわ」

「彼女と最後に会ったのは？」

「最後に話をしたときってことかしら？　大晦日の午後よ。彼女の携帯にメッセージを残しておいたの。二週間後にいきたいコンサートがあったから、ベビーシッターを頼めないかと思って。彼女から電話があって、大丈夫だ、といわれたわ」

「どんな様子でした？」

「そうね。いつもどおり、生き生きとしていた。すごくおしゃべりだった。その晩は新年のお祝いで、友だちといっしょにラーウィックにいくといってたわ」

「どの友だちです？」

「名前はいってなかったけれど、サリー・ヘンリーだろうと思ったわ。学校の隣に住んでる子よ。ふたりはよくつるんでるようだったから」

「それが最後だった？」

「ええ、話をしたのは。でも、きのう見かけたわ。彼女、お昼どきにバスから降りてきて、ヒルヘッドに住んでるあの変わった老人といっしょに道路を歩いていった」

7

警察は、その日マグナスが唯一見張っていなかったときにやってきた。ドアをノックする音がしたとき、マグナスはトイレにいた。母親がジョージー・サンダーソンに頼んで、家の裏手に造らせた浴室のトイレに。ジョージーが脚を悪くして、漁に出られなくなったときのことだ。一種の厚意だった。ジョージーはぶらぶらしているのが嫌いだったし、金も入るのだから。彼はいろいろ器用にこなす男だったが、その仕事の適任者とはいえなかった。浴槽ははじめから壁にぴったりくっついていなかったし、明かりはマグナスの母親が死んだ直後にヒューズが飛んでいた。マグナスはわざわざそれを直さなかった。どうして、そんな必要がある？　ひげはキッチンの脇の流しで剃ったし、トイレは寝室の明かりでじゅうぶん明るかった。

マグナスはしばらくまえからトイレへいく必要があることに気づいていたが、窓のそばの持ち場を離れるわけにはいかなかった。さらにたくさんの人が到着していた。制服姿の巡査たち。スーツを着た背の高い男。だらしない恰好をした男がヘンリーのランドローヴァーにちかづいていき、車内にいた若い女性を自分の車で連れ去った。彼女の行き先が警察署のぴかぴかした壁の部屋でなければいいのだが、とマグナスは思った。ついに彼はトイレにいくのをこれ以上我慢できなくなった。そして、立って用を足しているまさにその瞬間、ノックの音がした。彼は急いでいたので、ジッパーをおろして前開きをあける手間を省き、子供みたいにズボンとパンツを足首までおろしていた。

「ちょっと待ってくれ」彼はあわてて叫んだ。小便が途中だった。どうしようもなかった。

「いまいくから」

ようやく最後まで出し終わると、マグナスはパンツとズボンをいっしょにあげた。ズボンのウエストはゴムだった。ふたたび見苦しくない恰好になったので、すこし落ちついた。

キッチンに戻ると、男はまだ外で待っていた。窓越しに、その姿が見えた。じつに辛抱強かった。張り出し玄関の外側のドアさえ開けていない。先ほど若い女性を車で連れていった、だらしない恰好の男だった。いまここにいるということは、ラーウィックまでいったのではないだろう。教会の隣にある彼女の自宅まで送り届けただけかもしれない。警察は女性に対して、男とはちがう取り扱いをするらしい。

マグナスはドアを開け、男を見つめた。知らない顔だった。このあたりの住人ではない。マグナスの知っている誰とも似ていなかったので、ちかくに親類がいることもないのだろう。

「どこの出だい？」マグナスはたずねた。その質問が、ふと頭に浮かんできたのだ。きちんと考えてから質問を口にしていれば、あの娘たちを相手にしたときのように、地元のアクセントを弱めていただろう。この訪問者が南からきた人間だとしても、理解できるように。だが、どのみち男は問題なく質問を聞き取ったようだった。

「フェア島だ」男はマグナスとおなじアクセントでこたえた。そして、すこし間をおいてからつづけた。「出身は。アバディーンで訓練を受け、いまはラーウィックで働いている」手を差しだす。「ペレスです」

「フェア島の出にしちゃ、おかしな名前だな」

ペレスは頬笑んだが、説明はしなかった。マグナスは、まだ握手をしていなかった。自分は一度もフェア島にいったことがない、と考えていたからである。いまだにカーフェリーが通っていない島だ。空港ちかくの南の港グラットネスから出る郵便船で、三時間かかった。一度、島の写真を見たことがあった。東側がごつごつした岩場になっていた。昔教会の隣の家に住んでいた牧師が、フェア島に赴任していたことがあった。集会場でスライド上映会があり、マグナスは母親といっしょにいった。だが、それ以上詳しいことは、思い出せなかった。

「どんなとこだい?」マグナスはたずねた。

「いいところだ」

「じゃ、どうして離れた?」

「そりゃ、まあ、あそこにはあまり仕事がないから」

ここでようやくマグナスは差しだされた手に気づき、握手をした。

「さあ、入った」という。男の肩越しに目をやると、土手の下から制服姿の巡査がこちらを見つめていた。「ほら、奥へ」まえよりもせかしていう。

男は戸口を抜けるときにかがまねばならず、彼が部屋に入ってくると余分なスペースがなくなったように感じられた。

「すわって」マグナスはいった。この背の高い男に上から見おろされていると、落ちつかなかった。テーブルの下から椅子をひっぱり出し、男に勧める。午前中ずっと警察がくるのを待っていたが、いざきてみると、なにをいえばいいのかわからなかった。どう考えたらいいのかわからなかった。

「すわって」大鴉がいった。鳥かごの桟のあいだからくちばしを突き出し、つづけざまにその言葉をくり返す。「すわってすわってすわってすわって」

マグナスは古いセーターをつかむと、それを鳥かごにかけた。邪魔されて警官が怒りだすのではないかと、恐れたのだ。だが、ペレスは面白がっているだけのようだった。「あんたが教えたのかい？　大鴉がしゃべれるとは、知らなかった」

「利口な鳥だ」マグナスは自分の顔に笑みが浮かぶのがわかった。どうしようもなかった。顔をそむけ、自然にそれが消えてくれることを願った。

「けさ、丘の下に大鴉がいたのを見たかな？」

「あいつらはいつだって、あそこにいる」マグナスはいった。

「死体があった。若い娘の」

「キャサリン」マグナスは思わず口にしていた。あの間抜けなにやにや笑い同様、黙っていようとしたのに言葉が勝手に飛び出してきたのだ。なにもいうんじゃないよ、と母親はいっていた。ずっと昔にふたりの警官がやってきて彼をラーウィックに連れていったとき、母親が最後にかけた言葉だ。おまえはなにもしてないんだから、なにもいうんじゃないよ。

「どうして死体が彼女のだと知ってたのかな、マグナス?」ペレスはすごくゆっくり、はっきりとしゃべっていた。「丘で死んでいるのがキャサリンだと?」

マグナスはかぶりをふった。なにもいうんじゃないよ。

「あそこで彼女の身に起きたことを目撃したとか? 彼女が殺されるところを?」

マグナスはきょろきょろと周囲を見まわした。

「大鴉を見て、連中がなんで騒いでいるのか、不思議に思ったのかもしれないな」

「ああ」マグナスは感謝していった。

「それで、見にいった?」

「ああ」マグナスは勢いよくうなずいた。

「どうして警察に通報しなかった、マグナス?」

「彼女はもう死んでた。救いようがなかった」

「でも、警察には知らせるべきだった」

「うちには電話がない。どうやって連絡すりゃいい?」

「近所に電話を持ってる人がいるはずだ。その誰かに、かわりに電話してくれ、と頼むこともできた」

「みんなおれとは口をきかない」

沈黙がおりた。セーターの下で大鴉が鉤爪でひっかき、あわただしく動く音がした。

「いつ彼女を見つけたのかな?」ペレスがたずねた。「丘を下りて見にいったのは、何時ごろだった？」

「子供たちが学校にいったあとだ。家を出るとき、学校のベルが聞こえた」いまのは頭のいい返事だった、とマグナスは思った。これくらいいっても、母親は気にしないだろう。

ふたたび沈黙がおり、ペレスがメモ帳になにやら書きとめた。ようやく顔をあげる。「どれくらいまえから、ここでひとり暮らしを？」

「母さんが死んでから」

「というと？」

マグナスは母親がいつ死んだのかを思い出そうとした。何年まえだろう？　見当もつかなかった。

「アグネスも死んだ」マグナスは頭のなかで年数を計算せずにすむようにいった。

「アグネスというのは？」

「妹だ。百日咳にかかった。みんな、そんなに悪いなんて気づかなかった。十歳だった」マグナスはぴたりと口を閉じた。この刑事にとっては、どうでもいい話だ。

「母親が死んでから、寂しかったにちがいない」

マグナスはこたえなかった。

「誰かがいっしょにいたら、楽しいだろうな」

依然として、黙っていた。

「キャサリンはあんたの友だちだった、だろ？」

「ああ」マグナスはいった。「友だちだ」

「きのう、町から帰ってくるバスで会った」

「彼女、パーティにいってたんだ」

「パーティ？」ペレスはいった。「ひと晩じゅう？　確かか？」

彼女はパーティにいってたのだろうか？　そういってなかったか？　マグナスは考えなくてはならなかった。思い出せなかった。彼女はあまりしゃべらなかった。

「疲れてるようだった」マグナスはいった。「ひと晩じゅう出かけてたんだ。パーティだ、といってたと思う」

「服装は？」

「そんなにきれいな服じゃなかった」マグナスは認めた。「でも、ちかごろじゃ出かけるときも、みんな着飾らない」

「丘にいる彼女を見にいったとき、服が見えたはずだ。きのう会ったときから、着替えていたかな？」

「そうは思わない」こたえてから、いまの返事はまずかっただろうか、質問はひっかけだったのではないか、とマグナスは考えた。「赤いマフラーを覚えてる」

「パーティがどこでひらかれたのか、彼女はいってたかな？」

「いってなかった。おれには気づいてなかったんだ。気づいたのは、あとになってバスをいっしょに降りたときだ」

「彼女の様子は?」ペレスがたずねた。

「さっきもいったとおり、疲れてた」

「おなじ疲れてるのでも、沈んだ感じだった? それとも、明るかった?」

「うちにきた」マグナスは唐突にいった。「お茶を飲みに」

沈黙。マグナスは自分がミスを犯したのを知った。急いでつづける。「おれの写真を撮りたがった。課題のために。彼女がきたがったんだ」

「で、写真を撮った?」

「何枚か」

「それ以前に彼女が家にきたことは?」ペレスがたずねた。マグナスのいまの話に気分を害している様子はなかった。興奮してまくしたてたり、脅したり、怒りを爆発させたりということはなかった。

「大晦日にきた。キャサリンとサリーが。ふたりは家に帰る途中だった。明かりを見て、新年の挨拶をしにきてくれたんだ」

「サリー?」

「サリー・ヘンリー、先生の娘だ」

「でも、きのうはキャサリンひとりだった?」

「ああ。ひとりだ」

「ここには長くいたのかな?」

「ケーキを食べてった」マグナスはいった。「お茶を一杯」

「それじゃ、午後じゅういたわけではない？」

「ああ。そんなに長くはいなかった」

「彼女が帰ったのは、何時だった？」

「正確にはわからない」

ペレスが部屋を見まわした。「いい時計だ」

「母さんのだ」

「遅れたりしない？」

「毎晩、ラジオで時間をあわせてる」

「それじゃ、彼女が何時に帰ったのか、気づいたんじゃないかな？　あそこの棚に時計がのってるんだから。彼女が出ていったとき、ちらりと見えたのでは？　無意識のうちに」

マグナスはしゃべろうと口をひらいたが、言葉が出てこなかった。思考が停止して、頭のなかがぼうっとしていた。

「覚えてない」彼はようやくいった。

「そのとき、外は明るかった？」

「ああ、そう、まだ明るかった」

「一年のこの時期なら、はやく日が落ちるはずだから……」ペレスが言葉を切り、マグナスが返事を変えるのを期待するような目つきで彼を見た。なにも反応がないとわかると、先をつづけた。「彼女はどこへいったのかな?」

「家に帰った」

「彼女がそういってたのか?」

「いや。けど、そっちのほうへむかってた。土手の途中に建てられた家だ。まえがガラス張りの。彼女はそこに住んでる」

「彼女がなかに入っていくのを見たのかな?」マグナスは刑事を見た。自分の口が開いてるのに気づいて、閉じた。

これもひっかけの質問だろうか?

「ごく自然なことだ」ペレスがいった。「丘を下っていく彼女を見る。そもそも、きれいな若い娘を見て、どこが悪い? それに、あんたはここに長いことすわって、外を眺めてるにちがいない。この天気じゃ、ほかにやることも大してないだろうから」

「ああ」マグナスはいった。「彼女が家に入っていくのを見た」

かれらはすわっていた。沈黙があまりにも長くつづいたので、マグナスはこれでおしまいかと思った。刑事は帰っていき、彼はひとりになれるのだ。突然、自分がそれを望んでいるのかどうか、よくわからなくなった。「お茶は?」彼はたずねた。刑事が帰ったあとの家のなかを想像して、顔をしかめる。物音といえば、外の丘から聞こえてくる大鴉たちの啼き声だけだろう。

「ああ」ペレスがいった。「いいね」

ふたりとも、紅茶がはいるまで口をひらかなかった。いっしょにテーブルに戻って、腰をおろす。

「八年前」ペレスがいった。「少女がいなくなった。キャサリンより年下だったが、それほどちがいはしない。カトリオナという子だ。その子を知ってたのかな、マグナス？」

マグナスは、目を閉じて質問を締め出したかった。だが、目を閉じれば、自分が警察署に舞い戻ったような気分になるのがわかっていた。顔から遠ざかっていくこぶし、口のなかの血の味。

彼は宙を見つめた。

「その子を知ってたんだろ、マグナス？　彼女もお茶を飲みにここへやってきた。キャサリンとおなじように。とても可愛い子だったらしいな」

「あの子は見つからなかった」マグナスはいった。あのいまいましい笑みが浮かんでこないように、顎の筋肉を調整しようとした。唇をきつく結んで、母親の言葉を思い出す。なにもいうんじゃないよ。

8

ペレスはマグナス・テイトの家を出ると、車でラーウィックに戻った。キャサリンの父親と話をしたかったが、彼はまだ職場にいた。いまの段階でできることはあまりないかもしれないが――父親はショック状態にあるだろう――自己紹介して手順を説明しておくのが、礼儀にかなった行為に思われた。わが子を失うのがどういうものか、彼には想像がつかなかった。ほんとうの意味では。彼の妻のサラは流産したことがあり、しばらくはそれが世界の終わりのように感じられた。自分がどれだけ傷ついたか、彼は表に出さないようにした。サラに、彼の愛が薄れたとか、赤ん坊を失ったことで彼に責められている、と感じて欲しくなかったからである。もちろん、彼が責めたのは自分だった。自分と、彼の家族が寄せていた期待の大きさだ。実際に目で見て、ふれられそうなくらい大きな期待。赤ん坊がその重圧のなかを生きのびることなど、不可能だった。男の子だった。性別がわかるくらい、胎児は成長していた。血筋をつなぐ、あらたなペレスの誕生となるはずだった。

ペレスはその役を上手く演じすぎたのかもしれない。サラは彼がほんとうに気にかけていないと考えたのかもしれない。もちろん、彼女はそれが自分を守るための演技だと見抜くくらい、彼のことをよく知っていたはずだが。結婚が崩壊しはじめたのは流産したときからだ、と彼は考えていた。サラは白髪が目立つようになり、よそよそしくなった。彼はまえより多くの時間を仕事に費やすようになった。離婚したいと彼女から告げられたとき、彼は安堵にちかいものを感じた。すごくみじめな状態にいる彼女を、見るに忍びなかったのである。いまでは彼女は医師と再婚し、本土のボーダーズ州で暮らしていた。あたらしい夫とのあいだに子供を作るのに、なんの問題もなかったようだった。すでに子供が三人いて、クリスマスカードによると

――とても友好的な離婚だったので、かれらはまだ連絡を取りあっていた――ちかぢか四人目が生まれるとのことだった。ときどき彼は、本土を走る列車の窓からちらりと見たことのある堅牢な田舎の屋敷で、彼女が暮らしているところを想像した。森と牧草地を見晴らすキッチンに彼女が立つところ。子供たちに夕食を食べさせ、赤ん坊を膝にのせ、笑っているところ。その情景に自分が含まれていないことに、彼は喪失感をおぼえた。それだけでも、ひどい気分だった。実際に子供を失ったキャサリンの父親は、どんな気持ちでいるのだろう？

ユアン・ロスは校長室にいて、丸いコーヒーテーブルの横にある安楽椅子にすわっていた。校長は不安そうな両親やそわそわした生徒を落ちつかせるとき、机の奥から出てきて、ここに腰掛けるのだろう。ユアン・ロスの隣にいる女性の制服警官は、どこか別の場所にいたいと願っているように見えた。ここ以外なら、どこでもいい。ユアン・ロスは四十代半ばで痩せており、髪に白いものが交じっていた。ペレスに気がつくと、ポケットに手を入れて、眼鏡を取り出した。黒いズボンにジャケットとネクタイ。すごくお洒落だ。ペレスが会ったことのある教師の大半は、その足もとにもおよばないだろう。知らなければ、弁護士か会計士と間違えていたところだ。テーブルに紅茶のトレイがのっていた。手をふれた形跡はなく、しばらくまえからそこに置いてあるように見えた。

ペレスは自己紹介した。

「娘に会いたい」ユアン・ロスがいった。「それがどれほど重要なことか、説明しようとしたんだが」

「お気持ちはお察しします。しかし残念ながら、お待ちいただくしかありません。いまは誰も彼女のそばにちかづくことを許されていないのです。犯行現場を保存する必要があるので」

ユアン・ロスは張りつめた様子ですわっていたが、これを聞くとがっくりとなり、両手で頭を抱えた。「信じられない。あの子をこの目で見るまでは」顔をあげる。「妻が死んだとき、わたしはそばにいた。何ヵ月もまえから病気で、そうなることがわかっていたからだ。だが、それでもなかなか納得できなかった。妻がこちらに顔をむけ、頬笑みかけてくるんじゃないかと、期待せずにはいられなかった」

ペレスはかける言葉が見つからなかったので、なにもいわなかった。

「あの子はどんなふうに死んだんです？」ユアン・ロスがたずねた。「誰もなにも教えてくれない」女性警官を見る。女性警官は聞こえなかったふりをした。

「娘さんは絞め殺されたのだと考えられています」ペレスはいった。「インヴァネスから捜査班が到着すれば、もっと詳しいことがわかるでしょう。かれらはわれわれよりも重犯罪の捜査の経験を積んでいますから」

「誰がこんなことを？」

返事を期待している口ぶりではなかったが、ペレスはその機に乗じた。「それを突きとめるのに役立つことを、なにかご存じではないかと思ったのですが。ぱっと思いつく人はいませんか？　最近別れたボーイフレンドとか？　嫉妬し、怒っていそうな人は？」

「いや。もしかすると、そういう人物がいたのかもしれないが、わたしにたずねても無駄だ。

わたしたち親子は親密だった、と思うでしょうね、警部さん。結局のところ、ふたりで暮らしていたのだから。だが、あの子はわたしに秘密を打ち明けたりしなかった。あの子がなにをしていたのか、わたしはほとんど知らない。おなじ屋根の下で暮らしながら、われわれは他人同士じゃないかと思えることもあった」

「十代が相手では、それがふつうでしょう」ペレスはいった。「かれらは親に穿鑿《せんさく》されるのを好みませんから」とはいえ、おまえになにがわかる？　子供はいないし、あの年頃には寄宿寮暮らしだったくせに？　毎晩、話を聞いてもらえる両親がいたら、どんなによかったことか。「でも、娘さんの友だちの名前はあげられるでしょう。それが参考になります」

一瞬の沈黙のあとで、ユアン・ロスがこたえた。「キャサリンにすごく親しくしていた人物がいたとは思えない。あの子は他人を必要としなかった。妻のリズとは大違いだった。妻には友人が大勢いた。彼女の葬式のとき、教会はいっぱいになり、うしろで立っている人もいた。わたしは会ったこともないが、彼女の温かさにふれ、親しみを感じてくれていた人たちだ。娘を埋葬するときに誰がきてくれるのか、わたしにはわからない。そう多くはないだろう」

この発言に、ペレスはぎょっとした。あまりにも悲しくて、冷たい言葉のような気がした。ずっとこんな調子だったのだろうか？　キャサリンは常に母親と較べられ、欠けているものがあるとみなされていたのだろうか？

「娘さんはサリー・ヘンリーとよくいっしょにいたのでは？」ようやくペレスはたずねた。

「母親が先生をしている？　ああ、そうだった。ふたりはバスでいっしょに学校へ通っていた。

わたしはふだんキャサリンを連れて出勤しなかった。わたしのほうが家を出るのがはやかったし、帰りは遅かったから」かすかな笑みが浮かぶ。それでようやく、ペレスはいくらか彼に同情をおぼえた。「それに、恰好悪い、でしょう？　父親といっしょに車で学校にくるなんて？サリーはよくうちにきていた。キャサリンに友だちがいて、わたしは喜んでいた。ふたりがどれくらい親しかったのかは、知らないが」

「シェトランドに越してきてから、娘さんに決まったボーイフレンドはいましたか？」

「いや、いなかったと思う。いたとしても、わたしが気づいたかどうか」

ペレスは、ぼうっとすわっているユアン・ロスを残して、校長室を出た。彼が娘のために嘆いているのか、妻のために嘆いているのか、判断がつかなかった。学校の外に出ると、見慣れた町を見おろした。ペレスはサラと離婚したあとで、シェトランドに戻ってきた。敗残者が尻尾を巻いて逃げ帰ってきたのだ。いちおう栄転だったが、ここにはほんとうの警察業務などなかった。アバディーンの同僚たちは、こういっていた。その年で引退なんて、はやすぎるんじゃないか、ジミー？　赤ん坊をなくしてサラと別れたあとでは、どうでもよかった。もはや大きな事件を手がけても、興奮しなかった。手柄など、気にならなかった。それがいま、自分の縄張りで大事件が発生し、彼は昔のようなスリルをいくらか感じていた。まだ大げさに騒ぎ立てるほどのものではない。だが、なにかが腹の底でうごめいており、これまでよりもすこし生きているという実感がしていた。上手くいく可能性を感じていた。

9

フランがキャシーを迎えに学校へいくと、すでに大人たちの人だかりができていた。ふだんは見られない光景だった。ほとんどの子供は、低学年であっても、ひとりで帰宅することが許されていた。フランは一瞬、離れたところで足を止め、かれらを眺めた。輪になって集まったこの集団には、どこか近寄りがたいものがあった。あたりは暗くなりかけており、ひとりひとりを識別するのはむずかしかった。寒さに負けじと足踏みをし、フランには意味不明の方言で、真剣に低い声でしゃべっている。それから、彼女は自分にもそれにくわわる権利があると考え、ちかづいていった。みんな温かく彼女を迎え入れ、あんなふうに死体を見つけるなんてさぞかしショックだったにちがいない、といってくれた。彼女は注目と同情を一身に集めていた。学校には明かりがついていて、それが校庭にあふれ出し、男の子たちがこしらえた雪の滑り台や作りかけの雪だるまに反射していた。

はじめはみんなの好奇心に不快感をおぼえたフランだったが、考えてみれば、誰もキャサリンのことをほんとうの意味では知らなかったのだ。キャサリンはここで生まれ育ったわけではない。かれらにとって、彼女はテレビで見かけたことのある登場人物のようなものだった。フランを取り囲み、細かいことを聞き出そうとする。鳥に目を両方ともえぐりとられてたって、ほんと？　キャサリンは裸だったの？　血は流れてた？　フランは心ならずも質問にこたえていた。

「マグナス・テイトの家にフェア島出身の刑事がいるのを見かけたよ」フランの知らない女性がいった。目鼻立ちがきつく、小柄で痩せていた。四十代で、生徒の母親といっても、若いおばあさんといっても、おかしくなかった。その甲高い声が、まわりの会話に割りこんでいく。「今度こそ、警察はあいつをふさわしい場所にぶちこんでくれるかもしれないね」

「どういう意味？」

「知らなかったの？　これがはじめてじゃないんだよ。まえにもここで少女が殺されたことがある」

「よしてよ、ジェニファー、あの子が殺されたのかどうか、わからないじゃない」

「でも、ただふっと消えちまうなんてことはないだろ？　あのときは夏だったけど、ずっと海がしけてた。よく覚えてるよ。南へむかう船は、何日も欠航してた。飛行機もね。そもそも、カトリオナがそのどっちかに乗ってたら、幼い女の子がひとりでいるなんておかしいって、誰かが気づいたはずだよ」

「カトリオナって誰なの？」これは悪意に満ちたうわさ話にすぎない、とフランは自分に言い聞かせた。それにはくわわらずに、距離を置くべきだ。だが、質問せずにはいられなかった。

「カトリオナ・ブルース。十一歳だった。一家は、いまユアン・ロスのいる家で暮らしてた。すごい偶然だろ、え？　事件のあと、かれらは引っ越さなきゃならなかった。あの子を思い出させるものがいたるところにあったから、いられるわけがないよね。なにがあったのかは、はっきりわからないままさ。あたしにいわせれば、それって、あの子を殺すよりもひどい罪だよ。死体をどうしたのか、いわないなんて」

「でも、マグナス・テイトが起訴されなかったのなら」フランのなかで、『ガーディアン』仕込みの価値観が頭をもたげた。「彼が犯人だとは断言できないはずでしょ」

「犯人はあいつだよ。昔から、あいつの頭が弱いのは、みんな知ってた。自分が子供みたいなんだ。害はない、って思われてた。みんな、うぶだったのかもしれないね。親切をほどこすつもりで、子供たちが彼と話をするのを許してた。いまじゃ、もっとわきまえてるけど」

あたしはキャシーがあの老人と話をするのを止めなかった、とフランは思った。誰も警告してくれなかったのだ。マグナス・テイトが挨拶しようと急いで家から出てきたのを、思い出した。彼女たちが通りすぎるまえにつかまえようと、転びそうなくらいの勢いで出てきたのを。フランは思わず身震いした。学校のなかでベルが鳴り、子供たちが駆けだしてきた。

フランとキャシーが家に着いたとき、あたりはすっかり暗くなっていた。この時期、太陽がいったん地平線の下に沈むと、夜はあっという間に訪れた。フランは家に入ると、カーテンを閉めてから明かりをつけた。マグナスの家のまえでは、手袋をはめたキャシーの手をひっぱり、家に帰ったらごちそうがあるといって機嫌を取りながら、足早に通りすぎていた。マグナスが出てきたらどうしよう、と不安だったが、その心配は杞憂《きゆう》に終わった。マグナスの家のほうをふり返ったとき、こちらを見つめる青白い顔が見えたような気がして、すぐに視線をそらした。

あれは気のせいで、マグナスはすでに逮捕されているのかもしれなかった。
ユアンがいまどんな気持ちでいるのか、フランは想像した。すでに警察が高校へいき、彼にキャサリンの死を伝えているはずだった。彼が死体の確認を求められることは、まずないだろう。あの野原に横たわる死体を見せられることは。死体はひと晩じゅう現場に置いておかれる、とペレスはいっていた。だが、ユアンは娘を見たがるかもしれなかった。ペレスによると、刑事と捜査官たちがインヴァネスからくることになっていて、かれらに現場にある死体を見せる必要があるのだとか。一行は三時にアバディーンを発つ飛行機に間に合わずに、六時半の飛行機でくる可能性が高かった。だが、ユアンはまず事情聴取を受けることになるだろう。それはある意味で、彼の気をそらしてくれるかもしれなかった。最悪なのは、あの大きなガラスの家に戻って、亡くなったふたりの女性のことをぼんやりと考えるときだ。

ユアンが家にいるかどうか、電話で確かめてみようか？　だが、フランがそれを実行に移すのを思いとどまったのは、キャサリンの死体を思い出したくないからではなかった。先ほど学校の門まで迎えにきていた親たちといっしょにされたくなかったのだ。穿鑿《せんさく》がましくて鬱陶《うっとう》しい女だと思われたら？　実際、彼女の動機が精神的な支えになることよりも、好奇心からだとしたら？

ドアをノックする音がした。キャシーはテレビに夢中になっており、ほとんど顔をあげなかった。学校の外の興奮して張りつめた空気には、まったく影響を受けていないようだった。ふだんなら、フランはただ「鍵はかかってないから、どうぞ」と叫ぶところだった。だが、きょうは二の足を踏んだ。ドアをほんのすこし開けた瞬間、あの老人だったらどうしよう？　追い返そうか？　という考えが頭をよぎった。

ドアのむこうにいたのは、ユアンだった。丈の長い黒のコートを着ていたが、それでも震えていた。

「帰る途中でね」ユアンがいった。「警察のほうで誰か付き添わせるといってくれたんだが、ひとりのほうがいいといって、ことわったんだ。でも、ここまできてみると、あの家に入るのが耐えられなくて。どうしていいのか、わからない」

彼を慰めなくては、とフランは思った。彼が亡き妻のことを話していて泣き崩れたときみたいに、両腕で抱きしめてあげなくては。だが、いまの彼はすごく冷ややかで、よそよそしかった。いまそんなことをするのは、学生が威風堂々とした校長を抱きしめるようなものだった。不可能だ。

「どうぞ、入ってちょうだい」フランはいった。ユアンを暖炉のそばにすわらせ、ウイスキーを注ぐ。

「三年生を教えてたんだ。『夏の夜の夢』を。マギーが入ってきた。宗教教育の主任だ。彼女なら適任だ、と警察は考えたのかもしれない。ちょっといいかしら、と彼女はいった。深刻な話だというのがわかったが、わたしはてっきり自分のクラスの生徒のひとりが……」ユアンは言葉を切った。「いや、どう思ったのかは、わからない。とにかく、あんなことだとは思わなかった」

「ダンカンに電話するわ」フランはいった。「いつもキャシーともっとすごしたがってるの。あの子は彼のところに泊まればいい。そのあとで、あなたといっしょに家までいくわ。送り届けて、必要なだけそこにいるから」

ユアンは彼女の話が耳に入っていないように見えたが、しばらくして、ようやくうなずいた。彼女が手配するあいだ、コートを着たまますわっていたが、そのうちにウイスキーを注意深くテーブルに置くと、ひとつひとつの動きを確認するような仕草で手袋を脱いだ。

ダンカンが車の警笛を鳴らしながら、派手に到着した。フランはキャシーを連れて外に出た。ほかのときなら、こうしたこれ見よがしの行動に抗議して家のなかにとどまり、相手が居心地のよい車内から出て戸口までくるように仕向けただろうが、いまはそんなときではなかった。

「それじゃ、いきましょうか？」フランはユアンにいった。彼はグラスに口をつけていたが、中身はほとんど減っていなかった。

彼はなにもいわずに立ちあがった。フランはロンドンにいたころ、拒食症の治療で精神病院に入院中の友人を見舞ったときのことを思い出した。娯楽室には暴れたり騒ぎ立てたりしないように薬をあたえられた患者が何人かいたが、そのぎくしゃくとした足取りとこわばった表情は、まさにいまのユアンにそっくりだった。

ロボットみたいな礼儀正しさで、ユアンは彼女のために助手席のドアを開けた。それから、ゆっくりと車で丘を下っていった。自宅に着くと、雪のことを忘れて、すこしきつめにブレーキをかけたので、車は数ヤード滑ってから止まった。

フランはユアンの先に立って家に入り、明かりをすべてつけてまわった。彼はためらってから、あとにつづいた。途方に暮れた様子で、玄関で立ちどまる。見覚えのない場所にいるような感じだった。

「どうしましょうか?」フランはたずねた。「ひとりになりたい?」

「いや、いかないでくれ!」ユアンが激しい口調でいった。「キャサリンのことを話したい。きみが耐えられるようなら」フランとむきあう。「きみがあの子の死体を発見した、と警察はいっていた」

「ええ」フランは息をのんだ。キャサリンがどんなふうだったか訊かれるのではないかと、恐れたのである。だが、彼は黙って彼女を見つめてから、すぐに歩きはじめた。自分が震えていたことに、フランは気がついた。

ユアンは彼女を家の奥へと連れていった。前回の訪問のときには、通されなかった部分だ。狭い部屋だった。壁は深紅に塗られており、芸術映画のポスターが二枚貼ってあった。片隅にテレビとDVDプレーヤーののった机、それにDVDの棚。壁際の小さなソファは、のばせばベッドにもなるもののようだ。ソファには本が伏せて置いてあった。ペイパーバック版のロバート・フロストの詩集。たぶん、学校の指定教材だろう。

「キャサリンは友だちをここでもてなしていた。プライバシーにうるさくて、自分の部屋には他人を入れなかったんだ。すでに警察がここを調べにきた。鍵を渡しておいたから。キャサリンは嫌がっただろうな。自分の持ち物を他人にあさられるなんて」ユアンはあたりを見まわした。「ふだんはこんなにかたづいてないんだ。きのう、ミセス・ジェイミソンが掃除にきてくれた」

「なにがあったのか、警察には見当がついてるのかしら？」

「わたしには、なにも話してくれなかった。誰かを通じて、常に情報を伝えてもらうことになっている。だが、どうやら今夜、インヴァネスから専門の捜査班が到着するまでは、なにも明かすことはないらしい」

「誰と話をしたの？」

「ペレスだ。地元出身の。本土の捜査班がくるまでは、彼が責任者だ」ユアンは言葉を切った。「気をつかってくれていたが、それでも彼の質問で、自分が最近あの子にほとんど注意を払っていなかったことを、思い知らされたよ。自分の殻に閉じこもっていたんだ。自己憐憫さ。じつに破壊的な感情だ。その結果、いまでは手遅れになってしまった。あんたはひどい父親で、娘を愛してなかった、と警部に思われているのがわかったよ」

あなたはいい父親だった、といえたらいいのに、とフランは思った。だが、ユアンはその嘘を見抜くだろう。

「キャサリンは、きっとわかっていたはずよ」フランはいった。

「あの子の友だちについて、訊かれた。ボーイフレンドはいたか？　もちろん、サリーのことは知ってた。ふたりは、わたしたちがこちらへ越してきてすぐに知りあったんだ。だが、ほかにキャサリンが仲良くしていた友だちとなると、ひとりも名前をあげられなかった。わたしが教えている生徒以外は。ときどき男の子が家にきていたが、そのなかに特別な相手がいるのかどうか、訊きもしなかった。あの子が死ぬまえの晩、どこにいたのかさえ知らなかった。心配するなんて、思いつきもしなかった。ここはシェトランドだ。安全なところだ。誰もが顔見知りで、犯罪といえば、金曜の晩にラーウィックで飲んだくれが起こす騒ぎくらいだ。時間ならある、とわたしは考えていた。リズの死を乗り越えてから娘をよく知る機会はいくらでもある、と」

彼は、フランの家の戸口にあらわれたときからのあの淡々とした口調で、ずっとしゃべっていた。まだ実感が湧かないのだろう、とフランは思った。自分を納得させようとしているのだ。キャサリンが死んだことを、彼は心の底から感じる必要があった。

「なにか飲むものはある？」この緊張感に耐えられなくなって、フランはいった。

「キッチンだ。ワイン、それにビールが冷蔵庫にある。ウイスキーは食品貯蔵室に」

「あなたはなににする？」

ユアンはそれが重要な問題でもあるかのように、考えこんだ。

「赤ワインかな。そう、それにしよう。赤ワインも食品貯蔵室だ」自分が取ってこよう、とはいわなかった。動けないのかもしれなかった。

キッチンで、フランはトレイを用意した。グラスをふたつ。栓を開けたボトル。冷蔵庫で見つけたオークニーのチェダー・チーズの塊、オート麦のビスケット、青い小皿二枚とナイフ二本。自分が一日じゅうなにも食べておらず、お腹がすいていることに、彼女は気がついた。

戻ってみると、彼はフランが出ていったときとまったくおなじ姿勢ですわっていた。彼の隣に身体を押しこめたくなくて、フランはソファではなく、低いテーブルのそばの床にすわった。ワインを注ぎ、チーズを差しだす。彼はチーズをことわった。沈黙を破るため――なにはともあれ、彼はキャサリンのことを話したいといっていたのだ――フランはたずねた。「彼女はいつ殺されたと、警察は考えているのかしら?」

「さっきいっただろう。わたしはなにも知らない」それから、自分のぞんざいな口調に気づいたにちがいない。「すまない。きみにあたったりして。許しがたい行為だ。またしても罪の意識ってやつだな」ユアンは自分のグラスの脚をねじった。「きのうの晩、わたしはキャサリンと顔をあわせなかった。二日連続だった。めずらしいことではなかった。ここがどんなだか、知ってるだろ。移動手段を確保するのは、大変なんだ。きのうは、夜遅くに帰宅した。一日じゅう、学校にいた。もっとも、生徒たちにとっては、学校がはじまるのはけさからだったが」ユアンが顔をあげて彼女を見た。「研修があったんだ。そして、そのあと全員で食事に出かけた。わたしがそういう集まりに参加したのは、それがはじめてだった。もちろん、まえにも声をかけられていたが、いつもなにかしら口実をもうけて、ことわっていた。きのうは、ことわりきれなかった。その食事会は研修の一部みたいなものだったから。チーム作りさ。わかるだろ?」

フランはすばやくうなずいた。彼がしゃべりはじめていたので、邪魔をしたくなかった。

「実際、すごく楽しい夜だった。コーヒーを飲みながら、いろいろとしゃべった。家に戻ったとき、思ったよりも遅い時間になっていた。その日の朝にキャサリンから送られてきていたメールがあった。〝今夜帰らなくても心配しないで。また外泊するかもしれない〟」ユアンは口ごもり、自分を責めていた。「〝愛をこめて。キャサリン〟そのまえの晩、あの子はパーティにいっていた。学校から帰宅して、あの子が家にいないのを知ったとき、わたしはあの子がまた外泊するのだと考えた。けさは直接学校へいくのだと」

「パーティはどこであったの？」

「知らない。一度も訊いたことがなかった」ユアンはグラスのなかのワインを見つめた。「だが、ある意味、それはどうでもいいことだ。あの子が昼どきに帰宅していたのは、わかっているんだから。警察は、そこまでは教えてくれた。バスに乗ってるところを目撃されているし、ヒルヘッドに住むあの老人にも見られている」それに、あたしにも、とフランは考えた。あのふたりがいっしょにいるところを、見たのだ。ユアンがつづけた。「あの子が殺されたのは、死体となって発見された場所のすぐちかくだ、と警察はにらんでいるらしい。あの子に会わせてくれないんだ。耐えられない」

「あの老人について、警察はなんといってた？」

「なにも。どうしてだい？」

フランはためらったが、一瞬だった。どうせ、いつかはうわさが彼の耳にも届くのだ。彼女の口から聞かされたほうが、いいだろう。

「きょうの午後、キャシーを迎えに学校へいったとき、いろんなうわさが流れてたの。ほら、親同士のおしゃべりってやつよ。だいぶまえに、女の子がひとり行方不明になってるの。カトリオナ・ブルースって子で、この家に住んでたわ。さっき話に出たあの老人、マグナス・テイトは、その子の失踪に関係してたんじゃないかと疑われてた。だから、キャサリンを殺したのは彼だ、ってみんないってるの」

ユアンはすわったまま、微動だにしなかった。凍りついて、動けないみたいに。「誰があの子を殺したのか、どうでもいい気がする」ようやく口をひらく。「いまは、まだ。わたしにとっては。そのうち、重要に思えてくるのかもしれない。だが、いまはどうだっていい。重要なのは、あの子が死んだということだけだ」

彼が手をのばし、自分のグラスにワインのおかわりを注いだ。フランは、妻のことを話していて泣き崩れたときの彼と、今夜の彼のちがいに、驚きを感じていた。たぶん、ショックのせいだろう。いまのユアンを見て、彼が娘をそれほど愛していなかった、ということはできなかった。彼は警察と応対したときも、こんなに落ちつきはらっていたのだろうか？ ペレスはそれをどう考えただろう？

そのあとすぐに、彼女はそろそろおいとまするといった。ユアンはひきとめようともせず、ただ部屋を出ていく彼女にむかって顔をあげただけだった。「大丈夫かい？ 家まで送っていこうか？」

「心配しないで」フランはいった。「谷じゅうに警官がいるのよ」

実際、そのとおりだった。道路に出た途端、遠くから発電機のばたばたいう音が聞こえてきたし、ヒルヘッドにちかづくと、犯行現場が巨大なアーク灯で照らされているのが見えた。農場の門の脇に立っていた巡査が、通りすぎる彼女にむかってうなずきかけた。

10

学校から帰ってくると、サリーは母親からキャサリン・ロスのことを聞かされた。だが、うわさはすでに昼休みからアンダーソン高校じゅうを駆けめぐっており、バスでも話題はそれ一色だった。とはいえ、サリーは母親に対して、驚いたふりをしてみせた。物心ついたときから、ずっとそうしてきたのだ。いまや、それは習慣になっていた。この話をするときに母親がいっしょにキッチンのテーブルにずわったので、サリーはなにか問題が起きたのがわかった。母親のマーガレットは、なにもせずにすわっているのが苦手だった。縫い物、編み物、アイロンかけ。なんでもいい。授業の準備でも。テーブルに真っ白なカードを広げ、そこに母親が黒い太字のフェルトペンで分類別に言葉のリストを書いていく光景が、しばしば見られた。〈名詞〉〈動詞〉〈形容詞〉。とにかく、なまけているのが嫌いなのだ。

こういった事件で大騒ぎするのは、マーガレットの性分ではなかった。だが、サリーには母親が懸念を抱いているのがわかった。母親にしては、最大限に動揺しているということだ。「キャシー・ハンターの母親が死体を発見したところへ、お父さんが車で通りかかったの。どうやら彼女、すごく取り乱していたみたい。ヒステリーを起こして。お父さんが警察に通報しなくちゃならなかったのよ。彼女がその場から動こうとしなかったから」

母親が紅茶を注ぎ、サリーの反応を待っていた。あたしにどうしろっていうの？　泣けとでも？

「お父さんの話では、どうやらキャサリンは絞め殺されたらしいわ。警官たちの会話が聞こえたんですって」母親はティーポットを置くと、サリーをじっと見つめた。「警察はあなたの話を聞きたがるわ。あなたたちは友だちだったから。彼女がどんな男の子とつきあっていたか、知りたがるはずよ。でも、つらすぎるようだったら、そういいなさい。警察は無理にあなたに話をさせるわけにはいかないんだから」

「警察はどうしてそんなことを知りたがるの？」

「キャサリンは殺されたのよ。当然、いろいろ質問するわ。犯人はマグナス・テイトにちがいない、ってみんないってるけど、犯人がわかっているのと、それを証明するのとでは、まったく話が別なの」

サリーは母親の話になかなか集中できなかった。いつしか考えはロバート・イズビスターのほうへと戻っていった。だが、それではまずかった。集中しなくては。「警察と話をするとき、母さんたちも同席するの？」

「もちろんよ。あなたが望むならね」

そういわれては、とても嫌だとはいえなかった。

「あのキャサリンって子は、どうも信用できなかったわ」母親が立ちあがった。パンをスライスし、ナイフをなめらかに動かして、バターを塗りはじめる。サリーに背中をむけていた。母親は、いうべきことがあると感じたときには、それを口にせずにはいられない性格なのだ。それが彼女の自慢だった。

「どういう意味？」サリーは顔が紅潮するのを感じ、母親がこちらを見ていないのを嬉しく思った。

「まわりに悪い影響をあたえているような気がして。彼女と出歩くようになって、あなたは変わったわ。みんながどう考えようと、犯人はマグナスじゃないのかもしれない。彼女は暴力を誘発するような女性だったのかも」

「そんなの、ひどいわ。それじゃ、世の中にはレイプされて当然の女性もいる、っていってるようなもんじゃない」

母親は聞こえないふりをした。「お父さんから電話で、遅くなるんですって。町で会合があるとか。お父さん抜きで食べましょう」

このところ、ますます町での会合が増えてきている、とサリーは思った。ときおり、父親はなにをしてるのだろう、と疑問に思うことがあった。べつに、責めているわけではない。彼女だって自宅での食事が大嫌いで、できれば避けるようにしていた。これで弟か妹でもいれば、そして母親がこれほど穿鑿《せんさく》がましくなければ、事情はちがっていただろう。母親は質問ばかりしていた。きょうは学校でどうだった？　英語の課題の評価は？　母親はサリーをつきまわし、探りを入れた。警察にでも勤めればよかったのだ。実際、ずっと母親の質問攻めにあい、それをかわしてきていたので、刑事からの質問なんて、ちっとも怖くなかった。

いつものように、食事はキッチンのテーブルで取った。テレビはなし。父親がいるときでも、特別な場合でも、アルコールは出ない。親はお手本を示すべきだ、と母親はよくいっていた。両親が毎日のように飲んでたら、子供が金曜の晩にラーウィックで泥酔したからといって、責められるかしら？　自己抑制は、もっと頻繁に実践されるべき昔ながらの美徳よ、というのが母親の口癖だった。つい最近まで、サリーは父親も同意見なのだと思っていた。一度も反論したことがなかったからだ。だが、父親にはもっとリラックスした面があるのが、ときおり垣間見える気がした。もしも別の女性と結婚していたら、父親はどんな男性になっていただろう、とサリーは考えずにはいられなかった。

食事が終わると、サリーは皿を洗うといったが、母親は手をふって、それを退けた。「ほっときなさい。あとであたしがやるから」

夕食の用意ができるまえに腰をおろすのとおなじで、これもまた、母親の意識のなかで地殻変動が起きたというしるしだった。母親は、汚れた皿が放置されているのを見るのが耐えられない女性なのだ。肉体的に受け入れられない、とでもいうように。アレルギーがあって、腫れが出る人みたいに。

「それじゃ、部屋にいって宿題をするわ」

「いいのよ」母親がいった。「もうすぐお父さんが帰ってくるから、そしたらあなたに話があるの」

どうやら大事《おおごと》のようだった。大晦日の晩のことを、母親が嗅ぎつけたのかもしれない。ここでは誰にも気づかれずにおならもできないのだ。汚れた皿を水切り板の上に放ったままで母親を椅子にすわらせておくものといったら、ほかになにが考えられるだろう？　サリーは質問にそなえて身がまえ、頭のなかで嘘のリハーサルをはじめた。

そのとき、ドアをノックする音がした。母親はずっとそれを待ちかまえていたみたいにさっと立ちあがり、玄関に出ていった。冷たい空気が吹きこみ、男が入ってきた。制服姿の若い女性があとにつづいた。サリーの知っている女性だった。たしか、父方の又従姉妹《またいとこ》のモラグだ。ということは、母親はこの訪問を予期していたのだ。あらかじめモラグから知らされていたのだろう。一族というのは、そういうものだった。サリーは、親戚という以外に、モラグについて知っていることを思い出そうとした。銀行にしばらく勤めたあとで、警察に入った。これにかんしても、母親は一家言《いっかげん》持っていた。彼女、昔から気まぐれだったから。いま母親は、巡査の制服を着たモラグを親友みたいに出迎えていた。「モラグ、暖炉のそばにいらっしゃいよ。そこじゃ寒いでしょう」

サリーはモラグを批判的な目で見て、彼女、太った、と思った。サリーは他人の外見に注意を払った。それが重要なことだと知っていたからだ。警察で働くには、身体が締まってなくてはならないのでは？　それに、あの制服のダサさといったら。男のほうは、すごく大柄だった。太っているのではなく、背が高いのだ。ドアのすぐ内側に立って、モラグが口をひらくのを待っている。男がモラグにむかってうなずき、主導権を取るよう促すところを、サリーは目撃した。

「マーガレット、こちらはペレス警部よ。サリーにいくつか質問したいんですって」

「亡くなった娘さんのこと？」母親は、そっけないといってもいい口調でいった。

「彼女は殺されたんです、ミセス・ヘンリー」ペレス警部がいった。「殺人事件だ。おなじ年頃のお嬢さんをお持ちのあなたとしても、犯人が捕まって欲しい、とお思いでしょう」

「もちろんです。でも、サリーはキャサリンとすごく親しくしてました。ひどいショックを受けています。この子を動揺させたくないんです」

「ですから、モラグを連れてきたんです、ミセス・ヘンリー。顔見知りの人間を。それでは、あなたのお邪魔にならないように、別室でサリーの話を聞きたいのですが？」

サリーは、母親が反対するものと思っていた。だが、この刑事にはなにかがあり――堂々としてゆったりとした口調、自分の思いどおりにするという自信――それに抵抗しても無駄だ、と母親は悟ったにちがいなかった。

「こちらへ」母親は堅苦しくいった。「いま暖炉に火を入れますわ。そのあとは、どうぞご自由に」

もちろん、部屋はきれいにかたづいていた。母親は乱雑な状態に耐えられないのだ。譜面台とヴァイオリンが出しっぱなしになっていたが、それは娘に自発的な練習を促すため、もしくは客に教養あふれる一家だという印象をあたえるためだった。それ以外のものは、すべてきちんとしまわれていた。彼女がテストの採点や授業の準備をここに持ちこむことは、決してなかった。ペレスは窓に背をむけて椅子に腰をおろすと、その長い脚をまえに投げだした。カーテンはすでに母親の手によって閉められていた。そういう習慣なのだ。いくつもある習慣のうちのひとつ。冬になると、母親は学校から帰ってくるなり、家じゅうのカーテンを閉めてまわった。モラグはソファでサリーの隣にすわった。まえもって打ち合わせてあったような印象を、サリーは受けた。慰め役をつとめるためかもしれない。ああ、勘弁して。彼女、あたしにさわらないでくれるといいんだけど。あのむっちりとした手。冗談じゃないわ。

母親が部屋から出ていくのを待ってから、ペレスがしゃべりはじめた。

「ひどいショックだろうね、キャサリンのことは」

「帰りのバスで、みんなそのことを話してた。でも、あたしには信じられなかった。家に着いて、母さんになにがあったか聞かされるまで」

「キャサリンについて、話してくれ」ペレスがいった。「どんな子だった?」

想定外の質問だった。もっと絞りこんだことを訊かれると思っていたのだ。キャサリンを最後に見たのは? 誰かと喧嘩したといってなかった? 彼女の様子は?

サリーはこの質問への答えを用意していなかった。

ペレスが彼女の困惑ぶりを見て取った。「わかるよ」という。「おそらく、事件とは関係ないだろう。でも、知っておきたいんだ。彼女をひとりの人間として扱うのが、自分にできるせめてものことだと思うから」

それでもまだ、サリーにはよく理解できなかった。

「彼女は本土からきたの。お母さんが亡くなって。だから……ほかのみんなとはちがってた」

「なるほど。たしかに、そうなるだろうな」

「すごく洗練されてる感じだった。映画や舞台について、詳しかった。聴いてるバンドも、ちがってた。あたしが聞いたことのない人物や本のことを知ってた」

　ペレスはサリーが先をつづけるのを待っていた。

「すごく頭がよかった。学校の勉強では、あたしたちよりずっと先にいってるような感じだった」

「それじゃ、あまり人気はなかったろうな。教師の受けはよかったかもしれないが、生徒たちのあいだでは」

「彼女、人気なんて気にしてなかった。すくなくとも、そういうふうに見えたわ」

「もちろん、気にしてたさ」ペレスがいった。「誰だって、ある程度はそうだ。みんな、人から好かれたいものなんだよ」

「たぶんね」サリーは確信がなかった。

「でも、きみらは友だちだった。きょう、受け持ちの先生たち、それに彼女のお父さんと話をした。みんな口をそろえて、彼女はほかの誰よりもきみと仲がよかった、といっていた」

「彼女、土手をあがってすぐのところに住んでたの。毎日、バスでいっしょに町までいってた。ここらへんには、ほかにおなじ年頃の子がいないから」

沈黙が流れた。隣の部屋から、かちゃかちゃと皿のぶつかりあう音が聞こえてきた。警部が自分の言葉に意味を持たせすぎているように、サリーは感じた。黙っているのは苦痛だといわんばかりに、モラグがソファのなかで身じろぎした。自分で訊きたくてたまらない質問がある、とでもいうように。

「アンダーソン高校にいってきた」ようやくペレスがいった。「いまじゃ、すっかり変わってるんだろうな。ぼくらのころは、なにもかもがグループ別だった。全員が寄宿寮に入らなくちゃならなかった。ぼくはフェア島からきていて、フェア島の子とファウラ島の子は週末でも家に帰れなかった。当時は、毎週フェリーでアウト・スケリーズ諸島やウォルセイ島から通ってくる連中がいた。スカロワーのやつらは、いつだってラーウィックのやつらと喧嘩していた。別のグループの人間と友だちになれないわけじゃない。だが、自分がどこのグループに属しているのか、決して忘れることはなかった」ペレスがふたたび口を閉じた。「さっきもいったけど、いまじゃ、すっかり変わってるんだろうな」

「いいえ」サリーはいった。「昔もいまも、大してちがわないわ」

「それじゃ、きみたちふたりは、たまたま組むことになったんだ。たがいに共通点が多いという理由で、いっしょに行動していたんじゃなくて」

「彼女は誰に対しても、距離を置いてたんじゃないかしら。あたしにも、お父さんにも。お母さんは別かもしれないけど……ふたりは友だちみたいな関係だった、って印象を受けたわ。だから、あのあと……」

「なるほど。あのあと、誰かをあてにするのがむずかしくなった」

薪がはぜ、火花が散った。

「ボーイフレンドはいたのかな?」

「わからない」

「そんなはずはないだろう。みんなは知らなくても、きみにはそういう話をしたはずだ。誰かに話したかっただろうから」

「あたしにはいわなかった」

「でも?」

サリーはためらった。

「これは秘密だ」ペレスがいった。「ぼくは誰にもしゃべらないし、もしもきみのご両親の耳に入るようなことがあれば、モラグは首だ」

三人とも笑ったが、ペレスの声にはモラグがその警告を真剣に受けとめるだけの脅しが込められていた。サリーには、それがわかった。

「大晦日の晩だけど」サリーはいった。

「ああ」

「あたしは町にいっちゃいけないことになってた。うちの親は、バーなんてとんでもないって人たちなの。でも、友だちはみんな町にくりだすことになってた。あたしは親にキャサリンの家にいるといって、ほんとうはふたりで町のマーケット・クロスにいった。キャサリンのお父さんは、彼女がなにをしようと、まったく気にしてないみたいだった。帰りは車に乗せてもらったわ。運転してた男の子は、なんとなくキャサリンの知りあいかもしれないって気がした」

「誰だったんだい？」

「よく見えなかった。あたしは後部座席にすわってたから。四人で、ぎゅうぎゅう詰めだった。なにも見えなかった。あたしとキャサリンを除いて、全員パーティにいくところだった。キャサリンは助手席にすわってた。運転してる子とおしゃべりしてなかったけど、おたがい知ってるような感じだった。しゃべってなかったから、そんな気がしたのかもしれない。知らない人といっしょにいるときに交わす礼儀正しい会話が、まったくなかったから。馬鹿げて聞こえるかもしれないけれど」

「いや」ペレスがいった。「なかなかいい点をついてるよ。車には、ほかに誰がいた？」

サリーは後部座席にいた学生と看護師の名前をあげた。

「それで、四人目は？」

「ロバート・イズビスターよ」それ以上、なにもいう必要はなかった。シェトランドじゅうの人間が、ロバートを知っていた。彼の一族は、北海油田の開発とともに、大金持ちになっていた。土建業者だった父親がほとんどの建築契約を受注し、いまでもシェトランドで最大の建築会社を所有していた。ロバートは〈さまよえる魂〉号という遠洋漁船を持っていて、それをウォルセイ島に停めていた。その船は、島のあらゆるバーで話題になっていた。船を買ったとき、ロバートがラーウィックに持ってきて、一般公開したからだ。船室には革張りの椅子とスカイ

TVが映るテレビが装備されていた。夏になると、ロバートは友人たちを連れてノルウェーに出かけ、フィヨルドを北上しながら派手なパーティをひらいていた。

「ロバートがキャサリンのボーイフレンドだった、ってことは？」ペレスがたずねた。

「それはないわ」返事がはやすぎた。

「ほら、彼は若い娘に目がないってうわさだから」

それにこたえるほど、サリーは馬鹿ではなかった。

「きみ自身、彼に気があったりしてね？」冗談めかした言い方で、本気でないのがわかったが、それでもサリーは顔が赤らむのを感じた。

「アホらし。うちの母親がどんなだか、知らないのね。あたし、殺されちゃうわ」

「車か運転手について、ほんとうになにも思い出せないかな？」

サリーは首を横にふった。

「キャサリンはいなくなるまえの晩、パーティにいくことになっていた。きみもいっしょだったのかな？」

「いったでしょ」サリーの声は苦々しさにあふれていた。「あたしはパーティにはいけないの」

「そのパーティについて、なにか知ってる？」

「あたしは招待されなかった。みんな、声をかけてこなくなったの。どうせ、あたしがこれないとわかっているから」

「きょう学校で、誰かそれについて話してなかった？」

「あたしには、なにも」

ペレスは炎を見つめていた。「ほかに、ぼくが知っておいたほうがいいと思われることが、なにかあるかな？」

すぐには返事がなかったが、ペレスは待った。

「ふたりでラーウィックから戻ってきた晩」サリーはいった。「年が明けてすぐ」

「うん」

「あの老人に会いにいったの。マグナスに。ふたりとも酔ってて、彼の家に明かりがついてたから。一種の肝だめしだった。ドアをノックして、彼に新年の挨拶をするの」

ペレスは驚いた顔を見せなかった。もしかすると、彼女はそれを期待していたのかもしれない。「なかに入ったのかい？」

「ええ、すこしだけ」サリーは言葉を切った。「彼、キャサリンに夢中になってたようだった。ずっと見つめてたわ。まるで、幽霊でも目にしたみたいに」

11

サリーとの話を終えると、ペレスはふたたびレイヴンズウィックからラーウィックへとむかった。アバディーンからの飛行機が着くまえに、ロバート・イズビスターを訪ねる時間があるかもしれない。アバディーンの空港で遅れがあり、航空会社の担当者は到着がいつになるのか、はっきりしたことをいえなかった。一日じゅう、おなじ道路を車で行き来しているような気がしたが、彼としてはインヴァネスからきた連中に対して、自分がなにもせずにかれらの到着を待っていたわけではなく、捜査でいくらか成果をあげたことを、示してみせたかった。

ロバート・イズビスターがどういう人物なのか、ペレスはいまだによくわからなかった。甘やかされてきたのは、確かだ。彼の父親は立派な男で、突然の富に面食らっていた。友人や家族に対して気前がよかったが、決してこれ見よがしにならず、どちらかといえば気まずそうな感じだった。ロバートが漁師として一生懸命働いているのは間違いなかったが、あの派手でどでかい漁船を自分ひとりで買ったのでないことは、誰もが知っていた。マイクル・イズビスターなら、その金をぽんと出してやるはずだ。それにまた、ロバートの両親の結婚があまり上手くいっていないことも、周知の事実だった。いくら金持ちとはいえ、あの家の子供として成長するのは楽ではあるまい。自分たちのことを話題にするとき、人びとの顔には必ずあざけりと憐れみの入り混じった笑みが浮かんでいる、とわかっているのだから。

ロバートは死ぬまで父親と較べられつづけるだろう。その評判にこたえるのは、並大抵のことではなかった。それがどういうものか、ペレスはいくらか知っていた。彼の父親はフェア島の郵便船の船長だった。島の生活にかんする決断が下されるときには、いつでも事前に相談されていた。だが、ロバートの場合は、もっと大変だった。マイクル・イズビスターはもの静かで気取らない男だったが、シェトランドのどこへいっても有名だった。音楽家であり、方言と伝統的な歌曲の専門家だった。若いころからヴァイキングの火祭り、アップ・ヘリー・アーの委員会に名を連ねていた。今年は仮装者のリーダーであるガイザー・ジャールをつとめる栄誉をあたえられていた。それは彼にとって、大きな意味を持っていた。女王からもらう勲章以上のものだ。彼は火祭りの行列を先導し、テレビに出演し、ラジオのインタビューを受けることになっていた。すくなくとも今後一年間は、彼が全世界に対するシェトランドの代表者となるのだ。ロバートは父親とおなじヴァイキングの恰好をして、父親の率いるチームに参加する。彼が父親のあとを継ぎたいと望んでいるしるしだ。そして、シェトランドじゅうの人間が、彼がその任に堪えうる人物かどうかに注目するだろう。

夜もまだはやい時間なので、ロバートは家にいないと思われた。漁に出ている可能性もあったが、ペレスはそうは思わなかった。今週はじめにウォルセイ島の友人を訪ねたとき、〈さまよえる魂〉号はまだ停泊中で、まわりの船を圧倒していたからだ。ペレスは車で町を抜け、波止場へむかった。脇道に乗り入れて駐車し、車から降りる。寒さで、息が止まった。魚と油の匂い。ロバートがひとりでいてくれるといいのだが。この会話を交わすとき、彼の取り巻き連中にそばにいてもらいたくなかった。

バーのドアを押しあけると、暖かい空気がむっと押し寄せてきた。炭火ががんがん焚かれていた。小さな暖炉だったが、そもそも部屋が小さかった。煙草と石炭の煙で茶色く染まった壁には、過去のアップ・ヘリー・アーに参加したチームの不鮮明な写真がずらりと並んでいた。男たちの一団が、カメラを意識しながら、真剣なまなざしでこちらを見つめている。学者たちはこの伝統行事を馬鹿にするかもしれないが、男たちは真面目だった。自分たちがシェトランド諸島の文化、生活様式を代表している、と信じているのだ。そして、この薄暗いバーの片隅に、ロバート・イズビスターがいた。ぼさぼさの髪が、部屋を白く照らしているように見える。ノーザン・ライトのボトルからグラスにビールを注いでいたが、すでに何杯かやったあとのような慎重な手つきだった。ペレスが店に入ってきたのに、気づいていなかった。カウンターの奥では、小柄で痩せた女性が高いスツールに腰掛け、ペイパーバックを読んでいた。背表紙を折り曲げ、雑誌でも読むみたいに片手で持っている。女が無理やりページから目を離した。

「ジミー。ジミー・ペレス。あんたにしちゃ、はやいわね。なんにする?」彼を見てもあまり喜んでいないのがわかった。ペレスは上客ではないのだ。

「コーラを頼む、メイ」ペレスは言葉を切り、ロバートを見た。「車を運転してるんでね」

彼女もロバートも、それを無視した。

ペレスは自分のグラスを持って、ロバートのテーブルにすわった。メイは本のページへ戻っていき、すぐにその世界に没頭した。サラも、読むときはあんな感じだった。家の下に噴火口があっても、気がつかないだろう。ロバートが顔をあげ、うなずいた。

「レイヴンズウィックで見つかった死体のことは、聞いたか?」ペレスはいった。遠まわしに攻めても、仕方なかった。相手はロバートなのだ。

「ここにきたとき、メイがなにかいってたな」ゆっくりとした、注意深いしゃべり方だった。ビールのせいか?　それとも、なにかを警戒しているのか？　ロバートはよく仲間とビールを飲んでいたが、平日のこんなはやくから深酒することは、まずなかった。

「あんたの友だちらしいな」

ロバートがグラスを置いた。「誰なんだ?」

「若い娘だ。キャサリン・ロス。知ってたんだろ?」

すこしだけ沈黙が長すぎた。「あちこちで見かけた」

「まだ十六歳だった。いくらあんたでも、相手にするにはちょっと若すぎるよな」ロバートの若い娘好きは、ずっと冗談のネタにされてきた。それは彼が大人になりきれていないという証拠だ、とペレスは考えていた。あの巨大な漁船は、自分が一人前の男であると証明するためのものなのだ。ペレスはつづけた。「大晦日の晩だが……」

「それが?」

「マーケット・クロスでどんちゃん騒ぎをしたあとで、あんたたちはパーティにいった」

「ああ。ダンロスネスのハーヴェイ家の女の子たちのところだ」

「あんたは家に帰るキャサリン・ロスを車に乗せていった。レイヴンズウィックの分岐点まで」

ロバートがこちらをむいたので、ペレスはその薄いブルーの目をのぞきこむ恰好になった。血走った、不安そうな目だった。

「おれは運転してなかった」ロバートがいった。「そこまで馬鹿じゃない」

「誰が運転してた?」

「名前は知らない。若造だ。まだ学生の」

「キャサリンの友だちか？」

「さあな。かもしれない」

「どこに住んでるのか、いってなかったか？」

「たしか、南のほうだ。クエンデールとか、スキャットネスとか。シェトランドにきて、まだ間がない、といってた」

「キャサリンを見かけたといったが、どこでだ？」

「パーティ。町のバー。わかるだろ」

「それじゃ、おまえの目をひくような女の子だったんだ。大勢のなかから選びだすような」

「ああ、そうさ」ロバートがいった。「あんただって、目にとめてただろう。あまりしゃべらず、いつだって相手を観察し、値踏みしてた。でも、嫌でも彼女には気づいただろうさ」ロバートはグラスを手に取ると、ビールを飲んだ。突然、それまでよりリラックスしたように見えた。「彼女、どんなふうに死んだんだ？　低体温症か？　飲みすぎて、寒さのなかで意識をなくしたとか？」

「彼女はよく飲んだのか？」

ロバートが肩をすくめてみせた。「みんな飲みすぎさ、若い娘たちは、だろ？　冬のあいだ、ほかになにをしろっていうんだ？」

「死因は低体温症じゃない」ペレスはいった。「彼女は殺されたんだ」

12

警察はまたやってくる、とマグナスは考えていた。ひと晩じゅう、椅子にぴんと背筋をのばしてすわっていた。五回、車が通りすぎたが、一台も止まらなかった。塀の切れ目に渡された青と白のテープが、あいかわらず風にはためいていた。丘を下る車のヘッドライトが、それをとらえる。キャサリンもまだ、そこにいた。防水シートをかぶせられて。それを考えると、耐えられなかった。彼女の遺体は、いまどんなふうになってるのだろう？　すくなくとも、地面は凍りついているから、腐ることはないだろう。肉にむらがる動物や昆虫もいない。まえのときは、夏だった。太陽に照らされた子羊の死体があっという間に腐りはじめるのを、マグナスは知っていた。地面がすぐに温まるからだ。

つぎにきた車は、止まった。ノックの音がするのを待ったが、車から降りた男は両手をポケットに入れて道路脇に立ち、おしゃべりをして、なにかを待っていた。やがて、運送用トラックがやってきた。ほかの車が通れるように、草地の上に駐車する。その荷台から人の手で小型発電機が降ろされ、野原のむこうへひいていくために、トロッコにのせられた。何本ものケーブルに、スタンド付きの大きなライトがふたつ。すべて丘のむこうへ運ばれていき、マグナスの視界から消えた。キャサリンの姿が、目に浮かんだ。あの強力な白色灯に照らされて、青白く、凍りついたように見えるはずだ。母親の時計に目をやる。午後八時。アバディーンからの飛行機は、もう到着しているだろう。インヴァネスからきた連中は、サンバラから車で北へむかってくる。前回も特別捜査班が送りこまれてきたが、地元の警察以上の成果をあげることはなかった。

少女の顔が、脳裏をかすめる。写真のように、はっきりとしたイメージ。カトリオナ。頭に浮かんだ名前を、そのまま口にする。風でもつれた長い髪。笑いで細められた黒い目。彼女は丘を駆けあがってくると、ノックせずにドアを開けた。片方の手には、庭で摘んできた花束が握られていた。たしか、あれがあの子を見た最後の日だった。

マグナスは急に落ちつかなくなって立ちあがり、窓の外を見た。警官の姿はどこにもなかった。死体のもっとちかくにいるのだろう。雲が移動して、満月があらわれた。満月のとき、おまえはふだん以上に馬鹿になるね、というのが母親の口癖だった。凪《な》いだ海面に、光の小道ができていた。自分が一日じゅうなにも食べていないことに、マグナスは気がついた。だから、こんなに頭のなかがごちゃごちゃしてるのだろうか？　そうでなければ、月のせいだ。家のまえの道路でカトリオナが踊っているのが見えるような気がした。変わったジグで、両手を頭の上にあげ、バレリーナみたいに腕を曲げている。カトリオナが彼のほうに首をかしげ、ついてこいという仕草をした。

これは自分の想像にちがいない、とマグナスにはわかっていた。たとえ生きていたとしても、カトリオナはいまごろキャサリンより年上の娘になっているはずだ。とはいえ、家にじっとしてはいられなかった。海面に映る月の光と、一日じゅう警察が戻ってくるのを待っていたせいだ。なにもいうんじゃないよ、という母親の声に耳をかたむけ、あの少女のことを思い出していたせいだ。彼はブーツをはき、はやく外に出ようと、ぎごちない手つきで靴紐を結んだ。母親が編んでくれた毛糸の帽子をかぶり、母親が亡くなる直前にラーウィックで買ってきた大きなジャンパーを着る。母親は自分がもうすぐ死ぬことをわかっていたかのようだった。マグナスがひとりで服を買えるとは思っておらず、そのときいっしょに彼の下着とソックスも山のように買いこんできた。彼はいまでも、ときたまそれらを身につけていた。

外に出ると、マグナスは小道とは逆の方向へのぼっていき、ラーウィックに通じる道路に出た。教会の隣の家は、明かりが消えていた。寝室のカーテンはきちんと閉まっていなかったが、隙間からはなにも見えなかった。窓ガラスに映る幽霊みたいな自分の顔が見えただけだった。彼は後ろ髪をひかれる思いでむきなおると、ふたたび丘にむかってのぼりはじめた。

石塀の陰で足を止め、ふり返る。彼がヒルヘッドの家を出るところを、警察は見ていなかった。月明かりのなか、彼のほうからは、キャサリンの死体のまわりで活動する警官たちの姿が、驚くほどはっきりと見えた。現場に立ち、あるいは動きまわる様子から、ひとりずつ識別することができた。かれらは強烈な白色灯に目がくらんでいたし、防水シートに覆われた小さな死体にすっかり気を取られていた。犯罪現場から目をそらすことがあっても、それは南からくるヘッドライトを探すためだった。もうすぐサンバラから捜査班が到着するのだろう。

マグナスはのぼりつづけた。ゆっくりと歩く。急いではならない、とわかっていた。最後にここにのぼってきてから、怠惰な冬をすごしてきたのだ。膝の筋肉が張っていたし、胸がぜいぜいいっていた。昼間の日差しで、ところどころで雪が解けており、そこから泥炭と枯れたヒースがのぞいていた。土手のてっぺんに着くと、その先は荒涼とした斜面が広がるだけだった。その昔シェトランドは木で覆われていた、と学校で習ったことがあった。想像できなかった。いまでは木といえば、人の家の庭に生えているだけだ。月を地球からでなく、その表面に立って見たら、きっとこんなふうに見えるにちがいない、とマグナスは思った。ひと息つくために立ちどまり、ふたたびうしろをふり返る。ここからだと、野原にいる人影はさほど重要そうには見えなかった。そのむこうに、入江に張った銀色の氷とレイヴンズウィックの家並が見えていた。いくらかでも分別があれば、ベッドに戻るところだが、なにかが彼を先へと駆り立てていた。カトリオナが踊るのをやめられなかったときも、こんなふうだったのだろうか?

あの場所がわかるかどうか、彼には自信がなかった。だが、こうしてちかくまできてみると、この奇妙な光のなかでも、景色に見覚えがあった。若いころ、マグナスはほとんどの時間をここですごした。小農場を営んでいた父方の叔父さんといっしょに働いていたのだ。マグナスは丘の羊を数えたり、毛を刈るために囲いに追いこんだり、畜殺にそなえて丘から連れ下りたりするのを手伝った。そして初夏には、泥炭掘りのためにここへきた。あれはきつい仕事だった。土手から泥炭をひきはがし、固く締まった黒い塊に切り分けていく。掘り出すのも大変だが、それを二輪手押し車にのせて道路まで運んでいくのは、もっときつかった。いまでも泥炭を掘り出すものがいるが、その数は多くなかったし、そういう連中はトラクターやトレーラーを使った。叔父さんはマグナスを自慢にしていた。自分の息子たちよりも力が強いし、働き者だ、といっていた。そのころ、マグナスには父親と母親、叔父さんと従兄弟たちがいた。それに、妹も。いまでは、誰もいなかった。

小さな湖に出た。従兄弟たちが冬になると雁を撃ちにきていた場所だ。北から飛来する鳥たちの鳴き声。凧の尾みたいに長い列を作って飛ぶ姿は、おたがいの間隔がすごくちかいので、つながっているのではないかと思えるくらいだ。すると、従兄弟たちは銃を手に、出かけていく。マグナスは銃を持つことを許されていなかったが、あとで彼の母親が獲物を料理し、全員で食べた。凍てつくような丘の斜面で、マグナスはヒルヘッドのキッチンのテーブルをみんなで囲んだときのことを思い出していた。すごく記憶がなまなましかったので、雁の脂の匂い、顔にあたる調理用こんろの熱を、感じとれそうな気がした。自分は病気なのだろうか、とマグナスは思った。こうした夢想に出てくる世界は、彼が熱を出したときに見る光景とよく似ていた。

湖の端で、彼はしばし立ちどまり、つぎにどうするかを考えた。湖には氷が厚く張っていた。ところどころ透明になっていて、その下の灰色の水が見えた。それ以外のところは白くてごつごつしており、母親が乾燥ココナッツと砂糖とコンデンスミルクで作ってくれたお菓子にすこし似ていた。どうしてこんなふうになるのだろう？　どうして水はどこもおなじように凍りつかないのだろう？　こうした疑問に気を取られ、マグナスは結論の出ないまま、その謎について考えていた。集中するあまり、口が半開きになっていた。やがて、行動する必要があったことを思い出し、ふたたび丘をのぼりはじめた。

彼の頭のなかには地図があった。学校で読んで聞かされた物語のなかの宝の地図みたいなものだが、彼は一度もそれを紙に描いたり、道順を書きとめたりしなかった。道順を書くとしたら、どんなふうになるだろう？　湖から西へ進み、ギリーの小川に出たら、それに沿って丘をのぼり、大雨のあとで必ず滑りやすくなる渓谷までいく。

道順は、彼が思っていたとおりだった。雪解けになると、渓谷は泥炭混じりの水であふれかえる。いま、そこは柔らかい雪に埋もれていた。泥炭の土手、そして小さな地滑りを起こしたみたいに見える岩場までくる。この丘で地滑りが起きるのは、そうめずらしいことではなかった。日照りつづきの夏のあとで雨がたくさん降ったときは、とくにそうだ。水が乾燥した地面の割れ目に染みこんで地盤をゆるませ、岩と土と泥炭が土手からはがれ落ちてくるのだ。雪に覆われていても、彼にはあの場所がわかった。ようやく、先へ進みたいという衝動が消えた。天を仰いで立ち、涙が頬を流れ落ちるにまかせる。

そのままひと晩じゅう、そうしていたかもしれなかったが、遠くで爆発音がして――救命艇の警報用花火の音は、夜の静寂のなかでやけに大きく響いた――彼ははっと我に返った。母親なら、なんというだろう？　赤ん坊みたいな真似はやめなさい、マグナス。ほかにすることもなかったので、彼は家にむかった。地表が凍りついていたものの、しっかりとした足取りで、切り立った泥炭の土手を斜めに横切っていった。

巡査たちはまだキャサリンの死体を見張っていたが、もうひとりの男は目を閉じて車のなかにすわり、待っていた。アバディーンからの飛行機が遅れているのだろう。ライトと発電機を運んできたトラックは、いなくなっていた。マグナスが見ていると、巡査のひとりが魔法瓶の蓋を開けて、湯気の立つ液体を注ぎ、それを同僚に手渡した。ふたりは友だちなんだ、とマグナスは思った。あんなふうにひと晩じゅういっしょに働いてたら、親しくなるのは当然だ。彼はかすかな懐かしさとあこがれを感じ、やがてそれは耐えがたいまでになった。グラウスのボトルを持っていって、ふたりにウイスキーを一杯勧めてみようか？　すごく寒い夜だから歓迎してくれるだろうし、失礼にならないように、飲みながら彼に話しかけてくるかもしれない。

あのフェア島出身の刑事がいなければ、マグナスはそうしていたかもしれない。だが、勤務中の飲酒は許されていないだろう。上司が見ているまえでは、巡査たちは彼の申し出をことわるはずだ。そのとき、彼は警察署とぴかぴかの壁の部屋のことを思い出した。ひとりで飲むほうが、よさそうだった。かれらになにもかもぶちまけずにいるのは、むずかしいだろうから。

マグナスが家でウイスキーの小さなグラスを手にしていると、車の隊列があらわれた。あの烏羽色《からすばいろ》の髪の毛をした娘にかれらがなにをするのか、考えたくなかった。彼はグラスを持ち、ベッドにむかった。

13

ペレスは目を閉じて車のなかにすわり、静寂に耳をかたむけていた。アバディーンからの飛行機は遅れると確認済みであるにもかかわらず、南からくる車の音がしないかと耳を澄ませていた。待つのは苦にならなかった。むしろ、きょう一日の出来事をふり返り、考える時間ができたので、喜んでいた。ふだんは、捜査の進行状況に神経をとがらせなくてはならなかった。シェトランドでも、達成すべき目標、おろそかにできない手順が存在するのだ。だが、いまは待って考える以外、なにもすることがなかった。自由に思考をさまよわせることができた。

よそ者としてシェトランドにやってきて、キャサリン・ロスはどう感じていたのだろう？　その気持ちを、彼はいくらか理解できた。彼はスペイン風の名前を持ち、地中海人種らしい顔立ちをしていたから。とはいえ、彼の一族は何世代もまえからフェア島で暮らしていた。言い伝えを信じるなら、何世紀もまえからだ。そして彼は、その言い伝えを信じていた。すくなくとも、何杯か酒を飲んだあとでは。実際、それはキャサリンの場合とまったくちがっていた。

ラーウィックの学校に通うために家を離れなければならなかったのは、彼にとってつらい体験だった。ラーウィックの町はすごく大きくて、やかましくて、車であふれているように感じられた。街灯のせいで、決して暗くならないように思われた。だが、ヨークシアの都会から移り住んできたキャサリンにとって、まず最初に気づいたのは、その静けさだっただろう。

彼の思考はふたたび殺人事件の捜査から離れ、フェア島と彼の名字にかんする言い伝えへと戻っていった。その言い伝えとは、こうだ。スペインの無敵艦隊時代、〈エル・グラン・グリフォン〉号という船が風のせいで航路を外れ、目的地のイングランド本土から遠く離れたところへ流された。船は島の沖合で難破した。すくなくとも、この部分は史実だった。潜水夫たちが難破船を発見していたし、記録が残っていたし、考古学者たちが人工遺物を回収していた。かの有名なフェア島の編み物《フェアアイル・ニット》はこの遭難からはじまった、と主張するものもいた。スカンジナヴィア人とはなんの関係もない、というのだ。たしかに、ノルウェー人も編み物をする。だが、ノルディック・ニットの模様は規則正しく、意外性に欠け、小さな四角い形は控えめで、退屈だった。それに対して、伝統的なフェア島の編み物《フェアアイル・ニット》は色鮮やかで、模様が込み入っていた。いたるところに十字架のような形が見られた。カトリックの司祭が着る式服にちりばめられていそうなデザインだ。

こうした模様は〈エル・グラン・グリフォン〉号によってもたらされた、と一部の人びとは主張していた。もっと端的にいうと、遭難を生きのびたひとりのスペイン人船員によって。ミゲル・ペレスは、なぜか奇跡的に岸まで泳ぎ着くことができた。サウス・ハーバーの砂利浜に瀕死の状態で打ち上げられ、足首を波に洗われているところを発見された。彼は島民たちに受け入れられた。いうまでもなく、出ていくことは不可能だった。どうやって生まれ故郷の暑さと文明の地に戻れたというのか？　当時はシェトランド本島へ渡るのさえ、命がけだっただろう。彼は取り残されたのだ。なにがいちばん恋しかっただろう？　ペレスはときどき考えた。ワイン？　料理？　オレンジとオリーブと灼けた土の匂い？　古《いにしえ》の石に反射する凝縮された陽光？

言い伝えでは、彼は島の娘と恋に落ちたという。娘の名前は記録に残っていない。スペイン人船員はあきらめただけだ、とペレスは考えていた。彼は何カ月も海の上にいた。セックスに飢えていた。必要とあらば、恋に落ちたふりだってするだろう。そうでなくても、そこに愛が存在していたとは、とうてい思えなかった。たとえ島民同士の結婚でも、愛の介在する余地などほとんどなかったのだから。女は船を操れる強い男を求め、男は家事をしてお茶をいれてパンを焼く存在を求めた。ふたりがどこに惹かれあったにせよ、かれらのあいだには息子がいたにちがいない。すくなくとも、ひとりは。なぜなら、そのとき以来、フェア島にはペレス家が存続しつづけているからである。土地を耕し、郵便船の乗組員として働き、女を見つけて、さらなる男の跡継ぎをもうけてきたのだ。

ジミー・ペレスはシートのなかでもぞもぞと身じろぎした。寒さで、ふたたび目のまえの問題に考えがむかった。キャサリン・ロスは、人口が百人にも満たない――しかも、そのほとんどが親類同士という――小さな共同体で育ったわけではなかった。金魚鉢のなかで暮らしているような感覚、誰もが彼女の行動を知っている、あるいはそう思いこんでいるような状況は、はじめての体験だっただろう。彼女の母親は長い闘病生活の末に亡くなり、父親は悲しみに浸り、心ここにあらずの状態で、娘をほったらかしにしていた。彼女は孤独だったにちがいない、と彼は突然思った。とくに、まわりの全員が知りあい同士という、この土地では。土手の下に住むサリー・ヘンリーや、まだ見つかっていないボーイフレンドといるときも、ひとりぼっちだと感じていたにちがいない。

それにつられて、マグナス・テイトのことが頭に浮かんできた。あの老人も孤独なのではないか？　キャサリン・ロスを殺したのは彼だ、と誰もが確信していた。彼がまだ勾留されていないのは、ひとえに、いったん署に連行したら、六時間しかひきとめておけないからだった。ここはイングランドとはちがうのだ。それに、インヴァネスの捜査班がいつ到着するのか、誰にもわからなかった。飛行機が故障して、翌朝まで着かなかったら？　マグナスは真夜中までには釈放しなければならないのだ。

日が暮れるころ、部下のサンディ・ウィルソン巡査が、ヒルヘッドに見張りをつけますか、と訊いてきた。

「なんのためだ？」ペレスはきつい口調でたずねた。どういうわけか、サンディにはいつでもいらつかされた。

サンディは上司の語気の鋭さにしゅんとなり、顔を赤らめた。ペレスはその機に乗じた。

「夜のこんな時間に、やつがどうやってシェトランドを離れられる？　泳いでか？　やつの家はひらけた丘の斜面に囲まれている。それでいったい、どこに隠れるっていうんだ？」

マグナス・テイトが犯人かどうか、ペレスにはわからなかった。捜査はまだはじまったばかりなのだ。だが、マグナスがキャサリンを殺したと同僚たちが簡単に決めつけていることに、彼は苛立ちをおぼえた。彼のプロ意識に対する挑戦だ。いいかげんな思いこみや手抜きには、我慢がならなかった。かつて幼い少女が失踪し、マグナスが第一容疑者だったからといって、それがなんだというのだ？　ペレスの見るかぎり、このふたつの事件には共通点がほとんどなかった。カトリオナ・ブルースが殺されたのだとしても、その死体は隠されていた。キャサリンの場合、死体は展示品といっていいくらい、おおっぴらに残されていた。カトリオナはまだ子供だった。ペレスはファイルにあった写真を見ていた。年齢よりも幼く見えた。キャサリンは若い女性で、セクシーで反抗的だった。インヴァネスの捜査班が偏見を持たずにきてくれるといいのだが、と彼は願った。かれらがシェトランドのうわさ話や、のけ者になった老人に対する地元民の不信感に影響されるまえに、話をするつもりだった。

　ライトの動力源として持ちこまれた小型発電機の音によって、静寂が破られた。理由はわからないが、サンディが発電機をスタートさせたにちがいない。二分後、ペレスの携帯が鳴った。飛行機を迎えにサンバラへやらされた巡査からだった。「飛行機が着きました。すぐそちらへむかいます」その知らせが自分よりも先にサンディ・ウィルソンに伝えられたことに、ペレスは驚くよりも、感興をそそられた。サンディ・ウィルソンと空港に迎えにいったブライアンは、おなじウォルセイ島の出身だった。ここでは、そうやってものごとが進むのだ。

　インヴァネスからきた捜査班は、六名からなっていた。犯行現場検査官が一名、巡査が二名、刑事が二名、そして捜査の指揮を執る警部が一名。階級はペレスとおなじ警部だが、経験が豊富なので、彼が責任者となることになっていた。かれらは二台の車に分乗してきた。一瞬、夢想を邪魔されて、ペレスは腹が立った。頭がぼんやりしていた。動くのが億劫だった。車のドアを開け、外に出る。暖かい車内にいたので、外の寒さを忘れていた。警部に自己紹介されたとき、ペレスはまだ寝ぼけていた。大きくて熱意にあふれた声、それに力強い握手が印象に残った。犯行現場検査官のジェーン・メルサムが仕事をはじめるまで、やることはあまりなかった。彼女は陽気で有能な女性で、きついランカシア訛りと辛辣なブラック・ユーモアの持ち主だった。ほかのものたちが見守るなか、彼女はトランクを開け、自分のケースを取り出した。

「調べ終えた死体は、どうすることになってるの?」ジェーンがたずねた。

「アニー・グーディー斎場に運ぶ」ペレスはいった。「ラーウィックの葬儀屋だ。船で本土へ運べるようになるまで、そこで保管する」

「それはいつ?」

「そうだな、今夜のフェリーは、もう出た。飛行機に乗せるわけにはいかない。となると、あしたのいまごろだな」

「それなら、急ぐ必要はないわね」ジェーンが紙のスーツを着込みはじめた。「コートを脱がずにすめばいいんだけど。脱いだら凍えて、アバディーンへ船で送る死体がもう一体増えることになるわ」フードをかぶり、はみ出した髪の毛を押しこむ。「ほかの船客は死体といっしょで、気にしないの?」

「知らないからね」ペレスはいった。「おんぼろの運送用トラックで運ぶんだ。目立たないように」

「検死は誰がやるの?」

「大学のビリー・モートンだ」

「おめでとう」ジェーンがいった。「彼、この分野じゃピカ一よ」

この女性の判断は信用できる、とペレスは思った。彼もビリー・モートンを高く評価していたのである。ジェーンが顔をあげて、ペレスを見た。

「わかってると思うけど、今夜じゅうにはたぶん終わらないわ。あしたの朝いちばんに、また戻ってこなくちゃならないと思う」

「できれば、死体をここに残しておきたくないんだが。すぐちかくに学校がある。子供たちの通学路なんだ。それに、死体はすでに丸一日ここにある」

「わかった」彼女がこの件をじっくり考えているのがわかった。彼女は自分を重要人物に見せるためだけにごねてみせる役人のひとりではなかった。「どうにかできるようなら、今夜じゅうに死体を移すようにするわ」

彼女は塀の切れ目を通っていった。雪に残る足跡を避けるように野原を大きくまわりこみ、別の角度から死体にちかづいていく。死体のそばまでくると、彼女はあとに残っているものたちに大声で叫んだ。

「あしたの天気予報はどうなってる?」

「あまり変化なしだ。どうしてだ?」

「急に暖かくなって雪が解けるようなら、まず足跡から調べようかと思って。現場まで行き来する足跡が、たくさんあるみたい。でも、はっきりしたやつは、ひとつもない。なにか出てくる可能性はあるけど、朝まで放っておいて、まずは死体のほうに専念するわ」

強烈なライトに照らされたジェーン・メルサムの姿は、この世のものとは思えなかった。なにもかもが白かった。ペレスは昔見たホラー映画を思い出した。死の灰が降ったあとの世界を描いた作品で、ミュータントや怪物がぞろぞろ出てくるやつだ。気がつくと、全員が彼女を見つめていた。地元の警官も、インヴァネスからきた連中も、固く凍った雪の上を進んでいく彼女の姿に釘付けとなり、黙って見入っている。すべての視線が彼女に集中していた。人物評価や事件にかんする討論は、まったくおこなわれなかった。それはあとだ。

それがおこなわれたとき、かれらは全員そろってラーウィックのホテルの一室にぎゅうぎゅう詰めになっていた。ふたりの刑事に割り当てられた部屋で、インヴァネスからきた警部が事件について話しあうため、そこに全員を招集したのだ。ツインベッドがふたつあったが、部屋はそれほど広くなく、ややうらぶれていた。埃っぽいカーテン、すり切れた絨毯。なぜかペレスはかすかに気まずさをおぼえた。外からの客を迎えるのに、これが精一杯なのか？ いったいどう思われるだろう？ ロイ・テイラー警部はベルのボトルを開けており、めいめいがそこらへんにあったコップにウイスキーを注いで飲んでいた。ティーカップ、浴室のプラスチック製のマグカップ、空港のコーヒーが入っていたポリエステル製のマグカップ。ペレスは床にすわって、観察していた。テイラー警部は片方のベッドから座を仕切っていた。彼がどういう人物か、ペレスはまだつかみかねていた。警部にしては若く、まだ三十代半ば。はやくも頭が薄くなりかけていて、それを隠すために髪の毛をみじかく刈りあげている。そのせいで、頭が髑髏《どくろ》のように見えた。捜査責任者になるのは今回がはじめて、という可能性すらあった。やる気満々なのは、確かだ。すぐにわかる。ぎらぎらした野心の持ち主？ かもしれない。だが、それ以外にもなにかありそうな気がした。荷物からウイスキーのボトルを取り出した瞬間から、ロイ・テイラーは休むことなく質問をつづけていた。はじめは、なんといっているのかよく聞き取れなかった。いまはインヴァネス勤務かもしれないが、生まれはちがった。「リヴァプール出身だ」ペレスに訊かれて、テイラーはそうこたえた。「世界最高の街さ」

テイラーは質問するときとおなじ熱心さで、返事に耳をかたむけた。メモは取ってなかったが、すべて頭に刻みこまれているのだろう。島にもっとはやく着いて自分で初動捜査ができなかったので、出し抜かれたと感じているかのようだった。テイラーがアバディーンの空港ターミナルを行きつ戻りつしながら、いまや遅しと離陸を待ちわび、飛行機が遅れると知って小声で毒づくところが、目に浮かんだ。

テイラーがベッドから下り、伸びをした。つま先立ちになり、天井にむかって手をのばす。ペレスは、遠足でいったエディンバラ動物園で見た猿を思い出した。檻の柵を押して、もっと広い空間を求めていた猿を。テイラーは常にもっと空間を必要とする男に思われた。アフリカの草原のど真ん中にいても、彼なら空間が足りないと感じるだろう。その限界線は、彼の頭のなかに存在しているにちがいない……。なにを馬鹿なことを考えてるんだ、とペレスは自分にいった。ウイスキーを飲むペースがはやすぎたのだ。

気がつくと、みんなはマグナス・テイトを連行することについて話しあっていた。どういう手順でやるか、誰が事情聴取を担当するか。地元の警察とインヴァネスの捜査班からひとりずつ、というところで落ちついた。手荒な真似はしないこと。テイラーはカトリオナ・ブルース失踪事件の捜査資料に目を通していた。それによると、マグナス・テイトは乱暴に扱われたようだ、と彼はいった。今回は、誰も熱くなって暴走したりしないように。チームのひとりが切れたせいで、事件を裁判に持ちこめなくなるのはごめんだからな。いいか、われわれはいまやひとつのチームなんだ。テイラーは、そこにシェトランド人も含めていた。全員に腕をまわして抱きかかえるような感じで、部屋のなかを見まわす。彼がひと言ひと言本気でいっているのが、わかった。ほかの人間がこんなふうにしゃべったら、聞いているほうは吐き気を催すだろう。だが、テイラーはそういう反応をひき出すことなく、それをやってのけることができた。みんなをすっかり手なずけていた。

「マグナス・テイトが犯人だという結論に、飛びつかないほうがいい」ジミー・ペレスは発言するつもりはなかった。テイラーの熱意に影響されたのかもしれない。隅にすわり、ねっとりしたウイスキーをグラスのなかでまわす。

「どうしてかな?」テイラーが伸びをやめた。しゃがみこんで両脇の床に手をつき、身体を支える。ペレスはまたしても猿を連想した。床にすわっているペレスと、顔の高さがおなじになる。

ペレスは車のなかで待つあいだに考えていた問題点を、ひとつずつあげていった。被害者の相違点。マグナス・テイトが犯人なら、なぜ犯行を重ねるのにこれほど長いこと待ったのか?キャサリン・ロスは都会育ちの世慣れた女性で、肉体的にも強かった。おとなしくマグナスに殺されるとは思えない。

「マグナス・テイトでなければ、犯人は誰なんだ?」テイラーがたずねた。

ペレスは肩をすくめた。あらゆる状況証拠がマグナス・テイトを指し示していたが、彼はほかの可能性を考慮せずに、やみくもに逮捕へと突き進みたくなかった。

「別の仮説があるわけじゃない」彼はいった。「ただ、偏見を持たずにいたいだけだ」

「ボーイフレンドはいたのか？」

「いたかもしれない。足取りがつかめなくなるまえの晩、彼女は誰かといっしょにいた」

「そして、それが何者かはわかっていない？」

「いまは、まだ。いろいろと訊いてまわっている。突きとめるのは、そうむずかしくないはずだ」

「そいつが最優先事項ってわけだな？」

誰も返事をしなかった。

突然、テイラーが立ちあがった。「もう寝よう。あすは忙しくなるぞ。たっぷり睡眠を取っておかないと。きみたちもだ」

テイラーはあまり眠らないのではないか、とペレスは思った。彼がひと晩じゅう目を覚ましたまま、部屋のなかをいったりきたりするところが、目に浮かんだ。

14

ジミー・ペレスは歩いて自宅に戻った。ホテルから、ほんの五分のところだった。途中で足を止め、港のむこうに停泊する巨大な大型漁船を見やる。船には明かりがついていたが、働く人影はなく、狭い通りにも誰もいなかった。寒さのなか、彼はしらふで、頭が冴えているのを感じた。

彼は、両隣を大きな家に挟まれた水辺の小さな家に住んでいた。石の外壁には満潮線がついていて、荒れ模様のときは水飛沫《しぶき》が上階の窓まで飛んできた。家は狭く、じめついていて、実用的ではなかった。駐車場がなかった。両親が泊まるとしたら、彼はソファで寝なくてはならなかった。サラと別れてシェトランドに戻ってきたとき、ロマンチックな衝動に駆られて買った家だ。本人は、なかなか悪くない買い物だと思っていた。船上の家を持つようなもので、家のなかも船そっくりだった。きちんと整頓され、なにもかもかたづいている。彼は自分の外見にこだわらなかったが、家がどう見えるかについてはうるさかった。居間の壁は小型帆船風に水平の木の羽目板でできており、灰色のペンキで塗られていた。いまになって悟っていたが、羽目板は湿気の影響を防ぐためだった。壁紙は、とても貼れなかった。ひとつしかない窓は小さく、水面に面していた。調理室の真ん中に立つと、どの壁にも手が届いた。

家に帰り着いたのは、ちょうど真夜中だった。翌日は、夜が明ける一時間前に捜査本部に全員集合するよう、テイラーからお達しが出ていた。だが、ペレスはまだ寝る気分ではなかった。紅茶をいれようとやかんを火にかけながら、昼からなにも食べていないのを思い出して、スライスしたパンをグリルに入れ、冷蔵庫からマーガリンとマーマレードを取り出した。いま朝食を取っておけば、朝の時間を節約できるだろう。

食べながら、彼はその日の朝に届いた郵便物に目を通した。フェア島時代からの古い友人からきた薄っぺらいエアメール。彼女は三十代のとき、北の島々よりもっと広い世界を見る必要があると考え、いまはタンザニアでVSO言語の教師をしていた。手紙には、埃だらけの道路、異国風のフルーツ、笑みをたたえた子供たちの姿が生き生きと描かれていた。遊びにくれば？　十五歳のとき、彼は彼女に恋していた。いままだ、その気持ちは残っているのだろう。だが、そのあとで彼はサラに恋をし、結婚した。感情の垂れ流し。どこかで耳にした言葉だ。サラが口にしそうな文句だった。ひどい言いぐさだが、おそらくあたっていた。彼は不適切な愛情を垂れ流していた。今回の捜査でもすでに、フラン・ハンターとその娘に保護者めいた感情を抱いていたし、マグナス・テイトには、彼が犯人かどうかに関係なく、深い憐れみを感じていた。だが、警察官たるもの、超然としているべきだった。

コップと皿をすすいで水切り板にのせ、ベッドに持っていくため、水を入れたグラスを用意した。だが、まだ上階へはいかなかった。電話の受話器を取ると、メッセージが残されていることを示すシグナルが聞こえてきた。最初のメッセージは友人のジョンからで、時刻は午後八時十五分。町のバー〈ザ・ラウンジ〉から、携帯でかけてきていた。うしろでヴァイオリンの音と笑い声がしていた。「ひまだったら、こいよ。約束してた一杯をおごるから。でも、きっと忙しいんだろうな。またすぐに会おうぜ」ということは、殺人の件はすでにシェトランドじゅうに広まっているにちがいない。

ふたつ目のメッセージは母親からだった。名乗りもせずに、いきなり話しはじめていた。「おまえが興味を持つかと思ってね。ウィリーとエレンがついにスケリーを出ることにしたんだ。もっとアンのちかくにいるために、本土に引っ越すんだって。電話をおくれ」

声の調子から、母親が興奮を抑えているのがわかった。これがなにを意味するのか、彼にはわかっていた。ウィリーとエレンは年配の夫婦で、結婚以来、ずっとフェア島で農業をしてきた。ウィリーは島の生まれで、ペレスの祖母を介した遠い親戚だった。エレンは若いころに看護師になるため島へやってきた。この夫婦が出ていけば、小農場は空くだろう。

この知らせに対して、自分はどう感じているのだろう？　あわてている？　憂鬱になっている？　喜んでいる？　どれとも言いがたかった。かわりに、最後にスケリーを訪れたときの光景が、鮮やかに脳裏に甦《よみがえ》ってきた。家は改装されたばかりで、エレンはそれをお披露目していた。あたらしい屋根、大きくなったキッチンの窓、サウス・ライトまで見渡せる眺望。エレンはスコーンを焼いていた。彼は窓辺に立ってそれを食べながら、小農場のまわりの野原は風から守られているから、大麦を育てられるな、と考えていた。万が一、島に帰郷するようなことがあれば、そのときはもっと多様な農作物を育てていたころの農業に戻りたい、というのが彼の夢だった。
そしていま、その夢が現実味を帯びてきていた。望みさえすれば、彼はスケリーの農場を引き継ぐことができた。その島を所有するスコットランドのナショナルトラストは、フェア島出身者からの応募を常に優先するからである。したがって、彼はしばらく先延ばしにしたいと願っていた決断を迫られることになるだろう。フェア島に戻れば、彼の将来は決まってしまう。伝統は依然として大きな意味を持っていた。彼の父親は郵便船の船長だ。したがって、ペレスは自動的に郵便船の乗組員となり、いずれは父親の地位を継ぐことになる。それが自分の望みだ、と考えていた時期もあった。島の生活を受け継いで守っていくことが自分の望みだ、と。その可能性が目のまえにひらけてきたいま、彼はそれほど確信が持てなかった。死ぬほど退屈するのではなかろうか？

これが、いままで手がけたなかでもっとも刺激的な事件の真っ最中でなければ、彼の考えもちがっていたかもしれない。自分がインヴァネスからきた警部の情熱に影響されているのがわかった。これもまたロマンチックな衝動というやつだろうが、とにかく今夜は、警察官という職業が重要なものに思われた。けちな窃盗事件や交通違反を手がけているときだったら、そんなふうに感じただろうか？

家族のものたちは、一度も口には出さなかったものの、彼に帰ってきてもらいたがっていた。おまえの好きにすればいい、とかれらはいっていた。やりたいことをすべきだ。おまえの仕事を、みんな誇りにしている。だが、そこには無言のさり気ないプレッシャーがあった。彼は最後のペレスだった。姉たちはすでに結婚し、島に住んでいたが、ペレスの名を持っているのは彼だけだった。サラと別れることを母親に告げたとき、一瞬、本心があらわとなり、これで孫を抱くことはないね。すくなくとも、しばらくは、と母親が考えているのがわかった。サラもこのプレッシャーを感じていたにちがいない。妊娠中ずっと、そして赤ん坊を流産したあとにも。

ペレスは水の入ったグラスを持って上階へいった。今夜はまともな決断を下せる状態にはなかった。窓の外に目をやり、カーテンを閉める。いつもなら、耳にしていることを意識しないくらいかすかな水音を聞きながら眠りに落ちた。だが、今夜は海岸のすぐそばまで海が凍ったままだったので、ときおり奇妙なきしみ音がするほかは静まりかえっていた。若い娘の死体、鳥につつかれた顔のイメージが頭から離れずに、今夜は眠れないかもしれない、と彼は考えていた。だが、くり返し脳裏に浮かんできたのは、スケリーから見たフェア島であり、サウス・ハーバーに降り注ぐ陽光であり、マルコム岬の上を横切る雲の影だった。

翌朝、署に着くと、テイラーがすでに彼を待ちかまえていて、会議室のひとつに呼びこまれた。テイラーはすでに署内の配置を知りつくしているようだった。あまり寝ていないにちがいなかった。

「ちょっと話がしたくてね」テイラーがいった。「ほかの連中がくるまえに。きのう、きみがおこなった捜査、会った人物について、聞かせてくれ。老人のことは、すでに知っている。ほかに誰と話をした?」

ペレスは報告した。おかしな感じだった。別の刑事の質問にこたえるのは、久しぶりだった。

「時間の経過をはっきりさせておきたい。起きたことの順序を」テイラーはフリップチャートの紙を一枚はぎとってテーブルに広げると、太字の黒いマーカーペンで殴り書きをはじめた。誰かに読ませるためのものでなければいいのだが、とペレスは思った。ほとんど判読不能な文字だった。

「年が明けた直後、彼女と親友はマグナス・テイトの家にいった。一種の肝だめしだ。三日の夜、彼女は父親に、パーティにいくから外泊する、と告げた。その翌日、また外泊するかもしれない、というメールを送った」テイラーが紙から顔をあげた。「彼女がどこにいるのか、父親はたずねなかったのか? 誰のパーティだったんだ?」

ペレスは首を横にふった。「父親はつい最近妻を亡くしている。まだ鬱っぽいらしい。娘は好きなように行動できたんだろう」

「なるほど。こういう土地では、パーティのことはすぐにわかるだろう。四日の朝遅く、彼女は家にむかうバスに乗った。テイトもおなじバスに乗っていて、彼女をお茶に誘った。テイトによると、彼女は暗くなるまえに帰っていった。だが、彼女の姿を見たと認めている人物は、彼が最後だ。翌五日の朝、彼女の死体がテイトの家からそう遠くない丘で発見された。これで間違いないかな?」

「ああ」ペレスはもうすこしで「ええ、警部」といいそうになり、すんでのところでやめていた。ここは彼の縄張りなのだ。

「それじゃ、ほかの連中がなにをつかんでいるのか、確かめにいこう」

ペレスは、サンディ・ウィルソン巡査を捜査本部の管理責任者に任命していた。サンディはコンピュータに強く、日常業務を上手くこなすし、ペレスにしてみれば、彼が署内にいて外に出ないでいてくれるほうが安心できた。サンディは金曜の晩に町で起きる酔っぱらいの喧嘩騒ぎを処理するのには適していたが、繊細さと気配りが必要とされる仕事にはむいていなかったのである。いま彼は尻をぽりぽり掻きながら、部屋の準備に対するテイラーの感想を待っていた。カブスカウトの班長の点検を受ける隊員みたいに。サンディの問題点は、そこだった。いまだにガキみたいな思考回路なのだ。

「これでいいですか？」そばかす顔のサンディが熱心にたずねた。「もちろん、こんな大がかりな捜査ははじめてです。おれが入ってからは。パソコンはいつでも使えるようになってます」

「素晴らしい」テイラーがいった。「じつに素晴らしい」褒めすぎだった。テイラーの心がここにはないのが、ペレスにはわかった。だが、サンディはすっかり取りこまれていた。聴衆をまえにして、テイラーは昨夜とおなじくらいエネルギッシュにふるまっていたが、その目の下に青い隈ができているのを、ペレスは見逃さなかった。外はまだ暗く、机のランプが部屋を照らしていた。光と影が隅で交錯している。ペレスはふと古い戦争映画に登場する作戦司令室を思い出した。おなじような緊張感と期待感が漂っていた。

テイラーの話はまだつづいていた。「一般に公開する特別の外線番号を設置してあるんだろうな」

「さっきつながりました」

「一日二十四時間、休みなしで電話番をつけてくれ。有罪判決につながる情報を、きっと誰かが持ってるはずだ。せっかく勇気を奮い起こした目撃者が電話してみると、相手は留守番電話だった、ということがあってはならない。すぐに生身の人間につながるようにするんだ。わかったな？」

「みんな、マグナス・テイトが怪しい、というでしょう」サンディ・ウィルソンがいった。

「怪しいというだけじゃ、不十分だ。証拠が必要だということを、礼儀正しく、だがはっきりと、相手にわからせるんだ」テイラーはすこし間をおいて、全員が自分の話を注意深く聞いていることを確認した。「電話番には、インヴァネスからきた連中をつける。交替でやればいい。これは特殊な状況なので、気配りが必要だ。電話をかけてくる人物は、匿名でいたがるかもしれない。電話を受ける人物が知りあいだったら、それはまず無理だからな」すばやく部屋を見まわす。「みんな、いいかな？」

形式的な質問だった。それがすでに決定事項であることを、全員が承知していた。テイラーは部屋のまえにある机の上に腰掛けた。

「死体はもう運ばれたんだな？」

「犯行現場検査官の作業が終わったので、葬儀屋に移されました。検死のため、今夜の船で本土へ移送されます。ジェーン・メルサムが同行して、検死に立ち会います」

「被害者はなにを身につけてた？　バッグ、鍵、財布？」

「バッグも鍵も持ってませんでした。財布はコートのポケットに入ってました。モラグがきのう被害者の寝室を捜したところ、小さなハンドバッグが見つかりました。鍵はそのなかにもありませんでした」

「おかしくないか？　彼女が鍵を持って出なかったなんて。家に帰ったとき、どうやってなかに入るつもりだったんだ？」

「ここの住民は、いつでも鍵をかけるわけじゃありません。かけるのは、長いこと留守にするときくらいです。もしかすると、彼女は鍵を持って出たものの、殺されたときにポケットから落ちたのかもしれません」

「犯行現場周辺をしらみつぶしに捜索したい。どうすればできる？　外から人をもっと呼ぶ必要があるか？」

「過去に、沿岸警備隊に頼んで捜索隊を組織したことがある」ペレスはいった。「そのときは、断崖救助チームを貸してもらえた。正式に認可されたものかどうかは不明だが……」

「認可なんて、どうだっていい。知ってのとおり、外から人を連れてくるのには、えらく時間がかかる。強風とか猛吹雪で、現場に残されているかもしれない証拠が失われてしまうだろう。この件は、きみにまかせてもいいかな？　できるだけはやく、丘の捜索にかかって欲しい」

「了解」そういうしかなかったが、チームのメンバーを招集するのにどれくらい時間がかかるのか、ペレスにはよくわからなかった。

「そのあとで、きみには学校にいってもらいたい」調子が出てきたテイラーは、すごい早口でしゃべっていた。まえの言葉を言い終わらないうちに、つぎの言葉を口にしていた。きちんとした言いまわしになっていないこともあったが、それでも強引につづけた。「六年生全員に話させてもらえ。そうだな。できれば特別集会とか、そういった正式な場で。かれらの協力がいかに重要かを強調するんだ。きょうのうちにいってきてくれ。まだショック状態にあるうちに。事件に慣れてしまうまえに」テイラーは部下たちのまえで机に腰掛け、じっとしていられない子供のように、脚をぶらぶらさせていた。「教師をしている父親には大きな同情が寄せられているはずだ。そりゃ、生徒と教師がいつも上手くいってるとはかぎらないのは承知している。だが、場合が場合だからな。例の特別回線の電話番号を教えるんだ。電話にこたえるのは外からきた人間だということを忘れずに伝えろ。ただし、きみとじかに話したければそれも可能だということをはっきりさせておけ。かれらに選択肢をあたえるんだ。われわれが知りたいのは、殺されるまえの晩にキャサリンがどこにいたのか、いつも誰といっしょだったか、ボーイフレンド、あるいはボーイフレンド志願者はいたのか、だ」テイラーが息を継ぐために言葉を切った。一瞬、沈黙が流れた。ペレスはテイラーのうしろにある長い窓に目をやった。闇が薄れてきていた。もうすぐ夜が明けるのだ。

「正体を突きとめたい人物がひとりいる」ペレスはいった。「大晦日の晩に女の子たちを家のちかくまで車で送っていった若者だ。彼がどこに住んでいるのかは、わかっている。学校を通じて捜しだすのは、そうむずかしくないだろう」

「マグナス・テイトはどうなんです？」サンディ・ウィルソンだった。もともと黙っていられないたちだったし、捜査本部のことでテイラーに褒められて、気が大きくなっていた。「つまり、やつが犯人なら、わざわざこういったことをする必要があるんですか？」

テイラーが机から飛び降り、さっとサンディとむきあった。ペレスは雷が落ちるのを予想した。テイラーは愚か者に対して容赦しない男に見えたし、サンディはしばしばシェトランド一の大馬鹿者に思えることがあったからである。だが、テイラーはぐっとこらえた。さぞかし骨が折れたにちがいない。しかし、同僚たちのまえでシェトランドの警官を叱責するのは、インヴァネスとラーウィックの協力関係を築くうえで助けにならないことを、テイラーは理解していた。

「捜査のこの段階では、どんな可能性も切り捨てることはできない」テイラーが淡々とした口調でいった。「裁判になったらどういうことになるか、きみにもわかるな、サンディ。名をあげたがっている口先巧みな弁護士がしゃしゃり出てきて、こういう。〝ほかにどういう捜査をおこないましたか、テイラー警部？　どういう行動を取りましたか？　それとも、わたしの依頼人の有罪を確信していたので、ほかの可能性には目もくれなかったとか？〟判事のまえにただ犯人をひき出すだけでなく、有罪判決を勝ち取るのが、わたしの仕事だ。そして、カトリオナ・ブルースが失踪したときは、裁判に持ちこむことさえできなかった。マグナス・テイトのような人物は、慎重に取り扱う必要がある。わたしのいってることがわかるな、サンディ？」

サンディ・ウィルソンに理解を期待するのは、サンバラ岬の上をブタが飛ぶ日がくるのを待つようなものだった。だが、テイラーは自分の言葉に酔っており、相手の反応がないことに気づいていないようだった。

「われわれはテイトから目を離さない。これから数日間は犯行現場を調べることになるから、ちかくに住むテイトを見張るのはそうむずかしくないだろう。目立たずにやれる。やつが外出したら、あとをつける。また殺人が起きたら困るからな。だが、わたしはひと晩じゅう、ジミーのいったことを考えていた。おかげでよく眠れなかったが、ジミー、きみのいうとおりだ。われわれはまず、ほかの可能性をあたっていく。マグナス・テイトを連行するのは、証拠が固まってからだ」

やれやれ、とペレスは心のなかでつぶやいた。これで、捜査が行き詰まったときには、おれの責任ってことになるな。テイラーは思った以上に切れ者で、はるかに狡賢いやつのようだった。

15

サリーはいつものバスに乗って学校にむかった。バスを待っているとき、はじめてキャサリンの死の大きさを実感した。そのときまで、前日の出来事はドラマのように感じられていた。

日常生活からかけ離れた興奮に満ちた体験だったので、きちんと理解できていなかった。ビデオを見ているようだった。もうすぐ映画は終わり、彼女は現実の世界へ戻る。だが、暗いなか、凍えた脚でひとりバス停に立っていると、いまのこれが現実なのだ、ということがひしひしと感じられた。キャサリンは、いたときよりもいなくなってからのほうが、ずっと存在感があった。生きていたとき、キャサリンの気分はころころ変わった。彼女といると、自分がどう思われているのか、さっぱりわからなかった。だが、死は変わらないものだった。手をのばせば、キャサリンがいたところにあいた穴にふれられそうな気がした。その穴は氷みたいに硬くて、きらきら輝いていることだろう。

望みさえすれば、サリーは学校を休むこともできた。母親は気にしなかっただろうし、もうすこしで自分からそう言いだしそうだった。サリーが朝食のために下りていくと、母親はポリッジをかきまわしていた調理用こんろからふり返っていった。

「大丈夫？」思いやりのこもった声。サリーが一瞬ためらっただけで、母親はこうつづけていただろう。きょうは学校休んだら？　わかってもらえるはずよ。

だが、サリーはすぐにきっぱりとこたえた。「みんなといっしょにいるほうがいいわ。気が紛れるから」

それに対して、母親は是認するようにうなずいた。自分の娘の勇敢さに、感じ入っていたのだろう。皮肉なものだ。学校にいくのが嫌で、サリーが頭痛とか胃痛といった軽い病気をでっちあげたことは、それこそ何回もあった。そういうとき、母親は一度も同情してくれなかった。

教師の娘として成長するのがどんなに大変か、わかっていないのだ。そういうわけで、学校から逃れる術はなかった。キッチンの棚に積みあげられた練習問題集、母親の几帳面な文字でリストが記された光沢紙のカード。それらすべてが、校庭を横切って教室に入ると待ち受けているものを思い出させた。悪口、悪ふざけ、無視。高校にあがってからも、それはあまり変わらなかった。いじめがより巧妙になっただけで、依然として悪夢のような毎日だった。キャサリンでさえ、それを理解していなかった。

けさ母親は、朝食にポリッジを食べるかと訊いてきた。それとも、ほかのものがいい？　卵料理とか？　ふたたび体重が増えてきたのを気にして、サリーがたまにはポリッジのかわりにフルーツの朝食はどうかと提案したとき、母親はふんと鼻を鳴らして、ここはレストランじゃないのよ、といっただけだった。まわりに溶けこみたいという娘の必死の願いを、わかっていなかった。

サリーが起きたとき、父親はすでに仕事にいっていた。父親がキャサリン殺しをどうとらえているのか、サリーにはよくわからなかった。父親がなにを考えているのか、いつも謎だった。ときどき、父親には誰も知らない別の生活があるのではないか、と思うことがあった。そうやって、生きのびているのだ。

朝食のあとで、母親がコートを着はじめた。「バスがくるまで、あなたといっしょに待つわ。あなたをひとりであそこに立たせておきたくないの」

「ママ、丘じゅうに警官がいるのよ」母親にうるさくつきまとわれるのだけは、ごめんだった。

母親は表向きは心配しながら、情報を求めて探りを入れてくるはずだ。サリーの頭のなかはロバート・イズビスターのことでほぼ占められていたので、彼についてなにか洩らさずにいるのはむずかしいだろう。母親に彼のことを知られるのは、耐えられなかった。いまは、まだ。彼について、いろいろいわれるだろう。ろくでなしとか、父親とは似ても似つかないとか。母親が面とむかって自分をあざけり、馬鹿にするところが、目に浮かんだ。サリーは母親に対抗できた例《ためし》がなかった。母親のいうことを、いくらか信じさえするかもしれなかった。ロバートといっしょにいるという夢だけが、彼女を支えてきたというのに。

そういうわけで、サリーはひとりでカーブした道路の脇に立ち、バスがくるのを待った。ときおり母親の頭の影がキッチンの窓にあらわれ、娘がレイプされたり殺されたりしていないか確かめていた。サリーはそれを無視しようと努めた。突然、頭のなかがキャサリンの思い出で満たされた。ほかのことを考えようとしたが——いつものロバートとのロマンチックな夢とか——キャサリンの姿は消えなかった。ふたりですごした大晦日の晩。まずラーウィックでのこと。それから、マグナス・テイトの家に転がりこんだときのこと。あの晩、キャサリンは自信たっぷりだった。力強く、快活で、怖いもの知らずだった。

学校に通じる道路に管理人が塩をまいていたので、ぬかるみに変わった雪が靴にくっついて、廊下まで運ばれてきていた。四年生のエリアでは、生徒たちが玉突き台の上にかたまってすわり、小突いたりくすくす笑ったりしていた。サリーの目には、すごく幼く見えた。暖房が目一杯かかっており、水滴が窓を伝い落ちていった。乾きかけたコートと手袋のせいで、部屋は洗濯室のような匂いがした。サリーに最初に声をかけてきたのは、リサだった。どうやってまっすぐ立っていられるのか不思議なくらい大きなおっぱいをした、あばずれリサ。

「サリー」リサがいった。「つらいでしょうね」

学校では、まだみんなキャサリンの死を、自分たちのお楽しみのために用意されたドラマだと感じているようだった。コートを置きに休憩室にむかうサリーの耳に、隅のほうからうわさ話や陰口に興ずるささやき声が聞こえてきた。気分が悪くなった。

休憩室のドアを開けると、一瞬、沈黙が流れた。それから突然、サリーのまわりにみんなが群がってきて、彼女と話をしたがった。いつもは中央のテーブルに陣取って仲間以外の誰とも口をきこうとしない気取った連中でさえ、ちかづいてきた。こんなに人気があるとサリーが感じたのは、はじめてだった。学校で友人らしい友人がいたことなど、一度もなかったのだ。キャサリンがいちばんそれにちかい存在だったが、彼女は自分の関心事に夢中で、サリーのことをあまり気にかけていなかった。いま、サリーは注目の的だった。まわりに人が集まり、もごもごと同情の言葉をかけてきていた。大変ね。あなたたち、仲がよかったでしょ。ほんとに残念だわ。それから、質問がはじまった。最初はためらいがちに、そのうちじょじょに興奮した調子で。もう警察の事情聴取はあった？　犯人はマグナス・テイトだって、みんないってるわ――彼、もう逮捕されたの？

これまでサリーはいくつかのグループのまわりをうろついてきたが、そのどれからもほんとうの意味では受け入れられてこなかった。あまりにも必死すぎたからだ。しゃべりすぎ、笑いすぎていた。自分でも、デブでぎごちなくて馬鹿みたいに感じるくらい。それがいま、みんなが自分の話を聞きたがっているというのに、言葉が出てこなかった。彼女は口ごもりながら、いくつかの質問にこたえた。それがまた、彼女の好感度を高めた。リサがサリーの肩に腕をまわした。

「心配しないで。みんな、あなたの味方よ」

キャサリンがここにいていまの言葉を聞いたら、喉に指を二本突っこんで吐く真似をしたにちがいない、とサリーは思った。

なにもかもお見通しよ、とサリーはリサやほかの連中にいってやりたい誘惑に駆られた。かれらはキャサリンが死んで、ちっとも残念に思っていなかった。彼女が生きていたとき、それほど好きでなかったのは、確かだ。リサが彼女のことを南からきた高慢ちき女と呼んだのは、つい先週、スタインベックにかんするキャサリンのエッセイを、スコット先生が長ながと読みあげたときのことだった。みんな、今回の事件をとことん楽しんでいた。キャサリンが二度と英語の授業で最前列に陣取ることがないのを、まったく悲しんでいなかった。

だが、サリーはなにもいわなかった。キャサリンなしで、学校生活を生き抜いていかなければならないからだ。それに、みんなから寄せられる同情、肩にまわされる腕、愛情のこもった言葉を、彼女は楽しんでいた。キャサリンがどう思おうと、もはや関係なかった。彼女は死んだのだ。

始業のベルが鳴り、まだもの足りない連中を休憩室に残して、生徒たちは一時限目の教室へと散っていった。サリーとリサは英語の授業だったので、いっしょに歩いていった。サリーは英語科が大嫌いだった。教室は校舎のいちばん古い部分にあって、天井が高いためにいつでも凍えそうなくらい寒かったし、鳥の剝製がたくさん飾られたガラスのケースのまえを通らなければならなかった。キャサリンはこの剝製をすごく気に入っていた。面白がってさえいた。どこがおかしいのか、サリーにはさっぱりわからなかったが、わざわざカメラを持ってきて、それを撮影していた。英語科全体が恐怖映画の素晴らしいセットになる、といっていた。

教室でも聴衆が待ちかまえていた。リサが代理人となって彼女を守り、話を盛りあげるのに手を貸してくれた。サリーがフェア島出身の刑事とのやりとりについて話していたとき、スコット先生が入ってきた。サリーの話に聞き入っていた女生徒たちは、暖房で脚を温めていた窓枠からしぶしぶ離れて、各自の席についた。あわてず、ゆっくりと。ふだんでさえ、彼は生徒たちに畏怖の念や敬意を抱かせる教師ではなかった。きょうはなにをやっても許される、と生徒たちは見抜いていた。

スコット先生は大学を出たばかりで、まだ若く、独身だった。キャサリンに気がある、とみんながうわさしていた。だから彼女はいい点をもらえるのだ、宿題を褒めちぎられるのだ。先生が彼女とヤりたいと思っているから。そして、そのうわさはいくらかあたっているのかもしれなかった。誰にも見られていないと思っているとき、スコット先生がキャサリンをじっと見つめているのを、サリーは目にしたことがあった。片想いのことなら、サリーはよく知っていた。数カ月前にはじめてダンス・パーティで出会って以来、ずっとロバート・イズビスターのことを想いつづけていたのだから。町で彼の姿を見かけるだけで、顔が赤くなった。片想いの徴候なら、すぐにわかった。

スコット先生は青白くて、痩せていた。「促成栽培されたルバーブの枝木ね」と保護者面談で彼を見たサリーの母親はいっていた。きょうは、雪の日の灰色の光のなかで、いつにも増して青白く見えた。何度もくり返し鼻をかんでいた。泣いていたのだろうか？　キャサリンは、いつも彼をこきおろしていた。最低の英語教師で、みじめな人間だ、といっていた。だが、誰についてしゃべるときでも、キャサリンはあの冷たくて辛辣な口調を使ったし、いつも本気でいっているわけではなかった。いまこうして大きな白いハンカチを握りしめ、なんとか取り乱さずに話をつづけようとする彼の姿に、サリーはいくらか魅力を感じていた。あらたに獲得した人気ゆえに、彼女は寛容になることができた。

出席を取ったあとで、スコット先生はすこしのあいだ、黙って生徒たちのまえに立っていた。やたらと真面目くさっていたので、すこし滑稽なくらいだった。キャサリンがからかうためだけに先生を誘惑したなんてことがあるだろうか、とサリーは思った。スコット先生はなかなかしゃべりだせないようだった。

「けさは時間割が変更になる。つぎの休み時間まで通常どおりの授業をおこない、そのあとで六年生だけの特別集会がある。みんなで集まって、キャサリンとお父さんのために祈るんだ。それから、捜査に参加している刑事さんから話がある」そこで言葉を切り、真っ青な顔をして、やや芝居がかった感じで教室を見まわす。「今回の悲劇で、みんなひどく動揺しているはずだ。

誰かと話をしたいときには、きょうでも、それ以降でも、先生たちがいつでも相手になる。それが助けになると思われるときには、専門のカウンセラーも用意できる。ひとりで悲しむ必要はないんだ。みんなが力になるから」

サリーは、キャサリンが顔をしかめ、目をぎょろりとまわして天井を見上げるところを想像した。驚いたことに、ふと気がつくと、隣の席でリサが気持ちよさそうに泣いていた。

特別集会では、あちこちで涙が流されていた。男子生徒でさえ、その場の雰囲気に流されたらしく、何人かが泣いていた。なかには、本物の涙を流しているものもいたにちがいない。キャサリンは、サリーを除くと、女の子よりも男の子とつきあうほうが楽だと感じていたのだ。だが、不良とかサッカー選手とかいじめっ子といったぼんくら連中でさえ、心を動かされているようだった。そのうち、体育館で泣いていないのは自分ひとりのような気がしてきて、サリーは冷血漢と思われたくない一心で、ティッシュを頬に押しあてた。自分はどこかおかしいのだろうか？　なぜ泣けないのだろう？　だが、サリーにはわかっていた。キャサリンもやはり泣かなかっただろう。この偽善とお涙頂戴を馬鹿にしていたはずだ。

「感傷主義もいいところだわ！」ある晩、小さな居間でいっしょにテレビを見ていたときに、キャサリンはいった。ロック・スターが自動車事故で死亡して、テレビで大騒ぎしていたのだ。

サリーは〝感傷主義〟の意味がわからず、あとで辞書で調べた。いま、にせものの悲しみにだまされないようにするため、サリーはそのときキャサリンが口にした言葉を、おまじないのように小声でつぶやいた。

彼女の家に話を聞きにきた警官が、壇上で校長の隣にすわっていた。体育館に入った瞬間、サリーは彼の姿に気づいていた。彼がいることに不安をおぼえ、そうすまいと努力したのに、何度もちらちらと彼のほうに目をやった。この場にふさわしい服装を心がけて、彼は灰色のシャツに地味なネクタイ、それにジャケットという服装だったが、全体の印象はあいかわらずだらしなかった。土壇場になって衣装を借りなくてはならず、それをぞんざいに身につけてきたような感じだ。壇上にむけられたたくさんの顔のなかから彼が自分に気づいたのかどうか、サリーにはわからなかった。

サリーは校長の紹介を聞かずに、彼が話す準備をするところばかり観察していた。ネクタイをまっすぐに直し、椅子の横の床に置いた書類を拾いあげている。彼が神経質になっているのがわかった。彼女まで胃がきりきりとしてきた。彼は立ちあがり、生徒たちを見渡すと、キャサリンがああいうことになってじつに残念に思う、といった。これはきみたちにとって二重の悲劇だ。なぜなら、全員がキャサリンとその父親の両方を知っているのだから。この人はここにいるなかで、心から残念に思っている数少ない人間のひとりだろう、とサリーは思った。一度もキャサリンに会ったことがないのに、奇妙な話だった。それから、サリーは考え直した。一度も会ったことがないからこそ、簡単に悲しめるのかもしれない。彼は頭のなかで、自分の好きなようにキャサリンの人物像を組み立てることができるのだから。

だが、いま彼は、キャサリンの実像を警察が知ることの重要性について訴えていた。「みんな大きなショックを受けていて、キャサリンが殺された理由について思いを馳せる余裕などないだろう。思いやりをもって、彼女の思い出を大切にしたいと考えていることだろう。だが、いまは思いやりを示すときではない。正直さが求められるときだ。彼女について、わたしはあらゆることを知っておかなくてはならない。そのなかには、彼女が秘密にしておきたいと願っていた事柄も含まれるかもしれない。だが、もはや彼女は選べる立場にはない。彼女がかかわっていた活動のなかで、たとえ間接的にでも彼女の死につながった可能性のあることを知っている人、もしくは疑っている人がいれば、その人物には情報提供の義務がある。彼女となんらかのかかわりがあった人物と、わたしは話をしなくてはならない。わたしは一日じゅう学校にいる。シアラー先生が校長室を提供してくれた。ふだんシェトランドで勤務していない警官と匿名で話をしたい場合にも、そのように手配することができる」壇から下りかけたところで、彼は生徒たちのほうにむきなおった。「ぜひ話をしにきてもらいたい。きみたち全員が、わたしよりもキャサリンのことをよく知っていた。きみたち全員が、なにかしら重要な情報をもたらすことができるんだ」

そういうと、彼は壇上から去った。あちこちから押し殺したひそひそ声が聞こえてきた。大人の講話に対してふだん浴びせられる冷笑的な発言は、ひとつもなかった。彼と話をしようと校長室のまえに行列ができるのは、間違いなかった。みんな、この芝居で自分の役を演じたがっているのだ。彼はこの連中の話をどう受けとめるのだろう、とサリーは思った。

16

ペレスは暖房のききすぎた体育館の壇上に立ち、生徒たちを見おろしながら、こんなのは時間と労力の無駄だ、と考えていた。サンディ・ウィルソンはおそらく正しいのだろう。結局はマグナス・テイトを殺人で逮捕して、彼が生徒たちを締めあげたのは意味がなかった、ということになるのだ。生徒たちはすでに殺人でショックを受けていた。かれらにキャサリンにかんするつまらない秘密を報告させて、なんの得がある？　どうして彼女をそっとしておけないのだ？

彼はこの高校の出身で、それで居心地の悪さを感じているのかもしれなかった。レイヴンズウィックの現場に戻って、丘の捜索を指揮しているほうがよかった。外の空気のなかにいるほうが、気分がすっきりするだろう。とくに学校が嫌いだったわけではなかった。勉強は得意でなかったが、ほかの何人かの生徒のように苦労することはなかった。ただ、強烈なホームシックにかかっていた。両親、小農場、フェア島が恋しかった。島の小さな学校は楽しかった。先生はひとりしかおらず、生徒のほとんどは彼の親戚だった。十二歳になり、こちらで寄宿寮暮らしをはじめるのは、大変なショックだった。週末に帰宅できるのであれば、それほどつらくはなかっただろう。だが、フェア島はほかの島とはちがった。いつも船が運航できるわけではなく、天気が荒れたり霧が出たりすると、ウォード・ヒルのふもとにある滑走路も閉鎖された。はじめてのとき、彼は六週間ここにいた。母親がしょっちゅう電話してきたし、ほかにどうしようもないとわかっていたにもかかわらず、彼は見捨てられたように感じた。ここでは、そうするしか方法がないのだ。自分の子供にも、おなじ体験を味わわせたいのだろうか？

校長の机の奥にすわりながら、ペレスははじめて帰宅したときのことを思い出していた。十月の中間休暇。その週はずっと、嵐になるのではないかと心配したが、当日はよく晴れた穏やかな秋の一日で、空気には氷の味がした。船の出航にあわせて、金曜日の朝に出発した。バスでグラットネスまでいき、〈グッド・シェパード〉号が南からちかづいてくるのを見守った。当時は彼の祖父が船長をつとめていて、父親は乗務員のひとりだった。操舵室で父の隣に寄り添いながら、彼は二度とラーウィックに戻るまいと決心していた。意地でも戻るものか。祖母が焼いてくれたナツメヤシのケーキ――どういうわけか塩とディーゼルの味がするような気がした――を食べながら、彼は固く心に誓っていた。だがもちろん、そのときがくると、彼はほかの子供たちといっしょにまだ暗い早朝のノース・ヘイヴンの港に立ち、おとなしく船に乗りこんだ。両親に恥をかかせるわけにはいかなかった。

なにがこうした記憶の引き金をひいたのか、彼にはわかっていた。アンダーソン高校の騒音と匂いのせいばかりではない。もうすぐスケリーの農場が空くことが、彼の意識の片隅にあった。その件にかんして、今夜にでも母親と話さなくてはならないだろう。すぐに決断を下すとは思われていないだろうが、それでもどういう態度を取るか、決めておかなくてはなるまい。

応募する可能性がないのなら、いたずらに母親に希望を持たせてはならなかった。

校長室のドアをノックする音がしたとき、彼は心の隅でまだそのことを考えていた。校長の椅子にすわっていると、自分が場違いなところにいる気がした。そこにいるだけで、図々しいことをしているように感じられた。沈黙がつづいた。相手が返事を待っているのに気づいて、彼は大声でいった。「どうぞ」ふたたびペテン師のような気分を味わう。「入って」

彼は生徒を予想して、くだけた親しみやすい態度で待ちかまえていた。だが、ドアのすぐ内側でためらっているのは、大人の男だった。いや、大人になったばかりの男だ。男には、まだどこか固まりきっていないところがあった。すくなくとも、もっと成長し、大きくなる余地がありそうに見えた。服がぶかぶかだった。同時に、はやくも中年男のような雰囲気をたたえていた。背中が丸まっていたし、その服装——シャツに丸首セーターにコーデュロイのジャケット——は退職間近の教師そのものだった。ペレスは椅子から立ちあがり、手を差しだした。男がちかづいてきた。

「デヴィッド・スコットといいます。キャサリンのことで、お話があります」イングランド人のしゃべり方だった。パブリック・スクール風のアクセントだ。

ペレスはなにもいわなかった。

スコットは目のまえに椅子があるにもかかわらず、すわる場所を探すみたいに部屋のなかを見まわした。

「キャサリンに英語を教えていました。それに、彼女の学年担任でした」

ペレスはうなずいた。スコットが椅子に腰をおろした。

「生徒の誰かから聞くまえに、話しておきたくて……うわさになっていたのを、知っているので」

ペレスは待った。

「キャサリンは素晴らしい生徒でした。言語感覚にすぐれていて、頭がよかった」ジャケットのポケットから大きなハンカチをひっぱり出す。

その先がつづかなかったので、ペレスはたずねた。「学校の外で彼女と会ったことは?」頭が切れるところだけに惹かれたわけではあるまい、とペレスは踏んでいた。

「一度だけ」スコットがみじめな様子でこたえた。「間違いでした」

「なにがあったんです?」

「彼女は指定教材以外に、いろいろと読んでいました。現代文学を。じつにめずらしかった。大半の生徒にとって、授業の目的は試験にパスすることですから。かれらは本そのものに興味を持っているわけではない」質問にこたえていないことに気づいて、スコットは途中でやめた。「わたしは彼女を励まし、その興味を育てたかった。ユアンはあまりそういうことをしていないようでした。もちろん、彼も英語の教師ですが。ある晩わたしは、授業のあとでコーヒーでもどうかと提案しました。彼女にお薦めの本を教えるつもりでした」

「彼女の反応は?」

「コーヒーは文学を議論するのに適さない、という返事が返ってきました。ワインのボトルを買って、わたしのフラットにいくのはどうか、と。それはよくない、とわたしはいいました。彼女はバスに間にあわなくなるし、かといって父親の車に同乗させてもらうわけにもいかない。彼女はふだんバスで通学していました。父親はいわゆる仕事人間で、朝早く学校にきて、夜遅くまで残業しているんです」

スコットはキャサリンの日課について、ずいぶん詳しいようだった。

「それは問題ない、と彼女はいいました。わたしに車で送ってもらえばいい。どんなに遅くなってもかまわない。父親は慣れているから。それか、車を出すのが面倒ならば、友だちの家に泊まることもできる」

「で、あなたは同意した？　ワインと知的な会話に？」

「害はないと判断しました」もちろん、そんなのはたわごとだった。彼はそそられたのだ。キャサリンは美人で聡明だったし、彼はほかの教師みたいに堅苦しいと思われたくなかった。だが、自分が火遊びをしていることは自覚していたはずだ。それがまた魅力であり、興奮をかき立てたのだろう。だが、キャサリンのほうは、なにに魅力を感じていたのだろう？　この退屈で気取った年寄りくさい若者に惹かれていたのでないことだけは、確かだった。それに、ペレスの受けた印象では、彼女が世間知らずの愚かな教師に対して、親切心を抱くとも思えなかった。

「彼女はその計画を父親に話しましたか？」

「もちろんです。父親にメールを送ってました。遅くなる、と」

「あなたといっしょだ、ということも？」

彼の顔が赤くなった。「それは知りません。メールを見なかったので」

「その晩は上手くいきましたか？」

「いいえ、先ほどもいったとおり、失敗でした」苛立たしげな声になっていた。思いきってペレスに話をしにきたのを、後悔しているのかもしれなかった。「あれは間違いだった。同意すべきではなかった」

「なぜです？」ペレスはたずねた。「利発な生徒を導く以上に満足感を得られることはないのでは？」

「そう考えたからこそ、わたしは教職についたのです」スコットが突然口をつぐみ、さっと顔をあげた。自分がからかわれているのではないかと疑っていた。「ところが、ほんとうに学びたがっている生徒、熱意のある生徒は、ほとんどいない」

「その晩のことを話して下さい」

「学期の最終週でした。誰もが浮かれていた。ほかの時期なら、彼女の提案を一顧だにしなかったでしょう。けれども、規律のゆるむクリスマスの直前だった。わたしたちが学校を出たとき、もちろんあたりはすでに暗くなっていたし、すごく霧が濃かった。覚えているかもしれませんが、十二月の中旬に、ずっと霧が晴れなくて太陽が顔をのぞかせないように思えた日が何日かつづいたでしょう。彼女は教員室の外でわたしを待っていました。つまり、われわれの行動にこそこそしたり秘密めいたところは、まったくなかったんです。おおっぴらに行動していた」

言葉がすらすらと出てくるようになると、スコットはそのときの体験を打ち明けることができて、ほっとしているようだった。ペレスが警官であることを、忘れているような感じだった。「彼女はすごく機嫌がよさそうでした。はしゃいでいる、といってもよかった。それもまた学期末のせいだろう、とわたしは考えました。パーティとかダンスの準備であわただしい時期ですが、どれも楽しいことばかりだ。彼女は歩きながら、なにか小声で歌ってました。知らない曲でしたが、あとあとまで耳にこびりついて、離れなかった。彼女はワインを買うといいましたが、わたしは家にあるから必要ないと止めました。彼女に酒屋へいかせて法律を破らせたくなかったのはもちろんのこと、フラットに着くころには彼女がワインを忘れてコーヒーで満足してくれることを願っていたんです。わたしのフラットはラーウィックにあります。博物館のそばです。そのあたりまでくると、霧がいっそう濃く感じられました。街灯が灯っていても、簡単に迷子になってしまいそうだった。

フラットでは、彼女はすっかりくつろいでいるように見えました。本棚をチェックし、それからCDを選んだ。彼女はひとりっ子でした。そのせいで、同世代の子たちよりも、大人の相手をすることに慣れていたのかもしれない。まだ十七歳になっていませんでしたが、ふたりで話をしているとき、自分より年下を相手にしていると感じたことはありませんでした。結局のところ、わたしたちのあいだの年齢差は八つしかなかった。どちらかというと、わたしのほうが神経質になっていました。彼女は映画についていろいろしゃべり、わたしが聞いたこともない監督を褒めちぎっていた。自分は無知で無骨だ、と感じさせられましたよ。ワインを開けて一杯勧めるのが、ごく自然な成り行きに思われました。ワインをどう思われるか心配したのを、覚えています。彼女のほうがずっと詳しいのではないかと思ったので」スコットが黙りこんだ。

「本の話はしたんですか？」しばらくして、ペレスはそっとたずねた。この雰囲気を壊したくなかった。自分がまだその部屋にいる、とスコットに思わせておきたかった。カーテンの外には霧が立ちこめ、部屋には美しい娘とワインがある、と。

「もちろんです。彼女はサラ・ウォーターズの『半身』を読み終えたところでした。作者の筆力、ヴィクトリア風の文体に、すごく感銘を受けていた。その本を薦めたのはわたしだったので、すごく嬉しかった。自分の大好きな本にほかの人が夢中になるのは、賛辞をあたえられるに等しい。ちがいますか。ふたりのあいだにつながりが、一種の親密さが生まれる」

「彼女にそういったんですか？」

スコットが顔を赤らめた。「よく覚えてません。言い方はちがったと思います」

「こんなことをお訊きするのは、そういう考えが誤解される恐れがあるからです。キャサリンは間違った印象を受けたのかも……」

「そうです」スコットが感謝するようにいった。「そう、残念ながら、彼女は誤解したのかもしれない」

「どんなふうに？」

「そのときは、なんともありませんでした。彼女が帰ろうとしていたときです。わたしたちは犯罪小説について話していました。ふたりとも初期のイギリス人女性作家が好きだということがわかったんです。もっとも、わたしはドロシー・セイヤーズを擁護し、彼女のお気に入りはマージョリー・アリンガムでしたが。そのとき、彼女の携帯にメールが届いて、彼女はもう帰るといいました。メールは父親からだろうと思い、わたしはすぐに家まで車で送っていこうと申し出ました。飲む量にすごく気をつけていたので、運転しても問題ないはずでした。これでも、まったく無責任に行動していたわけではないんです、警部。けれども彼女は、家には帰らないといいました。メールは友だちからで、ラーウィックで落ちあうことになっていた。正直、すごくほっとしました。ひどい天気で、レイヴンズウィックまで車を走らせるのは、あまり気が進みませんでしたから。

　彼女がドアのところにいたときです。わたしはコートを着るのに手を貸しながら、彼女にキスをした。そうするのが自然に思えました。友だちと別れるときのキスです。性的な意味合いはまったくなかった。ほんとうです。ですが、彼女は過剰に反応しました。あなたがおっしゃるとおり、こちらの意図を誤解したのかもしれない。わたしを押しのけると、一瞬、のばした腕の先にいるわたしを、むかつくといった目で見ていました。それからむきなおると、わたしが謝る間もなく、出ていった。動揺しているふうには見えませんでした。泣きだしたりといったようなことは、なにもなかった。ただ歩み去っただけで。わたしはあとを追おうとしましたが、放っておいたほうがいい、と考え直しました。あまり騒ぎすぎないほうがいい、と。翌日、学校で彼女と話せばいいのだから。けれども、学期の最後の二日間、彼女はわたしを避けていました。点呼のときも、教室にきませんでした。休みに入ると、わたしはほっとしました。新学期になれば、あたらしいスタートを切れると思ったからです。もちろん、いまとなっては不可能ですが」

「どうしてシェトランドで教師に？」

口調の突然の変化に、スコットは現在にひき戻されたようだった。力なく笑みを浮かべる。

「たぶん。思いきったことをしたかったんでしょう。やりがいがあるように思えた……大きな変化をもたらすことができると感じた」

なるほど、われわれ無知な現地人に、文化をもたらしてやろうと考えたわけだ。

「それに、都会の学校で上手くやる自信がありませんでした」

「キャサリンがあなたの生徒でなければ、ふたりの関係はちがっていたでしょうか？」立ちあがろうとしているスコットにむかって、ペレスは質問を投げかけた。

スコットは一瞬、立ちつくして考えていた。「正直に、彼女にほんとうの気持ちを伝えていたでしょう。彼女に夢中で、待つ覚悟がある、と」彼は鞄を持ちあげると、部屋から出ていった。

いまの返事は芝居がかったたわごとにすぎない、とわかっていたものの、それでもペレスは心を動かされずにいられなかった。スコットの言葉には潔さがあった。おい、また感情の垂れ流し状態におちいってるぞ、とペレスは自分をいさめた。あの男に同情を感じる理由など、どこにもないのだ。

ふたたび校長室のドアをノックする音がして、彼の思考は中断された。ドアが開き、ひょろりとした少年が丸めたアノラックを脇に抱えて入ってきた。またしてもイングランド人だった。

「失礼します。あなたが会いたがってる、といわれたので。大晦日の晩、キャサリンをレイヴンズウィックまで車に乗せました。ジョナサン・ゲイルです」

少年が椅子にすわった。ひどく動揺しているのが、ペレスにはわかった。目が赤かった。キャサリンに恋していた男が、またひとり。どうやら彼女は、全員を手玉に取っていたようだった。

17

フランは午後の半ばまで待ってから、キャシーを迎えにダンカンの家へいった。朝起きると、警察はまだ死体の見つかった野原にいた。レインコートを着た男たちが、ふぞろいな列をなして彼女の家の裏手の荒れ地を横切っていった。かれらがなにをしているのか、娘に質問されたくなかった。まだ説明する用意ができていなかった。学校に電話して、きょうはキャシーを休ませるとマーガレット・ヘンリーに伝えた。

「きのうの晩は父親の家に泊まったんです。そのほうがいいと思って……」

「わかるわ」マーガレットがいった。「お宅はヒルヘッドのちかくだから、さぞかし心配でしょう。事件が解決して、あの男が刑務所に入れられたら、みんな安心できるんだけれど」犯人の正体については疑問の余地がない、といった口ぶりだった。

ダンカンは、シェトランドの皇太子と呼ぶのにもっともちかい存在だった。結婚したとき、フランはそのことに気づいていなかった。この結婚が平民が王室に嫁ぐようなものであることに。彼の一族は何世代もまえからシェトランドに住み、土地と船と農場を所有していた。彼はお城のような大きな石造りの家に住んでいた。城は荒れ果てていたが、それは北海油田の開発がはじまるまでのことだった。一族は石油会社がパイプラインを敷くために必要な土地の使用権を貸し出し、その結果、ダンカンが一生働かなくてすむだけの富がもたらされていた。だが、ダンカンは働いていた。もっとも、彼が正確にはなにをしているのか、フランにはよくわからなかったが。彼はコンサルタントと自称していた。

石油のことは忘れてくれ、と彼はふたりが出会った直後にいった。シェトランドの将来は観光業、それも環境保護志向の観光業にかかっているんだ。彼は自ら世界に対するシェトランドの代表者を名乗り、地元のビジネスを宣伝し、シェトランド固有の文化や工芸品の振興に力を注いだ。ラーウィックにオフィスをかまえ、重要人物との会合のために、グラスゴー、ロンドン、アバディーンへ出かけた。彼には力があるように見え、それが魅力の一部だった。飛ばす運転、携帯電話での国際通話には、性的なスリルがあった。彼女はそれらすべてに魅了されていた。

彼と出会ったのは、イェル島出身の若きデザイナーを取りあげた記事の写真撮影で、シェトランドにいかされたときだった。そのデザイナーは斬新なデザインのニットウェアをニューヨークと東京の特約店に卸していた。ロンドンでは売られていなかった。ロンドンの店はどこも受け入れようとしなかったのだ。もっとも、記事が出るとすぐに、デザイナーのもとにはイギリスのブティックからも数多くの懇願の手紙が寄せられるようになったが。

この記事のアイデアを売りこんできたのはダンカンで――おそらく、コンサルタントとしてだろう――空港にフランを迎えにきていた。彼女はダンカンに惹かれた。夏の盛りだった。彼は町で彼女に食事をごちそうしてから、車で西へ連れていった。ふたりで崖沿いを歩き、遠くのファウラ島の灯台を眺めた。スカロワーの改造されたボートハウスのロフト・ベッドで愛を交わした。窓を開け放して、水の音と白夜の光に包まれて。そこが彼の住まいだ、とフランは思っていた。彼が所有し、観光客に貸し出している建物のひとつにすぎない、とは気づいていなかった。彼の帝国の一部にすぎない、とは。

それでおしまいで、もう二度と彼に会うことはない、とフランは考えていた。翌朝、彼女は疲れきり、すこし恥ずかしさをおぼえながら、飛行機でロンドンに戻った。一夜かぎりの情事は、それがはじめてだった。それから、彼がシャンパンとあの若きデザイナーの美しいセーターを持って、彼女のロンドンのオフィスにあらわれた。そのセーターの値段が自分のほぼ一カ月分の給料に相当することを、彼女は知っていた。ぼくと住むためにシェトランドにきたら、暖かい服が必要になるからね。でも、お洒落できないわけじゃない。

そして結局、彼女はシェトランドに戻って彼と暮らすことになった。なぜなら、ほかの女性たち同様、彼女もこうした大げさな愛情表現にころりとだまされる人間だったからである。それに、そもそも最初に訪れたときから、彼女はシェトランドに恋していた。彼女が惚れたのは、ダンカンにだったのだろうか？　それとも、シェトランドにだったのか？　これがバーミンガムだったら、彼女はシャンパンとセーターでロンドンから引っ越しただろうか？

彼女がキャシーを身ごもるまで、ふたりは結婚しなかった。正確にはキャシーも計画してできた子供ではなく、フランは妊娠を知ったときのダンカンのどっちつかずの態度に驚かされた。彼も自分とおなじくらい興奮するものと、予想していたからである。妊娠はドラマチックな出来事ではないのか？　そして、彼はドラマチックな出来事が大好きなのだ。「それじゃ、結婚すべきだろうな」まるでフランが別の選択肢を提案してくれることを期待するような口ぶりで、彼はしぶしぶいった。「どうしてそうなるのよ？」フランは叫んだ。つまるところ、彼女は自立した女性なのだ。「結婚する必要なんてないわ。このままでいいじゃない。子供がくわわるってだけよ」「いや、だめだ」彼はいった。「子供がいるなら、ぼくらは結婚すべきだ」それはプロポーズのようなものだった。彼女はダンカンにプロポーズされるところを想像したことがあったが、それはもっと素敵なものだった。最低でも、場所はパリだった。

それから、キャシーが生後六カ月のときに、フランは彼がベッドで別の女といるところをつかまえた。年上の女で、やはりノルウェーに支配されていたころまで一族をたどれる、シェトランドの名門の出だった。おなじく既婚者で、その関係は何年もまえから――フランが写真撮影で島にきたときより確実にまえから――つづいていたようだった。友人の大半はその関係を知っていて、慣れっこになっていた。フランは相手の女を知っていた。シーリア。友だちだと考えていた。シーリアは、フランが母親にしたいと願うような女性だった——強くて、自立していて、型にはまっていなかった。島の女性にはめずらしく、自分のスタイルを持っていた——よく黒を身につけ、鮮やかな赤い口紅を塗り、銀や貝殻や琥珀《こはく》でできた長いイヤリングをつけていた。家族の反対を押し切って、結婚していた。

フランは赤ん坊のものをかき集めると、南にむかう最初の飛行機に乗った。ダンカンの説明に耳を貸そうとしなかった。彼を情けなく思った。エディプス・コンプレックスと関係あるのだろうか？　ダンカンが決してシーリアをあきらめないのが、彼女にはわかった。もう一度ロンドンで、ひとりでやり直すのだ。夫の裏切りよりも自分が尊敬していた女性の裏切りのほうがつらい、と彼女は自分に言い聞かせた。

やがて、キャシーが学校にあがる年齢にちかづいたとき、フラン自身に転機のようなものが訪れた。恋愛関係がひどい終わり方を迎えたのだ。いつものことだった。みじめで気が滅入るような幕切れ。とにかく、どこかへ逃げて隠れずにはいられなかった。またしても、プライドが頭をもたげた。友人たちと顔をあわせて、この屈辱をふたたび味わうのかと思うと、耐えられなかった。彼女にとっていちばん遠くまで逃げられるところといえば、シェトランドだった。それに結局のところ、キャシーから父親といる時間を奪うのは、正しいことではなかった。ダンカンは問題を抱えたけちなクソ野郎かもしれないが、娘を愛していた。フランは自分の父親を知らなかった。赤ん坊のころに母親と離婚した父は、あたらしい家族とあたらしい生活をはじめ、娘と一切かかわりを持とうとしなかった。それはいまだに彼女の心に傷を残していた。キャシーには、もっといい経験をさせたかった。

こうしたことを思い返しながら、フランはのろのろ運転で凍りついた道路を北へむかい、広大で殺風景な泥炭の荒れ地を突っ切った。考えはいつも、おなじところにいきついた。ダンカンはシーリアのどこに惹かれたのだろう？　そりゃ確かに、彼女には変わった魅力があるかもしれないが、いい年をした息子がいるのだ。染めてなければ、髪だって白いだろう。フランがそれに対抗できないはずは、ないのでは？　この疑問はいまだに彼女のなかの怒りと不安をかき立てる力を持っていたので、フランはしばしばキャサリン・ロスの死とヒルヘッドに住む頭のおかしな老人のことを忘れていた。

ふだん、フランはキャシーを迎えにいっても、ダンカンといっしょにすごさなかった。失礼にならない程度に言葉を交わして、幼い娘のまえでふたりの仲を繕《つくろ》ってみせた。だが、きょうはゆっくりしていきたい気分だった。すぐにレイヴンズウィックの家に帰りたくなかった。丘に警官や沿岸警備隊がいるにもかかわらず、安心できなかった。ロンドンでは、近所で強盗やレイプが発生したり、一度などはおなじ通りで発砲事件まであったが、それでもこれほど無防備に感じたことはなかった。

ダンカンの家は、広い砂の入江のそばの低い土地にあった。四階建ての巨大なゴシック様式の建物で、花崗岩と粘板岩でできており、おとぎ話に出てくるお屋敷みたいに角に小塔が立っていた。丘の斜面に建てられているため、卓越風を受けずにすんでいた。家の片側に壁をめぐらせた森林地があった。谷の庇護のもとで育った低木のカエデがほとんどだったが、半径二十マイル以内で木が生えているのは、ここだけだった。フランは、はじめてこの家を見たときのことを覚えていた。この地点にくるまで、ダンカンにいわれて目を閉じていた。その目をひらくと、そこはまさにおとぎ話の世界だった。自分が年を取ってここで暮らし、孫たちに囲まれているところを想像した。

丘に守られているので、ここの道路には雪が積もっていなかった。太陽が顔をのぞかせようとしていた。家にむかって車を走らせていると、ダンカンがキャシーといっしょに浜辺にいるのが見えた。ふたりは流木を集めていて、それを満潮線よりも上までひっぱりあげていた。ダンカンはいつでもアップ・ヘリー・アーのときに大きなかがり火を焚いた。祭りがもう間近に迫っていることに、フランは気がついた。毎年、一月の最終火曜日にラーウィックでひらかれる火祭りだ。シェトランドについて知っているのはそれだけ、という本土の人間もすくなくなかった。ヴァイキングの恰好をした男たちの行列、通りを練り歩いたあとで燃やされるロングボート。冬の観光客を増やそうと、観光局によって売りこまれた絵はがきのようなイメージだ。祭りの中心はラーウィックだったが、それぞれの自治体でも冬じゅう祭りがおこなわれていた。大きな石の門柱を通過すると、浜辺にいるダンカンとキャシーの姿が見えなくなった。彼女は玄関のドアのまえに車をとめた。

シーリアは、ラーウィックの外れにある自宅で夫とすごすのとおなじくらい、この家に入り浸っているようだった。ダンカンがつぎつぎと浮気しても、意に介していないらしかった。自分の成人した息子にそうしてきたように、ダンカンを甘やかしていた。フランはまだ礼儀正しくふるまう自信がなかったので、彼女を避けるために、家を迂回して浜辺まで歩いていった。水漆喰塗りの石壁で、庭と砂浜が仕切られていた。石壁のむこうに誰かが拾い集めてきた海藻の山があり、腐って堆肥になる日を待っていた。

流木探しは、もう終わっていた。ダンカンは浅瀬にむかって水面すれすれに石を投げており、キャシーは顔をしかめながら、夢中になって棒きれで砂に絵を描いていた。フランのブーツが砂利を踏みしめる音を聞きつけたキャシーが、ふり返って歓声をあげた。フランは砂に描かれた絵を見た。すでに海水が下から染みだしてきて、端のほうがぼやけていた。

「それ、誰なの？」描かれていたのは人間だった。棒線画だ。きちんと十本そろったやたらと大きな指。突っ立った髪の毛。フランとしては、それが母親だといってもらいたかった。娘の愛情を競りあうべきではないとわかっていたが、その気持ちはいつでもこっそり心のなかに忍び入ってきた。お馴染みの不安感だ。キャシーが描いたのがシーリアだったら、とても耐えられなかった。

「キャサリンよ。彼女、死んでるの」キャシーが絵のそばにしゃがみこんだ。「わからない？」

フランは怒りに燃えた目で、キャシーの頭越しにダンカンをにらみつけた。彼は疲れているように見えた。目が赤く、顔がやつれている。いまみたいな生活を送るには、年を取りすぎてきているのだ。ダンカンは肩をすくめた。「おれはなにもいってない。けさ、ブレイに買い物にいったら、そこの店でみんながしゃべってたんだ。わかるだろ」

キャシーは両腕を水平にのばして、じぐざぐに家のほうへ駆けていった。ダンカンとフランは、ゆっくりとそのあとを追った。

「どんなことをいってた？」

ダンカンがふたたび肩をすくめた。フランは彼をひっぱたいてやりたかった。「みんな、すごくショックを受けてる。カトリオナがいなくなったときみたいだ。シェトランドじゅうが息を詰めて、この胸糞悪い出来事が過ぎ去り、ふだんの生活に戻れるのを待っている」

「カトリオナは結局、見つからなかったわ」フランはいった。

「人は忘れる。人生はつづくんだ」

「今回は忘れられないでしょうね。ふたり目だもの」

「しばらく、ここにきて住まないか？」突然、ダンカンがいった。「ふたりそろって。おれとしては、そうしてもらえると嬉しい。ここにいても、おれが朝キャシーを学校まで送っていけるし、迎えにいくことだってできる。それほど遠くないから。この件がかたづくまでだ」

「シーリアはどう思うかしら？」

「彼女はいま、ここにいない」ダンカンがいった。間があく。「息子になにか問題があったらしい。家に戻ってる」声の調子からすると、もっとなにかありそうな感じだった。

「寂しいってわけ？」フランは意地悪くいった。「夜いっしょにいてくれる人が必要なの？」

「いっしょにいてくれる人なら、いつだって調達できるさ」ダンカンがいった。「それは知ってるだろ。この家では、シェトランドのどこよりも頻繁にパーティがひらかれてるんだ。きみたちが心配なんだよ。安全でいてもらいたい」

フランはなにもいわなかった。

ふたりはキッチンのドアのところでキャシーに追いついた。キャシーは片足で立ってバランスを取りながら、ゴム長靴を脱ごうとしていた。ダンカンが両腕で娘を抱えあげ、宙に放り投げてから、最後の瞬間にそれを受けとめた。フランは、無茶しないで、と叫ぶのを思いとどまった。キャシーはくすくす笑っていた。

ダンカンが紅茶をいれてくれた。キャシーはこっそりテレビを見るために、姿を消した。ダンカンは娘になんでも好きなようにさせていた。

「おかしな気分かい？」ダンカンがたずねた。「自分の家なのに、客としているなんて？」

「ここはあたしの家じゃないわ。いまはもう」フランはキッチンを見まわした。シーリアがいなくなって、どれくらいたつのだろう？　キッチンはひえびえとして、使われていないような雰囲気があった。皿洗い機に入れられるのを待つ汚れた皿があったし、調理台にはこぼれたものがそのまま残っていた。シーリアは、フランよりもきちんとした女性だった。

「そうなってたかもしれない」

「馬鹿いわないで、ダンカン。シーリアとあたしが交替で夕食を作るとでも思ってるの？」

「彼女は戻ってこない」ダンカンは背中をむけていたが、その痛みが彼女にまで伝わってきた。満足感をおぼえるまえに、フランは一瞬、思わず同情していた。いまだにダンカンは彼女の気持ちをかき乱すことができるのだ。

「なにがあったの？　若い子に手を出しすぎたとか？　パーティにつきあうには、シーリアは年を取りすぎてるんじゃないかしら」とはいえ、フランはふたりが別れたと本気で信じているわけではなかった。これまでにもそういうことがあったが、いつでも彼女は戻ってきていた。

「それがわかればいいんだが。たぶん、そんなところだろう」ダンカンは調理台にあったケーキ用の青いブリキ缶を開け、空っぽなのを知って、驚いた表情を浮かべた。

「それは残念ね。また別の住み込み家政婦を探さなくちゃならないなんて」

「なあ、フラン。そういうんじゃないってことは、知ってるだろ」

「そうとしか見えないけど」

彼は窓を背にして立っていた。そのむこうに入江が見えており、フランは一瞬、強い誘惑に駆られた。これがすべて自分のものになるのよ。家も。浜辺も。景色も。

「あの娘に会ったことがある」突然、ダンカンがいった。

フランは自分の欲望に気を取られていたので、困惑してたずねた。「あの娘って？」

「キャサリン。殺された娘だ」

「どうやって知りあったの？」

「彼女がここへきた」

「キャサリン・ロスが、ここでなにしてたの？」フランはキャサリンを女子高生と考えていた。

ダンカンがふだんつきあう人たちではない。だが、それをいうなら、ダンカンはシェトランドじゅうの人間を知っていた。たとえ相手が子供でも。

「パーティにきたんだ」ダンカンがのろのろといった。「それほどまえじゃない。年が明けて二日目だ」

「父親といっしょだったの？」

「そういうきちんとしたパーティじゃなかった。ある晩、ふとあらわれたんだ……シーリアの知りあいかと思って、なかに入れた。どんなだか、知ってるだろ。自宅を開放した出入り自由のパーティだ。そうでなくても、彼女を追い返したりはしなかっただろうな。そのとき、すこし話をした。映画について。それが将来の夢だ、といっていた。イギリスで最初の重要な女性監督になりたい、十年後には誰もがキャサリン・ロスの名前を知ってるようになるだろう。それで名前を覚えてたんだ。あの年頃の若者は自信たっぷりだ、だろ？」

「彼女は誰かといっしょだったはずよ」この人、キャサリンに惹かれたのだ、とフランは思った。相手がまだ十六歳でも、気にしなかった。五十歳でも、十五歳でも、どうでもいいのだ。

「かもな。ほんとうに覚えてないんだ。というか、気づかなかった。その会話を交わしたときには、パーティはもう終わりかけてた。おれはすごく飲んでた。シーリアから、ここを出て、もう二度と戻らない、といわれたばかりだったんだ」

「キャサリンはここで夜を明かしたの？」

「たぶん。ほとんどの客はそうした」さっと顔をあげて、フランを見る。「だが、おれとはいっしょじゃなかった。そう考えてるのなら、いっとくが。彼女はまだガキだった」

「その翌日、彼女がバスから降りてくるのを見たわ。そして、つぎの朝、彼女の死体を発見した。いまの話、警察にいわなきゃだめよ。彼女の行動をつかもうとしてるんだから」

「やめとくよ。そんなことして、なんの意味がある？　おれになにがいえる？」

ダンカンは二度とフランにとどまるように勧めず、彼女がキャシーに荷物をまとめるようせきたてても、反対しなかった。

18

サリー・ヘンリーは、学校をあとにしようとしているペレス警部を見かけた。教室を出てバスにむかうとき、そこに彼がいたのだ。玄関のドアのすぐ内側に立っていた。考えにふけって、ぼうっとしているように見えた。その日、彼女は何人かの六年生が彼と話をしようと、校長室のまえで列をなしているのを目にしていた。キャサリンの話を聞くのが捜査の役に立ったか、たずねてみたい気がした。だが、サリーにはその勇気がなかったし、どのみち彼はこたえてくれないだろう。そこに立っていると生徒たちの邪魔になると気づいたにちがいなく、ようやくペレス警部は歩み去った。スーツの上にダウンジャケットを羽織っていたので、ほとんどの生徒が彼に気づいていなかった。車のところまで彼をつけていこうか、とサリーは考えた。誰にも聞かれていないところでなら、なにか教えてくれるかもしれない。彼女はキャサリンの友人なのだ。これまでにわかったことを、知る権利があった。

携帯が鳴り、いつものようにバッグから取り出すのに手間取っているうちに、彼がどちらへむかったのかを見失ってしまった。電話を受けるまえにディスプレイを見ている余裕がなかったので、ロバートの声を耳にしたとき、彼女は驚きと喜びをおぼえた。年が明けてから、彼とは一度しか会ってなかった。町で買い物をしてくると嘘をつき、ある日の午後、あわただしくちょっとだけいっしょにすごしたのだ。勇気を奮い起こして彼女のほうから電話をかけ、会わないかと持ちかけた。はじめのうち、ロバートは彼女が誰なのか、わかっていないようだった。

「サリーよ」彼女はいった。「サリー。大晦日の晩のこと、覚えてるでしょ？」彼はそのとき酒場にいたので、それであんなに混乱していたのかもしれない。あのとき以来、彼女は二度メールを送っていたが、彼から返事はなかった。だが、それにはなんの意味もなかった。彼が船で出かけていれば圏外になるし、シェトランドには受信状態の悪い場所がいくらでもあるのだ。小さな島になると、そのほとんどで携帯は使えなかった。

「ハーイ」サリーはいった。どうして連絡をくれなかったのかとたずねるほど、馬鹿ではなかった。だてにいろいろな雑誌を読んでいるわけではないのだ。うるさい女くらい、男に嫌われるものはない。彼女は低くかすれた声を出そうとした。混みあったロビーから廊下にむきなおる。廊下には、反対端でバケツとモップを持っている清掃人しかいなかった。目を閉じて、退屈な学校生活のもろもろを頭から締め出し、彼の姿を思い浮かべようとする。

「会えるかな？」軽い口調だったが、ロバートが本気で会いたがっているのがわかった。

「いつ?」

「いま町にいる。十分後は?」

「どうかしら……」スクールバスのこと、彼女がそれに乗っていなければ、母親が警察に通報しかねないことを、どう説明したらいいのだろう? 母親はもともと誇大妄想の気があったが、キャサリンが殺されて以来、完全にいかれていた。そういったことを、どうやったら六歳児みたいに聞こえないように説明できるだろう? 「具合が悪いかもしれない」

「頼むよ、ベイビー。重要なことなんだ」それから、サリーが抱えている問題に察しをつけたようだった。サリーにとって、それは彼がすごく繊細な人間で、みんなが考えているような無骨な田舎者ではない、ということの証明だった。「一杯だけで、そのあと車で家まで送っていく。それでもまだ、バスより先に着けるさ」おそらく、彼のいうとおりだろう。バスはいろいろなところに立ち寄って生徒を降ろしていくし、運転手のアーチーはすごい年寄りで、ときには歩いたほうがはやいのではないかと思われるくらい、ゆっくりと運転した。

「いいわ」サリーはいった。「一杯くらい、どうってことないし」

ふたりは、彼がいつも飲んでいる波止場ちかくの酒場ではなく、町の中心部にあるホテルの奥まったバーで会った。上階のダイニングルームでは、葬儀のあとのお茶会がひらかれていた。ひらいたドア越しに、白いクロスのかかった組み立て式のテーブルが見えていた。縁の丸まったサンドウィッチがのった皿、黒い服に身を包んだ老人たち。声がしだいに大きくなり、すこし絶望感を帯びてくる。女性のひとりが泣いていた。

ロバートが先にきていたので、サリーはほっとした。キャサリンといっしょに親の目を盗んで町にきたときしか、こういう店に入ったことがなかったからである。ひとりでは、とても入る勇気がなかっただろう。ここへくるまえに、彼女はすこし化粧をしていた。薄くなりかけていそうな鼻の脇の部分に白粉をはたき、マスカラをつける。それでも、彼女が学校からまっすぐきたことは、すぐにわかるにちがいなかった。鞄には教科書やファイルがぎっしり詰まっていた。バーをのぞきこむ。廊下みたいに細長くて、木の羽目板張りで、汚れたテーブルが四つ、椅子はばらばらだった。ランチタイムの揚げ物と煙草の煙の匂いがしていた。彼女の姿を目にした途端、ロバートが立ちあがった。

「なににする？」

サリーは、調理用こんろのまえに立って鍋をかき混ぜている母親のことを考えた。X線のような目、そしてアルコールを嗅ぎつけるX線のような鼻。

「ダイエット・コークを」

ロバートはうなずき、まっすぐバーにむかった。彼女にはふれなかった。彼女のことを考えて、控えているのだろう。とはいえ、バーには暖炉のそばの椅子にぐったりと腰掛けて眠る白髪の小柄な男しかいなかった。ロバートがコーラとウイスキーを持って戻ってきた。それから、手をのばし、彼女の手にふれた。サリーはその手をつかむと、親指で金色のうぶ毛をなでた。

「で、どうだい、調子は？」ロバートがたずねてきた。心配そうだった。ふだんの彼は、自分がそこの所有者であるかのように、バーに入っていった。サリーが彼でいちばん好きなのは、そこだった。あの自信。それが自分にも乗り移ってくるような気がした。親が教師だからという理由で同級生たちから浴びせられる悪意に満ちた言葉が、それですべて帳消しになった。彼といっしょなら、自分までがそこを所有している気分になれるはずだった。

「変な感じ」サリーはいった。「キャサリン・ロスのこと、聞いたでしょ」

「ああ」

「彼女は親友だった。ちかくに住んでたの。覚えてるわよね、大晦日の晩に車でいっしょだった娘」

「覚えてる」ロバートがいった。

「彼女を知ってたの？」サリーはグラス越しに彼を見た。「つまり、あのときよりまえに会ったことがあったとか？」

「見かけてた。ほら、パーティで」

サリーはもっと詳しく聞きだすつもりでいたが、やめて先をつづけた。

「学校のすこし上の丘で、雪のなかに横たわってるところを発見されたの。きのうの晩、刑事がうちにきて、あたしの話を聞いてったわ。その人、きょうは一日じゅう学校にいて、生徒たちと話をしてた」

「彼女はどうやって殺されたんだ？」ロバートがたずねた。すでに手をそっとひっこめ、グラスをテーブルの上でぐるぐるまわして、もてあそんでいた。

「誰も教えてくれないの。ラジオでは鑑識の結果しだいだといってたけれど、警察は不審死として扱ってるわ」

ロバートが煙草に火をつけた。ライターを指ではじきながら、目を細める。自分はここでなにをしてるのだろう、とふとサリーは思った。彼女が夢で思い描いていたのとは、ちがっていた。学校がつらくてたまらないときに逃げこんでいた、ロマンス小説の世界とは。一度、父親に連れられて、アンスト島の北端にある崖へいったことがある。季節は春で、そこいらじゅうを海鳥たちがけたたましく飛びまわり、あたりには取り散らかった巣の、鼻をつく匂いが立ちこめていた。崖から下をのぞきこむと、安全な距離を取っていても、めまいと息苦しさをおぼえた。大岩に波があたって砕け散るのが見えたが、とても現実の光景とは思えなかった。まるで虚無をのぞきこんでいるようだった。自分が世界の果てにいて、それ以上はどこへもいけない気がした。いまこうしてロバート・イズビスターのむかいにすわっていると、あのときとおなじ恐慌状態におちいった。自分はどういう結末を期待しているのだろう？　彼に愛されること？　それは間違いない。ずっと夢見てきたことなのだから。ちょっとした愛情表現——うなじに手をかけるとか、髪の毛をなでられるとか——贈り物。でも、セックスを求めてきたら？　今夜、家まで送る途中に、彼のヴァンの後部座席でとか？　そしたら彼女は、たったいまバスから降りてきたみたいな顔をして母親のところへいき、学校でのその日の出来事にかんする質問にこたえるのだろうか？　自分はそれを期待しているのだろうか？　サリーは、足の届かない深みにまできてしまったように感じていた。まったく足がつかずに頭が水のなかに潜り、息をしようと必死にもがいているように。

ロバートが質問していたのに、サリーは気づいた。「ごめんなさい。なに？」

「犯人はマグナス・テイトだって、みんないってる。ペレスはなんといってた？」

「なにも。いうはずないでしょ？　ただキャサリンのことを知りたがっただけよ」

「どんなことを？」

「なんでも。ボーイフレンドはいたか？　誰と友だちだったか？　バスでレイヴンズウィックに戻ってきた日のまえの晩、どこにいたのか突きとめようとしてたわ」

ロバートは椅子の背にもたれかかった。暖炉のそばの小男が、自分でかいたいびきの大きさに驚いて、目を覚ました。そして、ぼんやりとあたりを見まわしてから、すぐにまた眠りに落ちた。

「それで、彼女にボーイフレンドはいたのか？」ロバートがたずねた。

「あたしの知るかぎりじゃ、いなかった」

「いたら、きみにはわかったはずだよな？」

「どうかしら。もう、なにをどう考えたらいいのかわからない」それを聞いて、彼が腕をまわして抱きしめてくれることを、サリーは期待した。慰め、いいんだ、動揺するのは当然だ、といって欲しかった。映画のヒーローなら、そうするだろう。彼女にとって、ここにいるのがいかに大変なことか、彼にいいたかった。両親の知りあいがいつ入ってくるかわからないのだ。彼女は、彼が寝てまわっているほかの若い女の子たちとはちがう。それがわかったからこそ、彼は自分に好意を抱いたのだ、とサリーは考えていた。

「殺された日のまえの晩にどこにいたか、キャサリンから聞かなかったのか？」

「聞けるはずがないじゃない。あの日は彼女と会ってないんだから」

「誰が犯人だと思う？」ロバートがたずねた。「キャサリンは殺されるまえに、なにかいってなかったのか？　ちかくをうろついてる変態野郎のこととか？」

「なにも」サリーはいった。「そんなこと、いってなかった。そもそも、彼女の言葉をすべて真に受けるわけにはいかないわ。彼女自身、すごくおかしくなることがあったから。お母さんが亡くなったあとで、混乱してたのよ。現実の世界に生きてるとは、思えなかった」

「なるほど」ロバートは質問をつづけるかに見えたが、こういっただけだった。「そうか」それから、暖炉のそばで寝ている老人をじっと見つめた。

「ねえ」サリーはいった。「もういかなきゃ。あたしがバスで帰るのを、母さんが待ってるの」

「よし。わかった」ロバートはウイスキーを飲みほしたが、動こうとはしなかった。

「車で送ってくれるって、いったでしょ」

「ああ、いったさ」ロバートが笑みを浮かべた。年寄りくさい笑みだった。慇懃《いんぎん》でありながら、同時に、すこしからかうようなところがある。だが、そこには心がこもっていなかった。そのとき、サリーは思った。彼はべつに彼女に会いたいと思っていたわけではないのだ。彼女がキャサリンの死についてなにを知ってるのか、たんに探りを入れるためだけに呼び出したのだ。クラスの男の子たちと、まったく変わらなかった。

彼のヴァンは港のそばに駐車してあった。きつい下りの小道を歩いていくと、彼が腕をまわしてきた。サリーは母親の友人に見られてやしないかと、不安な心持ちであたりを見まわした。だが、あたりはすっかり暗くなっていたし、どのみち人っ子ひとりいなかった。空気がじっとり湿っていて、すこし暖かく感じられた。ロバートが彼女のためにヴァンのドアを開けるまえに、キスしてきた。疼く股間とぴんと張った乳房をまさぐられる。年明けからずっと彼のことを夢見つづけてきた理由を、サリーは思い出すことができた。だが、バーで一瞬、恐慌をきたして以来、自分をだますのがむずかしくなっていた。この人はあたしを好きではないのでは？すくなくとも、本気では。戦利品のひとつにすぎないのだ。彼女はそっと身体をひいた。

「もう帰らなきゃ」

「そうか？」ロバートは一瞬、動きを止め、もっと強引に迫ろうかと考えていたが、彼女にはその価値がないと判断した。いまやすべてがはっきり見えるようになったサリーには、彼がさまざまな可能性を考慮し、常識の範囲内の結論に落ちついたのが、手に取るようにわかった。騒ぎ立てずに、彼女をおとなしくレイヴンズウィックに送り届けたほうがいい。どうせ彼女はタイプではないのだから。すくなくともサリーは、彼が小さく肩をすくめて、「わかった、きみがそういうのなら」といってあきらめたのを、そう解釈した。

レイヴンズウィックの分岐点の手前にある古い教会のちかくで、ロバートのヴァンはバスを追い越した。ロバートはサリーに道順をたずねずに丘をゆっくり下っていき、ヒルヘッドのまえを通過した。サリーが老人の家に目をやると、窓にボール紙が貼りつけてあった。家のなかをのぞきこむ人に悩まされているのかもしれなかった。

「どこで降ろせばいい?」ロバートがいった。

「キャサリンの家のそばで。バスはそこで停まるの。母さんはバスが丘を下ってくるのを見てるはずよ」

いまのは彼をテストしたのだろうか? だとするなら、彼はそれに合格した。「そういわれても、キャサリンの家はどれだ?」

「そこよ」

ロバートはユアン・ロスの車の隣にヴァンをとめた。「いいところだな」という。

サリーはいま、キャサリンのこともユアン・ロスのことも話したくなかった。バスが着くまえにキャサリンの家のまえに立っているところを母親に見られようと、かまわなかった。ヴァンのドアを開ける。「乗せてくれて、ありがとう」

ロバートがキスしようと身を乗りだしてきたが、彼女はすでに車から降りかけていた。

「また会えるかな?」彼が本気でそう望んでいるのかどうか、今度は声の調子から読み取ることができなかった。

「きっとどこかでね」彼女はいった。「こういうところだから……」はしゃぎすぎていない自分が、誇らしかった。それに今回は、べつに駆け引きをしているわけではなかった。もはや自分がなにを望んでいるのか、わからなくなっていたのである。ものごとは、そう単純ではなかった。キャサリンが死んでからはじめて、彼女は泣きたい気分になった。

ロバートはなにもいわなかった。ヴァンのギアを入れて、走り去っていく。サリーはバスががたがたと丘を下ってくるまで、その場に立って震えながら、キャサリンの寝室の窓を見上げていた。

19

その晩サリーは自宅で、はじめてロバートと会ったときのことを何度も思い返していた。ほんとうの意味で会ったときのことを。もちろん、そのまえから彼が何者かは知っていたし、見かけてもいた。誰もが知っていた。彼の父親は評議会のリーダーだし、今年のアップ・ヘリー・アーではガイザー・ジャールをつとめることになっていた。ロバートは父親のチームに参加し、行列で彼のすぐあとにつづくだろう。マイクル・イズビスターは選ばれて当然だ、と誰もがいっていた。立派な男だ。ロバートがその話をしてくれたときの口調から、彼が父親を誇りにしているのがわかった。それと同時に、すこし妬《ねた》んでいるのが。いつの日か、おれもジャールになってやる、と彼はいっていた。考えてもみろよ、みんなに注目されながら、通りを練り歩くんだぜ。

彼女がはじめてロバートと会い、話をし、ふれたのは、彼女の父親がかかわっているチャリティを支援するため、集会場で秋にひらかれたダンス・パーティに出席したときのことだった。希少な植物を救うためのチャリティだ。それとも、あれはイルカだったか。父親の関心は、常にそういう大義にむけられていた。彼女はいきたくなかった。このことが知られたら、学校でなにをいわれるだろう？　キャサリンがきてから、いじめはややおさまっていたが、それでもまだ学校生活がみじめなものになる可能性は大いにあった。母親もそれほど乗り気ではなかったが、ことこういう問題になると――ふだんは母親のほうが主導権を握っているように見えるにもかかわらず――たいていは父親が我を通した。というわけで、結局、母親は出席していた。殉教者のような態度で。

　サリーはあまり気合いを入れて用意をしなかった。母親が去年のクリスマスに通販のカタログで買ってくれた、あのおぞましいドレスを着ていた。化粧はなし。にきびを隠すクリームさえ、塗ってなかった。そして、それは予想どおり、退屈なパーティだった。老人がふたり、ヴァイオリンを弾いていた。太った女性がアコーディオンを奏でていた。ビュッフェ形式の夕食。彼女は適当と思われる以上の量を食べていた。どうしようもなかった。ほかにすることがなかったのだ。

　そのとき、ロバートがあらわれた。あきらかに、すこし酔っていた。お楽しみを求めていた。それ以外に、彼がなにをしにきたというのだ？　その秋はじめての寒い晩で、集会場のドアがひらくたびに、冷たい空気がさっと吹きこんできた。そして、そんな突風とともに、ロバートは飛びこんできた。赤い顔をして、笑いながら、友だちをふたり連れて。古代スカンジナヴィアの巨大神みたいに、大きくて美しかった。年配者たちは眉をひそめていた。かれらはロバートの状態に舌打ちし、あんなふうに父親に恥をかかせるなんて、といっていた。まあ、それも無理ないか。あの母親の行状を考えると。

サリーは硬い木の椅子をうしろの壁に寄りかからせて、眺めていた。両親が踊っており、母親はそれまでの不平不満はどこへやら、ダンスを楽しんでいた。実際、あの年にしては、悪くない動きだった。がっちりした体格にもかかわらず、軽やかなステップを踏んでいた。バーは集会場の端にもうけられており、ロバートはそこに落ちついていた。サリーは飲んでなかった。もっとも、両親の見ていない隙にこっそり一杯やりたい誘惑には駆られていたが。父親が母親の肩越しにサリーのほうを見て、頬笑みかけてきた。幸せそうだった。もっと父親をよく理解し、なにを考えているのかわかればいいのに、と彼女は思った。ちらりと頬笑み返す。だが、その目はロバートを追っていた。

そのとき、ロバートがバーを離れ、フロアを横切って、サリーにちかづいてきた。彼女のそばの壁にもたれかかる。ドアから吹きこむすきま風にもかかわらず、彼女は突然、身体が火照るのを感じた。汗までかいていた。

「踊るかい?」そういって彼が手をのばし、彼女の手をつかんで立ちあがらせた。ちょうどヴァイオリン奏者のひとりが、八人《エイトサム》で踊るリールを演るからみんな立ちあがるように、と呼びかけたところだった。いまでも彼女は、その手の感触を覚えていた。背中に強く押しあてられ、ステップをリードしていく(もっとも、サリーは彼とおなじくらい、そのダンスをよく知っていたが)。間近で見た彼は、まさに男性の理想像だった。がっしりした肩、筋肉の盛りあがった腕、船の甲板でバランスを取っているみたいにすこし曲げられた脚。学校の休憩室にいる痩せこけた男の子たちや、締まりのない身体つきの先生たちとは大違いだ。あとで彼女の両親がダンスに夢中になっているとき、ロバートは彼女を外へ連れ出し、尻に手をあてて自分のほうへひき寄せ、キスをした。サリーは、母親が戸口にあらわれて見られるのではないかと、おちおち楽しんでいられなかった。そして、音楽が終わりそうになると、急いでなかに戻って、手の甲で唇を拭った。

それ以来、サリーは彼のことを想いつづけていた。学校でつらい一日をすごしたあと、彼のことを夢想することで、ようやく正気を保っていた。そしていま、その夢が戻ってきていた。バーで抱いた疑いなど、どうでもよかった。いままで以上に、彼女にはその夢が必要だった。彼女はバスに乗っていたら着くであろう時間どおりに帰宅し、毎日そうしているように、母親と午後の紅茶を飲んだ。それから、母親が六年生の算数の採点をおこなっているあいだ、自分の部屋で宿題をやるふりをしながら、ロバートのことを考えていた。

彼女がキッチンに入っていくと、父親が仕事から帰ってきたところだった。ブーツを脱ぎ、ソックスをはいた足で、ドアのすぐ内側に立っている。母親もおなじ部屋にいたが、ふたりは言葉を交わすどころか、目さえあわせていなかった。ちょっとまえまで言い争いをしていて、娘が部屋から出てくる音を聞きつけ、やめたのかもしれない。もっとも、そんなことはありそうになかったが。サリーは両親がおたがいに対して声を張りあげたのを、一度も耳にしたことがなかった。たいていは母親が自分の意見を通したが、父親が言い張るときには、すぐに折れた。争っても無駄だと、わかっているからだ。自分にとって大きな意味を持つこととなると、父親は頑固で、岩のように揺るがなかった。

　父親にとって、いちばん大きな意味を持つものは仕事だった。母親はときどき、小声でそうつぶやいていた。大きな声でいう勇気のない、反抗的な女生徒のように。だが、その声はサリーの耳に届いていた。わざと聞こえるようにいってたのかもしれない。とにかくサリーは、父親の仕事が両親のあいだを隔てている、と感じていた。一年生の物理の時間でやった実験で、どんなに強く押しつけても反発しあっていたふたつの磁石みたいに。

　いまサリーの母親は明るくふるまおうと、精一杯の努力をしていた。

「きょうはどうだった？」と訊く。サリーにではなく、父親にたずねていた。サリーはすでに、学校での一日について質問されていた。

「まあまあだな」父親がいった。「ハロルズウィックのそばの浜辺で、石油が見つかった。どこかの船の船長が船倉を洗ったんだ。いいかげん、わかってもよさそうなもんだが……」

「一年のこの時期なら、そう大した害にはならないでしょ。鳥たちが巣に戻ってくる春までには、すべて消えてるわよ」母親が思わずいった。仕事のことで夫は過剰に反応しすぎる、と考えているのだ。海鳥が一羽か二羽死んだくらい、なんだっていうのか？

「そういう問題じゃない」父親は顔をしかめ、身体を揺すって上着を脱ぐと、それを張り出し玄関のフックにかけた。そもそも両親はどうして結婚したのだろう、とときおりサリーは思った。結婚しなければ、父親は仕事に専念できただろう。冬はコンピュータにかじりつき、日がのぼるようになったら島に出かけていって。

ふたりは愛しあっている、もしくは、かつて愛しあっていた、とサリーは考えていた。もちろん、もうセックスはしてないだろう。あの年でセックスなんて、考えられない。彼女が生まれてから、やってないのではないか。だが、父親のほうは、それをまだ求めているように見えた。女性を見る目つきで、わかった。年下の女性だ。それに、ときおり母親にふれ、手を相手の身体に這わせていた。その動作には、必死さが感じられた。必死すぎて、すこし痛ましかった。

母親は夕食にチキンを用意していた。平日にしては、ごちそうだ。「すこし元気をつけなきゃね」サリーが入っていくと、母親がいった。料理の匂いはサリーの部屋にまで漂ってきており、彼女は夕食を楽しみにしていたが、いざテーブルにつくと、食べる気が起きなかった。ふだんなら母親は大騒ぎして、大切な食べ物が無駄になると文句をたれるところだが、きょうは心配そうな表情を浮かべただけだった。サリーはことわってから席を離れ、あとに残された両親は黙々と食事をつづけた。

20

いますべきは、防潮堤沿いの自宅に戻って母親に電話をかけることだ、とジミー・ペレスにはわかっていた。サラが出ていったとき、彼の望みは、いつも安心感をあたえてくれたフェア島に逃げ帰ることだけだった。シェトランドへの栄転はそれにもっともちかかったが、これは故郷で小農場が空くまでのつなぎにすぎない、と彼は自分に言い聞かせていた。自分の夢が実現しそうないまになって決断を下せないというのは、いかにも彼らしかった。捜査の興奮で、混乱しているのだ。もはや、まともに考えられなくなっていた。

レイヴンズウィックにむかう途中でフラン・ハンターの家のちかくまできたとき、ロバート・イズビスターのヴァンが丘をのぼってきた。ヴァンは交差点で停止しなければならず、ペレスは特注のナンバープレートと、ヘッドライトのなかに一瞬浮かびあがったロバートのたてがみのような長髪を目にした。誰もがロバートを知っていた。レイヴンズウィックでなにをしていたのだろう？　誰かを訪ねていたのか？　ヒルヘッドの老人？　ユアン・ロス？　学校？　教師のスコットがいっていたキャサリンの友人というのは、彼だったのか？　だが、キャサリンがこの男と寝るほど趣味が悪いとは、とても思えなかった。マッチョなヴァイキング・タイプが好みなら、まあハンサムだと思うかもしれないが、キャサリンは男性にそれ以上のものを求めそうな気がした。

フランの家には明かりがついていた。ペレスは車を止めなかったが、なかの様子を想像した。部屋はぽかぽかしていることだろう。母親と幼い娘が暖炉のそばの大きな椅子のなかで身を寄せあい、いっしょに絵本を読んでいる。娘はお風呂に入ったあとで髪の毛がまだ湿っており、甘い香りをさせている。母親はようやくリラックスして、眠りかけている。これこそが、彼の求めるものだった。それから、すぐに別の考えが浮かんできた。だが、それで満足できるだろうか？

そんなことを考えながら、彼はレイヴンズウィックに通じる道路を下って、ヒルヘッドのまえを通過した。マグナスが家にいるかどうか、気にもとめなかった。ユアンの車は広い自宅のまえにとめてあったが、人の気配はなく、大きな窓はがらんとして、カーテンがひかれていた。呼び鈴を鳴らすと、はじめは応答がなかった。誰か知りあいが迎えにきて、娘を思い出させるものから父親を遠ざけたのだろう。なんのかんのいっても、ユアンは職場に何人か友人がいるにちがいない。

そのとき、家の奥で明かりがついた。ガラスのむこうに、ひらきかけたドアの隙間から洩れる楔形《くさび》の光が見えた。それから、ゆっくりした老人のような足音がした。玄関のドアが開いた。

「お邪魔して、申しわけありません」ペレスはいった。「ちょっとお話をうかがえますか？」

ユアンは一瞬、立ちつくし、相手が誰だかわからないみたいに――もしくは、目覚めたばかりで自分がどこにいるのかはっきりしないみたいに――まばたきしていた。それから、努力して気を取り直し、つぎに口をひらいたときには、いつものように礼儀正しくなっていた。

「どうぞ、お入り下さい。お待たせして、すみません」

「起こしてしまったのでは？」

「そういうわけでも。なかなか眠れなくて。白日夢にふけるみたいに、昔のことを思い出していたんです。あの子の気配がまだ家に残っているうちに、すこしでも記憶にとどめておきたくて。ほんとうに残ってるんです。香水とか、あの子が使っていたシャンプーとか。そのほか、はっきりと口ではいえないものが。そう長くはもたないでしょう」ユアンがきびすを返して、家の奥へとむかった。ペレスはあとにつづいた。

ユアンは娘の思い出にひたっていた場所ではなく、キッチンにペレスを案内した。明かりをつけ、やかんに水を入れて、現実の世界に自分をひき戻そうと努力している。「ここでかまいませんか？」

キッチンは作業のための場所だった。モダンで、ステンレススチールと大理石がふんだんに使われていた。キャサリンの思い出はあまり残っておらず、ペレスの質問でそれが汚される心配がすくないのだろう。

「もちろんです」ペレスは勧められるのを待たずに、調理台のそばのクローム製の脚の長いスツールに腰掛けた。

「コーヒーで？」

「お願いします」

「なにか知らせにきたんですか？」ユアンがたずねた。「それとも、質問しに？」

「おもに質問するためです。詳しい検死結果は、あすになるまでわかりません」

「あの子がフェリーでいくことになって、よかった」ユアンがいった。「船が大好きで、空の旅は得意じゃなかったんです」顔をあげる。「馬鹿げて聞こえるでしょうが」

「そうは思いません。わたしもフェリーのほうが好きです。ある場所で眠りにつき、目覚めると別の場所にいる。自分がいかに遠くまできたかを、実感させてくれます」

「ここならあの子は安全だ、とわたしは考えていました。ここはちがう、と」ユアンがコーヒーをいれるために、急に背中をむけた。「それで、なにをお訊きになりたいんです?」

「娘さんの部屋を捜索した警察官が、ハンドバッグを見つけました。しかし、キャサリンが持っていた家の鍵は、まだ見つかっていません。ふだん、娘さんは鍵を持たずに外出してましたか?」

「よくわかりません。わたしはいつも家に鍵をかけます。たぶん、習慣でしょう。あの子はもっと不注意だったかもしれない」

「きょうは一日じゅう学校にいて、教職員や生徒から話を聞きました。ジョナサン・ゲイルという少年と話をしました。大晦日の晩にキャサリンを家のちかくまで車で送ってきた若者です。彼を知っていますか?」

「授業は担当していないが、顔なら知っています。イングランドからきた頭のいい子だ。一度か二度、うちにきたことがある。キャサリンに気がある、とずっと思っていました。まさか、あの子が娘を殺したと?」

「いいえ、まったく思っていません。ただ、彼の話を確認しているだけです」ペレスは言葉を切った。「ロバート・イズビスターという名前に、心当たりは?」

ユアンが顔をしかめた。「いいえ、知っているべきなんでしょうか? イズビスターという生徒は何人かいるが、ロバートというのはいないと思います」

「たぶん、なんでもありません」ペレスはいった。「彼はキャサリンより年上ですが、パーティで出会っていたかもしれない。ついさっき、彼の車とすれちがったんです。ここにきていたのかと思ったもので」

「もっとはやい時間に、同僚が何人かきてくれました。とても親切で、食べるものを持ってきてくれた。なにかのキャセロール料理を。悪くならないうち食べないと。でも、それ以降は誰も訪ねてきていません」

ユアンはまだ腰をおろしていなかった。コーヒーをいれたあとで、自分の分を立ったまま飲んでいた。はやくまた家をひとり占めしたくてうずうずしているのが、ペレスにはわかった。ほのかな娘の匂いが、完全に消えてしまうまえに。

「それだけです」ペレスはいった。「あす、またうかがいます。病理医から届くはずのあたらしい情報を持って。なにか質問はありますか？」

質問はないだろう、とペレスは考えていた。ユアンは喜んで、彼をすぐさま送り出すはずだ。だが、ユアンはマグカップを手に、考えこんだ。「ヒルヘッドに住む老人ですが……」

「ええ」

「みんな、彼が犯人だといっている。これがはじめてではない、と。まえにも殺したことがあって……」

「いろいろなうわさが流れました。しかし、彼は有罪にならなかったどころか、起訴さえされなかった」

「最初にそれを聞いたとき、どうでもいいことに思えました。キャサリンはもうこの世にいないのだから。そのこと以外、なにを気にするというんです？　けれども、もしもそれが本当なら、キャサリンの死は避けられたことになる」ユアンはまっすぐペレスを見つめた。眼鏡の奥の目が、やけに大きく見えた。「それについては、許せないと感じるでしょう」

そういうと、ユアンは注意深くマグカップを置き、ペレスをドアまで見送った。

ペレスが車のなかにすわってそのことを考えていると、携帯電話が鳴った。捜査本部にいるサンディ・ウィルソンだった。「フラン・ハンターから電話がありました。死体を発見した奥さんです」奥さん？　女性はいつから〝女〟であることをやめ、〝奥さん〟になるのだろう？

「用件は？」

「知りません。電話を受けたインヴァネスの警官に、なにもいおうとしなかったんです。あなたにだけ話す、といって」

ペレスはサンディの声に含まれるにやにや笑いを無視した。サンディの反応は反射的なもので、意味はなにもなかった。「電話はいつあった？」

「十分前です。ひと晩じゅう家にいる、といってたそうです」

「いまレイヴンズウィックにいるから、帰りに寄ろう」

キャシーがもうベッドに入っているかもしれないと考えて、ペレスはそっとノックした。だが、キャシーはまだ起きていた。まさに彼が想像していたとおりの寝間着とスリッパ姿で、テーブルについてホットチョコレートを飲んでおり、上唇にきのこ色の口ひげをこしらえていた。フランは窓越しに外をのぞいてから、ドアを開けてペレスを迎え入れた。シェトランドじゅうで、おなじことがおこなわれているのだろう。ここではどこよりも、彼が学校の授業で読まされたジョン・ダンの詩が真実をついているのだ。ある人物の死はすべてのものに影響をあたえ、目に映る世界の景色を変えてしまう。そして、それは悪いことではないのかもしれなかった。なぜ自分だけは守られていると考えられるのか？　自分だけは特別だといえるのか？

「ずいぶんはやいのね」フランがいった。「急がせたのが、無駄足でなければいいんだけど。たぶん、それほど重要なことでは……あの、ちょっと待っててもらえるかしら？　キャシーを寝かしつけてくるから」

ペレスは、彼の想像のなかでフランが腰掛けていた大きな椅子にすわった。彼女が赤ワインのグラスを持ってきてくれた。ことわるべきだとわかっていたが、そうはしなかった。スライスしたチーズとほうれん草のパイが添えられていた。「食事を取るひまがなかったんじゃないかと思って」フランは大騒ぎすることなく、そういった。

母と娘が浴室でおしゃべりをし、箱《ボックス》のなかの狐《フォックス》という馬鹿げた韻を踏んだ歌をうたうのが聞こえた。それから、お話を読んで聞かせるささやき声がしたが、こちらは小さすぎて、内容まではわからなかった。

「ごめんなさい」突然、彼女がうしろに立っていた。おなじくワインのグラスを手にしている。自分が眠りこけていたことに、ペレスは気づいた。

「話がある、ということでしたが」

ペレスは立ちあがって椅子を譲ろうとしたが、フランは首を横にふり、床にすわって、暖炉の火をのぞきこんだ。そのため、ペレスには彼女の顔が見えなかった。

「たぶん、なんでもないのよ。すでにあなたがつかんでいる情報だわ」

「とにかく、話して下さい」

「きのうの晩、キャシーは父親のところに泊まったの。きょうの午後、迎えにいったわ」フランはためらった。「殺されるまえの晩、キャサリンがどこにいたのか、あたしは知っている。ダンカンが話してくれたの」

「彼は通報してきていないが」ペレスはどっちつかずの口調でいった。「わたしの知るかぎりでは」

「彼は通報しないわ。面倒はごめんだ、と考えるだろうから。ラーウィックにいって、供述書まで作らなくてはいけないかもしれない。そういう人よ。いつでも忙しくて、いつでも精力的に活動している」

「これまでのところ、われわれは一般に情報提供を呼びかけただけです」ペレスはいった。「あす、大がかりな記者会見をひらきます。どんなことでも、ふつうの人が考えるより準備に時間がかかるものなんです」

「彼女はダンカンの家でひらかれたパーティにいたの。自宅開放のパーティよ」

ペレスはダンカンのパーティにいったことがあった。それは伝説となっていた。招待状も、堅苦しいことも、一切なし。うわさが流れる。今夜、例の屋敷でパーティだって。パーティがはじまるのは、遅くなってからだ。バーがそろそろ閉まりはじめるころ、みんなタクシーに乗ったり、それほど酔っていない友だちの車に同乗したりして、北へとむかう。そこで誰と会うことになるかは、わからなかった。たいてい、ミュージシャンがいた。ダンカンは地元のアーティストを支援するのが好きなのだ。本人はそう説明していたが、ヴァイオリンやギターを抱えた若者たちがこのパーティからなにを得るのか、ペレスにはよくわからなかった。得るものといったら、二日酔いと、有名人とおちかづきになれることくらいだろう。というのも、ハイランド・パークのボトルをまわしていて、ちょっとした有名人と出会うことが、ときおりあったからである。休暇中の俳優とか、会議できている政治家とか、アート系の人間しか知らないマイナーな監督やプロデューサーとか。ダンカンはアート系の人間を支援するのも好きだった。それに、洗練を奨励していた。若者たちがパーティから得ているのは、その〝洗練〟というやつかもしれなかった。服装もちがえば、話の内容もちがうゲストたち。村の集会場のダンス・パーティにいくのとは、わけがちがった。

「彼女が誰といっしょだったか、ダンカンはいってましたか？」

「知らないようだったわ。たぶん、いつもより酔ってたんじゃないかしら。シーリアと喧嘩したあとだったから」

シーリア・イズビスター。ロバートの母親だ。シェトランドでは、こういうことがよくあった。必ずしも、重要な意味があるとはかぎらない。ここの人びとは、複雑かつ親密につながりあっている。偶然が怪しいとは、かぎらなかった。

「ロバートがパーティにきていたか、知ってますか？」

「いいえ。ダンカンはなにもいってなかった。でも、ロバートはよくきてたわ」フランの声はそっけなく、すこし敵意がこもっていた。

「彼を好きではない」

「甘やかされた金持ちのぼんぼんよ。彼のせいとはいえないけれど」

「もう子供じゃない」

「残念ながら、行動はいまだに子供ね」フランがむきなおった拍子に、肩がペレスの膝をかすめた。「ねえ、いまのは忘れて。あの一家にかんして、あたしは偏見を持たずにはいられないの。ロバートの母親は、あたしの結婚をぶち壊した。たとえぶち壊したのはダンカンだったとしても、彼女は共犯者だった。ただし、どうやら彼女もダンカンに愛想を尽かしたようだけど。ダンカンと別れて、完全に旦那のもとへ戻ったのよ。アップ・ヘリー・アーの直前にそうするなんて、絶好のタイミングよね。彼女は祭りを取材するカメラのまえで、夫の支えとなってみせる。なんて素敵な家族だろうって、みんないうわ。ダンカンは、またひとりに逆戻り。ひとりぼっちで、かわいそうなダンカン」

フランは自分が着くまえから飲んでいたにちがいない、とペレスはようやく気がついた。

「キャサリンは彼を知っているといってましたか?」

「ロバートを？　いいえ」

「では、ダンカンは？」

「なにもいってなかったわ。でも、それは当然じゃない？　ダンカンがあたしの別れた夫だってことは、キャサリンも知ってたはずよ。こちらにきてまだ間がないとはいえ、そういううわさは耳にしてたでしょう。それに、ダンカンがキャサリンと？　想像できないわ。だって、相手はまだ子供よ」

　だが、そういいながらも、彼女がその可能性を考慮しているのが、ペレスにはわかった。そのことは、すでに頭をよぎっていたのかもしれない。

「パーティについて、ほかに情報はありますか？　ダンカンは客のことで、なにかいってましたか？」

「いいえ。でも、シーリアとの件でかなりまいってたようだから、ベッカム夫妻が迷いこんできても、気がつかなかったんじゃないかしら。まったく彼らしくないけれど」

　ペレスはしぶしぶ立ちあがった。こういう状況でなければ、このまま残ってワインのボトルをいっしょに空け、いつかふたりで出かけませんかと誘いをかけていただろう。映画上映会とか。彼女はアート系だから、そういうのが好みかもしれない。彼のことだから、週の終わりまでには、彼女に愛を打ち明けていたはずだ。それを考えると、彼女が殺人事件の関係者で、帰り際に頬にキスすることさえできなくて、よかったのかもしれなかった。

21

マグナスは背筋をのばして椅子にすわり、耳を澄ましていた。家の外は見えなかった。自分で窓をふさいだからだ。昼間、いろんな人に家をのぞきこまれて、午後には我慢できなくなっていた。最初に訪ねてきたのは若い警官で、彼のブーツを欲しがった。

「ブーツ?」

マグナスには理解できなかった。彼を外出させないための策略だろうか?

「キャサリン・ロスを見つけたときにはいてたブーツだ」警官がいった。「ペレス警部にいったただろ。野原を横切って彼女を見つけた、と」

「ああ」

「そのブーツが必要なんだ。現場で発見された足跡と比較するために」

それでもまだマグナスはほんとうには理解していなかったが、とにかく張り出し玄関の粗麻布の上に置いてあったブーツを指さした。警察官はかがみこんでブーツを持ちあげ、ビニールの袋に入れると、立ち去った。

そのすぐあとで、鋭いノックの音がした。また警官かと思ってドアを開けると、そこにいたのはメモ帳を手にした女性の新聞記者だった。すごい早口でしゃべっていたので――ぺらぺらぺらぺら――なにをいってるのかわからなかった。その耳障りでやかましい声、こちらの顔に迫ってくる尖った鼻、彼の胸もとに突き出されるペンが、怖くてたまらなかった。それ以降、ドアをがんがん叩かれても、こたえなかった。テーブルのまえにすわり、母親が亡くなったころからある古い雑誌を読むふりをした。なぜ雑誌を取っておいたのだろう? かつては理由があったような気がしたが、いまでは思い出せなかった。

かれらは窓越しにマグナスがいるのを見つけていた。彼の姿をはっきりとらえようと角度をつけて目を凝らし、窓ガラスを叩いて注意をひこうとし、かごのなかの大鴉を怯えさせた。それで、彼は行動に出たのだった。箱をふたつ解体してひらたくし、厚紙を窓に打ちつけた。いまでは誰ものぞきこめなくなったが、彼も外を見ることができず、おかげですでに囚人になったような気分だった。天気がどうなっているのか、沿岸警備隊のチームが丘の捜索を終えたのかどうか、わからなかった。もう暗くなっているにちがいなかった。母親の時計で、そういう時刻だということがわかった。

彼の頭のなかでは、依然として人びとが家の外で待ちかまえていた。罵詈雑言《ばりぞうごん》を浴びせかけ、顔を窓ガラスに押しつけ、肩でドアを押しあけようとしていた。しばらくまえから外には人の気配がなかったが、彼の不意をつこうと、音を立てずに待っているのかもしれなかった。ちょうど子供のころに見た悪夢に出てくる怪物みたいに。

アグネスが死んだあと、悪夢はますますひどくなった。

夢に出てくるアグネスは、青白くて痩せていた。百日咳が肺炎に悪化し、ついには病院へ連れていかれたときのように。彼女は咳きこむときに、いっしょに血を吐いた。腕も脚も白くて骨だけになっていたので、マグナスは羊の骨を思い出した。野ざらしにされ、動物や鳥についばまれた骨だ。だが、夢のなかのアグネスはまだヒルヘッドにいて、いつもどおりのことをしていた。母親の料理を手伝ったり——ジャガイモの皮むきやパン焼きだ——そのころ家のそばの牛小屋で飼っていた雌牛の乳を搾《しぼ》ったり、牛の脇にしゃがんで乳搾りをしながら小声で歌を口ずさんだり。そして、そのあいだじゅう、どんどん痩せていくので、夢が終わって、彼が汗まみれになって目覚めるころには、アグネスは血のこびりついた口もとと切れ長の灰色の目だけになっていた。

こうして母親の椅子にすわり、母親の時計の針を見つめていると、そのころの悪夢が甦《よみがえ》ってきた。彼の想像のなかでは、外で待つのは見知らぬ人ではなかった。アグネスが窓ガラスを叩き、ドアを揺すり、鍵がかかっているのを知って、驚いていた。

彼は立ちあがり、タンブラーにウイスキーを注いだ。手が震えていた。ここにすわっていたら、頭がおかしくなってしまう。外の見えない部屋に閉じこめられ、警察に連れていかれるのをただ待っていれば、誰だってそうなるだろう。馬鹿な考えを追い払おうと、彼はかぶりをふった。そして、元気だったころのアグネスを思い出そうとした。彼は昔から不器用でのろまだったが、アグネスは鳥みたいに華奢で、髪をうしろにたなびかせながら、学校への近道で野原を飛ぶように突っ切っていった。「妹を見てごらん」母親は彼を恥じ入らせようとして、よくそういっていた。「おまえより年下なのに、手にするものをかたっぱしから壊したりしない。どうして図体ばかりでかくて不器用な間抜けじゃない。どうしておまえもあの子みたいになれないのかね？」

彼は校庭で縄跳びをする妹の姿を頭に思い浮かべた。ふたりの少女が長い縄の両端を持ち、アグネスが跳んでいた。数え歌を口ずさんではいなかったが、集中して顔をしかめ、頭のなかで数をかぞえていた。マグナスはそれを見守り、妹を誇りに思った。すごく誇らしかったので、にやにや笑いが顔一面に広がり、一日じゅう消えなかった。アグネスはコットンのプリント・ドレスを着ていた。くり返し洗濯されて色褪せており、すごく丈がみじかかったので、縄を跳ぶたびに下着が見えそうになっていた。

　カトリオナは縄跳びをして遊ぶ子だったのだろうか？　はっきりわからなくて、マグナスは気になった。何度か、校庭にいるカトリオナを見たことがあった。使えそうな流木とか網とか樽をひっぱりあげるためと称して、海岸へいく途中で。たいてい、彼女は二、三人の友だちに囲まれ、くすくす笑いながらおしゃべりしていた。あのころは、もう時代がちがっていた。彼とアグネスが子供だったころとは、ちがっていた。カトリオナのときには、家にテレビがあり、現代風の服を買うためのカタログもあった。古い縄以外に遊ぶものがたくさんあった。すでに油田開発がはじまり、島の人たちはコンピュータや洒落たゲームを買う金を持っていたし、学校で生徒たちが本土へいくこともあった。一度、エディンバラへの遠足旅行があった。生徒の母親もふたり、その冒険のために着飾って同行した。先生のミセス・ヘンリーは、空港までいくバスがくると、全員そろっていると知っていたはずなのに、名簿とつきあわせてひとりずつ確認していった。カトリオナはエディンバラに夢中になった。帰ってから何日も、その話をしていた。マグナスの母親に話すため、わざわざヒルヘッドまでやってきた。マグナスは仕事を中断して、それに聞き入った。彼は一度もシェトランドを離れたことがなく、つぎつぎと質問した。バスとか、大きな店とか、列車で旅するのはどういうものかとか。カトリオナは笑って、いつか彼もエディンバラへいくべきだ、といった。飛行機で、たった一時間なのだから。

つぎにカトリオナがヒルヘッドへきたのは、彼女がいなくなった日だった。ひどい天気で、あの季節特有の強風が吹いていた。冷たくはないが、激しい南西風だ。カトリオナは外で遊んでくるように母親からいわれ、退屈して、ヒルヘッドにきた。そして、うるさくせがみ、騒ぎ立て、いたずらをした。まるで、風が彼女のなかに入りこみ、軽はずみで奔放にさせたみたいに。

だが、その日のことを、マグナスは考えたくなかった。丘の泥炭の土手と積みあげられた岩のことを、考えたくなかった。悪夢がまた甦ってくるからだ。

22

ロイ・テイラー警部は朝一番ではなく、午前のなかごろに会議を招集した。そのときまでに病理学者から情報が入っていることを、無理だと知りつつ、期待していたのである。そして、十時半になったいま、まだ報告はなかった。役立ちそうなものが見つかりしだい連絡するよう、警部はビリー・モートンに頼んでいた。とりあえず、手もとには犯行現場検査官の報告書があった。鑑識からは、まだなにも戻ってきていなかった。たとえ最優先で調べても、終わるまでに数日はかかるのだ。

ジミー・ペレスは部屋のうしろにある机の上にすわり、テイラーが遅れによる苛立ちを口にするのを黙って聞いていた。聞き慣れないリヴァプール訛り――母音をこねまわしたような奇妙な響きだ――のせいで、集中して耳をかたむける必要があった。警部は最初から聴衆の気持ちをつかんでいた。上手い俳優やスタンドアップ・コメディアンのような存在感があった。そちらを見ずにはいられなかった。自分にもこんな存在感、チームを鼓舞する能力があればよかったのだが、とペレスは思った。外の天気はまえより穏やかになり、雪が解けはじめていた。話が途切れると、雪が解けてぽたぽたと垂れる音が聞こえそうな気がした。ひと晩じゅう沖合にひっこんでいた雲が内陸に押し寄せてきており、部屋は前回の夜明けの会議のときとおなじくらい薄暗かった。

テイラーは犯行現場検査官が見つけた証拠を説明していた。「最初に駆けつけた巡査の足跡のほかに、現場には三組の足跡が残されていた」テイラーはいった。巡査。彼はやたらと礼儀正しくふるまっていた。自分の担当地区では、日常業務をこなす制服警官をもっとちがう名称で呼んでいるのだろう。こちらでは、誰の機嫌も損ねないように気をつかっていた。「足跡がはっきりと残るくらい、雪が積もっていた。昼間に雪が解けなかったのは、犯行現場検査官にとって運がよかった。彼女はブーツと靴にかんするちょっとした権威のようだ。

ひと組は、ミセス・ハンターのものだった。サイズ6のゴム長靴。もちろん、どの足跡もふた筋ついている――現場にむかうのと、離れていくのと。もうひと組、それよりあとでつけられ、ミセス・ハンターの足跡とところどころで交差しているのは、ミスタ・アレックス・ヘンリーのものだ。レイヴンズウィック在住の男性で、サイズ9のウォーキング用ブーツをはいていた。これもまた、説明のつく足跡だ。手をふるミセス・ハンターに気づいた彼は、野原を突っ切って彼女に合流してから、携帯電話で警察に通報したのだから。三組目は、マグナス・テイトのものだ。彼の足跡はあまりはっきりしていない。彼がどれくらいそこにいたのか、なにをしていたのか、よくわからない。ほかの足跡が彼の足跡の上にかぶさっているからだ。彼はほかのふたりよりもまえに現場にいた。検査官は、そう断定している」

サンディ・ウィルソンが歓声をあげ、こぶしを突きあげた。それから、ほかのみんなが席についたまま自分を見つめているのに気づいて、黙りこんだ。

「これが喜ぶべき情報だと思っているのかな、サンディ？」テイラーがたずねた。その声は柔和そうに聞こえたが、ペレスとインヴァネスからきた連中の耳には、わずかに皮肉が込められているのがわかった。礼儀正しくしていられるのにも、限度があるのだ。

「だって、それでやつの尻尾をつかんだことになる」サンディがいった。「でしょ？」

「彼は現場にいたことをすでに認めている」ペレスはいった。「隠そうとはしなかった。わたしが最初に訪ねたときに、話してくれた。そのことは捜査日誌に書いてある、サンディ。まだ目を通すひまがなかったのかもしれないが」

「でも、そりゃ認めるでしょ？　われわれが足跡を見つけると知ってて、理由を考えておこうと……」

「彼にそういう思考ができるとは思えないな」ペレスはいった。サンディが負けを認めて、これ以上みんなのまえでアホをさらすのをやめてくれることを願った。

「それに」テイラーがいった。「彼が犯人なら、キャサリンは現場までどうやっていったんだ、サンディ？　彼女の足跡は残っていない。となると、あそこまで飛んでいったのか？　それとも、あの鴉たちがくちばしで彼女をくわえて運んでいったとか？」

「マグナス・テイトが運んだのかもしれない」

「キャサリンは上背のある若い女性で、マグナスは老人だ。彼はかつては頑強だったかもしれないし、いまでも肉体労働には慣れているだろう。だが、彼女をかついで、休まず野原をふたつ越えていけるとは思えない。たとえ彼女がすでに死んでいたとしても」

「それじゃ、彼女はどうやって現場にいったんです？」

その質問はテイラーにむけられていたが、警部は黙ってサンディをじっと見つめただけだった。「教えてやれ、ジミー」テイラーがようやくいった。「きみにはわかってるんだろ？」自分ではサンディに説明するとき、かっとなって、あとで後悔するようなことをいわずにいられない、と思ったのかもしれなかった。

「彼女は歩いていったんだ」ペレスはいった。「自分を殺した犯人といっしょに。そのあとで雪が降り、彼女の足跡を消し去った。真夜中ごろに猛吹雪があった。フェア島の気象学者、デイヴ・ホィーラーに電話して確かめた。死体には雪が積もっていたが、犯行現場検査官によると、顔と上半身からは丁寧に取り除かれていたという。だから、道路にいたフラン・ハンターからも見えたんだ」

「それでもやっぱりマグナス・テイトが犯人かもしれない、でしょ？　そうじゃないとは、言い切れない。彼には翌朝早くに戻ってくることができた。顔から雪を払うことが」

「彼は犯人かもしれない」テイラーが我慢できずに口を挟んだ。「もちろん、その可能性はある。依然として、もっとも有力な容疑者だ。だが、現場を想像してみてくれ。あたりは真っ暗だ。彼は昼すぎにお茶を飲もうとキャサリンを家に誘いこんだ。それはわかっている。彼本人が認めているし、ふたりいっしょにバスを降りるところを目撃されている。仮に、彼が午後じゅう彼女をひきとめておけたと仮定してみよう。真っ暗闇のなか、自分と丘までいくことを、どうやって彼女に納得させたのか？　彼女は頭がよかった。大都会で育った。世間知らずではなく、したたかだった。たとえ老人とカトリオナ・ブルースの話を知らなかったとしても、彼女がふらふらと彼のあとについて闇のなかに出ていくと思うか？　被告側の弁護士は、きっとその点をついてくるだろう。わたしもそこがひっかかる」

テイラーはすばやくむきなおって、これ以上相手をしているひまはないとでもいうように、サンディに背をむけた。「ジミー、きみの考えは？」

「キャサリンは、そう簡単に怯える子ではなかっただろう。それに、シェトランドにいると、人は安心だと感じるのでは？　ここでは悪いことは起きない。ほかの土地みたいなことは起きない。子供たちだけでうろつかせておいても安全だ。崖にちかづきすぎてやしないかと不安になることはあっても、変質者にさらわれる心配はしない」ただし、いまはちがうが。いまは、ここもほかの土地とまったく変わらない。シェトランドじゅうの子供たちが家に閉じこめられ、おかしな老人に気をつけろと言い聞かされていることだろう。「だから、彼女が老人についていった可能性は、なきにしもあらずだ。なにか面白いものを見せてもらえる、と彼女は考えていたのかもしれない。あるいは、挑戦とか肝だめしととらえていたのかも。翌日、友人たちに話して聞かせる武勇伝だ」ペレスは言葉を切った。「だが、彼女はおとなしく突っ立って、老人に首を絞められてはいなかっただろう。抵抗したはずだ。しかし、その痕跡はなかった。老人の手にも顔にも、ひっかき傷はない。彼の指の爪の下から標本を採取すれば、もっとなにかわかるかもしれない」

「では、きみはどう想像しているんだ、ジミー?」テイラーがたずねた。「犯行場面を再現してみてくれ。なにが起きたと思う?」

「彼女は、よく知っていて気を許せる相手と現場まで歩いていった。寒さをしのぐために、ぴったりくっついて腕を組むような相手と。襲われたのは、いきなりだった。首に巻いていたマフラーを強くひっぱられた。彼女は抵抗しようとしたが、あまりにも唐突だったので、なにもできなかったのかもしれない。あるいは、相手は彼女の不意をつく必要がないくらい、力が強い人物だったのか」

「つまり、いっしょにいたのはボーイフレンドだったと?」

「もしかすると。おそらくは。だが、そうとはかぎらない」

「きみが突きとめたボーイフレンド志願者について教えてくれ。大晦日の晩にふたりを車で送っていった若者だ」

「ジョナサン・ゲイル。イングランド人で、一家そろって最近クエンデールに越してきた。キャサリンよりひとつ年上で、学年もひとつ上だ。昨日、わたしが高校で協力を呼びかけたときに、会いにきた。父親は紀行作家。とにかく、ふたりはよそ者同士ということで、話があったんだろう。彼のほうは間違いなく、キャサリンに惚れていた。ベタ惚れだった。本人はあまり多くを語らなかったが、それはわかった。彼女のほうは、そうではなかったらしい。サリー・ヘンリーによると、キャサリンはラーウィックから帰る車中で、ほとんど彼に話しかけなかった。それに父親のユアンも、娘は誰にも興味がなさそうだった、といっていた。だが、ゲイルには彼女を殺せなかった。彼の両親によると、ゲイルは四日の晩、ずっとかれらといっしょにビデオを見ていた」

「真夜中まで？」

「いや。だが、息子が車で出かければ音が聞こえたはずだ、と両親はいっている」ペレスはゲイルと話をして好感を持ったことをいいたかったが、テイラーは感心しないだろうと考え、そのまま先をつづけた。「相手はボーイフレンドでなくてもかまわないだろう。キャサリンが信頼していた人物なら、誰であってもおかしくない」

「父親とか？」

「彼は条件にあう。とはいえ、その晩はたしか、ずっとラーウィックにいたのでは？　それに、動機は？」

「わからん。だが、彼の同僚に確認したところ、彼が供述した時間にはすこしずれがあった。

ラーウィックを出たのは、本人がいってたよりもはやい時間だった。それが必ずしも疑わしいわけではないが、彼は雪が降りだすまえにキャサリンを殺すことができた」例によって、テイラーがいったりきたりしはじめた。ペレスは苛立ちをおぼえた。この男になにかあたえて、落ちつかせられないものだろうか？　ヴァリウムとか？　サラが大学時代によく焼いていた大麻入りの小さなクッキーでもいい。彼女はそれをなんと呼んでたっけ？　そう、ハッシュ・ブラウニーだ。

「キャサリンがバスでマグナス・テイトといっしょになった日のまえの晩、どこにいたのかわかった。手がかりになるかもしれない」

テイラーが急に立ちどまった。

「なぜもっとはやくいわない？　どこにいたんだ？」

口を挟めなかったからだ、といいたい誘惑に駆られたが、ペレスは聞き流した。「ある屋敷だ。ダンカン・ハンターのパーティに出ていた」

シェトランドの警官たちのあいだで、面白がっているようなざわめきが起きた。だが、テイラーは面白がってはいなかった「どういう人物だ？」

「ダンカンは、いわば地元のプレイボーイだ。ビジネスマン。企業家。彼のひらくパーティは有名で、われわれ全員が一度は出ている。もっとも、そこでの出来事を覚えているものは、ほとんどいないが」

「死体を発見した女性、彼女はたしか〝ハンター〟じゃなかったか？」

「ダンカンの別れた奥さんだ」

「そのことに、なにか意味は？」

「あの晩、キャサリンが彼のパーティに出ていたことを教えてくれた人物、というだけのことだ。ダンカンはわざわざ警察に通報しようとはしなかった」

「どうせ隠してはおけないだろうに」テイラーがその意図を理解しようとして、顔をしかめた。まるで、どこか僻地の部族の儀式や習慣を受け入れようとしている人類学者のようだった。

「つまり、パーティにいたのは彼女だけではないんだろう？　記者会見で情報提供を呼びかけたら、すぐにわれわれの耳にも入ってきていたはずだ」

「ダンカンがその事実を隠そうとしていた、と考える必要はないのでは」ペレスはいった。

「彼は〝自分は規則に縛られない〟と考えるタイプの男だ。さっきもいったとおり、ただ受話器を取るのが面倒なだけだったんだろう」

「傲慢《ごうまん》なクソ野郎なのか？」

「まあ、そんなところだな」

「こちらの誰かに話を聞きにいかせるべきかな？」こちらの誰か。外部からきた誰か。チーム精神は、そう長つづきしなかったわけだ。

「まず、わたしにやらせてもらいたい」ペレスはいった。「彼が正直に話していないと感じたら、そのときはそちらの誰かにまかせる」

一瞬、沈黙が流れた。テイラーの場合、思考さえもがエネルギッシュで派手だった。そのしかめ面を見ていると、神経がぴくぴくと活動しているところが想像できた。電話が鳴り、サンディが受話器を取った。

「ボス？」自分の犯した間違いがまだよくわかっていなかったものの、サンディはおずおずといった。「アバディーンのモートン教授からです」

テイラーは自分のオフィスで電話を受けた。待つあいだ、室内は張りつめた沈黙に包まれた。ペレスは窓辺へいき、外の町を眺めた。まっすぐ並ぶ灰色の家が、風がやんで垂直に降る雨のむこうにかすんでいた。戻ってきたとき、テイラーの手にはA4の便箋があった。ぎっしり詰まった小さな文字で、細ごまとメモしてあるのが見えた。

「死因は絞殺だった」テイラーがいった。「手ではなく、彼女が首に巻いていたマフラーで絞められた。われわれが考えていたとおりだ。争った形跡はない。死亡時刻か？　あまり助けにはならない。四日の午後六時から真夜中までのあいだ。殺される直前に、かなり飲んでいた。ほとんど食べていない。殺害現場は発見された地点とみて、ほぼ間違いない」サンディのほうを見る。「そして、科学者のいう〝ほぼ間違いない〟は、〝百十パーセント確実〟ということだ。それ以外は、健康体でなんの問題もない若い女性だった」言葉を切る。「なにか質問は？」

「最近の性交渉の痕跡は？」ペレスは、サンディがもっと繊細さに欠ける言い方で質問をするまえにたずねた。

「なかった」テイラーがこたえた。「そういったものは皆無だ」ふたたび言葉を切る。「彼女は処女だった」

ふたりはチームのほかの連中が解散したあとで落ちあった。テイラーの提案だった。「このあたりで、まともなコーヒーを飲めるところはないかな?」ペレスは港から細い小道をいったところにある〈ピーリ・カフェ〉へ彼を連れていった。一階は買い物をひと休みして悪天候から逃れてきたアノラック姿の中年女性でいっぱいだった。若い母親がふたり、隅のほうで会話に熱中していた。ひとりはこっそり授乳していた。赤ん坊の頭はだぶだぶのセーターの下にほとんど隠れており、それでどうやって息ができるのか、ペレスには不思議だった。二階のテーブル席が空いていた。まわりがあまりにもにぎやかだったので、誰にも聞かれる心配はなかった。

「それで」テイラーがいった。「どう思う? わたしはずっと、マグナス・テイトが犯人なら、その動機は性的なものだ、と考えていた。だが、そういう要素は、どこにもなかった」

「だからといって、彼が犯人でないことにはならない」

「もしかすると、彼は無垢な相手が好みなのかもしれない」テイラーがいった。「カトリオナとキャサリンに共通点はないとわれわれは考えていたが、実際にはあった。ふたりとも処女だった」

「だが、キャサリンのほうは、見ただけではわからない」

「どちらも名前がCではじまっている」テイラーは勢いづいていた。「ふたりともおなじ家に住んでいた。かなりの偶然だ」

「かもしれない」ペレスはいった。「それでもまだ、マグナス・テイトが犯人だということにはならない」

「彼はどんな男なんだ？　このダンカン・ハンターというのは？」

ペレスは肩をすくめた。「我慢のならない男だ。だからといって、女を殺して興奮を得ていることにはならない」

「カトリオナ・ブルースがいなくなったとき、彼はこちらにいたのかな？」

「いつだっている。井の中の蛙《かわず》だな。やつのエゴは、外の大きな世界では生きのびられないだろう」

テイラーがからかうような笑みを浮かべた。「で、その男はきみになにをしたんだ？」

「学校でいっしょだった。一時は親友だった」

「それから？」

ペレスはふたたび肩をすくめた。「彼に会いにいかないと。キャサリンについてなんというか、確かめてくる」

「わたしがやろうか？」

「いや。彼はあんたにはなにもしゃべらないだろう」

テイラーはすこし残念そうに見えた。つい最近煙草をやめた人物が、他人の煙草の煙を吸いこんだときのような感じだ。上級捜査官でいることに満足しているが、それでも外に出て人と会い、話をして、事件の感触をつかんでいたころが、懐かしいのだ。「戻ってきたら、報告しにきてくれ」彼はいった。「どんな話をしたのか、知りたい」
ペレスはうなずき、ゆっくり椅子から立ちあがると、通りに出ていった。

23

当時、彼はダンカンを命の恩人だと思った。そう感じていた。彼は十三歳だった。九月。あたらしい学年のはじまり。また最初からアンダーソン高校に慣れなくてはならないような気がした。授業。寄宿寮暮らし。家族とは電話でしか話せない日々。夏休みに島に帰って羊や船のことで父親の手伝いをしたあとでは、監獄にいるも同然だった。なかでも最悪なのは、一年目にさんざん嫌な思いをさせられたファウラ島のふたりと、またいっしょになることだった。連中は夏休みのあいだも、その楽しみを忘れていなかった。週日は、それほど悪くなかった。寄宿寮にはほかの子たちがいて活気にあふれていたし、スタッフの数も多かった。だが、週末は悪夢だった。ほかの子たちは週末を待ちわびていたが、ジミー・ペレスは憎んだ。週末がくるのを恐れた。小さな船の舵を取っているときに、水平線に巨大な波があらわれ、それが襲いかかってくるような感じだった。必ずやってくる。避けることはできない。そして、実際に金曜日の夜になると、彼は指折り数えて月曜日の朝がくるのを待った。頭のなかで九九を唱え、過ぎ去ったみじめな時間と、この先の悪夢の時間との割合を計算した。

そんなとき、ダンカン・ハンターが彼を気に入った。どうしてそうなったのか？　自分たちは友だちになれるかもしれない、と認識した瞬間、悟った瞬間があったのか？　彼には覚えがなかったが、頭のなかに、あるイメージが残っていた。風そよぐ夏の日。港内の水が潮とぶつかって、細かいさざ波が立っていた。彼とダンカンは十四歳になろうかというところで、ジョークが口にされた。どちらがいったのかは思い出せないが、ふたりで笑ったのは覚えていた。ダンカンは大笑いして、転げ落ちないように彼の肩に腕をまわさなくてはならなかった。彼のほうは頭をのけぞらせていた。雲がすごいはやさで移動していて、空がぐるぐる回っているような気がした。へとへとになり、めまいをおぼえながら、身体をまっすぐにのばす。と、そこにファウラ島のふたりがいた。むっつりと不機嫌そうだった。彼が友だち、味方を手に入れたので、別のいじめる相手を見つけなくてはならないからだった。

それ以降、彼も週末を待ちわびるようになった。金曜日の夜になると、ダンカンといっしょにバスでノース・メインランドへいき、屋敷までの長いドライブウェイをふたりで歩いた。はじめてその家を見たとき、ペレスは圧倒された。これまで目にしたどんなものよりも大きかったのだ。「これのどこに住んでるんだい？」彼はたずねた。ダンカンは質問の意味を理解していなかった。「海側の部屋は、すごく湿気ってるんだ。だから、あまり使ってない。それに、使用人もいない。ほんとうの使用人は。だから、最上階は使われていない」そのころは油田開発のピークで、ダンカンの父親は忙しすぎたのか、未来への展望で頭がぼうっとしていたのか、それとももともと慎重だったのか、とにかく屋敷にあまり金を注ぎこんでいなかった。したがって、そこはまだ薄暗くて、古くさいままだった。発電機が動かなくて停電することも、しばしばだった。そういうとき、かれらは食堂の長いテーブルにすわり、蠟燭の明かりのもとで夕食を食べた。ペレスがはじめて酔っぱらったのも、はじめて女の子の胸にさわったのも、この屋敷でだった。ダンカンの両親がアバディーンにいって留守にしていたときのことだ。屋敷が自分たちだけのものになったのを記念して、かれらはパーティをひらいた。はじめてのダンカンのパーティだ。彼女はアリスといって、休暇でこちらにきていたイングランド人だった。ふたりはまだ沈みきっていない太陽を眺め、屋敷を囲む白漆喰塗りの壁にもたれていた。ペレスは彼女のシャツの下に手を潜りこませた。彼女は数分間、胸をさわらせてから、笑いながら彼を押しのけた。夏真っ盛りで、空は夜明けちかくまで明るかった。ペレスはその女の子を浜辺へ連れ出した。

一度、彼はダンカンにたずねたことがあった。「きみの両親は、ぼくが毎週ここにきてるのを気にしてないのかい?」

ダンカンはその考えに驚いた様子だった。「いや、なんで気にするんだい? うちの親は、ぼくがそうしたいと知ってるのに」

ペレスがはじめて自分たちのあいだの溝に気づいたのは、このときだったかもしれない。ダンカンは望むものをすべて手に入れる。それが当然の権利だと思っていた。ダンカンがフェア島にきてペレス家で数日間すごしたとき、この溝はもっと目につくようになった。これとはっきり指摘できるようなことは、なにもなかった。ダンカンは彼の両親に愛想よく、礼儀正しく接した。集会場でダンス・パーティがあり、彼も参加して、中年の女性たちを相手に踊りまくった。女性たちはくすくす笑い、なんて悪い子なの、また遊びにいらっしゃい、といった。だが、ときどきペレスには、彼が退屈しているのがわかった。恩着せがましい発言もいくつかあった。ダンカンを乗せた飛行機が飛び立つのを見送ったとき、彼を含めたペレス家全員がほっとしていた。

そして、いまはどうか？　いまはロイ・テイラーにいったとおり、彼はダンカン・ハンターに我慢できなかった。彼と顔をあわせたときに演じられる見せかけの友達関係が、うとましくてならなかった。いつも子供のころの思い出話になったが、それは現在では共通の話題がなにもないからだ。彼を嫌っている理由は、それだけではなかった。もっとはっきりした原因があった。脅迫だ。だが、その一件は、一度もふたりのあいだで話題になることはなかった。

ペレスは玄関のドアをノックした。ダンカンが家にいるとは、思っていなかった。最近では、彼はシェトランドとおなじくらいの時間をエディンバラですごしていた。だが、シーリアが戻ってきているかもしれない。ダンカンは女性の扱いを心得ており、たいていの女性が最後には戻ってきた。ペレスは、ドアを開けるのがシーリアであることを願った。昔から彼女に好感を持っていたし、彼女はキャサリン・ロスがパーティでなにをしていたのか、知ってるかもしれない。だとすれば、例の旧友ごっこをせずに、有益な情報を手に入れられるだろう。

はじめは、留守でまた出直す必要があるかと思われた。空を覆いつくした雲が、浜辺で腐りかけている海藻と潮の香りを閉じこめているような感じがした。雨は激しさを増しており、家のまえに立ってドアを叩いていると、ずぶ濡れになった。水が樋からあふれ出し、溝からも飛び出していた。そのとき、別の音が聞こえてきた。敷石の床を叩くスリッパの音。錠前の鍵がまわされる。あらわれたのはダンカンだった。まさに絵に描いたような二日酔い状態で、ひげは伸び放題、吐く息は臭く、目は外の明るさにしばたたいていた。「おい、頼むぜ。いったいなんの用だ？」

すくなくとも、いつもの男同士の抱擁と思い出話をしなくてすみそうだった。

「仕事だ」ペレスは静かにいった。「警察のな。入っていいか？」

ダンカンはなにもいわずにきびすを返すと、足をひきずりながらキッチンにむかった。調理用こんろのそばにオークニー・チェアがあった。すきま風があたらないように、枝編み細工の高い背もたれがフード状になっている椅子だ。それが昔からそこにあったのを、ペレスは覚えていた。ダンカンは椅子にどさりとすわった。おそらく、足もとにあるハイランド・パークのボトルを空けたあとで、そこでひと晩をすごしたのだろう。ペレスはやかんに水を入れ、ホットプレートにかけた。「紅茶か、コーヒーか？」

ダンカンがゆっくりと目を開けた。その顔に浮かんだ笑みを見て、ペレスは彼をぶん殴りたくなった。「持つべきものは友だな」ダンカンがいった。「いついかなるときでも駆けつけて、救いの手を差しのべてくれる」

「こいつは殺人事件だ。おれがなにをしようと、消えてなくなりゃしない」

ダンカンはその言葉が耳に入っていないかのようにつづけた。「紅茶にしてくれ」という。

「すごく濃いやつを頼む」

キッチンは、半ダースの学生が一学期間そこで仮住まいしていたような様相を呈していた。ペレスがその散らかりようを見ているのに、ダンカンが気づいた。「昨今じゃ使用人が見つからなくてね」という。

「シーリアはいないのか？」

「出ていった」笑みと軽薄さが消えた。

「おまえにぞっこんかと思ってたが」

「おれもそう思ってた」

やかんが沸騰した。ティーバッグは昔とおなじ場所にあった。ペレスはマグカップをふたつすすいだ。冷蔵庫には、かろうじて足りるだけのミルクが残っていた。

「キャサリン・ロスだ」ペレスはいった。「彼女をどれくらい知ってた？」

「知らなかった」

「だが、彼女は殺されるまえの晩、ここでおまえのパーティに出ていた」

「フランと話したんだな」

「彼女は死体の発見者だ」

ダンカンは紅茶を飲み終えると立ちあがり、パイント・グラスに水を注いだ。水切り台にもたれかかって、身体を支える。

「フランとは上手くやれるはずだった」ダンカンがいった。「ほら、彼女をほんとうに愛していたから。上手くいかない理由なんて、ひとつもなかった」

「シーリアを除いては」

「そう、シーリアか。あれは事情がちがった。彼女と結婚するのは、問題外だった。彼女は決してマイクルと離婚しなかっただろう。ここじゃ、体裁が重要なんだ。知ってるだろ。実際、勝負は決まってた。おれはフランと結婚した、だろ？　子供だっていた。とにかく、いまじゃシーリアも失った」

ペレスは捜査に関係のない話につきあうことにした。「なにがあったんだ？　おまえらは上手くやってるのかと思ってた。どちらにとっても都合のいい関係を築いてると」

「おれもそう思ってたさ。だが、ちかごろ彼女はすこし独占したがるようになってた。不安定になってた。年齢のせいかもな。突然、ほかの女たちのことで、うるさくいいはじめた。実際、うんざりしたよ」

ダンカンは水をひと口飲み、むっつりと外を見つめた。雨が窓ガラスを叩いていた。

「だが、おまえから彼女に出ていくようにいったわけじゃない。彼女が自分で出ていった。なぜだ？」

「正直なところか？　おれにもよくわからん。すごく唐突だった。例の娘がパーティでここにきていた晩だった。おれはいつもどおりにふるまってた。おしゃべりして、まあ、すこしいちゃついたかもしれん。どうってことない行動だ。おれとシーリアは話をしてた。べつに深刻な話じゃない。〝あなたはもう若くないのよ。こんなこと、もうやめたら？　家でふたりだけですごしましょう〟彼女が何百回もいってきたようなことだ。それに対して、おれはいつものように約束した。〝これが最後だ。最後のパーティにする。きみのいうとおりだ。おれもそろそろ落ちつくことを考えないとな〟そのあとで彼女が、出ていってもう二度と戻らない、といった。騒ぎ立てたりしなかった。彼女の流儀じゃないからな。堂々としてた。いつだってそうだ。荷物をまとめて、車で出ていく音が聞こえた。彼女が本気なのが、おれにはわかった。自分がほんとうにしくじったのが」

「ふたりで話をしていたときに、彼女に突然そういう行動を取らせるようなことでもあったのか？」こんなことが事件に関係あるのか？　そもそも、なんでこんなに興味を持つ？　その理由は、おまえがダンカンの不幸を楽しんでいるからだ。いい気味だと思っているからだ。

ダンカンはかぶりをふった。二日酔いの苦痛がぶり返してきたとでもいうように、一瞬、目を閉じる。それから、ふたたびその目を開けた。

「彼女はメールを受け取った。おれがしゃべってる最中にそれを読み、そのあとで、出ていくと宣言した」いきなりぎょっとして、ペレスを見る。「ひょっとして、別の男からのメールだったのかな？　おれとつきあってるあいだ、ずっと別に愛人がいたと思うか？」

「しょっちゅうメールを受け取ってたのか？」

「息子のロバートからだけだ。母親のお許しを得てからじゃないと、自分のケツも拭けないやつさ」

「あの晩は、ロバートもきてたのか？」

「最初のころに、いたと思う。シーリアが出ていったときは、いなかった。おれを心底嫌ってるくせに、パーティにはくるんだ」

「殺された娘といっしょにきたのか?」

「おい、おれのパーティがどんなだか、知ってるだろ。ドアは開けっ放しで、出入りは自由だ」

「フランにした話では、キャサリンをいさせたのは、シーリアが彼女を知ってたからだそうだな」

「そんなことといったか? 理由がなくたって、彼女を追い返したりしなかったさ。すごくゴージャスな娘だったから」

「それじゃ、彼女と話をしたんだな?」

「ああ、話した」

「シーリアが出ていくまえか、あとか?」

「たぶん、まえもあとも。そう、間違いない」

「彼女は誰かといっしょだったか? つまり、ボーイフレンドと」

「いや」

「彼女にたずねたのか?」

「たずねたかもしれん。だが、気がつくもんだろ? 魅力的な若い女性がいたら、彼女に連れがいるかどうかを突きとめようとする」

「ロバートといっしょではなかった？」

「そういう意味ではな。たしかに、彼女がここに着いたとき、やつと話してるのを見たような気がする。だが、相手はロバート・イズビスターだぞ！　この娘は美人で、頭がよかった。どうしてロバートなんかと話をしたがる？　一生の望みが父親くらい有名になることってだけの男と？」

それをいうなら、彼女がおまえと話をしたがる理由があるのか？

「だが、おまえは彼女に声をかけた。なんの話をしたんだ？」

「映画だ。フランにも、そういった。彼女は映画にのめりこんでた。ビデオカメラまで持参していた。どういう仕組みか、見せてくれたよ」

「彼女はパーティを撮影してたのか？」

「さあな。かもしれない。映画上映会のことを話してた。どうして娯楽大作しかやらないのか？　たまにはヨーロッパ映画を上映できないのか？　シェトランドに住んでて恋しいのはそれだ、といってたよ。高尚な芸術映画。できる子の常で彼女も気取っていたが、それほど思いあがっちゃいなかった」

「彼女の気をひこうとしたのか？」

「軽くな」

「どういう意味だ？」

「おれには興味がない、と彼女ははっきり示してた。おれを知ってるだろ。女であくせくする必要はない。相手なら、いくらでもいるんだから」

だが、ペレスはダンカンと交わした別の会話を覚えていた。フランの気をひくために、どれだけ自分が努力したかという話を。もしも本気でキャサリンに惹かれていたなら、ダンカンは気合いを入れてアタックしていただろう。

「彼女の様子は？　つまり、どんな気分でいた？」

「活気にあふれてて、すごく興奮していた。だから、彼女にいったよ。なにをやってるのか知らないが、おれにもそいつを分けてくれ、ってな」

「彼女がほんとうにドラッグをやってたと思うか？」

「いや。彼女は若かった。それだけさ。若くて、自分に満足していた。おれも昔はそうだった」

「彼女は朝までいたのか？」

「そうらしいな。翌日の昼ごろ、彼女が町からバスで戻ってくるのを見た、とフランがいってたから。だが、おれといたんじゃない。おれは自己憐憫《れんびん》に浸り、涙もろくなるまで酔っぱらって、そのまま気を失ってた。ちかごろじゃ、しょっちゅうそうなる。きのうはキャシーがここにきてたから、かろうじてしゃきっとしてたんだ」ダンカンが言葉を切った。「フランのところで、あの子に会ったか？　おれの可愛いキャシーに？」

「ああ」

「フランから妊娠を告げられたとき、おれは子供が欲しいのかどうか、よくわからなかった。

まだ準備ができてない、と思った。いまじゃ、あの子なしの人生は想像できない。フランがふたたびあの子を連れてよその土地に去ったら、おれには耐えられないだろう」

「そうなる可能性はあるのか？」

「さあな。フランはここにすっかり馴染んでるように見えるが、わからんからな、だろ？　いずれは、別の男と出会う。じゃ、そろそろ帰ってくれ。シャワーを浴びて着替えなくちゃならん。午後の飛行機で南にいくんだ。仕事でね」

ペレスは立ちあがった。「いつ戻る？」

「あすの晩だ。心配しなくていい。逃亡を企てたりしないさ」

車へ戻るまえに、ペレスは雨をついて、海岸に面した家の裏側にまわった。風の影響でねじれたイチジクの下に立ち、その昔アリスといっしょにすわった浜辺を眺める。彼は彼女への愛を確信しており、どうしてイングランドに帰った彼女が手紙に返事をくれないのか、理解できなかった。

24

土曜日。学校はないが、休みというわけではない。ふだん、サリーはこの日に青少年オーケストラの練習でラーウィックへいった。たいていは、父親が車で送ってくれた。そして父親は、そのまま町に残って、オフィスで仕事をした。すくなくとも、本人はそういっていた。土曜日は母親が掃除と洗濯をする日で、そういうときは誰も家にいたがらなかった。けさ目覚めたとき、サリーは頭がぼうっとして、おかしな感じがした。よく眠れなかった。夢ばかり見ていた。ときおり、自分の人生はそれだけで成り立っているのではないかと心配になった。夢ばかりで、現実のものはひとつもないのではないかと。母親が作りあげた家庭生活は、すべてまやかしだった。日曜日の教会。毎晩いっしょに食べる夕食。なにもかもが一糸乱れず秩序立っていて、穏やかだ。サリーはもめたくないので、それにつきあっていた。従順な娘を演じていた。だが、ときどき母親が死んでくれたらと願うことがあった。キャサリンとの友情でさえ、見かけどおりではなかった。恨みとか嫉妬が表にあらわれてこないように、すごく努力しなくてはならなかった。あまりにも努力しすぎて、自分が切り離されたように感じることさえあった。上から自分を眺めているような、おかしな気分になるのだ。一度、キャサリンにそのことを説明しようとしたが、まったく理解してもらえなかった。

朝食の席についても、まだ食欲が湧いてこなかった。両親が心配しているのがわかった。そして、そのことにサリーは大きな喜びを感じた。これまでとはちがった。学校でずっといじめられてきたが、彼女が両親にそのことを説明しようとしても、一度だって本気で取りあってもらえなかったのだ。「無視しなさい」というのが母親の口癖だった。「口でなにをいわれたって、平気でしょ」

「きょうはオーケストラの練習を休んだら?」母親が皿を石鹼水に浸けながらいった。週末でも、のんびり朝食を取ることをよしとせず、食べ終わったはしから皿は下げられていった。

「いまごろになって、ショックがあらわれてきてるのよ。お医者さんに診察にきてもらったほうがいいかもしれないわね。一日、うちにいなさい」

それだけは願い下げだった。

「たぶん、出かければ気分がよくなるわ」

父親が、ポットに残っていた紅茶を自分のカップに注ぎながらいった。「いっしょにくるか？　きょうは浜に打ち上げられた鳥を調査する日だ。新鮮な空気のなかでちょっと動きまわれば、気分転換になるかもしれない」

サリーは拒む理由を思いつかなかった。父親がほんとうにそう望んでいるのがわかったし、母親同様、サリーも父親に対抗するのはむずかしいと感じていた。寝室へいってジーンズと古いセーターに着替えてから、張り出し玄関でゴム長靴をはく。父親はすでに用意をすませて待っていた。母親が魔法瓶とサンドウィッチの包みを持ってあらわれ、ふたりに手をふって見送った。母親がはやく家をひとり占めしたがっているのが、サリーにはわかった。このふたりは家を取り散らかすだけなのだ。

夜のうちに雨はあがっており、すこし暖かくなっていた。口先ばかりの春の訪れだ。ランドローヴァーの高い前部座席にすわっていると、野原の先のキャサリンの死体があった場所が見えた。警察の張ったテープが一本外れていた。大鴉たちが上昇気流に乗って、崖の上空を舞っていた。

「彼女、どんなだった？」サリーはたずねた。

誰のことをいっているのか、父親はわかっていた。だが、彼が考えるあいだ、一瞬、沈黙が流れた。サリーは父親から、キャサリンのことは考えるな、殺人のことは忘れてしまえ、といわれるものと予想していた。ようやく父親が口をひらいた。「彼女は死んでるように見えた。死体を見るのは、あれがはじめてだった。ただ眠ってるように見えるかと思っていたが、そうじゃなかった。あそこで彼女に起きたことを、気に病む必要はない。鴉のこととか、いろんなうわさが飛び交っているが、そのころにはキャサリンを形成していたものがなんであれ、すべて消えていた。それが起きるより、ずっとまえに」間があく。「いってる意味が、わかるか？」

「うん、たぶん」

毎月サリーの父親は、死んで浜に打ち上げられた鳥を探して、海岸を歩いていた。ひとりではなかった。シェトランドじゅうで、人びとが自分の受け持ち区域を見まわっていた。王立鳥類保護協会のピートに、ポールやロジャーといったボランティアたち。シェトランドに棲息する鳥の個体数を把握するための調査だ。父親は小さな農場に通じる狭い小道にランドローヴァーを乗り入れながら、そういったことをサリーに説明した。サリーは気を紛らしてくれるものがあることに感謝して、耳をかたむけた。父親の熱中ぶりには、なにかほっとさせられるものがあった。それは常に変わらぬものだった。小道の突きあたりに白漆喰を塗ったばかりの家があり、その裏では一列に並んだおむつが風にたなびいていた。車がちかづいていくと、若い女性が家から出てきて、庭のまわりで地面をついばんでいた鶏たちに穀物をまいた。女性はサリーの父親に手をふってから、家のなかに消えた。

「若い夫婦が越してきたんだ」父親がいった。「よそ者だ。とはいえ、ここに住んでる。ここ数年、あの家は休暇用に貸し出されるだけだった」サリーは父親があたらしい家族のことを知っていたので、驚いた。父親はあまり人間に興味がない、と思っていたのである。

サリーは父親のあとについて家のまえを通り、砂利浜へとむかった。浜は急勾配で海に潜りこんでおり、満潮時の波打ち際に海藻が積み重なっていた。ふたりがいるところからでも、その匂いを嗅ぐことができた。「オイルにまみれた鳥が何羽か見つかるかもしれない」父親がいった。「ずっと北のほうで環境汚染があったんだ」自分にむかってしゃべっていた。サリーは苦労しながら、父親について浜を下りていった。足もとの小石がずれて、転びそうになった。父親がふり返り、すんでのところで肘をつかんで支えてくれた。力強い手。サリーはこの肉体的な接触にぎょっとした。彼女が幼かったころでも、父親にふれられた記憶がなかったからである。子供を抱きしめるような父親ではなかった。サリーがしっかり立っているのを確認すると、父親は手をひっこめ、ふたたび先に立って歩きはじめた。うつむいて、浜辺に目を配っている。すぐにコオリガモのあたらしい死骸が見つかった。サリーにきちんと羽根が見えるように、翼を持って注意深く広げてみせる。

「オイルがついてる」父親がいった。「それほど多くはないが、鳥を殺すにはじゅうぶんな量だ」

サリーはなんといえばいいのかわからなかった。死んだカモのことで悲しんでいるふりはできなかった。ぶらぶらと水辺までいき、父親が動きだすまで、波がゴム長靴を洗うにまかせた。灰色の海を眺め、頭のなかを真っ白にしておいた。

彼女が父親に追いつくと、その手には別の死骸があった。「ウミガラスだ」ひっくり返して、胴体に手を走らせる。「脂肪がまったくない。重要なわずかばかりの筋肉だけだ」サリーは父親がそれを黒いゴミ袋に入れて歩きつづけるものと思っていたが、父親は気候の変化について説明せずにはいられなかった。解けつつある極地の氷、それがプランクトンやイカナゴにあえていると思われる影響。「海鳥の餌がなくなりつつある。去年の夏、ツノメドリ、アビ、北極のトウゾクカモメは、ひなをまったく育てなかった」

仕事にかける父親の情熱を母親が面白く思っていない理由が、サリーにはわかった。あまりにも熱がこもりすぎているのだ。それに、あまりにも大きすぎた。地球全体に寄せられる関心に、いったい誰が対抗できるというのか？　それに較べれば、女学生が残忍に殺された事件でさえ、つまらないことに感じられた。それで思い出した。そういえば、キャサリンは彼女の父親にインタビューしたがっていた。父親がシェトランド・ラジオで話をするのを聞いて、感銘を受けたのだ。そう簡単に感銘を受ける人ではなかったのに。ふたりはキャサリンの家の裏側にある小さな居間にすわり、ラジオをつけたまま、宿題をしていた。そのとき突然、父親の声が部屋に流れてきた。サリーは思わず興奮していった。「これ、父さんだわ」

いまとなっては、父親がなにを話していたのか、思い出せなかった。過放牧のことかもしれない。それが父親の十八番なのだ。キャサリンはこういった。「あなたのお父さんて、すごく入れこんでるのね。本気で気にかけてる、でしょ？　あたしにインタビューさせてくれるかしら？」そういうキャサリンも、サリーの父親とおなじくらい情熱にあふれていた。すごく生き生きとしていた。それがもう消えてしまったと考えるのは、むずかしかった。

父親がその考えを読み取ったかのようにいった。「寂しいだろうな。キャサリンがいなくなって」

サリーはスクールバスを待っているときに感じた強烈な孤独感を思い出した。「うん。すごく寂しい」

「彼女のことは、知らなかった。詳しくは。だが、変わった子という印象を受けたな」

「あたしは好きだった」

「怖がらなくてもいい」父親がいった。「わたしがしっかり守るから」

怖がるようなことがあるのかもしれない、とサリーが考えたのは、このときがはじめてだった。

「キャサリンにインタビューされた？　課題のために？」サリーはたずねた。父親にインタビューしていれば、話してくれていただろうが、キャサリンの行動は誰にも読めなかった。彼女は自分だけの秘密を持っていた。

父親が顔をしかめた。「どんな課題だい？」

「学校の宿題よ。テーマはシェトランドで、外の人間から見た印象をまとめるんだったと思う。彼女、パパの仕事のことを聞きたがってた」

「いや。インタビューはされなかった」その声の調子から、サリーには父親がインタビューを望んでいたこと、それが実現しなくて残念に思っていることが、なんとなく伝わってきた。

ロバートから電話がかかってきたのは、ふたりがランドローヴァーに戻ってからだった。サリーはひとりで助手席にすわり、まともな音楽を流している局を探してラジオをいじくっていた。父親は農家の女性と話をしにいっていた。引っ越してきたばかりのこのカップルは博物学に興味があってね、と父親はいった。オイルにまみれた鳥がもっと海岸に漂着しないか、見ていてもらおうと思うんだ。サリーが見守るなか、父親は玄関にちかづいていった。そして、ノックもせずにドアを開け、ブーツを脱ぐと、それを階段のところに置いた。そのときちょうど、ロバートから電話がかかってきた。これ以上のタイミングはなかった。まるで彼が見張っていて、彼女がひとりになるのを待っていたかのようだった。

「今夜、出てこないか？」

「無理よ」両親の目から逃れるための口実を考えだすエネルギーが、サリーにはなかった。口裏をあわせてかばってくれるキャサリンがいないので、それは大仕事になるだろう。

「それじゃ、いつならいい？」

「わからない。来週、電話をちょうだい。昼間に。授業中だったら、あとでかけ直すわ」サリーは彼がなにをしていたのか訊きたかった。おしゃべりをし、ふつうの会話を交わしたかった。

だが、彼はいった。「いつ電話できるか、わからないな。これから船を出すんだ」そのあとで、電話が切れた。

父親が戻ってきたのは十五分後で、そのころにはサリーはすっかり凍えていた。父親はあの若い女性と家のなかでなにをしていたのだろう？　ロバートの提案にすぐに飛びつかなかった自分を、サリーは誇らしく思った。とはいえ、もっとはっきりした約束があればいいのに、と思わずにはいられなかった。

翌朝、サリーはごねる元気もなく、おとなしく両親といっしょに教会へいった。みんなが世界の平和を祈っているあいだ、ロバート・イズビスターのことを考えていた。当然だ。彼はいつでもそこにいて、彼女の気をそらし、思考のなかにこっそり潜りこんでくるのだから。どうして誘われたとき、いくといわなかったのだろう？　今週の末にでも、きちんと予定を決めなかったのだろう？　聞き慣れた文句が頭の上を通りすぎていき、彼女は唱和にくわわったものの、なにも聞いてなかった。スーツで正装した父親は、きちんと聞いているのだろうか？　それとも、やはり心ここにあらずなのだろうか？　礼拝のあとで両親が立ち話をしていると、牧師がやってきて、サリーの手を軽く叩いた。牧師は太りすぎで、歩いてくるだけで息が切れていた。「話し相手が必要だったら、いつでもいらっしゃい。さぞかしつらいだろう」彼に打ち明け話をするなんて絶対にあり得ない、とはいえなかったので、彼女はただ礼をいい、外で待つために急いで教会を出た。

ふだんどおりの日曜日だった。礼拝のあとは、家族そろっての昼食だ。母親は家に帰ってから準備することがほとんどないように、いつも教会にいくまえに骨付き肉をオーブンに入れ、ジャガイモの皮をむいていた。教会から家にむかう車のなかでサリーがもの思いにふけっていると、母親がいった。「ミスタ・ロスを食事に誘ったほうがよくないかしら？　あんな広い家にひとりでぽつんとすわってるなんて、つらすぎるわ。料理ならたっぷりあるし」

サリーはぞっとした。ミスタ・ロスがキッチンのテーブルにすわり、母親が焼きすぎた肉と格闘しながら彼を質問攻めにするところを、想像しようとする。

「まだはやすぎるんじゃないか」父親がいった。「余計なお節介と取られるだろう。もうすこしあとにしたらどうだ」

母親は納得したらしく、いつものとおり、昼食は家族だけで取った。

三人で暖炉のそばにすわっているときに、電話がかかってきた。母親は編み物をしていたが、その目は昼メロの総集編に釘付けだった。番組を馬鹿にするふりをしながら、いつも見ているのだ。サリーは皿洗いを終えたところだった。父親はスーツから着替えて、本を読んでいた。

電話に出ようと父親が立ちあがったが、母親は編み物を置くといった。「いいのよ。あたしが出るわ。たぶん親御さんだから」母親は俗悪なテレビ番組を見るのも好きだが、電話でおしゃべりするのはもっと好きだった。受話器を手にしていると、支配している感じがするのだ。重要人物になった気が。生徒の親たちに接するとき、彼女はいつもとちがう声を出した。落ちついていて、ちょっと恩着せがましい声。だが、彼女はすぐに戻ってきた。すこし怒っているような感じだった。

「あなたによ」夫にむかっていう。「例の刑事さんから」

25

ペレスはインヴァネスの捜査班が滞在しているホテルのバーで、ロイ・テイラーとランチを取るために会った。テイラーの提案だった。「ちょっとおしゃべりしよう。ダンカン・ハンターと会ってどんな話をしたのか、聞かせてくれ。そのうえで、捜査の方向性について考えよう」ペレスはかまわなかった。日曜日は母親に長い電話をかける日で、まだ例の問題に対する答えは出ていなかった。町を通ったついでに、捜査本部をのぞいてみた。テイラーが記者会見をひらいて以来、電話は鳴りっぱなしだった。とはいえ、有益な情報はひとつもなかった。まだ、いまのところは。ほとんどが、四日の夜にラーウィックから南にむかう道路で見慣れない車を目撃した、という通報だった。ダンカンの屋敷のパーティでキャサリンを見かけた、というのもいくつかあった。

バーは日曜日のランチを取る人たちで満員だった。ほとんどがペレスの顔見知りだったが、彼が忙しいのを察して、誰も声をかけてこなかった。テイラーは落ちこんでいるように見えた。ペレスがダンカンに事情聴取したときの話を、黙って聞いていた。店にきてすぐに注文したビールは、ほとんど手つかずのままだった。ふたりは誰にも聞かれないように、薄暗い隅にすわっていた。

「キャサリンの父親に電話して、カメラを見つけるように頼んでおいた」ペレスはいった。「彼女がパーティを撮影してたなら、そこにいた人物をもっと特定できるかもしれない」

テイラーがビールのグラスから顔をあげた。「いまごろは、捜査がもっと進んでいると思っていたんだが。今週末までに、かたづいてることを期待してたんだ。だが、思ったより複雑な事件だった」

彼がこれを単純な事件と考えてシェトランドに乗りこんできたのが、ペレスにはわかった。さっさと解決して、凱旋するつもりでいたのだ。

テイラーがさっとひと口ビールをあおった。「なにか見逃してることがあるかな?」

「アレックス・ヘンリー」ペレスはいった。「小学校の先生の旦那だ。現場に着いたふたり目の人物ということで供述を取ったが、誰もきちんと話を聞いていない。キャサリン・ロスの殺害とカトリオナ・ブルースの失踪が関係しているとするならば、彼と話をすべきかもしれない。ふたりが暮らしていた家のすぐそばに、住居をかまえているのだから」

「カトリオナが消えたとき、彼はあそこに住んでいたのか?」

「マーガレット・ヘンリーは何年もまえからレイヴンズウィックで先生をしている。カトリオナを教えていた。ファイルに供述書が残っている。カトリオナがいなくなるまえ、最後に彼女を見かけた人物である可能性さえある。その日の午後、カトリオナがヒルヘッドにむかって小道を駆けあがっていくのを見た、と彼女は証言している。その日は土曜日で、学校は休みだった」

「旦那も、そのとき事情聴取をされたのか？」

「おざなりに。誰もがマグナス・テイトが犯人だと確信していた」

「その男について、話してくれ」

「あまり話すことはない。科学者だ。シェトランド諸島評議会の自然保護係官として、自然を観察し、計画申請の審査をおこなっている。もともとは油田開発がもたらした金でもうけられた役職だ。仕事ぶりは真面目らしい。何人か敵を作っている。わかるだろ。希少植物の生えている湿地が干からびるという理由で家屋の建築に反対したり、アザラシを撃てば告訴すると脅して漁師たちから憎まれたり。もの静かで、家庭的な男だ。すこし一匹狼っぽいところがあるかもしれない」

「それじゃ、会いにいこうか？」

「いっしょにくるのか？」

「なあ、いいだろ、ジミー。いかせてくれよ」そういって、テイラーは年上の少年たちに仲間入りをせがむ子供みたいな笑みを浮かべてみせた。あんたは上級捜査官だから好きにできる、とはペレスはいわなかった。

「これから電話する。きょうの午後でいいか？」

「きみには生活がないのか、ジミー？　日曜日の午後をいっしょにすごしたい相手は？」

「待てないような用事は、なにもない」

アレックス・ヘンリーのオフィスは博物館にあった。港から丘をあがったところにある、図書館のちかくの灰色の堅牢な建物だ。アレックス・ヘンリーは、そこで会おうと提案してきた。刑事たちが着いたとき、オフィスには明かりが灯り、ドアが開いていた。アレックス・ヘンリーは隅のほうでやかんを持ち、トレイのそばに立っていた。「紅茶をいれてるところだ。それでかまわないかな？　粉末ミルクしかないが」

彼は小柄で、がっしりした男だった。船に乗っている姿を、ペレスは容易に想像できた。重心が低く、嵐のなかでもバランスを保っていられるだろう。手編みのセーターに、試着せずにカタログで買ったぶかぶかのジーンズという恰好だった。

「家でなくてもかまわなかったかな、ジミー」アレックス・ヘンリーがいった。「いまは大変なときでね。とくに、サリーにとっては。どこへいっても、思い出が甦《よみがえ》ってくる」

「べつにかまわないさ」

オフィスが手狭だったので、三人は展示室に移動し、円塔やヴァイキングの船の模型や椅子や紡ぎ車に囲まれてすわった。アップ・ヘリー・アーにかんする特別展示もあった。もうすぐだな、とペレスは思った。この祭りは、警察にとっていつも頭痛の種だった。島は観光客であふれかえり、それに火と酒がくわわるのだ。

「で、どういう用件なのかな？」

「キャサリンの死が、カトリオナ・ブルースの失踪と関係している可能性がある」ペレスはいった。「そこで、レイヴンズウィック周辺に住む全員に話を聞いてるんだ。あらゆる点から捜査する必要があるんでね」

「当然だ」

「カトリオナについて、どんなことが記憶に残ってる？」

「これだけ時間がたつと、ほとんど覚えてないな。とはいえ、ひどい事件だった。すごいショックを受けた。サリーはもう生まれてた。まだ小さかったがね。カトリオナの両親の心中は、警察するにあまりあった。当時は、忘れることなど絶対ないだろう、と思った。みんな、その話で持ちきりだった」

アレックスがすらすらと話してくれるので、ペレスは驚いていた。彼のことはよく知らなかったが、これまで自分から進んでしゃべるところを見たことがなかったのである。夫婦で外出するときは、妻のマーガレットがおしゃべりを担当していた。アレックスを黙らせておけなくなるのは、シェトランドの野生生物について一席ぶちはじめたときだけだった。

「みんなはなんと？」

「マグナスがカトリオナを殺した、といってた。マグナスの父親は、すでに亡くなっていた。彼は母親とふたりで暮らしていた。あの小農場を支えていたのは、年老いた母親のメアリーだった。彼女は八十歳で亡くなった。小柄だが、雄牛みたいに頑丈でね。すごい女性だったよ。農場の仕事はほとんどマグナスがやってたが、母親にいわれたとおりにしているだけだった。マグナスを悪くいう言葉に、母親は一切耳を貸そうとしなかった。ある日、人びとが家の外に集まり、マグナスに自首してカトリオナの死体のありかをいえと迫ったことがあった。すると、メアリーが出てきて、みんなにむかって怒鳴った。うちのマグナスはいい子だ。誰も傷つけたりしないよ。息子をかばいつづける母親に、みんな敬意を抱いたが、それでなにが変わるわけでもなかった。あいかわらず、犯人はマグナスだと思われてた」

「で、きみはどう思った？」

「証拠がないかぎり、どんな問題でも、はっきりした意見を持つのはむずかしい。科学者としての考え方が、身に染みついてるんだろうな。彼を有罪と断定する証拠はない、とわたしは思った。彼が殺したのだとすれば、それは怒りに一瞬、我を忘れた結果、もしくは事故の可能性が高いだろうし、それなら彼は自分がやったと認めていただろう。彼が嘘をつくとは、思えなかった。とはいえ、カトリオナがどうなったかについて、それ以外の仮説を持ちあわせているわけじゃないが」

「カトリオナがきみの家にきたことは？」

「ある。ときどきね。彼女の両親とは仲がよかったんだ。毎日おたがいの家に出入りするほどではなかったが。マーガレットとわたしは、そういうタイプじゃない。だが、特別なときは、そうしていた。ボクシング・デイの夕食はみんなでうちに集まり、大晦日の晩はわたしたちがかれらの家を訪ねるのが習慣だった。サリーを連れていって上階のベッドで寝かしつけ、そのまま帰るときに抱きかかえて戻るんだ。どんなものか、わかるだろ」

ああ、わかるとも、とペレスは思った。自分もフェア島に戻ったら、そういう生活を送るのだろうか？　なにもかも決まっていて、何年も変わることがない生活を？

「カトリオナの両親は、どんな人たちだった？」

「もの静かだった。親切で。あの土地はケネスの父親が耕していたところで、それを継ぐのが彼の子供のころからの夢だった。だが、カトリオナがいなくなると、ケネスは耐えられなくなった。家と土地をべつべつに売り払い、一家で本土に越していった」

「家庭内に問題はなかったのか？　両親が関係してるかもしれない、と疑ったことは？」

「一度もなかった。子供の失踪事件で父親がテレビに映しだされると、そういう考えが頭をよぎるもんだろ？　〝おまえがやったんじゃないのか？　こいつは狂言じゃないのか？〟そういう時代なんだ。誰も信用できない。だが、ケネスとサンドラの場合、そんな考えはまったく浮かんでこなかった。ただの一度も」

「ほかに子供は？」

もちろん、ペレスは知っていた。何度もファイルに目を通していたのだ。だが、供述書を読むよりも、アレックスの口から直接話を聞くほうが、事件の感触がつかめた。

「小さな男の子がいた。ブライアンだ。カトリオナより二歳年下だった。ふたりともマーガレットの生徒だった」

「きみはその日、どこにいた、アレックス？　カトリオナがいなくなった日に？」

「ここで働いてた。計画委員会に提出する書類の準備で。家には帰らなかった。翌日カークウォールで会議があったので、飛行機に乗るために、そのままサンバラへいった。カトリオナがいなくなったと聞いたのは、その晩マーガレットに電話したときだ。みんな総出で捜してる、とマーガレットはいってた。きっと見つかるだろう、とわたしは思った。レイヴン岬の崖下で死体となって発見されるか、迷子になって怯えて丘をさまよっているところを保護される、と。ただ消えてしまうとは、思ってなかった」

「死体が潮で流されていった可能性は？　崖から落ちたあとで？」テイラーがはじめて口をひらいた。

「大潮で強い海風が吹いてないかぎり、それはない。岩棚と砂利浜があるが、そこまで潮が満ちてくるのは一年に二度だけだ。あの日は荒れた天気だったが、海は小潮で、風は沖にむかって吹いていた。あの子が崖から転落したのなら、死体は翌日、救助隊がそこを捜索したときに、まだあっただろう」

「カトリオナは、どんな子だった？」ペレスはたずねた。「マーガレットからいろいろと聞いてたはずだ。ふらふらとどこかへいってしまうような子だったのか？」

「だから、あの子がいなくなったと聞いたとき、それほど心配しなかったのかもしれない。誰に聞いても、あの子はおてんば娘だった。すくなくとも、すこしませていた。クラスでいつも目立ちたがってる、とマーガレットはいっていた。母親が甘やかしてる、と。だが、あの夫妻はやや年がいっていた。なかなか子供ができなかったんだ」

「それじゃ、カトリオナは手のかかる子だった？」

「活発だった」アレックスは認めた。「それは間違いない」

「まえに家出したことは？」

「それはなかったが、事件のまえの週に、ひと騒動起こしていた。行方がわからなくなったんだ。ケネスが娘を捜しに学校にきた。結局、ヒルヘッドで見つかった。メアリー・テイトがパンを焼いてて、カトリオナはスコーンが焼きあがるのを待ってたんだ。メアリーによると、どうしても待つんだといって、帰ろうとしなかったとか。それで、彼女がまたいなくなったとき、みんなはヒルヘッドにいるのだろうと考えたんだ」

「一家はいまどこに？」

「わからない。マーガレットなら覚えてるかもしれない。最初の年にクリスマス・カードがきたが、それ以後は音信不通だ」

「それじゃ、キャサリン・ロスの印象は？」

長い沈黙があった。「彼女は若い女性だった。子供じゃなかった」

「まだ、きみの娘とおない年だ」

「うちの子も、もう若い女性なのかもしれないな。親がそう考えたくないだけで。すくなくとも、マーガレットはそうだ。サリーは自信がなくてね。みんなが雑誌で目にするスターみたいに痩せていないだけで、可愛い子なんだ。いつも太るのを心配してる。キャサリンはちがった。もっと自信を持っていた。洗練されていた。マーガレットは嫌っていた。キャサリンがうちの子を支配している、悪い道にひきこんでいる、と考えていた」

「それで、きみの考えは？」

「サリーにちかくに住むおなじ年頃の友だちができて、喜んでいた。はじめは、マーガレットもおなじ気持ちだった。母親が先生というのは、サリーにとって楽なことではないだろう。最初から特別な目で見られる。あの子はなかなか友だちができなかった。一時はいじめにあってるような気がして、心配だった。妻はあまり心配することはないと考えていたから、わたしたちはなにもしなかった。あの子が高校にあがったとき、事態が改善されることを願った。だが、そこでも娘はあまり幸せそうではなかった。それどころか、もっと悪くなったようだった。友だちがまったくいないように見えた。キャサリンがくるまでは。あの子は受け入れられようと、必死になりすぎてたのかもしれない。それで、ほかの子たちから敬遠されたのかも」

「キャサリンがきたことで、状況が変わった？」

「サリーは、それほどひとりぼっちではなくなった。ふたりがどれくらい親しかったのかは、よく知らない」ふたたび言葉が途切れた。「マーガレットのいうとおり、キャサリンはうちの子を利用してただけなのかもしれない。だが、わたしにはそうは見えなかった。キャサリンも幸せではない、という印象を受けた。うちの子とおなじで、友だちを作るのが上手くなかった。それに、教師の娘だった」

「彼女について、ほかになにか？」

「いや、これくらいだ。キャサリンはなかなか本心を見せない子だった。いつでも礼儀正しくて、きちんと育てられたのが、すぐにわかった。だが、決して気をゆるめなかった。相手に強い印象をあたえたがっていた。父親なら、彼女がなにを考えていたのか、話せるかもしれない。ほかにそれができる人物がいるかどうかは、わからないな」

彼はキャサリンに興味をかき立てられていたのだ、とペレスは思った。でなければ、娘の友だちについて、ふつうこんなことはいわないだろう。アレックスは彼女を理解したがっていた。

「彼女とふたりきりで会ったことは？」

アレックスはショックを受けた表情を浮かべた。「まさか、とんでもない。なんでわたしがそんなことを？」

「キャサリンの死体が発見された日のまえの晩は、なにをしてた？」

「あの晩も帰りが遅かった。博物協会の集会があってね。講演者がこられなくなったので、わたしが代役をつとめた」顔をあげる。「会場には三十人はいた。見事なスピーチではなかったが、かれらは覚えているだろう」

「帰宅したのは？」

「集会のあとで、参加者たちと飲みにいった。一杯だけだ。だから、家に帰り着いたのは、十時半ごろだろう。もうすこし遅かったかもしれない」

「雪は降っていた？」

「いや。雲が途切れて、わずかだが月明かりも差していた。雪が降りはじめたのは、そのあとだ」

「車で丘を下るときに、ふだんとちがうものを目にしなかったか？」

「野原に横たわる死体ってことか？　考えてはみたが、残念ながら答えはノーだ。なにも気づかなかった。だが、だからといって死体がなかったとは言い切れない。あの晩は道路がすごく滑りやすかった。事故を起こさずに土手を下りていくことに、神経を集中させていたんだ」

「ヒルヘッドに明かりは？」

アレックスは考えこんだ。「悪いが、覚えてないな」間があく。「ユアンの家には明かりがついていた。ガラス張りの大きな増築部分があるだろ。あそこのブラインドが開けっ放しだった」

「なかに誰かいるのが見えたか？」

「いや。人の姿は見かけなかった」

「ほかにつけくわえることは、ミスタ・ヘンリー？　われわれが知っておいたほうがいいようなことは？」

アレックスがまたしても黙りこんだので、ペレスはこの漠然とした質問が、今度ばかりはなにかもたらすかもしれないと考えた。ときどき、そういうことがあるのだ。だが、アレックスはゆっくりと首を横にふっただけだった。「いや。すまないが、お役には立てないな」いまのは質問に対するきちんとした答えになってないな、とペレスは思った。

26

フランは犬を手に入れていた。学校で顔をあわせる母親のひとりが、まえの晩に犬を連れて戸口にあらわれたのだ。女性はためらいがちにいった。「差し出がましいことはしたくないんだけど、この子がいると安心かと思って。いい子だけど、ちょっかいを出されるとすごく吠えるの。ここにはあなたたちしかいないし、死体が発見された場所にもちかいから……」

フランは女性をなかに招き入れた。ワインを勧めたがことわられ、かわりに紅茶を出した。紅茶を飲みながら、この贈り物を丁重に辞退するつもりだった。ロンドンにいたときは、ずっと犬が嫌いだった。歩道に糞をするし、くんくん鳴くからだ。ふたりは子供や学校の話をした。

「ほんと、マーガレット・ヘンリーはすごくいい先生よね。厳しくて」フランは自分の考えを胸にしまっておいた。それに、殺人のことも話題にしなかった。だが、来客が帰っていったとき、犬はそのまま残った。この贈り物をことわったら恐ろしいことが起きるのではないか、という迷信じみた考えが、突然湧いてきたからである。キャシーとふたりでいるときに家が襲われ、そのあとで親たちが校庭に集まり、こういうところが脳裏に浮かんだ。意地を張るからよ。いざってときのために犬をあげようとしたのに、ことわるんだから。

というわけで、フランはマギーという名前の犬を手に入れた。コリーの血が多く混じった雑種で、黒と白のぶちだった。キャシーはペットを飼いたいとよくねだっていたので、大喜びだった。そして、その晩は犬にかまいきりだったが、犬がその苦行に黙っておとなしく耐えていたところを見ると、番犬としてはあまり役に立ちそうになかった。

日曜日の午後になると、キャシーは学校の友だちの誕生日パーティに出かけていった。ピンクのフリルのついたお気に入りのきらきらしたドレスを着て、髪の毛が思いどおりに決まらなかったときには、泣きそうになった。こんなんじゃ、みんなに笑われちゃう。ほかの子のお母さんたちは、癖毛直しとかヘアアイロンとか持ってるのよ。ひるがえっていえば、フランは悪い母親だということだった。フランはこの癇癪《かんしゃく》を理解しようとした。キャシーははじめてのお泊まりという通過儀礼にのぞもうとしているのだ。迎えの車に乗ってパーティに出かけていく娘を、フランは戸口に立ち、手をふって見送った。だが、キャシーは気づいていなかった。すでに、車にいたほかの女の子たちとくすくす笑い、おしゃべりしていたからである。マギーは調理用こんろのまえに寝そべり、眠っていた。

フランは、その週のはじめから手をつけていたペン画のつづきにかかった。レイヴン岬の岩肌の模様と、その下の砂利浜をモチーフにした作品だった。はっきりとした構想のもとに描きはじめたのだが、いまは集中できなかった。カフェインを摂りすぎたときのように、神経がぴりぴりして落ちつかなかった。キャシーのはしゃいだ気分がうつったのだ。苛立ちのあまり、彼女は絵を丸めて、暖炉の火のなかに投げこんだ。

自分が何日も、この部屋に閉じこめられているような気がした。ここがロンドンなら、誰かに電話するところだった。バーで落ちあって遅めのランチを取り、ワインを二、三杯飲む。まわりには人がいて、ざわめきとおしゃべりの声がしているだろう。ロンドンでなら、死体を見つけても、それを誰かにしゃべって発散することができる。そのイメージが頭にこびりついて、なにかを考えるたびに思い出さずにすむ。絵を描こうとするたびに、目のまえに浮かんできたりせずに。

フランはゴム長靴をはいてコートを羽織ると、ドアを開けた。犬がついてきた。外の気温は、ひと晩のうちに驚くほど変化していた。まるで、レイヴンズヴィックから別の土地にきたみたいに、寒さがゆるんで穏やかになっていた。ヒルヘッドのそばの道路にはまだ警官がいたが、丘にはほとんどいなかった。これだけ離れていると、警官たちはキャシーが砂浜に描いた線画とおなじように見えた。

ユアンの家も見えていた。家のまえには、彼の車がまだあった。訪ねていくべきだ、とフランは発作的に思った。自分がこれほど息苦しく感じているのなら、彼はどれだけつらい思いをしているだろう？　フランは足もとではしゃいでいる犬を連れて、丘を下っていった。ドアをノックすると、すぐにユアンが出てきて、彼女をにらみつけた。フランはぎょっとして、一歩あとずさった。

「すまない」ユアンがいった。「レポーターかと思って。警察が土手のてっぺんで連中を食い止めてくれているが、ひとりかふたり、くぐり抜けてきたやつがいてね。地元紙だけじゃなくて、全国紙も事件を嗅ぎつけたにちがいない」

「人と会いたい気分かどうか、よくわからなくて。なんだったら、また出直してくるけれど……」

「いや、いいんだ。キャサリンの持ち物を捜すことになっててね。あの子のビデオカメラを見つけるよう、警察に頼まれたんだ。だが、なかなかその気になれなくて。お茶でもどうかな？」

フランは犬を庭に残して、ユアンのあとについていった。最新式のキッチンまできてはじめて、ユアンがふつうにふるまうために大きな努力を払っていることに気づいた。蛇口の下でやかんを支える手が震えていた。

「もうひとりの女の子について知りたい」ユアンがフランに背をむけたままいった。

「もうひとりの女の子？」

「カトリオナ・ブルース。この家に住んでた子。失踪した子だ」

ユアンがむきを変えて、棚からマグカップをふたつ取った。「はじめは、誰がキャサリンを殺したのか、どうでもよかった。本気になれなかった。頭にあるのは、あの子はもういない、ということだけだった。すごく利己的なのはわかっているが、それしか考えられなかった。そんなとき、きみからもうひとりの女の子のことを聞かされて、事情が変わったのがわかった」

「どう変わったの？」

「キャサリンの事件がパターンの一部ならば、避けられたはずだ。わかるだろ、この意味が？」

フランにはよくわからなかったが、ゆっくりとうなずいた。

「だからこそ、八年前にその女の子になにが起きたのかを、知らなければならない。それで、いろいろなことが理解できる。キャサリンがなぜ死んだのかが」

「カトリオナの死体は、結局発見されなかったのよ」

「それは知っている」電気式のやかんが沸騰していたが、ユアンは無視した。怒りがぶり返してきて、苛立った口調になっていた。「百も承知だ」フランの脇を通りすぎて、「きてくれ」という。「こっちだ」彼女の腕をつかみそうな勢いだったが、自制した。フランが連れていかれた先は小さな便利室で、そこには流しと洗濯機と乾燥機があった。暗くて狭い部屋で、家のほかの部分とちがって改装されていなかった。湿った匂いがした。「昔はキッチンだったんだろう」ユアンがいった。「そして、ここは食料品置場として使われていた」物置の扉を開ける。「ほら」声が甲高くなっていた。「これを見てくれ」

扉の内側は、何年もペンキが塗り直されていなかった。ユアンが扉をいっぱいに押しあけたので、フランはこの家に住んでいた子供たちの身長をあらわすフェルトペンのしるしを見ることができた。それぞれのしるしに、イニシャルと日付がついていた。ユアンが下のほうのしるしを指さした。「B」声に出して読みあげる。「ブライアン、カトリオナの弟の頭文字だ。刑事に訊いたら、教えてくれた。こっちがカトリオナのだ」しるしはピンクだった。「彼女が死ぬひと月まえの身長だ」

「年齢のわりには小さかったのね」フランは思わず心を揺さぶられていた。キャシーとは二センチしかちがわないだろう。

ユアンは紅茶をいれるのを忘れてしまったようだった。ふらふらとキッチンに戻ると、両手で頭を抱えて、スツールにすわりこんだ。フランはなす術もなく立ちつくしていたが、やがて自分にはなにもできないことに気づいた。もういかなくちゃ、と彼女はいったが、ユアンの耳には届いていないようだった。

フランは土手をのぼりはじめた。目のまえで教養ある男がぼろぼろに崩れていく光景から——事件のパターンと壁に記された古いペンのしるしに意味を求め、もうひとりの子供に取りつかれようとしている男の姿から――逃げだす必要があった。彼を駆り立てているのは、自分があまりよい父親ではなかったという罪の意識なのだろうか？　犬はしばらく彼女のそばで飛び跳ねていたが、やがて自由に駆けだしていった。平らな部分のあとで、地面は急勾配の上りになった。このあたりまでくると、なにもかもがぐしょぐしょだった。溝は解けた雪であふれ、泥炭は水を吸って柔らかくなっていた。薄日が差しており、その光が夜のうちにできた無数の水たまりに反射していた。フランは犬といっしょになって、広くて浅い水たまりに駆けこみ、水飛沫《しぶき》をあげて突っ切った。キャシーがいたら、大喜びしただろう。

フランひとりでは、手に負えそうにない状況だった。キャサリンとその父親といった大きな問題だけではない。ほかにもいろいろと、友だちに相談したかった。たとえば、男性問題とか。男性のいない人生にもの足りなさを感じていることをすなおに認め、それを笑い飛ばし、可能性について語りあいたかった。だが、ここでそれを話題にするのは不可能だった。きっと理解してもらえないだろう。日常生活の一部だったときには馬鹿にしていたくだらない会話――服とかダイエットとか休暇の話――でさえ、懐かしかった。自立した女性、強い女を自負してきたが、いまはシェトランドに戻ってからはじめて、女友だちが恋しくてたまらなかった。

ここでは、彼女はいつまでたっても部外者だろう。ずっとそうだ。キャシーはシェトランドの訛りを身につけて育ち、地元の男性と結婚するかもしれない。だが、その母親がイングランド人であることは、決して誰も忘れない。フランがダンカンと離婚しなければ、事情はちがっていただろう。その場合は、ある程度受け入れられていたはずだ。だが、いまとなっては、どうやったら上手くやっていけるのか、わからなかった。

もちろん、ほかにもよそ者、故国を離れてやってきたイングランド人は大勢いた。ユアンや彼女のように、シェトランドで自分にあった生活を見つけようとしている人びとだ。なかには地元に溶けこもうと努力するあまり、糸紡ぎを習ったり地元の音楽を奏でたり方言をしゃべろうとしたりして、滑稽になっているものもいた。そういう人たちが複雑なフェア島《アイル》模様のカーディガンや手紡ぎのウールのセーターを着て、町のカフェやレストランにたむろしているところを、彼女は見かけていた。それに、映画上映会や読書会で出会うこともあった。その一方で、よそ者同士だけでかたまるのが好きな連中もいた。かれらにとってシェトランドは一時的な仮の住まいにすぎず、寒くて孤立した土地という土産話を持って、すぐに文明の地へ戻るつもりでいた。このふたつのグループは、ほとんど交流がなかった。そしてフランは、自分がそのどちらに属しているところも想像できなかった。となると、最後にはやはり恐れていたとおりになるのだろうか？　自分の芸術だけが生き甲斐という、みじめで孤独な中年女に？

だが、身体を動かしているうちに、すでに彼女の気分は明るくなっていた。水たまりに入って水を蹴散らす行為には、どこか子供っぽい喜びを感じさせてくれるものがあった。最後にいきついた自分の未来像にしても、自分を茶化すだけの余裕が出てきていた。それに、そもそも芸術を生き甲斐にして、どこが悪いというのか？

フランは空積みの石壁に沿って、丘をのぼりはじめた。これほど遠くまで足をのばすのは、はじめてだった。ふだん散歩するときはキャシーがいっしょで、子供の足ではこんなペースで歩けないからである。キャシーは家から出るとすぐに、戻ろうといってごねた。こうして荒れ地の高いところまでくると、雨と雪解け水のもたらす効果はより劇的だった。水は岩場の溝や泥炭のあいだを滝となって流れ落ち、土や頁岩《けつがん》を巻きこみながら、丘の斜面を下っていった。あと一回大雨が降るだけで、もっと深刻な土砂崩れが発生するだろう。ラジオでアレックス・ヘンリーがそれについて話すのを、フランは聞いたことがあった。問題の一部は過放牧にある、と彼はいっていた。羊の数が多すぎるのだ。それによって草の根がひき抜かれ、土壌がゆるむ。羊の数にあわせて助成金を出すという補助金制度を変えるべきだ。こういう意見を口にするなんて勇気がある、とそのとき彼女は思った。農夫からは嫌われる提案だろうに。彼は地元の人間でありながら、もしかすると彼女よりも孤立しているのかもしれなかった。フランは校庭で、親たちが彼について声をひそめて話すのを耳にしたことがあった。彼にははたして本当の友だちがいるのだろうか？

傾斜をものともせずに駆けていた犬が立ちどまり、吠えていた。フランは犬を呼んだが、犬は戻ってこようとしなかった。フランはあとを追って、丘を横切った。ところどころで地面がむきだしになってぬかるんでおり、足が滑った。犬がいたのは、切り立った泥炭の土手のてっぺんだった。雨で岩や小石がはがれ落ちたらしく、その下にあった黒い泥炭が露出していた。犬は岩屑をひっかいていた。フランがもう一度声をかけると、犬はふり返ったものの、依然としてそこから動こうとしなかった。薄い雲のむこうから日が差してきて、その日もっとも明るくなった。太陽は低い位置にあり、光は黄色く人工的に見えた。犬と岩と丘の斜面の輪郭が、ハードエッジの手法で描かれた絵みたいにくっきりと浮かびあがっていた。

フランは息を切らせて犬のところへいき、叱りはじめた。そもそも、おまえなんて欲しくなかったんだからね。それから、彼女はお説教をやめ、犬の首輪をつかんで、うしろにひっぱった。岩屑の下になにかあった。靴だ。革は色褪せ、バックルからは光沢が失せていた。子供の靴だった。犬が狂ったように吠えて飛びまわっていたので、首輪で窒息するのではないかと、フランは心配になった。それでも、首輪は放さないようにした。ぼろぼろの服がのぞいていた。黄色いコットンだ。そして、黒くて粘りけのある泥炭に映えて蠟みたいに青白く見える、小さな足。

27

携帯電話が鳴ったとき、ペレスは自宅の電話で母親と話をしていた。アレックス・ヘンリーと面談したあとで帰宅するとすぐに、これ以上先延ばしにはできない、と覚悟したのだ。母親になんというか、まだ決めていなかったが、電話しないわけにはいかなかった。彼はグラスにビールを注ぎ、実家の番号を回した。

「それで?」母親がいった。事件のことはよく知っているはずなのに――すくなくとも、ラジオで耳にしているはずだ――それについてはなにもふれなかった。「スケリーはどうする?

決めたのかい？」冷静な声だった。息子にプレッシャーをかけまいとしているのだ。だが、電話線のむこうからは興奮が伝わってきた。彼女はなによりも息子が故郷に戻ってくることを望んでいるのだ。もしかすると、孫を望む気持ちよりも強いのかもしれなかった。

　母親がまず事件のことをたずねていたら、彼の仕事がどれほど重要なものか——彼自身にとってだけでなく、被害者の家族にとっても——理解を示していたら、そのあとの彼の反応はちがっていただろう。だが、母親の世界はすごく限定されており、そのことに彼は怒りをおぼえた。それは、縦三マイル（ノース・ライトからサウス・ライトまで）、横二マイル（シープ・クレイグからマルコム岬まで）の島の範囲内におさまっていた。そういうわけで、携帯電話が鳴ってディスプレイにフラン・ハンターの番号が表示されるのを目にしたとき、彼はこういった。「悪いけど、母さん、緊急の電話なんだ。例の殺人事件がらみの。こっちの状況は想像がつくだろ。てんやわんやだ。どうしても出ないと」

「もちろんだよ」母親がすまなそうにいった。それくらいは想像がつくのだ。「ほかにもいろいろと考えなくちゃいけないことがあるんだろ。ごめんよ」

「また電話する。できれば、今夜にでも」すでに彼は自分のぶっきらぼうな態度を後悔していた。「そのとき、また話しあおう」

「ほかにも興味を示してる人がいるんだよ」携帯電話の滑稽な着メロが流れるなか、母親がすばやく口を挟んだ。「スケリーにね。ウィリーの孫だよ。農業大学にいってた。こっちに戻ってきたがってる」そういうと、母親は電話を切った。毎年クリスマスのおとぎ芝居で主役を張っているだけあって、どうやれば劇的な幕切れを演出できるかを心得ていた。

「もしもし！」

無意識のうちに彼は携帯電話の応答ボタンを押しており、フラン・ハンターの声を耳にしていた。だが、彼は心ここにあらずの状態だったので、フランがトンネルに入った列車のなかの乗客みたいに大声で「もしもし、もしもし」と叫んでいるのに気づくまでに、しばらくかかった。

「もうひとりの女の子を見つけたの」ペレスがようやく返事をすると、彼女がいった。言葉が切れ切れに伝わってきた。崖から水に投げこまれる砂利石みたいに、ひとつずつ彼の耳に届いた。もう／ひとり／の／女／の子／を／見つけ／たの。そのころには、事態がどれほど深刻なものか、彼女の単調でものうげな声の調子から悟っていたので、彼は相手が誰のことをいっているのかたずねる必要がなかった。

ペレスが訪ねていくと、フラン・ハンターは自宅のまえの道路に出て、彼を待ちかまえていた。犬は家のなかに閉じこめられ、窓辺で飛び跳ねていた。あたりは暗くなりかけており、西の地平線に薄い灰色の帯がかろうじて残っているだけだった。

「案内するわ」フランがいった。「あなたひとりじゃ、すごく時間がかかるだろうから」

彼女自身、子供みたいに見えるな、とペレスは思った。ジャケットにくるまり、フードを目深にかぶり、ジッパーを顎まであげているので、目もとしか見えなかった。

「同僚を待たないと」ペレスはホテルの受付にロイ・テイラー宛のメッセージを残してきてい

た。テイラーの部屋の電話が話し中だったのだ。このイングランド人刑事抜きで捜査を進めれば、一生うだつがあがらなくなることを、ペレスは承知していた。「すぐにきます」

「そう」フランは真っ青だった。「なかで待たない？」

「大丈夫ですか？」

「大丈夫だと思う？　たったいま死体を見つけたのよ。この一週間で二度も」彼女の声の鋭さに驚き、ペレスはなんといっていいのかわからなかった。

「ごめんなさい」フランがいった。「とにかく、おかしな感じがして。だって、そうでしょ？　どうして、またあたしなの？」

「キャシーはどこに？」名前の符合に気づいて、ペレスはぎょっとした。どうして、いままで気づかなかったのだろう？　ここにもまたひとり、名前がCではじまる女の子がいる。

「パーティにいってるわ。でなければ、あたしといっしょだったはずよ」フランが彼のほうをむき、そうなっていたら最悪だったという目で彼を見た。

なにかいうべきだろうか、とペレスは考えた。キャシーから目を離さないよう、フランに警告したほうがいいのか。だが、そのときテイラーがやってきた。すごい勢いで車を飛ばしてきたので、視界に入るずっとまえから、音が聞こえていた。ペレスはがっかりしている自分に気づいた。フランの家が気に入っていたのだ。彼女といっしょに暖炉のまえでぬくぬくと待つのは、悪くなかっただろう。

車から飛び出してきたテイラーは、まずフランの身を案じた。ぎごちないが真摯《しんし》さにあふれた足取りで心配そうに彼女のところへ駆けつけると、フランの手を両手で包みこんだ。「さぞかし大変だったでしょう」という。「またしてもこんなショッキングな目にあうなんて」疑いを抱いていることなど、みじんも感じさせなかった。一週間もたたないうちに死体をふたつも見つけるなんて、不幸な偶然にしてはできすぎている、と考えているそぶりはまったく見せなかった。ペレスは自分が上司をライバル視していることに気づいた。フランに自分をいちばん好きになってもらいたかった。いちばん思いやりがあると思ってもらいたかった。テイラーには決まった相手がいるのだろうか？　妻やガールフレンドのことは一度も口にしていなかったが、誰かいるのかもしれない。ペレスが連絡を取ろうとしたとき、彼は電話で長話をしていたではないか。

これに較べると、ペレスのフランへの応対は、意地悪で思いやりに欠けるという印象をあたえたにちがいなかった。そこで、彼はそれを正そうとした。

「ミセス・ハンターは、丘の上の現場まで案内する、と申し出てくれている」ペレスはいった。

「だが、それは必要ないんじゃないかな？　ほかに何人か連れてきて、われわれで丘を捜せばいい」

いまではすっかり暗くなっていたが、空は晴れ渡り、月が出ていた。テイラーはその件を真剣に考えているようだった。フランにむきなおっていう。「もしもかまわなければですが、案内してもらえると、ひじょうに助かります」

暗闇のなかでも、ペレスには彼女が笑みを浮かべているのがわかった。丘に少女の死体があるというのに、ロイ・テイラーは彼女の気分をよくすることができるのだ。

「まったくかまいません。ここにひとりですわって待つより、ずっといいわ」

丘を横切っていくのは、奇妙であると同時に、不思議と連帯感をおぼえる体験となった。ペレスはこのときのことを、切れ切れの場面として記憶していた。先頭に立っていたのはフランで、そのあとを男ふたりが列になってつづいた。ペレスが最後尾だった。途中で顔をあげたペレスは、自分たちが月明かりに照らされた夜空に影となって浮かびあがっているにちがいない、ということに気づいた。道路からだと、子供向けのアニメに出てくる登場人物みたいに見えるだろう。彼が子供のころに東欧圏で作られていた、一風変わったアニメだ。隠された黄金を探し求める三人の変人。あの手の映画は、いつだって探求が物語のテーマになっていた。

つぎにペレスの脳裏に焼きついているのは、ギリーの小川のなかに立つテイラーの姿だった。テイラーにも月明かりのなかで乳白色にきらめく川が見えていたはずだが、それを回避する方法はなかった。彼はゴム長靴をはいておらず、すぐに冷たい水がブーツのへりから入りこんで、厚いウールのソックスの下にまで達していた。テイラーは悪態をつかなかったが、もちろん、フランがいなければ、そうしていただろう。ペレスはテイラーの災難に喜びを感じたが、そのあとで、自分の反応を子供じみていると考えた。これではファウラ島のいじめっ子たちと変わらないではないか。

やがて、少女の死体があらわれた地滑りの箇所まできたところで、ちょうど月が雲のうしろに隠れ、丘は突然、闇に包まれた。ペレスは懐中電灯をつけ、その光のなかで、一行ははじめてカトリオナ・ブルースを目にした。すごく芝居がかっていた。一本のスポットライトに照らされた、舞台中央のスターだ。服はぼろぼろだったが、本人は完全に保存されていた。ペレスはおとぎ話を思い出した。『眠れる森の美女』だ。あれにも氷と血が出てきた。いまあの子にキスすれば、彼女は目を覚ますだろう、とペレスは思った。お姫さまに変身するだろう。

28

マグナス・テイトは、何台もの車がラーウィックからやってきて、丘のむこうで小さな光の点が動きまわるのを見た瞬間、かれらが自分のところにくるのがわかった。家の外に出ていなければ、警察がそこにいるとは気づかなかっただろう。ふだんとちがう物音を耳にしたからではなく、彼は悪夢を見て、汗びっしょりになってあえぎながら、はっと目覚めたのだった。そのままベッドから起きだしたのは、もう一度眠りについて、また悪夢を見るのが耐えられなかったからだ。そのとき、ある考えが浮かんだ。いまなら外には誰もいないだろう。朝の二時なのだから。母親の時計が、その時刻を教えてくれた。ジャーナリストは、いまごろきっとベッドのなかだ。外に出るチャンスだった。まわりがどんなふうに見えるか、思い出す必要があった。家に閉じこめられていたら、頭がおかしくなってしまう。いらいらしてくるし、そういうときには必ず悪夢がひどくなるのだ。

彼は寝室に戻って、服を着た。それから、外に出た。こんなに長いこと家にこもっていたのはいつ以来か、思い出せなかった。ときどき病気にかかって、喉が痛くて咳が出るときでも、彼は戸外にいるのが好きだった。それから、思い出した。最後に長いこと家にこもっていたのは、カトリオナがいなくなったつぎの日だ。そのときも、彼は一日じゅう外に出られなかった。人がいっぱい家のまえに集まっていた。みんな怒っていた。きのういた連中より、ずっと怒っていた。カトリオナはかれらの一員だったからだ。ケネスはレイヴンズウィック出身だった。彼の一族はずっとこの谷で暮らしてきた。ほんの半年前に引っ越してきたロス父娘とはちがった。あの日、人びとは窓に群がり、窓ガラスをばんばん叩いた。ついには母親が外に出ていき、彼を放っといてくれ、とみんなにむかって怒鳴った。

あの子はいい子だよ。

母親はそういった。すごく大きな声だったので、寝室ですくみあがっていたマグナスにも、その言葉が聞こえた。いまでも母親は、おなじことをいってくれるだろうか？

彼はゆっくりとドアを開けた。そこに人がいたら、すぐにドアを閉めてボルトをかけられるように、まずはほんのすこしだけ。家の下の小道に車がとまっていたが、はじめは注意を払わなかった。鉛のバケツに泥炭を詰めこむ。忘れずにそうするなんて、なんて頭がいいのだろう。こうしておけば、昼間人びとが戻ってきても、燃料が足りなくなることはない。彼はバケツを張り出し玄関に運び入れてから、外に立ち、すごく暖かいと思いながら、新鮮な空気を楽しんだ。ジャケットを着ていなくても、ほとんど寒さを感じなかった。

そのとき、車のなかに男がいるのが見えた。運転席にすわっており、頭が影になっていた。おれを見張ってるんだ。ひと晩じゅう、あそこにすわって、ひたすらおれを見張ってるんだ。思わずマグナスは、自分が重要人物になったように感じた。自分を見張るために、ひと晩じゅう起きてる男がいるのだ。かれらはマグナスがなにかすると思っているのだろうか？　彼を恐れているのか？　この自分を？

マグナスは小道にむかって、すこし歩いていった。必要とあらば家まで駆けて戻れるように、そう遠くまではいかなかった。見張りがいる車まで、半分くらいといったところか。男のほんとうの目的はわからなかったが、マグナスは彼を見張りと考えていた。そこまで歩いていったのは、男がどう反応するのか見るためと、脚をのばすためだった。

そのとき、なぜかマグナスはふり返った。ラーウィックに通じる道路の上の丘に目をやると、ハンターの奥さんの家のまえに車が数台とまっているのが見えた。家の窓にはすべて明かりがついていた。それに、大きなヴァン。キャサリンが発見されたとき、彼の家のまえにとまっていた車だ。そして、丘を横切っていく懐中電灯の明かり。そのとき、彼は連中がカトリオナを見つけたのを知った。すぐに自分に迎えがくるのを。

かれらがきたとき、マグナスは用意ができていた。スーツが一着、ペンキを塗ってある寝室の戸棚に吊してあった。毎週日曜日に母親と教会にいっていたころ、着ていたやつだ。最後に教会にいった、つまりスーツを着たのは、母親の葬儀の日だった。スーツをベッドの上に広げながら、マグナスは葬式を思い出した。教会は、湿気と座席に使った光沢剤の匂いがしていた。

彼は最前列の席に、ひとりですわっていた。親戚はすべて亡くなっていた。叔父さんも、従兄弟たちも。だが、教会は人でいっぱいだった。近所の人たち、母親といっしょに育った人たちだ。彼の耳に確実に届くくらい大きなささやき声がしていた。あの子のせいで、彼女は死んだんだよ。恥ずかしさに、耐えられなかったんだ。メアリーは昔から誇り高い女性だったからね。

彼は白いシャツを見つけた。袖口がほつれていたが、清潔だった。身のまわりを清潔に保つ、と母親に約束したのだ。天気のいい日はたいてい、家の裏に張った紐に洗濯物を干していた。ネクタイも持っていたような気がしたが、見つからなかった。衣装だんすのいちばん上の引き出しに、カトリオナの髪の毛から頂戴したリボンがあった。彼はよくそれを取り出していた。カトリオナを思い出すためではない(彼女のことは、決して忘れないだろう)。指にリボンをからませていると、彼女の姿がより鮮明に甦《よみがえ》ってくるからである。シルクの手ざわりが興奮をもたらし、彼女がドレスの下に着ていたピンクのシルクの下着を思い出させた。

シャツとスーツは大きすぎた。上着は肩から垂れ下がり、ズボンはずり落ちないようにベルトをしなくてはならなかった。昔の自分は大きかったにちがいない、と彼は驚きとともに思った。大きくて強かったのだ。ほかにきちんとした服がなかったので、そのままそれを着ていた。母親は、それでいいといってくれただろう。とにかく見苦しくないようになさい、といつもいっていた。まわりの人に敬意を示すのだ。彼はテーブルの上にリボンを置いた。それをどうしたらいいのか、よくわからなかった。盗んだものなのだ。ケネスとサンドラは返してもらいたがるかもしれない。それから、彼は自分のために紅茶をいれ、暖炉のそばの椅子にすわって待った。二度、席を立った。一度はトイレを使うため、もう一度は大鴉に水をやるために。ひげを剃るべきだと思いついたが、なぜかひどく疲れていて、その気になれなかった。

あの刑事がきたとき、外はまだ暗かったが、朝になっていた。時計によると、七時三十八分だった。このまえとおなじように、刑事はノックして、外で待っていた。マグナスがドアを開けるまで、押し入ってこようとはしなかった。疲れているように見えた。その昔、ひと晩じゅう漁に出かけ、髪の毛は塩でごわごわ、手は赤くひび割れた状態で戻ってきた男たちのことを、マグナスは思い出した。かれらが家に帰り着いたときに望むのは、ベッドだけだった。服を脱ぐことさえできないくらい、へとへとに疲れていた。

「さあ、入った」マグナスはいった。「身体をあっためるといい。ひと晩じゅう丘の上にいて、凍えてるだろう。もうそれほど寒くはないといっても」ある考えが浮かんできた。「フェア島じゃ漁をするのか？　あそこはいい漁場だろ」

「悪くない」刑事がいった。「ロブスターの捕れる箇所がいくつかある。けっこうな値段がつくよ」

「急ぐのかい？」マグナスはたずねた。「お茶をいれるけど？」

刑事が悲しげな笑みを浮かべた。まったく急いでいないのが、マグナスにはわかった。むしろ、出発を遅らせたがっているような感じだった。「いくつか質問するだけだ」刑事がいった。「カトリオナについて。それから、お茶、もらうよ」

ら困るから」

「ああ、そいつはいい。ただし、ちょっとにしてくれ。車を運転してて、道路から飛び出したら困るから」

「ひとりできたのか？　前回はふたりだった」

「車でひとり待ってるが、そいつには運転させないほうがいい。酔ってるわたしのほうが、しらふのそいつよりも安全だ」

マグナスはそれがなにかの冗談だとわかったので、礼儀正しく頬笑んでみせた。

「彼もお茶を欲しがるかな？」

「いや、眠ってる。放っておこうじゃないか？」

マグナスはやかんに水を入れ、ホットプレートにかけた。ふり返ると、刑事がリボンを見ていた。

「カトリオナのだ」マグナスはいった。「彼女から取った。あの子の髪は、ほどいたほうがきれいだ、と思ったんだ。そっちのほうが素敵だって」

「カトリオナの話はやめておこう。ここでは。警察署に着くまでは」

「警察署は好きじゃない」マグナスはいった。

「誰もあんたを傷つけない。わたしが目を光らせて、そんなことはさせないようにする」

「リボンを持ってられるかな？」

「いや」その質問は、刑事を苛立たせたようだった。「もちろん、だめだ」刑事は気を変えて、やっぱりお茶を飲まずにすぐ出かけよう、といった。もうすぐ明るくなって子供たちの通学がはじまるし、レポーターもくるからだ。

「ここには戻ってくるのかな？」戸口まできたところで、マグナスはたずねた。

「どうかな。しばらくは無理かもしれない」

「誰が大鴉に餌をやる？」

沈黙が流れた。マグナスは刑事に、自分が世話をする、といってもらいたかった。だが、刑事はなにもいわなかった。マグナスは戸口に立ち、刑事が口をひらくのを待った。

「誰も世話をしないんなら」マグナスはついにいった。「そいつを殺してくれ。いちばんいいのは、頭を壁にぶつけることだ。鳥かごのなかで飢えさせるわけにはいかない。それに、放しても、やっぱり飢えるだろう。食べ物の探し方を知らないんだ」

それでもまだ刑事は黙っていた。

「やってくれるか？」

「ああ」フェア島出身の刑事がいった。「そうするよ」

「あいつはドッグフードを食う。世話してくれる人が見つかったなら、餌はそれだ」

部屋は、マグナスが前回連れてこられたときからペンキが塗り直されていたが――つい最近のことで、まだ匂いがしていた――壁の色はおなじだった。攪乳器で分離した牛乳の上澄みの色だ。それでまた、乳搾《しぼ》りをしていたアグネスのことを考えた。大きな暖房機があって、それもクリーム色だった。すごく暑かった。部屋に入っていくとき、机にいた巡査たちがそれについて話すのが聞こえた。ひとりは調節器の故障にちがいないといい、もうひとりは大寒波のあとで誰も温度設定を下げていないからだと考えていた。マグナスは上着を脱ぎたかった。椅子の背にかけておけば、しわにはならないだろう。だが、それが失礼にあたらないかどうかわからなかったので、そのまま着ていた。

フェア島出身の刑事がいた。それに、もっと若くて、シェトランド人ではない女性。刑事が女性を紹介してくれたが、名前は忘れてしまった。名字ではなく名前を教えられていたら、覚えていただろう。彼は女性の名前が好きだった。ときどき眠れないとき、それを頭のなかでくり返した。刑事が自己紹介した。奇妙な外国風の名前で、まえにも聞いたことがあり、いまではしっかりと頭に刻みこまれていた。それから、弁護士がいた。二日酔いで頭が痛いときみたいな顔をして、マグナスのよりもずっと洒落たスーツを着ていた。四人で小さなテーブルを囲んですわっていたので、すごく窮屈だった。マグナスは、にやけた笑みを浮かべてはならないと知っていた。みんなの話をときどき聞き逃したのは、真面目な顔を保とうと必死に努力していたせいだった。

「これは告発ではありません」刑事がいった。「まだ、いまのところは。いくつか質問するだけです」

マグナスは弁護士から、すべての質問にこたえる必要はない、といわれていた。それで、ふたたび母親の言葉が脳裏に甦ってきた。なにもいうんじゃないよ。

「カトリオナが髪につけていたリボンを手に入れたのは、いつですか？」刑事がたずねた。

「彼女がくれたんですか？」

マグナスは一瞬、考えた。「いや」ようやくいう。「くれないかと頼んだが、ことわられた」彼は目を閉じ、からかうような声を思い出した。どうしてリボンが欲しいの、マグナス？ ほとんど髪なんてないくせに。

「それでは、彼女から取った？」

「ああ、そうだ」

いまのはこたえてもよかったのだろうか？ 突然、彼はわけがわからなくなった。黙っておくべきだったのかもしれない。だが、弁護士に目をやると、その顔は無表情だった。

「リボンを取ったとき、カトリオナは生きていましたか？」

今度は、どうこたえればいいのか、はっきりとわかった。「まさか、とんでもない。あの子が生きてたら、リボンを取ったりはしない。必要だろうから。そのとき、あの子は死んでた。それなら、もうリボンに用はないだろ？」

「キャサリン・ロスを殺したあとで、なにか取りましたか？」

一瞬、彼はとまどい、なんの話をしているのかわからなかった。それから、理解した。キャサリン。彼の大鴉。「おれは殺しちゃいない」マグナスはそういって、信じてもらおうと、椅子から立ちあがった。あまりにもびっくりするような考えだったので、表情のことなど考えていられなかった。自分の顔に、あのにやにや笑いが戻ってくるのがわかった。「彼女は友だちだった。なのに、どうして殺すんだ?」

29

朝食のとき、サリーの母親はマグナス・テイトが連行されたことばかりしゃべっていた。

「ほんとうに安心したわ。今週はずっと神経がぴりぴりしてたの。彼が土手のすぐ上に住んでるかと思うと落ちつかなくて」

自分にとってもひと安心だ、とサリーは思った。もちろん、それでキャサリンが戻ってくるわけではなかったが。

「彼が逮捕されるところを見たの?」

「いいえ。モーリスがけさ車でくるときに、彼が連れていかれるのを目撃したの。上のほうの道路に車が何台もとまってて、通り抜けるのにひと苦労だったそうよ」モーリスというのは学校の用務員兼清掃員だった。

父親のアレックスがキッチンに入ってきた。シャワーから出てきたばかりで、髪の毛がまだ濡れていた。半袖のTシャツ姿で、出かけるまえに着られるように、腕にセーターを抱えている。ジーンズに白いTシャツを着たところは、なかなかいけていた。年齢より若く、恰好良く見える。すくなくとも、スコット先生とおなじくらい若く。母親がポリッジを深皿によそって、テーブルの父親の席に置いた。父親はそれにミルクをかけ、食べはじめた。母親はマグナス・テイトの話をやめ、行儀の悪い生徒のひとりについてこぼしはじめた。なにもかもがいつもとまったく変わりなかったので、これまで起きたとんでもない出来事はすべて夢だったにちがいない、とサリーは思った。ロス家のまえのバス停まで歩いていけば、キャサリンがそこで彼女を待っているだろう。父親はまた昔どおり、退屈な中年男に見えるだろう。すぐに目が覚めるだろう。

電話が鳴った。母親が取るのを、誰も邪魔しなかった。マグナス逮捕のニュースが広まって、レイヴンズウィックじゅうの人間がその話を聞きたがっているにちがいない。母親の楽しみを台無しにしてはならなかった。サリーは自分の皿を水切り台に置くと、学校に持っていくものをまとめはじめた。父親はまだテーブルにいて、ゆっくりとトーストにバターを塗っていた。母親がキッチンに戻ってきたとき、その顔は紅潮していた。ドアのすぐ内側に立ち、夫と娘が自分のほうを見るまで待っていた。

「モラグからだったわ。あたしたちに知らせておいたほうがいいと思ったそうよ。どのみち、すぐに大きく報じられるだろうから」

昔だったら、父親は母親に電話の内容をたずねていただろう。だが、きょうは黙ってすわったまま、トーストを食べつづけて、母親がそれを口にするのを待っていた。質問して、相手を喜ばせるつもりはないのだ。サリーは興味をひかれていたが、やはりなにもいわなかった。

母親は無関心に直面して、泣きだしそうに見えた。「カトリオナよ。彼女の死体が丘の上の泥炭の土手で見つかったの。モラグの話では、完璧に保存されてたそうよ。きのう死んだかと思うような死体だったって」一瞬、言葉が途切れる。「だから、警察はマグナス・テイトを逮捕したの。証拠が手に入ったから。マグナス・テイト以外に、誰が犯人だというの？」

父親がナイフを置いた。「死体はどうして見つかったんだ？」

「雨と雪解け水で、きっと小規模な地滑りが発生したのね。カトリオナは泥炭のなかに埋められていて、地滑りでその部分が崩れたの。キャシー・ハンターの母親がアンダーソンさんのところで生まれた犬といっしょに、そこへいきあわせた。警察に通報したのは、彼女よ」

サリーは父親の顔を観察していた。父親がなにを考えているのか、読み取れなかった。「かわいそうに」父親がつぶやいた。「二度も死体につまずくなんて、なんて運が悪いんだ」

サリーはそれを聞いて、すごくおかしいと思った。キャシー・ハンターの母親が死体にけつまずいて尻餅をつく場面が、頭に浮かんできた。だが、いまは笑うときではなかった。

「すくなくともケネスとサンドラは、娘がどうなったのかを知るわけね」母親がいった。「これであの家族も、故郷に戻ってくる気になれるかもしれない」

学校へいくと、サリーはふたたび注目の的となった。まだ誰もマグナス・テイトと少女の死体のことを聞いていなかったからである。出欠の点呼のときに、サリーはキャサリン殺しの犯人が逮捕されたことをスコット先生に告げた。彼の反応に、サリーは驚いた。まるでプレゼントでももらったみたいな感じだった。サリーに礼をいったが、その口調は宿題を受け取るときの礼儀正しく無味乾燥なものではなく、心からの感謝の念がこもっていた。「すぐに知らせてくれて、ありがとう。職員室で聞かされるより、ずっといい」

ロバート・イズビスターもまだ知らないかもしれない、という考えがサリーの頭に浮かんだ。彼に電話をかけるいい口実になった。なんといっても彼は、この件に興味を持っているのだし、そうすれば彼から電話がかかってくるのを待たずにすむ。サリーは待たされる緊張感に耐えられそうにないと感じていた。一時間目はフランス語で、フランス語は大嫌いだった。このニュースでまたキャサリンのことを思い出したので、授業に集中できそうにない、と彼女はリサにいった。あなたから先生に、そういっといてもらえない？　正当な理由なしに授業をさぼるのは、これがはじめてだった。彼女はトイレへいき、個室のドアに鍵をかけて、ロバートに電話した。

彼はすぐに電話に出た。受信状態があまりよくなく、ちがう人の声のように聞こえた。彼の声を耳にしても、サリーの肉体はいつものような反応を示さなかった。

「マグナス・テイトが逮捕されたの。キャサリン殺しで。もうひとりの子の死体も発見されたわ。あなたが知りたいかと思って」どうして、そう思ったのだろう？　彼がこれほど興味を持つ理由が、よくわからなかった。たぶん、怖いもの見たさの好奇心だ。みんなとおなじで。

「会えるかな？　抜けられないのか？」すごく熱心な口調だった。彼の心をつかんだのだろう。彼は細かいことまで、すべて知りたがっていた。とはいえ、彼女にはこれ以上、なんの情報もなかったが。

サリーは頭のなかで、その日の予定を確認した。重要なものは、なにもない。彼女は動揺していた、とリサがいってくれるだろう。みんな、彼女が帰宅したと考えるはずだ。「いいわ。会いましょう」

彼はヴァンで港まで迎えにきた。サリーは十五分待たなくてはならなかった。頭上で鳴くカモメたちの声を聞きながら、落ちつかない気分になった。彼はお茶を飲んでおしゃべりする以上のものを期待しているだろう。突然、殺人にかんする情報以上のものを。自分には、その準備ができているのだろうか？　けさ家を出るまえに、彼女はなにもしてこなかった。マグナス・テイトの話で遅くなっていたので、シャワーさえ浴びてなかった。彼の目に自分の姿がどう映るか、想像した――太り気味で、教科書でふくらんだ鞄を抱えた、ちょっとだらしない女学生。

サリーが助手席に乗りこむと、彼の手がうなじにのびてきて、彼女をやさしくひき寄せ、キスをした。彼がいつもとちがうのを、サリーは感じた。安堵感。もしかすると、この事件の関係者全員が感じているのは、それかもしれない。犯人が捕まったというだけでなく、これで警察に私生活をほじくられずにすむという安堵感だ。誰もが秘密を持っていた。スコット先生、ロバート、ことによると彼女の両親でさえ。もはやフェア島出身の刑事にうるさくつきまとわれることはないだろう。

ロバートは黙って車を北に走らせた。サリーは彼の手首に生えている金色のうぶ毛をなでた。彼はサリーの手をもてあそび、親指で手のひらを揉んだ。彼女はまたキスしてもらいたかったが、恥ずかしくて頼めなかった。それに、待つのも、それはそれで刺激的だった。

「どこいくの？」

「〈さまよえる魂〉号にいこうかと思ってる。船を見たくないか？」

船はウォルセイ島に停めてある。つまり、フェリーで島に渡るということだ。両親に告げ口しそうな知りあいがフェリーで働いていたかどうか、サリーは思い出そうとした。だが、彼がすごく熱心だったので、彼女はそれにあわせるしかなかった。

埠頭で待つあいだ、ふたりは車列の先頭にいるヴァンのなかで手をつなぎ、フェリーがちかづいてくるのを見守っていた。ずんぐりした平底船は、波に乗ってぐいぐいと運ばれてきた。ほかにはトラックが二台と、もう一台のヴァンがいるだけだった。海を渡るあいだ、ふたりはラウンジにすわっていた。ロバートが自動販売機でコーヒーを買ってきてくれた。もう一台のヴァンの運転手もラウンジにいた。ロバートの知りあいだったが、彼女は彼に紹介されなかった。男たちが漁やウォルセイ島のバーでひらいたパーティのことを話しているあいだ、彼女は窓の外を見て、島がちかづいてくるのを眺めていた。まえにきたことがあるかどうか、思い出せなかった。もう何年もご無沙汰しているのは、確かだった。

みんなのうわさどおり、船は豪勢だった。純白に輝き、アンテナやレーダーマストが何本も立ち、彼女が想像していたよりずっと大きかった。ロバートは得意満面だった。彼にとって、この船がものすごく大きな意味を持っているのがわかった。ただ生計を立てるための道具というだけではない。それは彼をあらわしていた。彼そのものだった。その考えが頭に浮かんできたとき、それがいかにもキャサリンがいいそうなことに思えて、サリーまでもが得意な気分になった。

　ロバートが彼女の肘を取り、乗組員が働いていないときに集まる部屋に案内してくれた。革張りの椅子に、大きなテレビがあった。冷蔵庫から缶ビールを二本取り出し、一本を彼女に勧める。彼女はそれを受け取った。身体の下で船が揺れているのが感じられた。船体が深く沈んでいて、灰色の海面が窓ガラスのすぐむこうに見えた。水平線が催眠術をかけるときみたいに規則正しく左右にかたむいていた。

「キャサリンのこと、好きだったの？」唐突にサリーはたずねた。「だとしても、無理ないけど。彼女、きれいだったから」

「いや」ロバートがいった。「正直にいおうか？　そりゃもちろん、彼女があんなふうに死ねばいいと願っちゃいなかった。けど、お高くとまってる気がしたね。映画とか芸術とか、そんな話ばかりで」

「いつかあたしも例のお屋敷でひらかれるパーティに連れてってくれる？」

「彼女を連れてったのは、おれじゃない」彼が急いでいった。「彼女はそこにいたんだ。おれたちはおしゃべりをした。それだけだ」

「でも、連れてってくれるでしょ？」

「ああ、いいとも」

　サリーはビールをぐいぐい飲んでいた。いつも飲んでいるやつより、アルコールが強かった。船の揺れで、頭がくらくらした。彼がもうひと缶持ってきてくれた。ふたりでおしゃべりをした。彼の仕事、彼の家族について。サリーの記憶では、彼は自分の母親についてこういっていた。みんな誤解してるんだ。ハンターのせいさ。お袋はやさしすぎて、あの男にノーといえないんだ。そして、自分の父親についても語った。もっとも、とても現実の人間の話のようには聞こえなかったが。本に出てくる英雄のようだった。だが、彼女は集中して聞いていなかった。服の下にある自分の肉体、歯にあたる舌、スニーカーの靴底にふれている足の裏が、気になって仕方がなかった。なにもかもが窮屈で、締めつけられていた。彼女はまえにかがみこみ、スニーカーの紐をほどいた。片方の靴を蹴り捨て、ソックスだけになった足でもう片方の靴のかかとを押し下げて脱ぐ。ソックスも脱いで、丸めた。床にはごわごわした絨毯が敷かれていて、ココナッツ繊維で作られたドアマットみたいな感触がした。その上でつま先を丸める。スタヴァンガー沖で遭遇した突風について話していたロバートが、ふと黙りこんだ。

「ごめんなさい」サリーはいった。「ここ、ちょっと暑くて」

ロバートが身を乗りだし、彼女の足を手に取った。そうしながら身体のむきを変えさせたので、彼女はベンチシートに寝そべるような恰好になった。親指で彼女の足の裏を揉む。ちょうど車のなかで彼女の手にやったみたいに。あたし、気絶するかもしれない、とサリーは思った。

しばらくあとで、彼女の頭にはこんな疑問が浮かんでいた。みんな、こんなものなのだろうか？　年取った人たちにとっても？　自分の父親と母親のことを――あのふたりも、ときどきやることがあるとして――考える。心の片隅では、あのふたりの場合はもっといいのかもしれない、という気がしていた。こんなにせわしなくて、ぞんざいではないのでは、という気が。

彼女の父親は、もっとじっくりやるだろう。これほど荒っぽくも、催促がましくもなく。だが、彼女はこういった考えを不誠実で馬鹿げているとして退けた。初体験で、なにがわかるというのか？　ロバートは仰向けに寝そべり、煙草を吸っていた。なにかしゃべって欲しかったが、彼はもの思いにふけっているようだった。男はみんな、あのあとではこんなものなのかもしれない。彼女はこうたずねたかった。いまのはよかった？　あれで正しかった？　だが、なにもいわないほうが賢明だ、とわかっていた。

ついに彼女はいった。「もう戻らなきゃ。バスに乗り遅れるわ」時間はたっぷりあったが、腹ぺこだった。いま頭にあるのはセックスのことではなく、キットカットとポテトチップスだった。なんなら、ベーコン・サンドウィッチでもいい。

ロバートがゆっくりと身体を起こし、彼女の目にその魅力がふたたび見えてきた。幅広の肩、腕と背中についた筋肉。やっぱり間違いなんかじゃなかった。フェリーのラウンジで、気がつくと彼女は頬笑んでいた。隣に彼がすわっていて、彼女の脚にその大きな手がのっていた。学校で降ろしてもらったとき、彼がキスしてきた。先ほどの行為については、ふたりともふれないままだった。

まだ学校が終わる時間ではなかったので、彼女は角の店へいき、チョコレートと雑誌を買った。真っ先に相談ページをひらいたが、読者からの手紙はどれも役に立たなかった。

帰りのバスのなかで、携帯電話が鳴った。すぐに出た。ロバートにちがいなかった。なにかやさしくて安心させてくれるようなことをいってくれるのだろう。彼女といて、すごく楽しかったとか。だが、聞こえてきたのは女性の声で、はじめは誰だかわからなかった。

「サリー？　あなたなの？　お母さんから番号を教えてもらったの。突然、ごめんなさい。フラン・ハンターよ。ほら、教会の隣に住んでる」

ダンカン・ハンターの別れた奥さんね、といいたかったが、もちろん、黙っていた。そんな失礼な！

「ベビーシッターを頼めないかと思って。カレッジで夜のクラスをふたつ担当して欲しいといわれたの。先生が数週間、病欠することになって。まえはキャサリンにやってもらってたから、気が進まないかもしれないけれど……。でも、とにかく訊いてみたら、とお母さんがいってくれて……」声が小さくなっていった。

「やります」サリーはすばやくいった。「ほんと、喜んで」これもまた母親に内緒でロバートと会う方法として使える、とサリーは考えていた。リスクはあるが、ラーウィックでおおっぴらに彼といっしょにいるより、安全だ。「いつでも大丈夫です」

30

ブルース夫妻は、犯行現場検査官のジェーン・メルサムとおなじ飛行機でアバディーンから飛んできた。飛行機を降りてアスファルト舗装の滑走路を歩いてくる夫妻は、小さくて困惑しているように見えた。ペレスが想像していたより、年を取っていた。カトリオナが死んだときの年齢で考えていたのである。彼の頭のなかでは、そこで時間が止まっていた。だが、もちろん、夫妻はカトリオナのように泥炭のなかで保存されていたわけではなかった。かれらの様子を見た人は、誰も夫妻が生まれ故郷に帰ってきたとは思わないだろう。まるで見知らぬ国に到着した難民のようだった。いっしょにいる若者はカトリオナの弟で、両親よりも背が高かった。ロイ・テイラーが家族を車に乗せ、ペレスは別の車でジェーンを送った。

「泥炭って面白い物質よね」サンバラ・ホテルのまえを通過するとき、ジェーンがいった。

「女の子はどんなだった？」

「まったくダメージを受けてなかった」ペレスはいった。「ずっと生きてて、ほんの数時間前に埋められたような感じだった。肌がすこし茶色くなってて、髪の毛が栗色っぽく変色していた。それだけだ。着ていたコットンのドレスも、まったく腐食していなかった」

少女のイメージを頭から追い出すのは、不可能だった。現場ではなにもふれてはならないとわかっていたが、それでもかれらは少女の顔から泥をすこし取り除いていた。両親にはっきりしたことを伝えたかったからである。これだけ待たせたあとで両親に身元の確認をしないのは、あまりにもむごすぎるだろう。少女は仰向けに横たわっていた。汚れた金髪が、顔のまわりにゆったりと広がっていた。マグナスがそうしたのか？　そのほうが可愛く見えると考えて？　それとも、ただリボンが欲しかっただけなのか？　ペレスには理解できなかった。それだけの理由で、彼は少女を殺したのか？

地方検察官は、マグナスを起訴するだけの証拠がそろっていると判断した。すくなくとも、カトリオナ・ブルース殺害にかんしては。そしてもちろん、そのとおりだった。リボンがあるのだ。自白のようなものも。とはいえ、最初の尋問のあとで、マグナスはしゃべるのをやめていた。不安そうに例のにやにや笑いを顔に浮かべてすわり、かぶりをふるだけだった。弁護士との個別面会でも、なにもしゃべっていないようだった。彼は有罪になるだろう。限定責任能力ゆえに、故殺ですむかもしれない。彼のIQが低い――脳に損傷があるのかもしれない――ことを示す医療報告書が提出される。だが、とにかくマグナス・テイトは間違いなく刑務所にいくことになる。彼は閉じこめられるために、生まれてはじめてシェトランドを離れるのだ。

ジミー・ペレスは、まだ納得していなかった。カトリオナが小道を駆けあがってヒルヘッドを訪ねた日になにが起きたのかを、知りたかった。マグナスがなぜ少女を刺したのかを。そう、彼女は刺されていた。犯行現場検査官がいなくても、それくらいはわかった。死体はじつによく保存されていたので、少女の胸の傷がはっきりと見えたのだ。ドレスの生地に、さび色の染みがついていた。そしてなによりもペレスが知りたいのは、なぜマグナスが八年もたってから犯行をくり返すことにしたのかだった。なぜキャサリン・ロスだったのか？　彼女がたまたま大晦日の晩に彼の家にきて、そのときに気に入ったからか？　名前のせいか？　彼女の名前がルースとかローズマリーだったら、手を出すことはなかったのか？　それに、どうして今回は絞め殺したのか？

ジェーンが考古学者によって湿地で発見された死体についてしゃべっていた。「数千年前の死体なのに、まだ完全に残ってたの」という。「八年前の死体でおなじことが起きたとしても、不思議はないわ。でも、すごいわよね」彼女がはやく現場へいき、自分の目で確かめたがっているのがわかった。窓の外を流れていく海岸沿いの美しい景色には、目もくれなかった。

現場にいるチームのもとにジェーンを送り届けると、ペレスはラーウィックに戻った。捜査本部に顔を出す気になれなかった。〝ほら、見たことか〟といったサンディの得意げな笑みやお祝いムードに直面する気分ではなかった。犯人逮捕とインヴァネスからきた連中の文明社会への帰還を祝って、みんなすでに飲んでいるだろう。地元の連中もよそ者も、そろって。彼に必要なのは、睡眠とシャワーだった。

家に帰ると、留守番電話のランプが点滅していた。母親に決まっていた。日曜日の晩にかけ直すひまがなかったのだ。これ以上あれこれ考えずに、いま母親に電話してしまおうか、という誘惑に駆られた。ああ、故郷に帰ることにした。ここにはもうううんざりだ。おれがスケリーに興味を持ってるって、土地差配人に伝えといてくれないか。だが、彼は電話を無視して、なにも考えずに、ちょぼちょぼとしか出ないシャワーの下に立った。そして、ベッドに倒れこむと、そのまますぐに眠りこんだ。

目を覚ますと午後遅くで、外は暗くなっていた。休んだ気がしなかった。眠るまえとまったくおなじで、不安に苛《さいな》まれていた。フランとキャシーのことが心配だった。マグナスのことが心配だった。この事件全体でへまをしたのではないかという危惧を抱いていた。カトリオナを殺したのは、あの老人かもしれない。だが、キャサリンはどうなのか？　彼は留守番電話に残されていたメッセージを確認した。一種の罪の償い、罰だった。やはり母親からのメッセージがあったが、それはみじかく、申しわけなさそうだった。何度も悪いね。忙しいのはわかってるし、せっつくつもりはないんだよ。だが、そういわれても、気分はよくならなかった。

そのつぎのメッセージは、ダンカン・ハンターからだった。マグナス・テイトの件、聞いたよ。やったな。もう関係ないだろうが、屋敷でひらいた例のパーティについて、思い出したことがある。電話をくれ。一日じゅう、オフィスにいる。電話番号は残されていなかった。ハンター・アソシエーツの連絡先は誰でも知っているはずだ、とでもいうように。それなしではシェトランドで生きていくことはできない、とでもいうように。

ペレスは電話帳で調べてかけた。若い女性が出て、ミスタ・ハンターはただいま会議中で電話に出られません、といった。ご伝言をうけたまわりましょうか？　彼女がどんな女性か、ペレスには想像がついた。若くて、ほっそりしているのだろう。長くて赤い爪、真っ赤な薄い唇、お尻がはみ出しそうな小さなスカート。

「ミスタ・ハンターから電話をもらったんだ」彼はいった。「ペレス警部だ。緊急の用件だといっていたが」

「しばらくお待ち下さい」

やかましい音楽が流れてきた。ハンター・アソシエーツで使われているのは、よくあるありきたりの電子音楽ではなかった。もっと現代風で、若者がナイトクラブで踊っているような曲だ。ダンカンが特別に発注して作らせたのだろう。はじまったとき同様、音楽は唐突にやんだ。

「ジミー。電話くれて、ありがとう。なあ、もしかすると、もう興味ないかもな」

「いや、ある」

「いまは話せない。あとで会おう。〈モンティの店〉で。夕飯をおごるよ。月曜の夜だから空いてるだろう。八時ごろだ」

ペレスが返事をするまえに、電話は切れていた。

〈モンティの店〉は、おそらくラーウィックで最高のレストランだった。一度訪れた観光客は毎晩でも通ったし、こちらに住むイングランド人は友人たちを連れてきて、地元の食材を褒めそやした。地元の住人にとっては、特別の場合をのぞいて、すこし値段が高すぎた。店は小さく、テーブルの間隔は狭かったが、ダンカンのいうとおり、一月の月曜日の夜なので空いていた。ペレスが着いたとき、ダンカンはすでにきていた。テーブルにある赤ワインのボトルからは、グラスでたっぷり一杯分がなくなっていた。ペレスの姿を見ると、ダンカンは立ちあがり、手を差しだした。「おめでとう」

「まだ終わっちゃいない」

「みんなはちがう意見だ」

ペレスは肩をすくめた。「話ってのは？」

ダンカンは前回会ったときよりも調子がよさそうに見えたが、完全に復調したわけではなかった。ひげを剃り、身だしなみを整え、散髪していたものの、あまり寝ていないようだった。かつての傲慢《ごうまん》さが影をひそめていた。

「屋敷でひらいたパーティのことを考えてたんだ」

「キャサリンがきたやつだな？」

「ああ」ウェイトレスが注文を取るあいだ、会話は中断された。「なあ、おれは巻きこまれたくない、いいな？」

「だが、なにか思い出したんだろ？」

「ロバートのことを訊いてたよな。やつはキャサリンといっしょにきたんじゃない。みんながあらわれるまえにきて、シーリアと話をしていた。話の内容は知らない。家庭内のことだろう。とにかく、すごく興奮してた――」突然、言葉を切る。「自分といっしょに家に戻るよう、彼女を説得してたのかもな。おれのことを嫌ってたし、いつも母親を好きなように操ってたから」

　ペレスはダンカンを見た。ほんとうのところ、これはいったいなんなのか？　警察の捜査を助けることとまったく関係ないのは、確かだった。そんなことに意味はない、とダンカンなら考えるだろう。この男の行動には、いつだってなんらかの意図が隠されていた。シェトランドを代表する策士だ。

「キャサリンとロバートは知りあいだった」ダンカンがいった。「彼女が入ってきたときに、それがわかった」

「どうしてだ？」ペレスは苛立ってきていた。

「やつはキッチンでシーリアと話をしていた。彼女は料理の用意をしてたんだ。酒はキッチンにあった。だから、おれもそこにいた。キャサリンがほかの連中といっしょに入ってきて、ロバートが彼女を見た。ショックを受けてた。そこで会うとは予想してなかったんだ。母親との会話を急にやめ、ただ彼女を見つめてた。雷に打たれたみたいだった。彼女がここにいるはずがない、といった感じで」

「彼女と会って、喜んでたのか？」

「たぶん。喜ぶと同時に、すこしそわそわしてたかもしれない。不安そうだった」

「彼女のほうの反応は？」

「なにも。やつを知ってるそぶりは見せなかった。そのときは。自分で酒を注いで、おれとおしゃべりをはじめた。いちゃついてた、といったほうがいいな。彼女は相手に、〝自分は特別な存在だ〟と思わせるタイプの女だった。そういう女は、〝自分は面白くておかしい〟と相手に信じこませることができる。フランには絶対できない芸当だった。そもそも、そういう努力をする気さえなかった。だがキャサリンは、そう、すごくそれに長《た》けていた」

「彼女はまだ十六歳だったんだぞ」

「だが、洗練されてた」ダンカンがいった。「経験があった」

そして、処女だった。

「話ってのは、それだけか？〈モンティの店〉で食事につきあうだけの価値はないな」

「おれといちゃついてるあいだ、彼女はロバートを気にしてた。理由はわからん。あいつに惹かれるとは、とうてい思えんからな。だが、途中でふたりはいっしょに消えた。すくなくとも、おれはそう考えてる。いや、確信がある。シーリアから別れを切り出されるまえだった。とにかく、パーティがどんなだか、知ってるだろ。いいパーティがどんなだか。楽しい会話に没頭して、まわりのことはすべて気にならなくなる。音楽は耳に入っているが、きちんと聞いちゃいない。ほかに人がいるのは意識しているが、連中がなにをしているのかはわかっていない。歩きまわったり踊ったりしている肉体ってだけだ」

「吐いたりとか？」

「まだそこまで夜はふけちゃいなかった」ダンカンが不機嫌そうにいった。間をおいてから、つづける。「おちょくらなくたっていいだろ。こっちは協力しようとしてるんだ。誠実さをみせて。途中で、あのふたりがいないことに気がついた。彼女と話すのは、楽しかった。だから、ああ、そうさ、あの子を捜してたんだ。そこいらじゅう見てまわった。なにかを感じてたんだな。彼女には独特なものがあった。そして、あとになってから考えてみると、そのときロバートもパーティにいなかった。重要なことじゃないかもしれない、といっただろ」

ウェイトレスが料理を運んできた。ペレスの知らない顔だったが、彼とおない年くらいで、地元の訛りがあった。ペレスは一瞬、彼女が誰かを思い出すことに夢中になった。ダンカンはさっさと食べはじめていた。ペレスがあまり感謝していないので、むくれていた。

「ふたりはどこへいったんだ？」

「さあね。屋敷じゅう捜してまわったわけじゃないから。そこまで熱くなっちゃいなかった」

「だが、ふたりは屋敷にいた？」

「そんなの、知るかよ。車で出かけてたのかもしれない。ロバートのヴァンの後部座席で、激しくて情熱的なセックスをしてたのかも。ただし、おれにはどうしてもそうは思えない。さっきもいったとおり、彼女は魅力的な若い女性だった。ロバートはごろつきだ。甘やかされたマザコン坊やだ。ブロンドのヴァイキングみたいな男が好みなら、やつはハンサムってことになるだろうが、彼女はそういう男にだまされるほど愚かじゃなかった」

そういうおまえは、どういう男だ？　ペレスは頭のなかでつぶやいた。弱い者いじめをする男じゃないか。

彼のダンカンへの見方を変えさせた出来事は、それほど大したことではなかった。どこでも起きているようなこと、人間関係が複雑にからみあい、それから逃れることのできないシェトランドでは、日々対処しなければならないようなことだ。ダンカンは車を飛ばしていた。とんでもないスピードで、北から南にむかって突っ走っていた。サンディ・ウィルソンがその車を止めた。彼はダンカンが飲んでいるのに気づいて、検査を求めた。だが、サンディ・ウィルソンの父親はダンカンの会社で働いていた。なんでもこなす建具屋で、ダンカンの買った不動産の修復を手がけていた。酒気帯び運転で違反切符を切ったら親父を首にしてやる、とダンカンは脅した。彼がそれを実行に移していたかどうか、ペレスにはわからなかった。腕のいい職人は、なかなか見つからないのだ。だが、サンディはそれを信じ、ダンカンはスピード違反で小額の罰金を払うだけですんだ。脅迫だ。ペレスはこの件をあとになってから知った。ある晩、酔っぱらったサンディがすべてをぶちまけたのだ。ペレスはこれを自分の胸にしまっておいた。

サンディはたしかにアホな偏屈野郎だが、どやしつけるほどのことではなかった。それに、そもそもペレスはダンカンに借りがあるのではないか？　学校にいたときの命の恩人だ。すくなくとも、ファウラ島のいじめっ子たちから救ってくれた。だが、その借りは帳消しになった。もはや彼はダンカンに負い目を感じていなかった。だからこそ、彼はダンカンを憎んだのだ。ダンカンが弱いものいじめだからではなく、彼の目にそう映るようなことをしたからだ。十四歳のとき、ダンカンは彼の親友だったからだ。

「ロバートとキャサリンは、どれくらい姿を消してたんだ？」ペレスはたずねた。

ダンカンは肩をすくめた。「一時間かな？　それ以上じゃない。もっとみじかかったかもしれない。そんなに遅い時間じゃなかった。すくなくとも、シーリアが三下り半を突きつけてくるまえだ。おれはまだ、それほど酔っちゃいなかった。それで、キャサリンが戻ってきたのを覚えてたんだ。ふたりは外に出てたのかもしれない。彼女は寒いところにいたみたいに、頬が赤くなってた。興奮した顔をしてた。それに、意気揚々として見えた。この話はしたよな。そのとき彼女から、映画の道に進みたいって聞かされたんだ。夢がたくさんあって、頭のなかは計画だらけだから、全部こなす時間があるかどうかわからない、といってた……」突然、ダンカンが黙りこんだ。一瞬ペレスは、彼がほんとうに悲しみを感じているのだと信じることができた。自分を憐れむだけでなく、キャサリンのために悲しんでいるのだと。

「それで、ロバート・イズビスターの様子は？」

「さあな。やつの姿は二度と見かけなかった。戻ってこなかったんだ」

食事のあと、ふたりはレストランの外で立ちどまった。急な階段の下にある狭い通りだった。

「これからどこかへくりださないか」ダンカンがいった。「昔みたいに、何杯かやろう」

ペレスは心惹かれた。警察と関係ない人物としこたま酔っぱらうのは、さぞかし楽しいだろう。だが、ダンカンは熱心すぎた。ペレスはふたたび、この夜の目的はなんなのだろう、と考えていた。ダンカンも寂しさを感じているとは、とうてい思えなかった。学校でペレスが彼を必要としていたのとおなじくらい、彼がフェア島からきた内気な少年を必要としていたとは思えないのと同様に。

31

ダンカンがマーケット・クロスにとめた自分の車にむかって歩いていくのを、ペレスは見送った。まだはやい時間で、家に帰る気がしなかった。テイトが逮捕されたというニュースは、すでにシェトランドじゅうに広まっているだろう。人びとはふたたび安全だと感じ、ここでは暴力的な犯罪など起きない、という認識をあらたにしているはずだ。今回の件は、例外にすぎない。今夜はみんな、ぐっすり眠るだろう。被害者の家族をのぞいては。

ブルース一家は、サンドウィックの親戚の家に滞在していた。ユアン・ロスは、あの海岸ちかくの大きな家にひとりでいるものと思われた。ペレスは巡査をやって、テイトが勾留されたことを彼に知らせていた。だがいまは、自分がいくべきだと考えていた。カトリオナの失踪のあとでテイトが釈放されたのを、ユアン・ロスは苦々しく思っていた。その彼に直接会って質問にこたえないのは、卑怯な気がした。すくなくとも警察には、それくらいのことをする義務がある。

　ヒルヘッドのまえを車で通りすぎたとき、ペレスは大鴉のことを思い出した。いま殺して、すませてしまうべきだろうか？　家の明かりは消え、立入禁止のテープも取り除かれていたので、犯行現場検査官の仕事は終わっているはずだった。家のドアが施錠されているのがわかったとき、彼はほっとした。捜査班のひとりが鍵をかけていったのだろう。大鴉をひきとる人物も見つけてくれたのかもしれない。ダンロスネスに病気や怪我で保護された鳥を世話している女性がいるのを、彼は思い出した。大鴉はそこへ連れていかれたのかもしれない。あとで忘れずに、確認しなくてはならなかった。

　ユアン・ロスは腹を立てていた。顔が紅潮していたし、ドアを開けたときの乱暴なやり方からも、それがうかがえた。一日じゅう、誰かが話をしにくるのを待っていたような感じだった。

「警部」ユアンがいった。「ようやくお出ましですか。ここにきてしばらくたつから、シェトランドの人がのんびりしているのは知っています。だが、もっとはやくわたしの頼みに応じてきてくれるのが、礼儀ってもんじゃないですかね。そもそものきっかけは、あなたがかけてきた電話だったんですから」

　ユアンはきびすを返して、家の奥へと歩いていった。取り残されたペレスは、なかに入ってドアを閉めると、そのあとにつづいた。

ふたりはレイヴン岬を見晴らすガラス張りの大きな部屋で腰をおろした。部屋全体の明かりはついておらず、壁に取りつけられたふたつのスポットライトが部屋を照らしていた。部屋のほとんどが影に包まれていた。冬のあいだに、流木を拾い集めておいたのだろう。暖炉には大きなクロマツがくべられていた。その匂いが、キャサリンの香水の残り香を覆い隠しているにちがいなかった。

ペレスはしばらく、途方に暮れていた。相手がなにをいっているのか、さっぱりわからなかったのである。「すみません。あなたが会いたがっているとは、知らなかったものですから」

「それじゃ、ここへはなんのために？」

「あの老人が逮捕されたので、あなたがなにか質問したいかと思ったんです。マスコミの流す細ごまとした情報を、あなたの耳に入れたくなかった。たいていは間違っているので」こうして訪ねてくるのが礼儀だと思った、とつけくわえかけて、途中でやめた。この男は娘を亡くした父親なのだ。腹を立て、無礼な態度を取る権利があった。

一瞬、沈黙が流れた。ユアン・ロスは落ちつきを取り戻そうと努力していた。

「あなたの伝言がわたしに伝えられなかったのは、こちらのミスです」ペレスは穏やかな口調でつづけた。「なぜわたしと会いたかったのか、説明してもらえませんか」

「キャサリンのビデオカメラを捜してくれと、あなたに頼まれた」

「ええ。で、見つかったんですか？」

ユアンはその質問にこたえなかった。「テイトが娘を殺した証拠は、あるんですか？」

「まだ、ありません。彼とカトリオナ・ブルースの死を結びつける証拠はありません。現時点では、彼は最初の殺人で起訴されているだけです。もちろん、われわれはできるかぎりの手を尽くして、両方の事件で有罪判決を勝ち取るつもりです」

「そんなことはどうでもいい、とわたしは思っていた」ユアンがいった。「だが、あの子があなった理由がわからなければ、耐えられないだろう。復讐とは関係ない。知らずにいることが、我慢できないんだ」言葉が途切れた。「それに、キャサリンのため、というのもあるかもしれない。最後にあの子に正義をあたえてやりたいんだ」

「ビデオカメラを見せてもらえますか、ミスタ・ロス？」

それでもまだ、ユアン・ロスは本題に入りたくないようだった。「紅茶をいれよう」といった。警部も紅茶を飲んでいく時間くらいあるでしょう？　ユアンがキッチンに姿を消し、残されたペレスは窓の外に広がる夜の闇を眺めた。ようやくユアンがトレイにマグカップをふたつのせて戻ってきた。そして、すぐさま話しはじめた。ふたりは大きな窓のそばの肘掛け椅子にむかいあってすわっていたが、ユアンはペレスを見なかった。顔を窓のむこうの暗闇にむけていた。

「キャサリンは手のかかる子でした。ほとんど眠らなくても平気そうな赤ん坊がいるが、そういう子だった。リズはすごく苦労していた。わたしも協力しようとしたが、仕事がぎっしり詰まっていて、時間がなかった。採点や授業計画や課外活動で。たいていは自分から責任を背負いこんでいた。そのころは野心家でね。いま思うと、馬鹿げているが。リズにはこれ以上子供を持つなんて考えられなかった。つぎはきっと手のかからない子だ、とわたしはいったが、妻は踏ん切りがつかなかった。大した問題ではなかった。その件で喧嘩するようなことはなかった。わたしはリズにぞっこんだった。彼女のいうことになら、なんだって賛成しただろう。いまになって、ふたり目に挑戦しておけばよかったと後悔している。キャサリンがすこし大きくなったころにでも。わたしのためではなく、キャサリンのために。妻が亡くなり、わたしが悲嘆に暮れていたとき、あの子はひとりで放っておかれた。妹か弟がいれば、仲間ができただろう」

ペレスはなにもいわなかった。紅茶を飲み、黙って耳をかたむけた。ユアンはビデオカメラのことをすっかり忘れているようだった。とにかく、話さずにはいられないのだ。

「キャサリンは父親似でね」ユアンがつづけた。「やる気満々だった。ひとりっ子だったせいか、おなじ年頃の友だちを作るのが苦手だった。正直で単刀直入すぎたんだ。相手の気持ちを傷つけているかもしれないということを、わかっていなかった。課題をあたえられるのが好きでね。ごく幼いころから宿題に熱中して、ほかの子と張りあう傾向があった。だから、いつもみんなから好かれているわけではなかった。あの子は勝つのが好きだったんだ」ようやくユアンはペレスのほうをむいた。「なんでこんな話をしてるのかな。おそらく、事件には関係ないだろう。ただ、あの子の話がしたいんだ。あの子ならそうしていたように、真実をしゃべりたい。亡くなったというだけの理由で、自分について甘ったるいことや誤解を招くようなことをいわれるのを、あの子は嫌がっただろう」

「興味深い話だ。参考になります」

「こちらに越してきた当初、あの子はすごく退屈していた。まわりの若い子たちと共通点がまったくない、とこぼしていた。それは事実ではなかったが、あの子はそれほど努力しなかった。みんなから、自信たっぷりでまわりを見下してる、と思われていた。わたしがいるのに気づかず、職員室で教師たちがしゃべるのを聞いたことがある。かれらも、あの子の態度を問題視していた。あの子が孤立して、いじめの対象になるのではないか、とわたしは心配だった。もちろん、責任の大半はわたしにある。リズが亡くなってから、わたしはあの子に頼っていた。あの子を子供として扱っていなかった」

「だが、彼女はサリーと仲良くなった」

「そう、サリーはあの子に親切だった。キャサリンも彼女といるのをほんとうに楽しんでいた。あのふたりはありそうにない組み合わせだったが、上手くいっていた」ユアンが言葉を切った。

「サリーとの友情は重要なものだったが、あの子がここに溶けこむ努力をしだしたのは、そのせいではなかった。まったく別のことがきっかけだった。あの子はあらたな課題を見つけたんだ……」ふたたび黙りこんだ。紅茶の入ったマグカップは、手をつけずに椅子の脇の床の上に置かれたままだった。彼はもの思いにふけっているらしく、一瞬、客がいるのを忘れてしまっているのがわかった。

「その課題というのは、ミスタ・ロス？」

「映画だ。ここで、あのビデオカメラが登場してくる。わたしがあの子の誕生日にやったんだ。

あの子は映画が大好きだった。イギリスで最初の偉大な女性映画監督になるのが夢だった。生まれつきの観察者でね。おなじ年頃の子とつきあうのが苦手だったせいかもしれない。とにかく、そのプレゼントに大喜びしていた。はじめは、いじくりまわしていた。使い方や、どれくらいのことができるのかを確かめていたんだろう。あの子を撮ったフィルムがある。わたしが誕生日に撮影して、あの子のコンピュータに保存しておいたんだ。そうしておいて、ほんとうによかった。いつまでも残るだろうから……」ユアンは話がふたたびずれてきていることに気づいたようだった。「そのうちに、あの子は撮影をもっと真剣にとらえはじめた。さっきもいったとおり、課題となったんだ。映画を作って、それを大学の入学申請の一部として提出したいと考えていた。あの子が狙っていた学科は、競争率がものすごく高かったから」

「映画の題材は？」

「シェトランドだ。シェトランドの風土と、そこに住む人びと」

「ドキュメンタリーですか？」

「まあ、そんなものだろう。固定概念を覆したい、とあの子はいっていた。美しい風景とか厳しい生活とかは取りあげない。すくなくとも、背景にとどめる。かわりに、人間はどこで暮らしていようとみなおなじだ、ということを示したがっていた。とりあえず、わたしの印象では、そういう映画になるはずだった。あの子は映画について話していたが、わたしはいつも注意して聞いていたわけではなかった」

「映画は完成していたんですか？」

「おそらくは。すくなくとも、完成間近だった。クリスマスの数週間前から編集作業に入っていた。あの子が部屋でしゃべる声が聞こえて、サリーがきているのかと思いきや、じつはあの子がナレーションを吹きこんでいた声だった、ということが何度かあった」

「では、あなたにはもうひとつあるわけだ。彼女をしのぶよすがとなるものが」

「それが、そうじゃないんだ！　それをあなたに話したかった。あなたにビデオカメラを捜すよう頼まれたが、見つからなかった。どこにもない。しかも、例のシェトランドを題材にした映画のディスクも消えている。盗まれたんだ」

「確かですか？」

「キャサリンは執着するタイプの子だった。殺されるまえの数週間、この映画はあの子の人生でもっとも重要なものだった。何百時間もの心血を注いでいた。誰もあの子の部屋に入ることを許されていなかった。このまえいらしたとき、説明したでしょう。あの子にとって、プライバシーはひじょうに重要だった。ミセス・ジェイミソンもあの子の部屋は掃除していなかったが、いつでもきれいにかたづいていた。あの子はコンピュータの脇のラックにディスクを保管していた。シェトランドの映画がなくなっているのは、間違いない」

「まだコンピュータのなかにあるのでは？」

「調べてみた。ハード・ドライブにはなかった」

「家が押し入られたことは？」

「ない。だが、キャサリンを殺した犯人は、押し入る必要などなかっただろう。あの子が殺されたときに鍵を持っていたのだとすれば、犯人はそれを奪い取ることができた。鍵が見つかっていないのは、そのせいかもしれない」

「誰かが家に入りこんでいたと感じたことは？」

「ああ、警部、どこに目をやっても、わたしには幻影が見える。だが、生身の人間がここにいたかもしれないとは、思ったこともなかった」

「彼女の部屋を見せてもらえますか？」

「もちろん」

部屋はキャサリンの死体が発見された日に捜索されていたが、ペレスが足を踏み入れるのははじめてだった。個人の部屋というより、オフィスのようだった。淡い色の薄板の床、机にパソコン、小さな書類整理ケース。シングルベッドには黒いコットンの上掛けがかかっていた。衣装だんすは机とおそろいで、ぴったり隙間におさまっている。なにもかもが清潔で、整っていた。壁にポスターが一枚飾ってあった。大きな額に入った五〇年代のフランス映画のポスターで、白黒だった。

「部屋の調度類は、あの子が自分でそろえました」ユアンがいった。「ここはあの子がもっとも落ちつける場所だった。もっと小さかったころは、他人との接触がほんとうに苦手でね。たいていの子供とちがって、いつも抱きしめられるのを嫌がっていた。すこし自閉症気味なのでは、とリズとわたしは心配しました。だが、それはなかった、とわたしは思います。そうだったとしても、あの子はひじょうに上手く対処していた。とにかく、あの子はふたたび外に出ていって世界とむきあうまえに、長いことひとりでいる必要があった」

「書類整理ケースには、なにをしまっていたんです？」

「ほとんどが学校関係のものです。どうぞご自由に」

ペレスは引き出しのひとつを開けた。ファイルには内容ごとにラベルが貼られていた。彼自身の仕事場にある乱雑な机とは、大違いだった。

「彼女はナレーションを吹きこんでいた、といいましたね」ペレスはいった。「その脚本があるかもしれない」

「当然だ！」こんなに活気づいたユアンを見るのは、この日はじめてだった。「泥棒はそこまで考えがおよばなかったかもしれない。調べてみます」

「手伝いますか？」

「いや、警部。かまわなければ、これはわたしひとりでやりたい」

玄関で、ふたりはしばし足を止めた。ペレスがコートを着て出ていこうとすると、ユアンがぎごちなく手を差しだして、彼と握手した。「真剣に話を聞いてくれて、感謝します、警部。フラン・ハンターがあの子の死体を見つけて以来、わたしはずっとこの件にかんする説明を求めていた。カトリオナの死体が丘で発見されたことで、いくらか説明がついた。あまり満足できる説明ではないが。若い娘に暴力をふるうことで喜びを感じる狂人。わたしには理解できないことだ。あまりにもでたらめ、あまりにも恣意的で。だが、消えてしまったキャサリンの映画が、別の説明を提供してくれそうな気がする。犯人が隠したがっていたことをあの子が撮影していたのなら、動機が判明する可能性だってある。もっとも、わたしは自分をごまかしているだけかもしれない。わたしも頭が狂いかけているだけなのかも」

ユアンがドアを大きく開けて、ペレスが通れるように支えていた。自分の車まで歩きながら、ペレスは初動捜査のときにマグナスと交わした会話を思い出した。キャサリンはお茶を飲みにきた日に彼の写真を撮った、とマグナスはいっていた。ダンカンの屋敷でパーティがひらかれた翌日のことだ。それは写真ではなかったのかもしれない。彼女はマグナスを自分の映画に登場させようとしていたのかも。

32

翌日、警察署に着いたジミー・ペレスは、インヴァネスの連中がほとんどいなくなっているのに気づいた。だが、テイラーはまだいた。階段をのぼっていくあいだも、その声が聞こえていた。彼は捜査本部の机を乗っ取っていた。椅子をうしろにかたむけ、脚をのばしてすわりながら、電話口にむかって怒鳴っていた。捜査本部にいるのは彼ひとりで、部屋全体に空っぽで取り残されたような雰囲気が漂っていた。乗客を降ろしたあとのノースリンク・フェリーみたいな感じだ。床にはごみが、机の上には使用済みのポリエステルのカップが散らばっていた。午前半ばで、外では太陽が雲を突き破ろうと奮闘していた。カモメが二羽、ちかくの屋根にとまって鳴き交わしていた。ペレスは立ったまま、テイラーが受話器を置くのを待った。

「上の連中は、捜査を切り上げてインヴァネスに戻るようにといっている。だが、そいつはできない。テイトがキャサリン殺しの犯人だということに、まだ納得していないんだ。それに、有罪判決を勝ち取れるかどうかも、かなり怪しい。あの老人をキャサリンと結びつける法医学的な証拠は、なにひとつないんだから。被害者の殺され方だって、ちがっている」

「だが、状況証拠がそろってる。ふたりの少女がおなじ場所で殺され……」

「わたしは残る、といっておいた。無理に戻らせようとするなら、何日か休暇を取るつもりだ」テイラーが顔をあげ、にやりと笑った。「昔から、アップ・ヘリー・アーを一度見てみたいと思っていたんでね」

「あれは観光客向けの見せ物だ」ペレスはいった。「酔っぱらうための口実さ」

「まだ南へ戻らないための口実にもなる」

テイラーには家で帰りを待つ相手がいるのだろうか、とペレスはふたたび考えた。二、三杯ビールをやれば、たずねる勇気が出てくるかもしれなかった。「ほかにもまだある……」ペレスはユアンの家を訪ねたこと、映画がなくなっていることを説明しはじめ、すぐにテイラーが懐疑的なのを感じとった。「動機としては、じゅうぶん考えられる」どうして自分がこれほどこだわるのか不思議に思いつつ、ペレスはいった。「もしかすると、キャサリンは見てはいけないものを撮影してしまったのかもしれない」

「父親は映画がなくなってると確信しているのか?」テイラーがまえに身を乗りだしたので、

椅子の脚が四本ともしっかり床についた。「つまり、彼は動揺しているはずだ。見逃しても、不思議はない」

ペレスは肩をすくめた。「かなり自信があるようだった。それに、ビデオカメラもなくなっている。マグナスの話では、キャサリンは死体となって発見されるまえの日に、彼の写真を撮ったとか。そのとき、彼はカトリオナの話をしたのかもしれない。彼女のコンピュータを本土の専門家に送ってみてもいいんじゃないかな。消去されたデータを復活できないか、やってみるんだ」

沈黙がつづいたあとで、テイラーが突然、机から顔をあげた。「どう思う？　ふたりとも、テイトが殺したのかな？」

おれがどう思おうと関係ない、とペレスはいいたかった。肝心なのは、有罪判決を勝ち取ることだ。だが、テイラーは彼から目を離さなかった。「わからない」ようやくペレスはいった。「ほんとうに、わからない」その返事にテイラーががっかりしているのがわかったので、彼は適当な言葉を探しながらつづけた。「いまはキャサリンのことを、まえより理解しているような気がする。父親と話したおかげだ。彼女は孤独だった。映画を通して人生を見ていた。そうやって、ここでの生活を生きのびていたんだ。そうやって、楽しみを得ていた。刺激を」

「女のぞき屋か？」

「観察者、解説者だ」ペレスは言葉を切り、ダンカンが彼女についていっていたことを思い出した。「監督だ」

「監督っていうのは、自分の思いどおりにものごとを動かすもんじゃないのか？　間違いなく、観察者以上の存在だ」

「実際、彼女はものごとを動かしてたのかもしれない。それで、殺されたのかも」

シーリア・イズビスターは、夫のマイクルが大金を稼ぎはじめたときに建てた家に住んでいた。家はラーウィックの外れにあり、町とそのむこうの海を一望できた。ふたりが結婚したとき、彼は運のいい男だ、と誰もがうわさした。逆玉の輿《こし》だ、と。たしかに、シーリアはいかにも裕福そうだった。本土の金のかかる学校に通っていたし、アンスト島に大きな家があった。だが、学費は金持ちの叔母さんが出していたし、家のほうは両親が亡くなったときに彼女の兄が相続した。それ以外に子供たちで分けあうものといったら、負債しかなかった。

新妻が貧乏であることに落胆したのだとしても、マイクルはそれで彼女を責めたりしなかった。彼女が結婚に同意してくれたことへの驚きを忘れず、自分も彼女にふさわしい相手になろうと努力をつづけた。彼は運送会社を立ちあげた。そして、油田開発がはじまると、彼のトラックはセメントやパイプやビールをサロム湾のターミナルまで運び、彼のタクシーは幹部たちをサンバラ空港まで迎えにいった。シーリアとダンカンの関係を知っているのだとしても――もちろん、知っているに決まっていた――彼はその件で彼女を問い詰めたりしなかった。公の場では、彼女は常に妻としてマイクルの隣に立っていた。ロンドンやエディンバラからときおりやってくる閣僚や官僚に妻を紹介するとき、彼の表情は誇りに輝いていた。

家にかんして、シーリアはマイクルの好きなようにさせていた。そうやって償っているのかもしれない。とにかく、それが彼女の趣味でないのは確かだった。家は不規則に広がる牧場風の平屋建てで、居間には間仕切りがなかった。彼女が首を横にふったのは、寝室の浴室に黄金の蛇口をつけるという案に対してだけだった。ロバートは両親の結婚生活をどう思っているのだろう、とふたたびジミー・ペレスは考えた。ロバートは双方の世界で活動していた。アップ・ヘリー・アー委員会の最年少メンバーであると同時に、ダンカンの屋敷でひらかれるパーティに出ていた。母親とダンカンの関係が周知の事実であることを、彼は知っているはずだった。シェトランドでは、他人の生活にかんする情報がいつの間にか吸収されていく。一種の浸透だ。ペレスの記憶にあるかぎり昔から、人びとはシーリアがマイクルを捨ててダンカン・ハンターのもとへ走ると予想していた。だが、彼女はあいかわらず平屋建ての家で、夫とロバートとともに暮らしていた。こうした事実を頭のなかでおさらいしながら、ペレスは自分のアホさ加減について考えていた。キャサリンは秘密を撮影したがために殺されただと？　シェトランドでは、秘密などほとんどない。ただ誰も口に出していわないだけだ。体裁ぶる必要があるという点では、どこかヴィクトリア時代を思わせるものがあった。

ペレスはまえもって電話して、シーリアが自宅にいることを確認していた。きょうは出かける予定はない、と彼女はいっていた。用件は訊かれなかった。もしかすると、ペレスがダンカンの代理として話をしにくる、と思われているのかもしれなかった。

シーリアはひとりだった。

「マイクルは留守ですか？」ペレスはたずねた。彼からも話を聞きたいと思っていたのだ。

シーリアはうなずいた。「いまブリュッセルなの。ヨーロッパの周辺地域の共同体にかんする会議とかで。そのあと、絶滅の危機に瀕した方言を守るための会議に出るために、バルセロナへいくわ。三日に出発して、戻ってくるのはアップ・ヘリー・アーの直前よ」

彼女はペレスをキッチンに案内して、飲むかどうかたずねもせずに、コーヒーをいれはじめた。顔色が悪く、ぼんやりしているように見えた。顔立ちのきりりとした女性だった。美しい頬骨、大きな口。年齢は五十にちかい。ダンカンが彼女のどこに魅力を感じたのか、理解できた。気がつくとペレスは、高い棚からマグカップを取ろうと身体をのばす彼女に見とれていた。

「これは社交的な訪問ではないんでしょ」彼女がいった。

そりゃ、そうだ。ダンカンが友だちだったころでさえ、おれがあなたの家を訪ねたことはないんだから。あなたは誰もが知っている秘密だったが、それを正面きって口にすることは許されなかった。

「でも、殺された娘さんの話をしにきたはずはないわよね。あの事件は解決したんでしょ？」

「まだ疑問点がいくつか残っています。ロバートはいますか？」

シーリアはじっとペレスを見つめてから、首を横にふった。「〈さまよえる魂〉号で漁に出てるわ。ファロー諸島の先まで出るといってた。いつ戻るか、わからないわ」

説明が詳しすぎやしないか？「彼はキャサリン・ロスと親しかった、ですよね？」

シーリアが冷蔵庫からミルクを取り出そうとかがみこんだ。ジーンズに黒いセーターという恰好だった。「あの子はなにもいってなかったわ」

「彼はキャサリンが殺されるまえの晩、彼女といっしょにいました。ダッカンのパーティで」

「あら、そうなの？　気がつかなかった。ほかにもいろいろと考えることがあったから」

「ロバートには、いま現在ガールフレンドがいますか？」

シーリアがみじかく笑った。「あの子にはいつだってガールフレンドがいるわ。最低でも、ひとりは。自分ひとりでいるのに耐えられないのよ。それに、ハンサムだし」

「それで、いまは誰とつきあっているんです？」

「知るわけないでしょう？　一度もガールフレンドを家に連れてきたことがないんだから」

ペレスはキッチン・テーブルの下から椅子をひっぱり出してすわった。「あの晩、ダンカンはなにをして、あなたを逆上させたんですか？」

その質問に、彼女はショックを受けていた。礼儀にもとる、と考えていた。だが、それでも彼女はこたえた。もしかすると、説明する必要があると感じたのかもしれない。彼に理解してもらいたかったのかも。

「とくになにをしたってわけじゃないわ。いま出ていかなければ、決して離れられない、と悟ったの。この年なら、まだどうにかやってのけられる。彼との関係を、ってことよ。年上の女性として。でも、六十になったら？　滑稽に見えるだけよ。そして、あたしは自分が滑稽に見えることに、耐えられない」一瞬、言葉を切ってから、つづける。「まえにも、彼のもとを去ったことがあるのよ。でも、いつでも戻った。依存症ね。酒を断とうとしているアルコール依存症の人も、きっとこんな感じじゃないのかしら。ついに克服したから、一杯くらいかまわないだろう、と考える。そうやって、また深みにはまっていくの。でも、今回は、きっぱりあきらめなくては」シーリアが小さく笑った。「メロドラマ風で、ごめんなさい。さっき彼と電話で話したばかりなの。きょう、三度目よ。負けないようにするのは、すごく大変」

「彼はがっくりきている」

「乗り越えるわ。そのうち、慰めてくれる若くて可愛い子を見つけて」

シーリアが背中をむけたので、それに対して自分がどうこたえることを期待されていたのか、ペレスには読み取れなかった。彼女はコーヒーを注いでから、ふたたび彼とむきあった。「ほんとうなら、シェトランドを離れるところよ。でも、それも耐えられそうにない。マイクルに対して、フェアじゃないもの。それに、胸が張り裂けるくらいつらいだろうし」ペレスはコーヒーを啜り、その先を待った。ようやく彼女がつづけた。「あたしは結婚するのがはやすぎた。マイクルを愛していると思った。うちの家族は彼がふさわしい相手ではないと考えた。当然、それで彼がいっそう魅力的に思えたわ。彼はすごくやさしい人よ。そして、うちの家族にはあまりやさしさがなかった。結局、やさしさだけではじゅうぶんではなかった。でも、それはあたしが自分で犯したあやまちよ。そのあやまちとともに生きていくしかないわ」

ペレスはなにもいわなかった。

「あの子がいなければ、ダンカンと別れる決心がつかなかったでしょうね」シーリアが突然いった。

「あの子？」それが誰のことか、はっきりわかっていたものの、ペレスはたずねた。

「あの殺された子。キャサリンよ」

「彼女がなにかいったんですか？　あなたにダンカンのもとを去らせるようなことを？」

「口に出して、なにかいわれたわけじゃないわ。ただ突然、彼女の目を通して、自分の姿が見えたの。自分をないがしろにする年下の男のために人生をなげうっている中年女性。愚か者よ」

「彼女はなにをしたんです？」その質問は、あくまでも礼儀正しく興味を示すような感じで口にされた。会話をつづけるためで、それ以上の深い意味はない、といった感じで。

「あたしたちを撮影していた。ごく目立たないように。撮っている事実を隠してはいなかったけれど、しばらくたつと、みんな気にしなくなった。テレビでやっている人間観察ドキュメンタリーがあるでしょ？　人びとが間抜け面をさらすやつ。見た人は、なんでこんなことするんだ、カメラがまわっているのを知ってるはずなのに、と思う。でも、どうしてそういうことが起きるのか、わかったわ」

「ダンカンもビデオカメラのことをいってました」

「そう？　彼は間違いなく映画の主役だったわ。馬鹿丸出しで。夜がふけるにつれて、彼女が撮影しているのを忘れていたのかもしれない。でなければ、飲みすぎていて、自分がどんな醜態をさらそうと気にしていなかったのか。あたしが彼女の存在を常に意識していたのは、自分が映画のなかでどう見えるかをずっと考えていたからよ。滑稽な自分の姿のことを。ついには、自分それに耐えられなくなった。だから、ダンカンにもうおしまいだと告げて、出ていったの」

「理由はそれだけですか？」ペレスはおずおずと申しわけなさそうにたずねた。「たしかあなたはメールを受け取ったのでは」

「そうだったかしら？」彼女は時間稼ぎをしていた。

「ダンカンが、そういってました。あなたは携帯電話でメールを受け取り、それを読んだ直後に出ていった」

「ごめんなさい。覚えていないわ」

「キャサリンはほかに誰を撮影していましたか？」

「パーティを撮ってたわ。そこにいた全員を」

「では、ロバートも？」

シーリアが顔をしかめた。「たぶん。ほかのみんなといっしょに」

「しかし、ふたりはしばらくいっしょに姿を消していました。キャサリンとロバートは」

シーリアがマグカップを置いた。「誰がそんなことを？」

「関係ありますか？」シーリアがじっと見つめ返してきたので、最後にはペレスも折れた。「ダンカンです。ふたりがいっしょに姿を消した、といってました。彼女は戻ってきたとき、顔が上気していて、興奮しているように見えた。ロバートは戻ってこなかった。そのすぐあとで、あなたはメールを受け取り、立ち去った」

「いいこと」シーリアがいった。「ダンカンは人を困らせようとしているだけよ。彼の言葉を信じちゃだめ。あの人はロバートに我慢できないの。昔から、ずっとそうだった」

「どうしてです？」

「ダンカンがなにを考えているのか、誰にわかる？　小さいころのロバートは、彼にとって厄介者だった。あたしが面倒を見なくてはならない存在だったから。あの子が最優先だった。ダンカンはむくれてたわ。キャシーが大きくなっていろいろ手がかかるようになったとき、彼がどう対処するのか見物ね。いまは問題を起こさないから、娘にめろめろだけど」

「それで、ロバートが大きくなって、自立するようになったいまは？」

シーリアがちらりと笑みを浮かべた。「いまは、あたしたちの年の差を思いださせる存在よ。年齢的には、ダンカンはあたしよりもロバートのほうにずっとちかいから」

「ダンカンには、ほかにもロバートを嫌う理由がありますか？」

いまので一線を越えたのがわかった。シーリアが立ちあがった。いきりたち、一語ずつはっきり区切っていう。「なんのために、こんなふうに穿鑿《せんさく》するのかしら、ジミー？　友人を裁く立場に自分を置くなんて、生計を立てる手段としては不愉快きわまりない、と昔から思ってきたわ。あなた、まだダンカンに嫉妬してるの？　これは、そのためなの？」

ペレスは、その問いに対する答えを持ちあわせていなかった。恥ずかしさとぎこちなさを感じていた。フェア島からきた少年が、アンダーソン高校の寄宿寮でラーウィックの上流階級の女性とむきあっている図だ。

シーリアがこのみじめな状態から彼を解放してくれた。「もう帰ってちょうだい。これ以上、弁護士の立ち会いなしに質問にはこたえないから」
車に戻るとき、ペレスは彼女の視線を背中に感じていた。

33

サリーは授業の空き時間を休憩室ですごした。男の子たちが低いテーブルのまわりにベンチを直角に並べ、トランプで遊んでいた。CDプレーヤーから彼女の知らない曲が流れていた。ここにくるのが大嫌いな時期もあった。そのころは、空き時間を図書室ですごすほうが好きだった。いまになってみると、なにをあんなに恐れていたのか、思い出すのがむずかしかった。人気者グループの視線やしかめ面に、どうしてあんなにびくついていたのだろう？　彼女はそれをキャサリンに説明しようとしたことがあった。みんな、あたしを憎んでいるのよ。「そんなわけないでしょ」キャサリンはいった。「憎むどころか、あなたを必要としてるのよ。さげすむ相手がいなければ、優越感を味わえないでしょ。その程度の連中よ」

キャサリンは怖いもの知らずだった。平気で人気者グループの鞄をまたぎ、かれらのお気に入りの席を取り、自分の持ってきたCDをかけた。ビデオカメラを楯にしてかれらにちかづき、レンズを顔に突きつけ、相手の敵意に満ちた反応を楽しみながら、それをフィルムにおさめた。それから、ほらね。世界は終わったりしないでしょ。連中があなたになにができるっていうの？　といいたげに、サリーのほうをふり返った。実際、それは助けになった。サリーもかれらとむきあうことができた。とはいえ、決して楽ではなかったが。

いまのサリーは、六年生の休憩室をわが家のように感じていた。入ってくる勇気がなくて廊下でたむろしているのけ者グループを、憐れみの目で見ていた。リサにむかって、かれらの悪口をいった。リサはキャサリンよりも、友達としてつきあいやすかった。サリーの聞きたいことをいってくれた。サリーは彼女にロバートのことを打ち明けたい誘惑に駆られた。ふたりは休憩室の隅にすわっていた。大柄でのんびりとして思いやりにあふれているリサは、くたびれた肘掛け椅子にぐったりと腰掛けていた。まえの晩に出かけていて、二日酔いだったのだ。サリーの舌先まで言葉が出かかった。あたしが誰とつきあってると思う？　リサはきっとすごく感銘を受けるだろうし、それを聞いたときの顔を見たくてたまらなかった。だが、なにはともあれ、リサは口がかたいとはいえなかった。すぐに学校じゅうに広まるだろう。そんな危険をおかすわけにはいかなかった。サリーは準備ができたときに、自分の口から両親に話すつもりだった。

しゃべるかわりに、彼女は鞄のなかを探って、携帯電話のスイッチを入れた。メールが届いていた。ロバートが漁から戻って、会いたがっていた。サリーはリサに背中をむけ、メッセージを入力した。今夜フラン・ハンターのところで子守。そこで会える？　突然、ぞくぞくしてきた。フラン・ハンターの家でロバートと会うということが、よりいっそうの興奮をもたらしていた。

「なにか面白いことでもあった？」リサがたずねてきた。目を閉じて、気分が最悪であることをアピールしている。

「いいえ。今夜の子守のことで、ちょっとね」

こんなふうにロバートと会うことに、罪の意識を感じるべきなのだろう。母親はショックを受けるはずだ。だが、フランは気にしないような気がした。父親も。父親には秘密の愛人がいるのかもしれない、という考えがふと頭に浮かんだ。やはりこんなふうに待ち合わせの場所と時間を決めているのかも。馬鹿げた考えだったので、サリーは自分を笑った。たとえ浮気する度胸が父親にあったとしても、誰かが気づいているだろう。いまごろうわさになっているはずだ。彼女とロバートの関係が、いずれそうなるように。

昼休みになると天気が回復してきたので、外でなにか食べるものを買ってくることにした。受付のところに、ペレスが立っていた。ペレスは彼女が廊下をちかづいてくるのを見ると、手をふった。

「ちょうどきみを呼びにいってもらったところだ」ペレスがいった。「ちょっと話がしたくてね」

「どうして？　もう終わったんだと思っていたけど」

「あといくつか質問するだけだ」

「これからランチにいくところなの」

「つきあうよ。町にいこう。おごりだ」

彼はフィッシュ・アンド・チップスを買ってくれ、ふたりで港を見晴らすベンチにすわって、それを食べた。フィッシュ・アンド・チップスにしようといわれたとき、しけたおごりだと思ったが、魚は美味しかったし、ここでこうして彼とおしゃべりするのも悪くなかった。すくなくとも、休憩室よりはいい。あたらしいサリーは、他人に対してもはや物怖じしなかった。おとぎ話で王女さまにキスされたカエルのように、自分が生まれ変わったような気がしていた。もっとも、ロバートを王女さまと考えるのは、すごく変な感じがしたが。

「彼女がいなくて、寂しいだろうな」ペレスがいった。「キャサリンのことだが」

　父親もおなじことをいっていた。自分がキャサリンに頼っていた、とみんなから思われているのが、彼女には面白くなかった。慎重に言葉を選んで、できるだけ正直になろうとする。

「あとどれくらい親しい友人でいられたか、わからないわ。彼女には、すこし圧倒されてたから。あたしには強烈すぎたの」

「どんなふうに？」

「キャサリンは人の言動をいちいち疑ってかかって、その裏にある意味を読み解こうとしていた」サリーは肩をすくめた。「はじめは、すごい、って思った。でも、しばらくすると、鬱陶《うっとう》しくなってくる。ただふつうに生きたくなるのよ」

「映画のテーマはそれなのかな？　裏にある意味を読み解く？」

「ええ、たぶん」

「どうして彼女の作っていた映画について、なにもいわなかったんだい？」

「ただの宿題よ。大したことじゃないわ」

「でも、彼女にとっては重要だった？」

「それはいえてた。なによりも大切だった」

「映画について話してくれ」

「どうして？　もうマグナス・テイトを逮捕したんでしょ」

「ああ」

サリーは相手がもっと詳しく説明するのを待ったが、彼はなにもいわなかった。チップスの入っていた紙袋を丸めて、ごみ箱に投げこんだだけだった。

「映画は、あたしたちにかんする彼女の感想文みたいなものだった。シェトランドにかんする」

「ドキュメンタリーなのかい？　つまり、フィクションではなく、事実を取りあげていた」

「彼女の目を通して見た事実よ」亡くなった友人に対して、こんな批判的な言い方をすべきではないとわかっていたが、それでもいわずにはいられなかった。「つまり、あまり客観的じゃなかったってこと」

「どんな場面があったのかな？　見せてもらった？」

「すこし」

「じゃ、まだ完成してなかったんだ？」

「一歩手前だった」

「でも、全部は見ていない？」

「ええ。さっきもいったけど、彼女が作ってたときに、ちょっと見せてもらっただけよ。彼女がとくに満足していた場面を」

「たとえば？」

「休憩室で撮ったやつとか。学校の社交室みたいなところよ」

「知ってる。忘れたかい？　おなじ学校に通ってたんだ」

「男の子がふたり、しゃべってるの。自分たちが撮られてるのに、気づいてなかったのね。みんな、彼女がカメラを持ってうろつく姿に、慣れきってた。スイッチが入ってることもあったけど、たいていは切られてた。しばらくすると、誰も気にしなくなった。この男の子たちは、外国人について話してた。ほら、夏になると、ときどきくるでしょ……白人以外の観光客が……」顔が赤くなるのがわかった。キャサリンにその場面を見せられたときとおなじくらい、ばつの悪さを感じていた。「……それで、ふたりはしゃべってたの。外国人は大嫌いだとか、シェトランドはあいつらのくる場所じゃないとか、あいつらをどうしてやりたいとか。そんな大したことをいってたわけじゃないけど、キャサリンの映画では、すごくたちが悪そうに見えた。ほんとうに凶暴そうに」サリーは言葉を切った。「彼女はこんなことをいってた。〝これをダンカン・ハンターに見せなくちゃね？　最新の観光キャンペーンに使ってもらうの。あなたたちシェトランド人がどれほど友好的かを示すために〟彼女は、あたしたち全員がそんなだと考えていた。無知で、偏見に満ちてて、愚かだと。映画はそういうふうなものに仕上がってたはずよ」

「ほかに見た場面は?」

「スコット先生を撮った場面があるかもしれない。先生を隠し撮りしてたのかも。どうやってやるのか、彼女が話してたから。縫い目に穴を開けた鞄にカメラを忍ばせるの。そのとき、教室で見せたら大受けするだろう、ともいってた。でも、ほんとうにそんなことをするつもりだったかは、わからない。キャサリンの考えは、読めないの。ときどき、すごく残酷な言い方をすることがあった。でも、本気じゃないの。一種のねじけたユーモアね。わざと人を傷つけようとしてたとは、思わない」サリーがチップスの入っていた紙袋をふると、一瞬、ふたりはカモメに取り囲まれた。

「スコット先生の出てくる場面がどんなものか、彼女はいってたかい?」

「いいえ。お楽しみを台無しにしたくないといって、教えてくれなかった」

ペレスが立ちあがったので、話はもうおしまいのようだった。この会話がいったいなんだったのか、サリーにはよくわからなかった。車のところまでくると、ペレスが立ちどまった。

「ビデオカメラもディスクも見つかっていない。それがありそうな場所に、心当たりはないかな?」

サリーは、あのレイヴンズウィックの大きな家に最後に入ったときのことを思い出した。

「彼女はいつもディスクを金属製の筆箱に入れて、自分の部屋に置いてた。家が火事になっても、そうしておけば残るかもしれない、といって。そこになければ、彼女がどうしたのか、わからないわ」

その晩、サリーがバスから降りたとき、母親はまだ学校にいた。サリーが校庭を横切ってくるのを見て、母親が手招きした。なかに入ると、お馴染みの粘土と床磨き剤と粉末絵の具の匂いがした。

サリーの小学校時代は楽しいものではなかった。入学した途端、年上の男の子ふたりにからかわれた。かれらに泣かされて母親のところへいくと、もう赤ちゃんじゃないでしょ、といわれたが、それでも男の子たちを叱ってくれた。それ以降、母親がみんなの気に入らない決定を下すたびに、どういうわけかサリーのせいにされた。〝告げ口サリー〟と呼ばれた。彼女の作品は目を離した隙に壊され、校庭では足をひっかけて転ばされた。そのころは体型がぽっちゃりしていたのも、いじめを助長した。だが、いまではアンダーソン高校でさえ、それほど悪くなかった。入学したころより、自信がついていた。

子供たちはアップ・ヘリー・アーがらみの絵を制作中だった。段ボール紙で作ったヴァイキングのロングボートが、いくつかの机をまたいで置かれていた。展示品は、毎年おなじだった。サリーが七年生だったころから、変わっていなかった。ことアートにかんしては、マーガレット・ヘンリーはあまり想像力を持ちあわせていなかった。

「それを壁に飾らなくちゃいけないの。手を貸してくれる？」

「それにあわせて、かがり火を作らせたら。コラージュで。雑誌から赤とかオレンジとか黄色のページを切り取らせるの。さもなければ、もっとぴかぴかした素材を使ってもいい。セロファンとか、包装紙とか」

「そうね。いいかもしれない」母親が一歩下がって、ボートがまっすぐになっていることを確認した。生徒たちにいつもとちがうことをさせるつもりがないのが、サリーにはわかった。

「パパは今夜、いつもの時間に帰ってくるの？」

「いいえ。スカロワーで会議ですって」

「あたしはハンターさんのところでベビーシッターよ」

「わかってる」母親はペイパータオルで手を拭いた。「あの子に手こずらされなきゃいいけど。扱いにくい子よ、キャシー・ハンターは。生意気で」母親の注意はまだボートにむけられており、独り言をいっているような感じだった。「なぜかあの子を見てると、カトリオナ・ブルースを思い出すのよね」

サリーは本を数冊と化粧道具を鞄に入れて、フランの家に到着した。きょうはロバートのために、すこしお洒落をするつもりだった。キャシーはすでにベッドに入っていた。

「あの子は疲れて、ぐっすり眠ってるわ」フランがいった。「ときどき夜にむずかることがあるけど、たいていはもっと遅い時間になってからよ。あなたに面倒をかけることはないと思うわ」

フランはジーンズ姿だったが、出かけるまえにやはりお洒落をしたのがわかった。口紅をつけていたし、香水の匂いがした。シルクのトップは身体にフィットしていて、襟ぐりが深かった。サリーには決して着こなせないだろう。このウエストでは。

「よくきてくれたわ」フランがいった。「犯人が逮捕されたから頼みやすくなったけど、このバイトでキャサリンのことを考えちゃうでしょ」

「一日じゅう、考えてました。彼女の話をしに、警部さんがランチタイムに学校にきたんです」

「そうなの？」フランは炉棚の上の鏡をのぞきこみながら、髪にブラシをかけていた。その手が止まり、ブラシが頭の上で固まっていた。警部になにを訊かれたのか知りたいが、あまり穿《せん》鑿《さく》がましいと思われたくないのだ。

「彼女が作っていた映画のことで。それが見つからないらしくて」サリーはいった。

フランはブラシを引き出しにしまうと、襟をまっすぐに直した。「その映画のこと、キャサリンから聞いたわ。課題だったんでしょ。それが見つからないなんて、残念ね。彼女を思い出すものになったでしょうに」

「ええ」

「冷蔵庫に栓を抜いたワインのボトルがあるわ」フランが戸口でいった。急に、出かける気が失せてきたように見えた。「勝手にやってちょうだい。食べ物のほうも」それから、わが子を残していっても安全だと自分を納得させたらしく、バッグをつかむと出かけていった。家は静かになった。

サリーが自宅で夜ひとりになることは、めったになかった。母親はほんとうの意味での人づきあいが皆無だったし、外出したとしても、たいていは学校での集会なので、壁越しに張りあげた声や礼儀正しい拍手などが聞こえてきた。学校がかれらの生活すべてに入りこんできているような感じだった。彼女はキャサリンの家に何度もいっていたが、そこで暮らす自分を想像したことは一度もなかった。あそこはあまりにも大きすぎた。立派すぎた。だが、この家はちがった。彼女は部屋のなかをぶらつきながら、写真やスケッチを見てまわり、どんな音楽を聴いているのかを調べ、自分の家を持つのはどういう気分なのかを想像した。ここでロバートと暮らすのは、どんなだろう。

冷蔵庫には、変わったフランスのチーズ、タッパウェアに入ったブラック・オリーブ、サラダのパックがあった。彼女は扉にあったボトルから白ワインをグラスに注いだ。母親に息が酒臭いのを気づかれたら、フランンに強く勧められた、というつもりだった。

はやいペースで飲んでいたので、窓をそっと叩く音がしたとき、グラスはほとんど空になっていた。椅子にすわったままふり返ると、窓ガラスに押しつけられたロバートの顔が見えた。漫画に出てくる怪物みたいなおかしな顔をしている。彼女はドアを開けた。戸口に立つ彼は、枠からはみ出しそうだった。四缶パックのビールを手にしている。

「車はどこにとめたの?」

「心配いらない。裏だ。丘と家のあいだに待避所がある。誰にも見られやしないさ」

秘密にする必要があることを彼が理解してくれているのが、嬉しかった。そのことで、彼女を馬鹿にしないでくれているのが。「さあ、入って」サリーはいった。あの老人が大晦日の晩に彼女とキャサリンを家に招き入れたときのように。

34

帰宅したとき、フランはサリーが家に男を連れこんでいたのだと思った。嗅ぎ慣れない匂いがした。不愉快な匂いではない。煙草でないのは確かだ。それだったら、許さなかっただろう。アフターシェイブか。いまどきの若い男の子はアフターシェイブをつけるのだろうか？　サリーが男の子を家に招いたのは、気にならなかった。若者にとって、ここで暮らすのは悪夢だろう。プライバシーなどなく、誰もがおたがいの行動を知っている。だが、サリーが勇気を出してまえもっていってくれなかったのは、残念だった。自分が助け船を出す妖精の役割をはたしているのかもしれないと思うと、満更でもなかった。サリーとボーイフレンドが控えめでいてくれるといいのだが。かれらがソファで情熱的なセックスをしている最中にキャシーが迷いこんでくるようなことは、起きて欲しくなかった。

フランは、グラスにウイスキーをなみなみと注いではやめにベッドに入るのも悪くない、といった気分だった。考えることがたくさんあった。だが、サリーはまだ帰りたくなさそうだった。

「キャシーはいい子でした」サリーがいった。「ぐっすり眠って。一度、ドアからのぞきこんで、様子を確かめました。可愛いお子さんですね。さぞかし自慢でしょ」

それだけで、フランは気がつくともう一本ワインの栓を抜き、サリーにも一杯勧めて、すわっておしゃべりしていた。キャサリンは一度もキャシーのことでお世辞をいってくれたことがなかった。

「今夜は上手くいったんですか？」サリーがたずねた。グラスの縁越しに見える彼女の目はきらきらと輝いており、フランは突然、自分の十六歳のころを鮮明に思い出した。高揚感と絶望のあいだで気持ちがわけもなく揺れ動き、その激しさ、情熱、恐怖を年長者は理解できっこない、と感じていたあのころを。気がつくと、サリーが返事を待って、こちらを見つめていた。

「上々だったわ、ありがとう」それから、相手がもっと聞きたがっているのがあきらかだったので、つづけた。「あたしが美術学校にいってたから、代理教師がつとまると思われたのね。悪くなかったわ。すごく優秀な生徒が何人かいて」

「へえ、そうなんだ。じゃあ、いつでも……」

「来週のおなじ曜日にお願い」フランはもう疲れていた。財布を探って、十ポンド札を取り出す。「ひとりで丘を歩いていける？　車で送っていくところだけど、キャシーをひとりにはできないから。懐中電灯を貸すわ。それに、ここからあなたを見守ってる。安全に家のなかに入るのを確認するまで。なんなら、お父さんに電話して、車で迎えにきてもらってもいいのよ。お父さんがまだ起きてるようなら」

「歩きます」サリーがいった。「父がいるかどうか、わからないし。スカロワーの会議は何時間もまえに終わっているはずだけど、帰りは遅くなるといってたから。それと、あたしのことなら心配いりません。マグナスが逮捕されたんだから、みんなもう安全です、でしょ？」

だが、フランは張り出し玄関に立ち、サリーが丘を下っていくのを見守っていた。キャサリンのときは一度も心配したことがなかったのに、どうしていまは気にかかるのだろう？　サリーがいったとおり、マグナスは逮捕されているのだ。だが、神経質になるのも当然だ、と彼女は自分に言い聞かせた。死体をふたつも発見したのだから。それも、悪いことなど起きるはずがないと信じていた、ここシェトランドで。誰だって神経質になるだろう。

よく晴れた晩で、月は欠けていたものの、影となったサリーの姿はヒルヘッドのむこうに消えるまで見えていた。そこから先は、懐中電灯の光を目で追った。土手まで下り、ユアンの家のまえで曲がり角を折れ、学校のほうへ消えていく。教員宿舎のキッチンで明かりがついたのを見届けてから、フランはようやくむきなおり、家のなかへと戻った。

キャシーが自分の部屋の入口に立っていた。寝ぼけたまま、白い顔をして震えている。フランは腕をまわして、娘をベッドに連れ戻した。「大丈夫よ」と何度もくり返す。「ただの悪い夢だから。大丈夫」彼女は娘の隣に横たわり、呼吸がふたたび安らかで規則正しくなるまでそうしていた。

翌朝、キャシーは悪夢にうなされたことなどすっかり忘れていた。フランがさり気なくそのことを口にすると、なんの話かわからないようだった。だが、学校にいく途中でヒルヘッドのまえを通ったとき、その原因の手がかりがつかめた。

「あそこに怪物が住んでたのよ」キャシーがいった。

「怪物？」

「小さな女の子を殺す怪物」

「誰から聞いたの？」

「みんなから。みんな学校でそういってるわ」

「あそこにはマグナスが住んでたの。覚えてるでしょ。ときどきキャンディをくれた人。彼がキャサリンを殺した、と警察は考えてるの。カトリオナっていう小さな女の子も。彼はひどいことをしたおじいさんよ。でも、怪物じゃないわ」

キャシーはすこし混乱しているようだった。「マグナスがキャサリンを殺した、って警察は考えてるの？」

「ええ」

「でも、キャサリンは小さな女の子じゃなかった」

フランは会話が自分の手に負えなくなりつつあるのを感じていた。「もう、そのことは考えちゃだめよ」

「でも――」

「いいから、心配しないで。マグナスは捕まったの。もう誰も傷つけられないわ」

校庭で、フランはミセス・ヘンリーにひと言いうべきかどうか迷った。悪夢のこと、子供たちのあいだで流れているお話のことを、説明しておくべきだろうか。だが、フランはすでに自分が過保護で神経質な親と見られているのではないかと疑っていた。ここは騒ぎ立てないのがいちばんだろう。キャシーの問題は、自分ひとりで解決できる。それに、きょうは一日じゅう仕事に専念できるのを楽しみにしていた。雪のなかにいる大鴉のイメージは、まだ鮮明に残っていた。今回の悲劇のことが、頭にあるせいかもしれない。のぼりゆく太陽の炎、白く輝く雪、真っ黒な大鴉――はじめて見たときから、それらが頭から離れなかった。その絵には、伝統的なおとぎ話と太古の生け贄の儀式っぽい要素が含まれていた。頭のなかの強烈なイメージをそのままキャンバスに再現できたら、と彼女は願っていた。

家に帰ろうと丘をのぼりはじめたとき、大きなガラス窓のむこうに立って外を眺めているユアンの姿が目に入った。だらしない恰好で眼鏡をかけている姿は、子供の本に出てくる研究に夢中な科学者を思わせた。頭がいっぱいで、自分には気づかないだろう、とフランは考えた。だが、彼女の存在はユアンの意識に届いていたらしく、突然、彼が激しく手をふりはじめた。フランは彼の家の戸口に通じる小道をのぼっていった。

「入ってくれ」ユアンがいった。「ちょうどひと休みしてたんだ。コーヒーをいれるよ」もう落ちこんでいるようには見えなかった。行動せずにはいられない、といった気分に支配されているような感じだ。ちかくで見ると、張りつめた顔をして、目が充血していた。ひげも剃っていない。もしかすると、ひと晩じゅう寝ていないのかもしれなかった。

「ひと休み？　なにかやってるの？」

「キャサリンの持ち物を整理している」

「ねえ、ユアン、それをいまやる必要があるの?」

「どうしてもね」彼がいった。「重要なことなんだ。集中力が途切れてきたと感じなければ、休みも取らなかっただろう。それに、ペレス刑事に約束したんだ。きてくれ。コーヒーをいれるから、そのあとで上階にいこう」

彼は最上階の廊下を進んで、フランをキャサリンの寝室だったとおぼしき部屋に案内した。不自然なくらいにきれいにかたづいた四角い部屋で、そのなかでベッドの上だけがファイルの山で散らかっていた。小さな書類整理ケースの引き出しがひとつ開いていて、なかは空っぽだった。無地の白いブラインドがおろされており、彼は机の自在ランプの明かりのなかで作業をしていた。フランはこの部屋に居心地の悪さを感じた。私立病院の病室を連想させられた。ドアに鍵のかかる精神病院の一室といってもいい。

「いいかしら?」そういって、彼女はブラインドをあげ、冷たい朝の光を採り入れた。下にある学校と、そのむこうの湾が見渡せた。教室の窓越しにミセス・ヘンリーの姿が確認できたが、子供たちは隠れて見えなかった。

彼女はユアンが娘の衣服を整理しているのだと考えていた。彼女の書類を徹底的に調べるというのは、わけがわからなかった。いまさら学校の勉強がなんだというのか?

「なにを捜してるの?」

「キャサリンの映画の脚本だ。とりあえず、当初の目的はそれだった。すぐに、それもなくなっているのがわかった。あの子はそれをディスクといっしょに保管していたはずだ。とてもきちんとした子だったから。わたしが教えこむことができたのは、それくらいだったかもしれない。秩序の大切さだ。となると、映画のディスクを盗んだものが脚本も持ち去ったとみて、まず間違いない。だが、メモがあったかもしれない。アイデアやテーマを書きとめたものが。それが、われわれを正しい方向へと導いてくれるはずだ」

「ごめんなさい」フランはいった。「話がよく見えないんだけど」

「キャサリンは映画を作っていた。学校の課題のようなもので、ドキュメンタリーだ」

「そして、あなたはその映画をなくした？」

「いや。なくしたんじゃない。それは絶対にない。映画はたしかになくなっているが、盗まれたんだ。どこかに置き忘れたのではなく」

「どうしてそんなに確信があるの？」

　ユアンが顔をあげた。「説明しただろ。あの子はきちんとしていた。決してものをなくしたりしなかった。あれだけ自分にとって大切なものとなれば、なおさらだ。それに、映画は彼女のコンピュータからも消去されている」

「それって重要なの？」

「もちろんだ。あの子の殺人に動機があることになる。あの子の死に意味が出てくる」

「盗んだのはマグナス・テイトだと思う？」

「そこだよ」彼がいった。「ようやく、きみもことの重要性を理解したね。そんなこと、まず考えられないだろ？　彼がディスクと脚本を盗んだ可能性は、否定できないかもしれない。だが、あの年齢と教育でコンピュータのデータを消去するなんて、できっこない」

すでに彼のうつろな視線は、ベッドの上に並べられた書類の山へとむけられていた。はやく作業に戻りたくてたまらないのだ。このまま彼をひとりで残していけば、心のバランスが完全に崩れてしまうだろう。それに、見捨てれば、彼のことばかり考えて午前中をすごすことになる。絵に集中することなど、できっこなかった。

「手伝いましょうか?」

「そうしてもらえるかな?」ユアンはマグカップを窓枠に置いて、ベッドを見おろした。「さっき警察から電話があった。ブルース夫妻が訪ねてきたいそうだ。ここで娘さんの存在をすこしでも感じたいんだろう。遺体を見たのなら、なおさら娘さんのほんとうの姿を思い出す必要があるはずだ。その気持ち、理解できるよ。だが、ブルース夫妻が到着するまえに、この作業をすませてしまいたい。わかるだろ? あの夫妻は、自分たちの子供になにが起きたか知っていると考えている。たしかに、そうかもしれない。すくなくとも、それでいくらか心の平安を感じているはずだ。わたしは引き出しをひとつずつ調べて、書類に目を通していく。脚本がここにないのは、まず間違いない。きのうの晩、捜したんだ。だが、ほかにもなにかあるかもしれない。原型となるメモとか、手がかりをあたえてくれるようなものが」

「キャサリンは、映画についてなにかいってなかったの?」

「細かいことは、なにも。よく覚えてないんだ。きちんと聞いてなかったんだろう。リズが亡くなってからは、ずっとそんな調子だったから」

外で鳴くカモメたちの声が、沈黙をつんざいた。

「ここで書類を仕分けしよう」突然、ユアンがてきぱきとした事務的な口調でいった。「映画の課題は、先学期の後半になってから出された。それ以前の文書は、関係ないだろう。残りを階下へ持っていき、もっと詳しく調べればいい。それで見落としはないかな？」

「ええ、完璧よ」

そこで、ふたりはいっしょに狭いベッドの上にすわり、エッセイや授業のノートに目を通し、古いものを書類整理ケースに戻していった。キャサリンは几帳面だったので、助かった。文書にはどれも日付が入っていた。残りは、ユアンが予備の寝室からひっぱり出してきた黄色いプラスチックの箱に入れた。昔、キャサリンのおもちゃをしまっておいた箱かもしれなかった。

箱を階下へ持っていこうとしたとき、学校のベルが鳴った。フランは一瞬、窓辺で足を止め、子供たちが校庭に駆けだしてくるのを見ていた。ピンクのアノラックを着たキャシーがいた。ひとりで立ち、あたりを見まわしているようだったが、やがて手をつないでいるふたりの女の子のほうへ駆けていき、彼女たちの遊びにくわわった。

35

黄色い箱はキッチン・テーブルの真ん中に置かれていた。ユアンはやかんに水を入れ、フランが下りてくるのを待ってから、調査をはじめた。こんなことをしても時間の無駄だ、とフランは考えていたが、それを彼にどう伝えたらいいのかわからなかった。上階でエッセイをちらりと見たかぎりでは、映画に関係したものはなにもなかった。

「キャサリンは通学用の鞄を持ってた?」突然、フランは思いついていった。「ほら、いまどきの子はもう肩掛け鞄を使ってないけど、彼女が教科書を運ぶのに利用していたものがあるはずでしょ。いちばん最近のノートとかメモは、そこに入ってるんじゃないかしら?」

「どこかにあるはずだ。ちょっと待っててくれ。見てくる」

ユアンが姿を消した。ずいぶん長いこと待たされたので、フランは捜しにいくべきかと心配になった。ようやく戻ってきたとき、その手には革の鞄があった。昔ながらの学童用の肩掛け鞄とそっくりだったが、色は緑で、垂れ蓋に大きな黄色い花が刷りこまれていた。「時間がかかって、申しわけない。見つからなくてね。結局、ミセス・ジェイミソンに電話した。彼女が洗面所の戸棚にしまいこんでたんだ」ユアンは腰をおろすと、一瞬、それを見つめた。「キャサリンがこれを買ったときのことを覚えてるよ。こちらに越してくるまえだった。リーズの穀物取引所にある小さなリサイクル・ショップで手に入れたんだ。わたしは安物のがらくただと思ったが、あの子はほとんど一日かけて、それに色を塗った」

彼は垂れ蓋のバックルを外すと、中身をひとつずつ取り出しはじめた。シンプソンズのプラスチックの筆箱、エンベロープ・ファイルが三冊、メモ帳、タンポンの箱、紙切れが数枚。ユアンの息づかいがすごく苦しそうだったので、フランは彼を見て、大丈夫かとたずねかけた。

だが、その表情からすると、こちらの声が耳に届くとは思えなかった。彼が筆箱を開けた。なかから万年筆とボールペン二本と色鉛筆が数本出てきた。デッサン用の先の細いペンもある。それから、彼は目のまえにメモ帳を置き、ボール紙の表紙をひらいた。

ページのいちばん上に、キャサリンの整った筆跡で〝英語の宿題　ノンフィクション／ドキュメンタリー。映画は？　それでもいいか確認〟と書かれていた。その下に、余白を埋めつくすくらい大きな尖った文字で、こうあった――〝炎と氷〟。

「あの子が考えていた題名だ」ユアンがいった。「間違いない」

「そういう詩がなかった？」

「ロバート・フロストだ。ちょっと待っててくれ」ユアンが姿を消したが、今度は先ほどのように時間はかからなかった。「本が階下の彼女の部屋のテーブルにあった。そこで見かけたんだ」ページをめくって、捜していた箇所を見つける。

「いい題名ね」フランはいった。映画だけでなく、絵にもぴったりくるだろう。頭のなかにふたたび、雪のなかの大鴉たち、そのむこうにある赤くて大きな太陽のイメージが浮かんできた。

「ほかには、なんて？」

フランはメモ帳に手をのばしたが、ユアンはそれを彼女の手の届かないところへひっこめた。

「あとで、いっしょに目を通そう」彼がいった。「ここに重要なものがあるかもしれないと考えると、励みになる。残りのファイルを調べることへのご褒美だ。なにひとつ見逃すわけにはいかないから。わかるだろ？」

このような自制心にはついていけないものを感じたが、とりあえずフランはうなずいて、黄色い箱から書類の束を取り出した。彼が努力して感情を抑えているのがわかっていたので、その限界を超えさせたくなかった。まず細かいメモと、『マクベス』にかんする三つのエッセイからはじめた。ちょっとした勉強になりそうだった。一時間後、彼女は目のまえにあるすべてに目を通し終わっていた。『マクベス』のほかに、反宗教改革についての歴史のノートと、性の固定観念と周囲からの圧力にかんする心理学のエッセイにつきあわされた。シェトランドの映画のことは、どこにも出てこなかった。あいまいな視覚的記号だけが、キャサリンが常にそれについて考えていたことを示していた。メモやエッセイの下書きの余白に、くり返しおなじいたずら書きが残されていた。最初に見たときは、フランは意味のない面白い模様だと思っただけで、気にもとめなかった。だが、二度目にあらわれたとき、もっと注意して観察した。デザインは最初のものとほぼおなじで、ロゴみたいに見えた。炎の上に八角の水晶がのっている。〝炎と氷〟。

彼女はそれをユアンに見せた。彼は自分が目を通した書類をもう一度ひっくり返して、おなじデザインの模様を三個見つけた。「完全に見落としていた」という。「きみとちがって、視覚的な想像力に欠けてるんだな。言葉にばかり集中していた」

「なにか見つかった？」

「いや」敗北を認めたくなさそうに、彼はゆっくりといった。「なにも」

「彼女が最近取り組んでたことは、やっぱり鞄のなかにあるんじゃないかしら？　題名が書いてあったメモ帳とか、エンベロープ・ファイルとかに」彼女はユアンに苛立ちをおぼえはじめていた。どうしていちばん可能性の高そうなところを見ないのだろう？　彼女が帰るのを待っているのか？　ひとりで目を通せるように？

「そうかもしれない」そういって、彼はテーブルから顔をあげた。「あるいは、わたしは自分をごまかしているのかも。われわれは決してあの子が死んだ理由を知ることがないのかも」

フランは手をのばして、鞄の底でくしゃくしゃになっていた紙切れを取り出した。最初のはフェリーのチケットだった。ユアンに見せる。「クリスマスの直前に、カーフェリーでウォルセイ島にいってるわ。あそこに友だちがいたの？」

「それは覚えてるような気がする。パーティがあったんだ。学校の男の子のところだといっていた。意味があるとは思えないな」

「それじゃ、これはどう。スーパーマーケットのレシート」テーブルの上で広げて、親指で平らにのばす。「ラーウィックの〈セーフウェイズ〉よ。日付は、彼女が遺体で発見されるまえの日になってる。その日、彼女は買い物にいったのかしら？」

「わたしのためではないな」ユアンが顔をしかめながら、レシートを手に取った。「どの品も家にはない。あの子はソーセージとかパイを買ったりしないだろう。ベジタリアンも同然で、加工処理した肉は決して口にしなかった」

彼がレシートをひっくり返した。裏になにか書いてあったが、フランのすわっている位置からでは読めなかった。ユアンがテーブルの上のレシートを彼女のほうへ押しやった。「裏の殴り書きを見てくれ。キャサリンの筆跡だ」

そこには、こう書かれていた。〝カトリオナ・ブルース。欲望？　憎しみ？〟

「どういう意味かしら？」

「おなじ詩からの引用だ」彼はふたたび名詩選を手に取ると、声に出して読んだ。いきなり年を取ったみたいに、声が震えていた。「わたしの味わった欲望から／わたしは炎を好むものたちに賛同する／だが、世界が二度消滅せねばならぬものならば／わたしは憎しみについてじゅうぶん知っているので／破壊のためには／氷もまた素晴らしいと考える……」

「キャサリンは、それでなにをいおうとしてるのかしら？」フランはユアンに対する苛立ちを忘れていた。この謎に夢中になっていた。突然、ふたりの死んだ少女という現実は、ほとんど関係がなくなっていた。「カトリオナは、誰かの欲望、もしくは憎しみの対象となったがゆえに、殺されたというの？　このふたつの感情は、たいていの暴力の根底にあるはずよ。それに、これが例の映画とどう関係してくるの？」

「それより、もっと根本的な疑問がある」ユアンが椅子のなかで背筋をのばした。学者のように、てきぱきとした口調だった。「そもそも、あの子はどうしてカトリオナ・ブルースに興味を持っていたのか？　キャサリンの事件が起きるまで、わたしはその少女のことを聞いたことがなかった。ブルースという一家が昔ここに住んでいたことは、知っていたように思う。だが、かれらの娘が失踪したことまでは、知らなかった。キャサリンは少女の失踪について、なにか発見したのかな？　だとすれば、あの子を殺す強力な動機になるかもしれない」

フランはすわったまま彼を見つめ、その発言の持つ意味の重さを理解しようとしていた。殴り書きのメモからそこまで読み取るのは途方もない気がしたが、筋は通っていた。

「メモ帳の残りも、いま見るわけにはいかない？　鞄にあったほかのファイルといっしょに？」はやっているように聞こえたにちがいないが、気づいたときには遅かった。娘の死をゲームのように考えている、とユアンに思われてはならなかった。彼が気分を害していないことを願いつつ、フランは彼のほうを見た。だが、彼の注意は外の物音にむけられていた。

「車だ」彼がいう。「ブルース夫妻にちがいない。もっと遅くくるかと思っていたんだが」彼はレシートをメモ帳に挟んで、それを緑の革の鞄に突っこみ、ドアを開けにいった。フランはキャサリンの本とエッセイをプラスチックの箱に戻して、それをテーブルの下に押しこんだ。

36

ケネスとサンドラのブルース夫妻は、家が自分たちの記憶にあるのとあまりにもちがうので、とまどっているようだった。おずおずと大きな部屋に入っていき、画廊を訪れた美術に疎い客がどういう反応を示すべきか迷っているような感じで、部屋を見まわした。

「とても素敵だわ」サンドラがいった。「ほんとうに」

ユアンが心ここにあらずなのが、フランにはわかった。まだスーパーマーケットのレシートや未読のメモ帳のことが頭から離れないのだ。そうやって、失った娘をちかくに感じているのかもしれなかった。キャサリンがまだ自分と意思をかよわそうとしている、と考えて。だが訪問客の目には、彼は超然として、やや傲慢《ごうまん》に映ったにちがいない。気がつくと、フランはもてなし役をつとめていた。コーヒーを勧め、コートを受け取る。女性がひとり同行していた。平服の警官だった。夫妻がシェトランドにいたころの知りあいなのかもしれず、〝モラグ〟と名前で呼ばれていた。

「おふたりで家のなかをご覧になってきたらどうです?」フランはついにいった。「かまわないでしょ、ユアン?」

ユアンがぎくりとして、顔をあげた。「ああ、もちろん、どうぞ」

息子のブライアンは、両親のあとについて家に入ってくると、コーヒーとソフトドリンクのどちらにするかをフランに訊かれて、「はい」と「いいえ」だけでこたえていた。長身で身体の釣り合いがとれておらず、自分の大きさや高低の定まらない声にばつの悪さを感じているようだった。両親が上階を見にいっているあいだ、彼は暖炉のそばにすわったまま、大きな手でコーラの缶を包みこんで、足もとを見つめていた。ユアンは窓辺に立ってレイヴン岬を見おろしており、彼がまだそこにいることに気づいていないようだった。フランは沈黙に耐えられずに、口をひらいた。

「あんまり記憶にないんでしょうね。ここを離れたとき、まだすごく小さかったはずだから」

若者が顔をあげて、彼女を見た。顎ににきびがすこしあった。

「すごくよく覚えてることもあります」彼がいった。「キャットがいなくなった日とか。はっきりと覚えてる」

フランは相手が先をつづけるのを待ったが、彼は頭をそらして、コーラをひと口飲んだだけだった。

「覚えているのは、すごく些細なことじゃない？」フランはいった。「たとえば、夕食がなんだったかとか、自分はなにを着てたかとか」

若者が頬笑み、フランは彼が将来ハンサムになるかもしれないと思った。「ぼくが着てたのは、セルティックのシャツだった。なんでかわからないけど、昔からセルティックのファンだったから」

「夏休みだったんでしょ？　学校はなかった」

「学校は大嫌いだった」

「そうなの？」その理由をたずねたかったが、相手を怯えさせて、ふたたび黙りこませたくなかった。

「キャットのせいかもしれない。キャットは学校を心底嫌ってて、ぼくが入学するまえからおなじ気持ちにさせてた」

「どうして学校がそんなに嫌だったのかしら？」

若者は肩をすくめてみせた。「ミセス・ヘンリーに好かれてなかったから。うちの親が、そういってました。親って、そういう話をするでしょ。子供は聞いてないとか、どうせ小さすぎて理解できない、と思って。親父はキャットを転校させたがってた。レイヴンズウィックでミセス・ヘンリーにがみがみいわれつづけてたら、キャットにとって絶対よくない、といって。母さんは、気まずくなるのを心配していた。ミセス・ヘンリーにどう説明すればいいのかを」顔をあげて、フランを見る。「うちの親とミセス・ヘンリーは、とくに親しい友だちってわけじゃなかった。でも、ご近所さんとして、おたがい行き来があった。キャットを転校させにくかったのも、わかるでしょ。まるで、〝あなたは教師失格だ〟っていってるみたいなものだから。あとでキャットがいなくなったとき、母さんは自分を責めた。別の学校を見つけてれば、キャットはいまごろここにいただろう、って。親父は、馬鹿らしい、といってた。あれは夏休み中の出来事で、キャットは学校のことなんて考えてもいなかっただろう、って」

「どうしてミセス・ヘンリーはキャットを好きじゃなかったのかしら?」そして、キャシーも嫌われているのだとすれば、いったいどういうことになるのだろう?

「わからない。キャットはいつもそわそわして落ちつきがなかった。じっとすわってたり、いわれたとおりにすることが、できなかった。いつもみんなの注目を集めたがってた」

「あなたにとっては、あまり面白くなかったでしょうね」

「べつに。ぼくは誰からも注目されたくなかったから」ここで言葉を切る。「ミセス・ヘンリーは、キャットを誰かに診せたほうがいいと考えてた。精神科医とか、そういった人に。親父は激怒して、こういってた。キャットはどこも悪くない。ただ飽きっぽいだけだ。ミセス・ヘンリーは頭のいい子を扱えないんだ」若者がふたたび笑みを浮かべた。「これも、子供が聞いてるはずじゃなかったことだけど」

ブルース夫妻は階上にいた。天井から足音とかすかな声が聞こえてきた。いまはユアンの寝室にいるにちがいなかった。かつて自分たちが眠り、子供をもうけた場所だ。ブライアンの話はもう終わった、とフランは考えていたが、すっかり様変わりしていたにもかかわらず、この家が彼の記憶の引き金をひいたようだった。「あのことがあった日、キャットは母さんの邪魔ばかりしてた。天気のいい風の強い日で、母さんはカーテンを洗濯してた。ここで椅子の上に立って、カーテンを取り外してたのを、覚えてる。そのころ、窓はもっと小さかったけど、それでもひと仕事だった。キャットは駆けまわってて、椅子にぶつかった。母さんが椅子から落っこちて、カーテンが破けた。それで、ぼくたちふたりにむかって、外にいって遊んでなさい、って怒鳴ったんだ」間があく。「母さんはすでに洗濯を一回すませてて、洗濯紐にタオルや枕カバーがぶら下がってた。いまでも目に浮かぶんだ。洗濯物が風ではためいてるところが。不思議だよね？ある光景が頭に焼きついて、いつまでも消えないんだ」

「映画みたいにね」フランはキャサリンのことを思いながらいった。

「うん。ちょうど映画みたいに」

「それで、キャットはどこかへいったの？」

「いや、しばらくはいっしょに遊んでた。ゲームをして。キャットが仕切ってたと思う。いつもそうだったから。それから、キャットが庭の花を摘みはじめた。家の陰に、いくつか咲いてたんだ。母さんが楽しみで育ててたやつで、自慢にしてた。怒られるぞ、とぼくはいったけど、これはメアリーにあげるんだから大丈夫だ、ってキャットはいってた。メアリーには親切になさい、って母さんにいわれてるからって」

「メアリーって、マグナスのお母さんでしょ？　ヒルヘッドに住んでた？」

「すごい年寄りだった」彼はいった。「百歳くらいにちがいない、と思ってた。マグナスは年取ってたし、そのお母さんだから。でも、いま思うと、彼は六十歳くらいで、メアリーは八十代だったんだろうな。それからキャットは、リボンで花を束ねて蝶結びにすると、それを持って丘を駆けあがっていった。ぼくは海岸へおりていった。そこに何人かほかの子たちがいたんだ。母さんはキャットとぼくがいっしょにいると思ってたみたいだ。夕食だって、そこまで呼びにきた」言葉が途切れた。「あとのことは、ぼんやりしてる。はっきり覚えてるのは、これくらいだ」

ブルース夫妻が階下へおりてくるのが聞こえた。むきだしの木の階段に足音が大きく響く。夫妻は部屋の入口でたたずみ、そのうしろにモラグが立っていた。サンドラは目にハンカチをあてていた。

「くるんだ、ブライアン」ケネスがいった。「もういくぞ」

ブライアンが立ちあがり、フランと窓からむきなおっていたユアンにうなずいてから、両親のあとを追った。ユアンは戸口まで見送りさえしなかった。フランは家族といっしょに車まで歩いていきながら、彼の不作法を詫びる必要を感じた。

「彼はひどいショックを受けてるんです」彼女はいった。「おわかりいただけるでしょうけど」

フランが家に戻ると、ユアンはすでにキッチン・テーブルにすわっていた。目のまえに、緑の鞄とそこから取り出したメモ帳が置かれている。メモ帳は閉じたままだった。彼はそれを見つめていたが、彼女が合流するのを待ってから、手をのばし、それをひらいた。手が震えていた。いっしょに読めるよう、フランは彼のすぐそばにすわっていた。彼の息は、コーヒー以外にかすかに饐《す》えた匂いがした。

一ページ目は、すでに見ていた。〝炎と氷〟――文字というより、絵にちかい。とても大きくて、つららでできているようなデザインだ。つぎのページにもおなじ言葉が記されていたが、こちらは〝炎〟と〝氷〟のそれぞれに別の単語や文句が線で結ばれていた。意見の交換会で作成した図表みたいな感じだ。〝炎〟からは、〝情熱、欲望、狂気、真夜中の太陽、アップ・ヘリー・アー、犠牲〟といった単語が飛び出していた。〝氷〟のほうには、〝憎悪、抑圧、恐怖、闇、冷気、冬、偏見〟といった単語が並んでいる。単語を結ぶ線は太く、力強かった。

「映画のテーマだろう」ユアンがいった。

「視覚的イメージを使って、こうした感情を探究しようとしていたのかもしれない」フランはいった。「厳しい自然とか光と関連づけて。野心的な試みだわ」

ユアンがメモ帳から顔をあげた。批判的なほのめかしに対して、敏感になっていた。「あの子は十六歳だった。その若さでは、野心的になっても許されるものだ」

つぎのページをめくる。なにも書かれていなかった。残りのページをくっていったが、それらも白紙だった。彼はメモ帳を投げ捨て、手のひらでばんとテーブルを叩いた。その反応の激しさに、フランは恐れをなした。「これじゃ、足りない」ユアンがいった。「あの子になにが起きたのか、知る必要があるんだ」

　フランはどうしていいのかわからなかった。癇癪《かんしゃく》を起こしている大の男を相手に、目を覚ましてしゃきっとなさい、とはいえなかった。「まだすんでないわ」彼女はいった。「鞄に入ってたエンベロープ・ファイルがある。あれを調べてみましょう」

　ユアンが立ちあがったので、フランはてっきり、彼が自分を残して出ていくのだと思った。自分の声に庇護者めいた響きを聞きつけていたので、彼がそうしたとしてもフランは責めなかっただろう。だが、彼は流しにいくと、蛇口を開けて冷たい水を両手にため、それを顔にかけた。タオルで手を拭きながら、テーブルに戻ってくる。

「きみのいうとおりだ。もちろん、きみが正しい」彼はすっかり落ちついていた。先ほどの激昂ぶりに彼女はショックを受けていたが、いまはそんなことがあったとは、とても信じられなかった。「ファイルを見てみよう」

　エンベロープ・ファイルは三冊あった。ラベルによると、一冊は歴史、一冊は心理学、あと一冊は英語だった。フランはユアンに選ばせた。彼は最初の二冊をぱらぱらとめくってから、すぐに捨てた。それらは最近の授業のノートで、手書きだった。英語のファイルはとても薄かった。なかは空っぽなのではないか、とフランは心配になった。そのとき、ボール紙の外側に〝炎と氷〟のいたずら書きがいくつかあるのに気づいた。ユアンがエンベロープ・ファイルをひらき、一枚の紙を取り出した。A3サイズの紙で、ファイルにおさまるように二つ折りにしてあった。彼はそれを広げ、ふたりでいっしょに見られるように、フランの隣に立った。

最初は、まったく理解できなかった。まず思いつくままにアイデアを書きとめようとしたのだろう、とフランは考えた。紙面は小さな枠に区切られていた。それぞれの枠のなかに、黒インクでスケッチが描かれている。殴り書きされた言葉の場合もあった。キャサリンのいつものきれいに整った筆跡ではなかった。文字が詰まっていて、ほとんど判読できなかった。

「なんだと思う？」ユアンがたずねた。それから、もっと切羽詰まった口調でいう。「これだけだ。手がかりはこれしかない」

「ストーリーボードかもしれない」フランはいった。「それぞれの場面を絵であらわしたものよ。必ずしも絵とはかぎらない。彼女もときどき言葉を使ってるわ。でも要は、自分がどういう映画を作ろうとしているかという設計図よ」

「基本計画書か。それを作っておけば、あらかじめどんな場面を撮影する必要があるかがわかるわけだ」

「まあね」

フランは一度にひとつの枠に集中することにした。まわりの枠を、メモ帳のうしろからちぎってきた白紙の紙と両手で覆い隠す。「出だしはどうなってるのかしら？　これは大鴉のスケッチね。すごくよく描けてる。じゃあ、映画はここからはじまるんだわ。この家から。とりあえず、あたしの予想では」つぎの枠に移る。「あなたには、この意味がわかる？」

「〝休憩室〟か。学校の六年生の社交室が、そう呼ばれてる。そこで撮った場面だろう」

「それじゃ、これは？」

ユアンは首を横にふった。「子供が描いたみたいな棒線画の人物がふたり。あきらかに、あの子には意味があったんだ。略記号みたいなものかもしれない。わたしにはさっぱりだ。だが、この計画書は手がかりになる。これで、あの子の意図を突きとめられるはずだ」

キャサリンがなにを考えていたのか、はっきりしたことは永遠にわからないだろう、とフランは思ったが、口に出してはなにもいわなかった。ユアンの気分が上向いたようなので、喜んでいた。彼女はゆっくりと先へ進んでいった。羊を描いたとおぼしき枠があった。アザラシの枠も。これらのイメージは、彼女のナレーションの背景となるのかもしれなかった。炎と氷というテーマとの関係は、わからなかった。

あちこちの枠にイニシャルが書きこまれていた。ほとんどは意味不明だった。そのとき、フランは〝RI〟というイニシャルに出くわした。ユアンが気がつくとは思わなかったが、その予想は外れた。「ロバート・イズビスター」彼がいった。「〝RI〟はロバート・イズビスターかもしれない」

「そういうイニシャルの人は、ほかにも大勢いるわ」

「だが、ペレス警部から彼について訊かれたんだ。彼を知ってるか、と。警部はある晩、彼のヴァンがここにきていたのを目撃した。とはいえ、それはキャサリンが殺されたあとのことだったから、おそらくあまり関係はないんだろう」

ただし、ロバートが映画と脚本を盗むためにここへきていたのであれば、話は別だった。それらが盗まれたのは、殺人のあとであってもおかしくなかった。ユアンが映画を捜しはじめたのは、キャサリンが殺されて数日たってからなのだ。だが、フランはその考えを自分の胸にしまっておいた。どうしてロバートを知っているのか、説明したくなかったのである。なんといえばいいのか？　彼は自分の夫を寝取った中年女性の成人した息子だとでも？　そのイニシャルとおなじ枠に、なにか別の殴り書きがあった。

「これはなにかな？」ストーリーボードのキャサリンの筆跡は、かなりごちゃごちゃしていた。忘れてしまわないうちに、急いでアイデアを書きとめたがっていたような感じだった。

もっとよく見えるように、ユアンがページを回転させた。「日付だ。一月三日。あとから書きくわえられたようにも見える。インクの色がちがわないか？」彼は身体を起こし、伸びをした。「なにか見落としてるにちがいない。ここには、あの子を殺す動機となるようなものが、ひとつも見あたらない」

「実際、なにもないのかもしれないわ」残酷に聞こえたが、ほかにどういっていいのかフランにはわからなかった。「やっぱり犯人はマグナス・テイトなのかもしれない。映画と脚本が家にないのは、もう完成していたからなのかも。彼女は先学期の終わりにそれを学校に持っていって、ロッカーにでも置いといたのよ。調査をはじめるまえに、それを確認すべきだったわ」

「いや」ユアンがいった。「その説は受け入れられない。映画が十二月中旬の時点で編集され、完成していたのなら、どうして一月三日という日付があるんだ？　どうしてメモ帳にアップ・ヘリー・アーという単語があるんだ？　あの祭りがひらかれるのは、一月下旬なのに」彼は、やはりメッセージの残されていたレシートを手に取った。「どうしてカトリオナ・ブルースに興味を持っていたんだ？」

「それを判断するのは、あたしたちの仕事ではないわ」このままつづければ、彼は完全におかしくなってしまうだろう、とフランは考えた。彼が今夜もまたひと晩じゅう眠らずに、なにげなく書きとめられた言葉から陰謀や隠されたメッセージを読み取るところが、目に浮かんだ。

「ジミー・ペレスに見せるべきよ。彼なら、どうすればいいのかわかるはずよ」

ユアンの反応に、フランはふたたびショックを受けた。突然、立ちあがり、その勢いで椅子がうしろにひっくり返ったのだ。「だめだ。これはわたしの問題だ。警察とは関係ない」それから、自分が彼女を怯えさせたことに気づいたにちがいない。椅子を起こしてすわると、ふたたび礼儀正しく抑制のきいた教師に戻っていった。「すまない。もちろん、きみのいうとおりだ。ただし、警察に渡すまえに、コピーをとらないと。これは、すごくプライベートな文書だという気がする。大勢の人が目を通すかと思うと、耐えられない。これもまた冒瀆といえるんじゃないかかな」

37

マグナスは警察の留置場ですわっていた。スコットランド本土の刑務所に移送されるまえに、あと一度出廷することになっていたが、本人はそれをきちんと理解していなかった。いつか自分が移されるのは知っていて、警官がちかづいてくるたびに――ベルトの鍵がぶつかりあう音、タイルの床にブーツがあたる音でわかった――いよいよシェトランドを離れるときがきたのだと思った。ときどき、未来が大きな黒い波のように思えた。自分を飲みこもうと待ちかまえている波だ。だが、未来はそれよりたちが悪かった。波なら理解できた。彼は泳げないから、飲みこまれたら助からないだろうが、それでも理解できた。だが、未来は知ることのできないもの、空白だった。移されるのがすごく怖くて、食事や弁護士の訪問でドアが開けられるたびに、彼は震えはじめた。誰も彼から筋の通った話を聞きだすことができず、そのうち彼に話しかけるものはいなくなった。

外では雨が降っていた。雨粒が窓を叩く音が聞こえていたが、窓の位置が高すぎて、外は見えなかった。彼の頭のなかでは、いまは夏だった。昔ながらに大鎌を使って、干し草用の草を刈っていた。猫の額ほどの狭い土地なので、機械を持っている近所の人に助けを求めるまでもなかった。ひと息つこうと手を休め、袖で額の汗を拭う。強い西風が吹いていて、レイヴン岬のむこうで波頭が白く泡だっていた。だが、かがんで草を刈っていたので、彼の身体は火照っていた。小さな女の子が踊るような足取りで丘をのぼってくるのが見えた。リボンで束ねた花を持っており、そのリボンがうしろにたなびいていた。彼は注意深く大鎌を壁に立てかけた。朝からずっと働きづめだった。草刈りをすませてから休もうと思っていたが、いまみじかい休みを取ることにした。紅茶を飲んで、きのう母親が焼いてくれたスコーンを食べるのだ。

扉のむこうの通路で大きな声がした。言葉は聞き取れなかった——白昼夢に浸っていたからだ。ふたりの巡査が声をかけあっていた。マグナスは息を詰めた。パニックで頭がくらくらしてくる。だが、ふたりは軽口を叩きあっていただけらしく、突然、笑い声がしたかと思うと、オフィスのなかへ入っていった。マグナスはふたたび息ができるようになった。

彼はキャサリンにカトリオナのことを話した。最後に彼女が家にきた日、彼がスーパーマーケットに出かけて、帰りのバスで彼女を見かけた日に。話すつもりではなかった。ただ彼女をお茶に誘っただけだ。彼女はお茶を飲みたがった。お酒ではなく。それには時間がはやすぎる、といっていた。だが、お茶はすごく飲みたがっていた。

彼女は彼の写真を撮った。はじめは外で、彼が家のそばに立ち、学校のほうを見おろしているところを。それから、家のなかで。カメラを持ってぐるりとまわり、大鴉のそばでしばらく止まると、鳥かごにカメラを押しつけるようにしていた。ここに勾留されてから、マグナスはときどき大鴉のことを考えていた。あの鳥が怪我をしているのを見つけたとき、すぐに殺してしまうべきだったのだろうか？　そのほうが、閉じこめておくよりも親切だったかもしれない。

キャサリンはそのとき撮った写真を見せてくれた。小さな画面を指さして、「ほら見て、マグナス。あなた、テレビに出てるのよ」といった。だが、彼の目は昔ほどよくなかったので、はっきりとは見えなかった。なにかが上下に動いているようだったが、どうして写真にそんなことができるのだろう？　だが、彼は相手の気分を害したくなかったので、見えているふりをした。

そのあと彼女はもう帰るのだろう、とマグナスは考えていた。だが、彼女は母親の椅子に腰掛け、へとへとに疲れているみたいに、うしろにもたれかかった。コートは脱いで、そばの床に放りだしてあった。ズボンをはいていた。黒いズボンで、裾がすごく広がっているやつだ。彼の母親は死ぬまで一度もズボンをはいたことがなかったが、日が暮れゆくなか、暖かい部屋でそうしていると、まるで母親と話しているような気分になった。

どうしてカトリオナの話をはじめたのだろう？　元日にサリーとキャサリンが彼の家に飛びこんできて以来、あの少女のことがたびたび頭に浮かんできていたからである。ふたりはカトリオナよりも年上で、少女というよりは女性だった。光沢のある唇、目のまわりの黒い縁取り。だが、彼はカトリオナといたときとおなじ感情を抱いた。あのくすくす笑い、早口のおしゃべり、髪の毛をもてあそぶ仕草のせいだ。キャサリンの小さな足とほっそりした手首、サリーの柔らかくぽっちゃりとした腕、そしてふたりの腕輪とビーズ。だが、いまキャサリンは彼の母親の椅子にすわり、脚を組んで、靴下だけになった足を暖炉のほうへのばしていた。くすくす笑ってはいなかった。彼女はやさしく質問し、彼の答えに耳をかたむけた。彼は母親の言葉を忘れ――なにもいうんじゃないよ――カトリオナが訪ねてきたあとで、その日になにが起きたのかを話した。

もちろん、あとで彼は後悔した。自分が間違いを犯したのを知った。

38

かれらはジミー・ペレスの家にいた。テイラーはなんとかして、まだシェトランドに残っていた。彼がどうやってインヴァネスに戻らずにすむようにしたのかは、謎だった。彼は電話を避け、何日か休暇を取るとかなんとかいい、背中の不調を訴え、事件の細かい点についていろいろ言い訳をした。まだ未解決の問題がいくつか残ってるんです。あいかわらずキャサリン・ロスの事件を調べている理由を訊かれて、ペレスが使っているのとおなじ言い訳だ。なにをやってるんです？　事件はもう終わったんでしょう？　老人は勾留されてる。いつ本土に送られてもおかしくないし、そうなったら裁判がはじまるまで、事件のことはきれいさっぱり忘れられる。

だが、ペレスは忘れられなかった。テイラーも。だからこそ、ふたりはこうしてペレスの家にいるのだ。警察署では、テイラーがインヴァネスの上司に電話口で嘘をついているのがばれる可能性があるから。そして、だからこそ、外からきて事件の捜査を引き継いだ男に対するペレスのわだかまりは、消えたのだ。もはや階級は関係なかった。かれらは同志だった。

外ではまたしても空模様が変化し、すこし明るくなっていた。雨がやみ、風が弱まっていた。一月二十五日の天気予報は、高気圧が張り出してきて霜が降りる、というものだった。アップ・ヘリー・アーにはうってつけだ。晴れた晩で、かがり火が何マイルも先から見えるだろう。町はその話題で持ちきりだった――ボート、行列、それを先導する人物。すでに観光客も到着しはじめていた。

ふたりは木の羽目板張りの部屋におり、乳白色の陽光が海面に反射していた。ペレスはコーヒーをいれておいた。ふたりにはじゅうぶんすぎるくらい大きなカフェティエールを使っていたが、それでもすでになくなりかけていた。それに、どのみちコーヒーは冷めていた。カフェティエールとマグカップがふたつ、床の上のトレイにのっていた。低いコーヒーテーブルには、メモ帳、キャサリンが映画の計画を記した大きな紙、それにくしゃくしゃのスーパーマーケットのレシートが並んでいた。

まえの晩にユアン・ロスが持ってきた品々だ。彼は図書館でコピーをとり、その足で警察署にやってきた。わたしはあなたたちよりあの子の文章に詳しい。突然、なにかひらめくかもしれない。計画書とメモ帳はA4サイズの透明なビニールの封筒に入っており、彼はそれを爆弾みたいに用心深く身体から離して持っていた。署内のほかの警官には、絶対に渡そうとしなかった。

テイラーがレシートを手に取ったとき、ペレスはそれをひったくりたくなった。テイラーの手は馬鹿でかく、レシートを破損するのではないかと心配だったのである。それに、すでにレシートの印刷はかすれていた。テイラーはキャサリンが書いた裏のメモを見ていた。〝カトリオナ・ブルース。欲望？　憎しみ？〟それから、ひっくり返した。

「日付は一月四日、時刻は十時五十七分だ」ペレスはテイラーがレシートを置くことを願って、冷静な声を出そうと努めながらいった。「買った品物が印刷されてる。オート麦のビスケット、ミルク、紅茶、お徳用のポーク・ソーセージ、一人用のステーキ・パイ、エンドウ豆の缶詰がふたつ、豆の缶詰がふたつ、スライスした食パン、ジンジャー・ケーキ、ウイスキーが一本。マグナスの家にいってきた……」それがはじめてではなかった。老人が逮捕された翌日、ペレスは彼の家へいき、ぼろっちい鳥かごといっしょに大鴉を運びだし、面倒を見てもらうためにダンロスネスの女性のところへ持ちこんだのだ。同僚たちには内緒だった。それでなくても、頭がいかれてると思われているのだ。だが、あのまま放置して飢えさせるわけにも、頭を殴って始末することもできなかった。彼は注意をレシートのほうに戻した。「彼の冷蔵庫には、おなじブランドのソーセージがふたつあった。それに、パイも。豆の缶詰は、ひとつが食品貯蔵室に、もうひとつは空っぽになってごみ箱に――」

「わかった」テイラーがさえぎった。「それじゃ、このレシートはマグナスのものだな」ようやくレシートをテーブルに置く。ペレスは緊張がゆるむのを感じた。

先をつづける。「もちろん、いちばん重要なのは日付だ。一月四日。キャサリンの死体が発見される前日。ふたりがバスで出会った日だ。キャサリンはマグナスの家にいるときに、レシートの裏にメモを書きつけた。記憶にとどめておきたかったことを。その内容については、あとで検討しよう。彼女はそれを持ち帰った。そのはずだ。ユアンはそれを彼女の鞄から見つけたのだから。つまり、彼女は老人の家を出たとき、まだ生きていたことになる」

「だからといって、マグナスが殺さなかったことにはならない」テイラーがいった。「キャサリンを自宅までつけていったのかもしれない。あるいは、彼女と外で会う約束をしていたのかも。彼女は発見された場所で殺された可能性が高い、というのが当初からの見方だった。病理医は、ほぼ間違いないといっている」

「たしかに」ペレスはいった。「そういう展開だったのかもしれない。だが、どうしてマグナスが彼女のあとを追うんだ？　なぜ彼女を殺す？」

「カトリオナ・ブルースのことを彼女に話してしまったからだ。彼はきっと孤独にちがいない。母親が死んで以来、ひとりであの家に住んでいた。そこへ突然、話し相手があらわれる。同情的で、彼の話を聞きたがり、それに耳をかたむけてくれる相手だ。もしかすると、彼女には目的があって、それで彼にしゃべらせようとしていたのかもしれない。映画の素材として、彼の話を手に入れたかった。あるいは、彼女はいい子で、たんに彼に同情していただけなのかも。とにかく、その誘惑は彼にとってあまりにも大きすぎた。ウイスキーを一、二杯やってて、口が軽くなってたのかもしれない。状況はいろいろ考えられる」

「筋は通ってるな」ペレスはいった。「話をしたあとで、すべてを闇に葬り去るために彼女を殺した、というのも大いにあり得ることだ。だが、彼がキャサリンの家に侵入して部屋を捜索し、ディスクを見つけ、脚本を見つけて、それらの痕跡をすべてパソコンから消去するところは、どうしても想像できない。無理がありすぎる」

一瞬、沈黙が流れ、ふたりは顔を見合わせた。それから、テイラーが伸びをして、椅子のなかでもぞもぞと身体を動かした。背中が悪いんだ、と彼はペレスに説明していた。椎間板に問題があって、じっとすわっていることができない。だが、ペレスは納得していなかった。じっとしていられないのは、この男の肉体ではなく、精神のほうなのだ。

「それで、どうする?」テイラーがいった。「こちらは時間切れになりつつある。来週末にはインヴァネスに戻る、と約束したんだ。それ以上こちらにとどまれば、懲戒処分の可能性が出てくる」

「もう一度、アンダーソン高校へいってくる」ペレスはいった。「彼女が映画をはやめに提出していないか、先に見てもらうために友だちに渡していないか、確認してみる。映画が紛失したのでなければ、捜査は打ち切らざるを得ないだろう。そちらがいったとおり、レシートの裏のメモはマグナスの犯行を示唆している。彼がキャサリンにカトリオナのことを話していたという証拠だ。ユアンの話では、彼から聞く以外、キャサリンがあの少女のことを知る機会はなかったはずだから」

テイラーが計画書を手に取って立ちあがった。それを窓辺のもっと明るいところへ持っていく。「ぐしゃぐしゃだな。こいつを証拠として提出したら、彼女は精神異常者だと思われるだろう。なにを意味してるんだ? なにかの暗号か? エジプト人が使ってた文字みたいだ。そう、象形文字だ」

「ユアンはそれを映画の設計図みたいなものだと考えている。場面を正しい順番に並べていくんだ」

「これを見て、なにかわかるか？」

「キャサリンはロバート・フロストの詩『炎と氷』を映画の枠組みに使うつもりだった、とかれらは考えている」

「かれら？」テイラーが顔をしかめた。

「ユアンがこれを調べたとき、ミセス・ハンターがいっしょだった」

「冗談だろ！　彼女は両方の死体の発見者だぞ！　事件の捜査がもっと手探りの状態だったら、彼女は恰好の容疑者になってただろう」

テイラーが窓から離れた。彼が騒ぐのも無理なかったが、ペレスにはフランが誰かを殺すところなど想像できなかった。ときおり夜遅く、風が家の窓に雨を叩きつける音を聞きながら、彼は彼女のことを考えた。彼女が暖炉のそばで背中を丸め、キャシーを膝の上にのせて、物語を読んで聞かせているところを想像した。

ペレスは立ちあがり、本棚へいった。学生のころから持っている詩集があった。盗んだもので、内側にはまだアンダーソン高校の判が押してあった。盗むつもりはなかった。卒業するときに、返し損ねただけだ。ほかの本といっしょに、それは彼が家を出るときに箱に詰めこまれた。ふたたび箱に詰めこまれて、スケリーで本棚を飾ることになるのだろうか？　南に面した大きな窓からフェア島をのぞめる部屋の本棚を？

彼は索引から『炎と氷』を見つけだし、テイラーに渡した。「それで、ご感想は？」

テイラーはめずらしく、数分間じっとしていた。窓辺に立ち、本の上にかがみこんで、一心不乱に詩を読んでいる。ようやく、身体をまっすぐにのばした。「どちらがより破壊的かは、わからないな」という。「だが、氷のほうが、たちが悪い」

「どういう意味だ?」

「炎から生まれる暴力は、理解できる。激情、自制心の欠如。そういうのは大目に見る、といってるんじゃない。だが、わかる。人が突然かっとなる。目もくらむような強烈な怒りに駆られる。だが、冷たくて、打算的で、まえもって計画された暴力。冷淡な暴力。そっちのほうが、たちが悪くないか?」

被害者にとっては結果はあまり変わらない、とペレスは口にしかけたが、テイラーはまだ自分の考えだか思い出に浸っており、いっても無駄だというのがわかった。

ペレスがアンダーソン高校に着いたとき、ちょうど午後の授業の始業ベルが鳴った。中央玄関に立ち、生徒たちがはけて廊下が無人になるのを待つ。それからオフィスにいき、スコット先生が授業中かどうかをたずねた。名乗る必要はなかった。事務員は彼がここの生徒だったころからいる女性だった。昔と変わらぬ青いプラスチック縁の眼鏡越しに彼を見てから、おもむろに壁に留めてある時間割を調べる。「いいえ。授業中じゃないわ。教員室にいるはずよ」愛想がないところも、昔と変わっていなかった。

スコットは壁にむかって机にすわり、練習問題集の採点をしていた。ペレスがドアをノックすると、女性が怒ったような声でいった。「なんなの?」相手が生徒だと思っていたので、彼女はペレスを見て、照れくさそうにした。そして、校長に話があるとかなんとかいって、ペレスとスコットを残して部屋を出ていった。スコットは赤いペンを置き、半分腰を浮かせた。「警部」という。「どういったご用件でしょう？」最後にペレスと学校で話をしたときよりも、落ちついているように見えた。キャサリンの死がもたらした悲しみを乗り越える時間があったのかもしれない。あるいは、マグナスの逮捕で、これ以上彼女との関係にかんする気まずい質問にこたえずにすむと考えているのかも。

「まだ解決していない点がいくつかあって」

「かまいませんよ。紅茶でも？」

ペレスはうなずき、低いオレンジ色の椅子に腰をおろした。またしても、自分が別の人間になりすましているような気がした。ここにいてはいけないのではないか。廊下で待っているべきなのでは。提出期限に遅れた宿題を手にして。

「キャサリンの映画のことです」

「先学期の課題だ。彼女のグループに、ドキュメンタリーの作文を書かせた。現在のシェトランドの姿をとらえたドキュメンタリーという条件で。キャサリンは作文のかわりに映画でもかまわないかと訊いてきた。脚本をいっしょに添えるというので、わたしは了承しました」

「先学期の課題ということは、彼女はそれをクリスマスまえに提出したんですね？」

スコットがペレスに紅茶の入ったマグカップを手渡した。紅茶はすごく薄そうに見えた。口をつけるまえから、味がしないのがわかった。

「そうとはいえません」

不安そうにしていたときのほうが、この男には好感が持てたな、とペレスは思った。はじめて見せるこのもったいぶった自信は、ペレスを苛立たせた。彼が待っていると、スコットはようやくつづけた。

「彼女は提出期限の延長を求めてきました。ふだんは締切を遵守《じゅんしゅ》してましたし、この映画にかんしてはやる気満々に見えていたので、意外でした」

「その要求は、あなたたちのロマンチックな会合のまえでしたか？　それとも、あとでしたか？」

ペレスの狙いどおり、スコットはかっとなったように見えたが、自制心は失わなかった。つぎに口をひらいたとき、その声からは、ペレスの発言を取りあうに値しないと彼が考えていることが、はっきりと伝わってきた。

「彼女がわたしのフラットにくる直前でした。わたしはすでに期限の延長を認めていた。彼女が自分の要求を通すためにプレッシャーをかけようとしていた、という可能性はありません」

「期限の延長が必要な理由として、彼女はなんと？」

「キャサリンは映画にアップ・ヘリー・アーの場面を入れたがっていた。外の人間にとって、ヴァイキングの火祭りはシェトランドを象徴する行事です。それで映画がより面白いものになるという主張には、納得がいきました。けれども、学期末までに梗概を提出するよう、わたしはいいました。すでにキャサリンのまわりには、つまらない嫉妬心がつきまとっていた。これ以上、えこひいきという言いがかりを助長したくなかったんです」

「それで、梗概は提出されたんですか？」

「直接にではありませんでした。すでにご説明したとおり、学期末の最後の数日間、彼女とは顔をあわす機会がなかった。彼女は誰もいないときに教員室にきたか、別の先生に渡したにちがいない。とにかく、気がつくと、教員室にある整理棚のわたしの区画に入っていました」

「それを見せてもらえますか？」

一瞬、ペレスはことわられるのではないかと思った。だが、スコットはこの余計な手間に対して深いため息をついただけで、ペレスに英語科までいっしょにくるようにいった。スコットの教室は校舎の古い部分にあった。埃まみれの天窓から薄日が差しこんでいるにもかかわらず、こちらのほうが寒く感じられた。ペレスはスコットのあとから階段を下り、誰もいない部屋に入った。スコットが戸棚を開け、分厚いボックスファイルをひっぱり出した。「キャサリンの提出物をすべてまとめているところです。ユアンが欲しがるかもしれないと思って」部屋の前方にあるテーブルにファイルを置き、一瞬、眺めてから、それをひらく。

どういうわけかペレスは、梗概も編集用の計画書とおなじく、読みにくい筆跡で書かれているものと予想していた。だが実際には、コンピュータで作成されていた。てっぺんに太い文字で、計画書とおなじ『炎と氷』という題名が印刷されている。彼はスコットに見られているのを意識しながら、ゆっくりと目を通していった。

この映画はシェトランドの風景や歴史にかんする紋切り型のイメージを利用し、それらを覆すことで、現在のシェトランドの生活を浮き彫りにします。一貫した流れで論旨を展開するのではなく、画像と実際の会話を編集します。この独特な共同体を形成している価値観をどうとらえるかは、見る人それぞれの判断にまかせます。本物のシェトランド人（地元の人、外からの移住者）を登場させ、かれらに自分たちの言葉で語ってもらいます。わたしのナレーションで、場面と状況を説明します。道徳的な判断を下すことはしません。

「これだけですか？」ペレスはいった。「大した梗概ではありませんね？　いいかえると、細かいことが、ほとんどなにも書かれていない」

「おっしゃるとおりです」スコットがいった。「キャサリンと会ったときに、わたしもその点を指摘するつもりでした。残念ながら、その機会は訪れませんでしたが」

ペレスは正門から出ていくとき、ジョナサン・ゲイルの姿を見かけた。大晦日の晩にキャサリンとサリーを車に乗せた若者だ。彼は足取りをはやめ、ジョナサンに追いついた。

「やあ、調子はどうかな？」

ジョナサンは肩をすくめた。「卒業したら、せいせいするだろうな。来年は大学なんです。ブリストルに入学が決まってます。待ちきれないな」

「キャサリンの件で、動揺してるだろうな。好きだった人をなくして」

「理由はわからないけど、彼女はとにかくぼくを笑いものにしようとしてた」

突然、ペレスはジョナサンがなにをいっているのか理解したような気がした。「大晦日の晩、キャサリンはロバート・イズビスターといっしょだったのかな？」あてつけのため、彼女がこれ見よがしにロバートといちゃついていたのではないか、と考えたのである。

ジョナサンが苦々しい笑い声をあげた。「いいえ。そんなことはなかった。ロバートは車のなかでサリーにべったりだった。キャサリンじゃなくて。ほんと、やりすぎなくらい。どこに目をやったらいいのか、わからなかった」

だとすると、あてつけがましくしていたのはロバートのほうだったのか？　キャサリンに嫉妬させるためとか？　とはいえ、彼が殺しに走るほどキャサリンに執着していた、ということはあるだろうか……。

39

キャシーは一月二十五日を父親とすごしたがっていた。毎年ラーウィックでアップ・ヘリー・アーの祭りが開催される日に、ダンカンはパーティをひらくのだ。浜辺で大きなかがり火を焚き、それからみんなで屋敷に戻る。ラーウィックの観光客向けの盛大な見せ物とちがって、これは地元の人たちだけの集まりだった。フランはこの計画を即座に却下した。ダンカンの屋敷でひらかれるアップ・ヘリー・アーのパーティは、酒盛りだった。パーティのなかのパーティだ。ダンカンにどうやって子供の面倒が見られるというのか？　彼の暴走を止めるシーリアがいないとなれば、なおさらだ。

その日は日曜日で、ダンカンはキャシーをアンスト島の高齢の叔父さんのところへ連れていき、午後になって戻ったところだった。ふたりはフランの家の戸口に立って言い争っていたが、キャシーがなかでテレビを見ていたので、声を荒らげないように努力していた。

「いいだろ」ダンカンがいった。「あの子は大喜びする。ここで起きてることを、すべて忘れちまうよ」

「ご冗談でしょ」フランは小さな子供の目から見たダンカンのアップ・ヘリー・アーの模様を想像した。悪夢のようだった。キャシーは浜辺で放っておかれ、ダンカンが友だちと騒いでいるあいだ、まわりにそびえる見知らぬ人たちを見上げている。かがり火がかれらの顔に奇妙な影を投げかける。それでなくても、キャシーは怪物の夢に悩まされているのだ。「あの子は怯えるだけよ。それに、あなたは酔っぱらって、あの子の面倒なんて見られないでしょ」

ダンカンは顔面蒼白になり、平手打ちをくらったみたいに、しきりにまばたきしていた。フランは彼が怒りを爆発させるのを予想して、あとずさった。だが、彼が口をひらいたとき、その声はささやきにちかかった。「おれのことを、そんなにひどいやつだと思っているのか？」

それから、彼はむきなおると、なにもいわずに歩み去った。キャシーに別れの言葉さえかけなかった。そのうしろ姿を見送りながら、フランはちくりと罪の意識をおぼえた。もしかすると、ダンカンを誤解していたのかもしれない。彼を呼び戻して、きちんと面倒を見ると約束するなら、キャシーをいかせてもいい、というべきだろうか？　だが、彼はいつだって彼女を操る方法を見つけだしていた。罪の意識こそ、彼がひき出そうとしていた反応なのかもしれない。

ダンカンはすでに、アップ・ヘリー・アーは彼の家でいっしょにすごす、とキャシーに約束していたにちがいなかった。フランが家のなかに戻ると、キャシーが話すのはそのことだけだった。ダンカンは大げさに話していた。彼には言葉で魔法を紡ぐ才能があるのだ。アップ・ヘリー・アーを父親の家ですごすことはない、とフランが告げると、キャシーはひどい癇癪《かんしゃく》を起こした。ベッドに身を投げ出し、すすり泣き、あえいで、発作でも起こしたのかとフランを心配させた。さらには、すすり泣きの合間に、もつれあった言葉をヒステリックに、絞り出すように口にした。もう二度と学校なんていけない。みんなアップ・ヘリー・アーにいくのよ。学校でガレー船を描いたんだから。ジェイミーの叔父さんはガイザー・ジャールのチームにいるの。みんなになんていえばいいの？　みんなからどう思われるかしら？

涙に濡れて、顔のまわりの髪の毛がもつれていた。フランは娘の頬と額に張りついた髪の毛をかきあげた。「かわりにラーウィックへいきましょう」という。「行列を眺めて、ボートが燃やされるところを見るの。それがほんとうのアップ・ヘリー・アーよ。浜辺のかがり火より、ずっとすごいんだから」

涙が急におさまった。わざとらしい身震いが二度。人を操る才能は遺伝するものなのだろうか、とフランは思わずにはいられなかった。いうまでもなく、この場合は父親の家系を通じて。

ユアン・ロスもアップ・ヘリー・アーのことを考えていたようだった。翌日、フランはキャシーを学校に送り届けたあとで、彼の家に立ち寄った。彼はコーヒーをいれてくれ、湾を見晴らす大きな尖頭形の窓のある居間へと彼女を誘った。

「警察によると、キャサリンはまだ映画を完成させていなかった。火祭りの映像を入れられるよう、提出期限の延長を求めていたんだ。テーマにもぴったりあう、だろ？」

メモ帳とストーリーボードを見つけて以来、彼がそのことばかり考えているのがわかった。娘の死が頭から離れず、つぎつぎと考えが湧いてきて眠ることも食べることもできず、ゆっくりと狂気へとむかっているのだ。彼は計画書のコピーをキッチンの壁に貼っており、コーヒーをいれるあいだも、それから目を離さなかった。フランは医者に診てもらったのかたずねようとしたが、そのまえに彼がふたたびしゃべりはじめていた。

「キャサリンがアップ・ヘリー・アーの歴史を調べるために図書館にいったのは、わかっている。あの子はこの祭りに、すごく批判的だった。参加者は当然のことながら男だけで、それがいまの自立した若い女性にとっては、とんでもないことに思えたにちがいない。祭りは一種のゲームとしてはじまったらしい。十八世紀に燃えさかるタールの樽をラーウィックの通りで転がしてまわり、真冬を祝ったんだ。すごく危険に聞こえるがね。あすの晩、キャサリンは見にいくつもりでいた。その話をしていた。もっとも、わたしはそのとき映画が関係あるとは気づいていなかったが。あの子は祭りそのものより、その周辺で起きる滑稽な出来事に興味があったんだろう」ユアンはふたたびもの思いにふけっているようだったが、しばらくして窓からフランのほうへむきなおった。「わたしもあすの晩、ラーウィックに出かけようと思う。キャサリンに、いくといったんだ。ふたりで最後に交わした会話のひとつだ。馬鹿げて聞こえるにちがいないが、それが約束みたいに感じられてね。あの子にとってはどっちでもよかったんだろうが、とにかくわたしはいくといった。だから、そうすべきだと思う」

「あたしたちといっしょにどうかしら。キャシーに、連れていくと約束したの。学校のほかの子たちが大騒ぎしているから、いかなきゃ、あの子は仲間はずれだと感じることになるわ」

「いや」ユアンがゆっくりといった。「せっかくだが、わたしがいるとしらけるだろう」

気まずい沈黙が流れた。彼がひとりになりたがっているのを、フランは感じた。だが、ひとりでくよくよ考えるのが彼にとっていいとは、思えなかった。それに、彼女のマグカップにはコーヒーがまだ半分残っており、おたがいばつの悪い思いをせずに辞去する方法を思いつかなかった。

「これからどうするの？」フランは苦しまぎれにたずねた。「将来は、ってことだけど。ここにとどまるの？　それとも、家を売って本土へ引っ越すの？」

「そんな先のことは考えられない」彼の注意は湾を横切る小さなボートにむけられているらしく、いまはそれ以外になにも考えられないのが、フランにはわかった。彼が集中できるのは、娘の死を説明してくれるかもしれない文書から意味を読み取ろうとするときだけなのだ。

「ペレス警部は頭が切れると思うか？」突然、彼がたずねた。

彼女はすこし考えた。「仕事をきちんとこなせる人だと思うわ。すくなくとも、柔軟さがありそうに見える」

「ふたりでキャサリンの映画について発見した情報を、すべて彼に渡した。レシート、メモ帳、計画書。なにもかも、彼が持っている。わたしの手もとにあるのは、コピーだけだ」

あれらの書類を手放すのが彼にとってどれほどつらいことか、よくわかった。

「〝炎と氷〟」彼がつづけた。「その意味の重要性を、彼がきちんと理解していればいいのだが。説明しようとしたんだ……」

フランは言葉に詰まった。ペレスのかわりに、なにがいえるというのか？　そもそも彼女自身、キャサリンが映画でなにを達成しようとしていたのか、よくわかっていなかった。おそらく、重要な意味などなかったのだ。ユアンは詩と宿題から、込み入った仮説を組み立てているだけなのだ。

独り言のように、ユアンがつづけた。「もちろん、キャサリンが殺された晩は、氷があった。氷。冷たい憎悪。破壊。そしてあすの晩は、火の祭りだ。情熱の炎……」フランはその先を待っていたが、ユアンは自分がとりとめのない話をしていることに気づいたようだった。「たぶん、なんでもないんだろう。邪悪なことは、なにも。ただ男たちが馬鹿げた衣装を身につけ、見せびらかすための口実だ。そのあとで大酒をくらうための」

もう帰るわ、とフランがいったとき、その言葉が彼の耳に届いたのかどうか、さだかではなかった。

40

月曜日の朝、サリーは暗闇のなかで目を覚ました。ベッド脇のランプをつけ、手探りで目覚まし時計を見つけて、時間を確認する。キッチンで母親の動きまわる音がしていた。食器棚の扉を閉める音、マグカップにスプーンがぶつかる音。母親が朝起きる時間は、日に日にはやまっているようだった。やることなど、なにもないのに。学校の準備は、毎晩寝るまえにすませていた。オレンジ色の練習帳が、きちんと採点され、そろえて積みあげられていた。どうして、たまにはリラックスできないのだろう？　ときどきサリーは母親がかわいそうになることさえあった。友だちはゼロ。自分を恐れる親たちがいるだけだ。

浴室で、サリーは洗面台の上の鏡に映る自分の顔を眺めた。笑みがこぼれる。鼻の脇にあったにきびが消えていた。月曜日の朝だというのに、気分がよかった。胃の痛み、偏頭痛、恐怖は、過去の話だった。いまは学校にいってみんなと会うのが、待ちきれないくらいだった。シャワーの下に立ち、髪の毛を洗うために頭をそらした。

朝食のとき、母親はぼんやりしているように見えた。サリーは深皿にシリアルを入れ、冷凍庫のトースト用のパンを切らしていた。サリーは深皿にシリアルを入れ、ミルクをくわえて、アップ・ヘリー・アーのことを考えた。ロバートにとって、最高の夜になるだろう。ガイザー・ジャールをつとめる父親をサポートし、行列で彼のあとについてラーウィックの通りや集会場を練り歩くのだ。それを見逃すわけにはいかなかった。

もちろん、彼女は行列と炎上するガレー船を見るために、町へいくつもりだった。それは問題なかった。赤ん坊のころから、祭りのたびに両親にラーウィックへ連れていかれていたのだ。だが、火が消えたらすぐに、両親はサリーをいっしょに帰宅させたがるだろう。あすの晩は、おとなしくレイヴンズウィックに戻って、十時までに自宅のベッドに入るつもりはなかった。絶対に。

「今夜は、またミセス・ハンターのところでベビーシッターよ」

「そうなの？」母親は流しにいて、焦げた鍋をごしごし洗っていた。むきだしの肘が、調理するまえの鳥の脚みたいに赤く骨張って見えた。母親がいまの言葉を聞いていたのかどうかも、よくわからなかった。シェトランド・ラジオがついており、男性が興奮した甲高い声で、あすの夜の天気予報を伝えていた。

「学校から直接こられるか、ミセス・ハンターに訊かれたの。出かける準備をするあいだ、キャシーに夕食を食べさせて欲しいんですって。あたしの食事はミセス・ハンターが用意してくれるわ。それで、かまわない？」

「いいわよ」

思いがけず、簡単にいった。質問も、フランの親としての技量についての皮肉も、なしだった。母親はどこか悪いのだろうか、という考えがサリーの頭をよぎった。更年期かもしれない。

いつごろ起きるものなのだろう？　母親はそういう年齢なのか？　だが、サリーはいつまでも、それについて考えてはいなかった。ほかにも考えることが、いろいろとあったのだ。まだバスの時間にははやかったが、母親が気を変えるまえに、サリーは家を出た。

一時間目はスコット先生の英語だった。まだ『マクベス』をやっていた。全員がそれぞれちがう役になって、台詞を教室で読みあげるのだ。キャサリンが死んでから、サリーはどの授業も楽だと感じるようになっていた。先生たちはまえより辛抱強く、進んで説明してくれた。彼女の存在に気がついていた。サリーは口数が減り、なにかいうまえに、じっくり考えるようになった。それほど神経質ではなくなったおかげだ。

英語の授業では、マクベス夫人と夫の関係についてのエッセイを書かされていた。先学期のサリーなら、それが返却されるのを待つあいだ、神経がぴりぴりしていただろう。スコット先生になんといわれるかを考えたくなくて、誰彼かまわず聞いてくれる人にむかって、意味のないことをぺちゃくちゃとしゃべっていただろう。だが、いまは先生の評価がどんなものか、すこし気になるだけだった。たとえひどい出来でも、殴られるわけではないのだ。スコット先生はそう悪くない、とサリーは思った。ロバートみたいにセクシーではないが、やさしくて繊細だ。キャサリンはスコット先生に手厳しかった。

いま彼は、サリーの机の上にすわっていた。ちょうどキャサリンの机でよくそうしていたように。身体を支えるために机の天板についた手が、サリーの手のすぐそばにあった。彼は年寄りくさいジャケットを着ており、ウールの匂いがした。「よく書けてる、サリー。ひじょうに興味深い点がいくつかある。今学期に入って、自分の意見がいえるようになったようだ。もしよかったら、お薦めの本が何冊かあるが」

隣でリサがにやにや笑っているのがわかった。休み時間に休憩室で、みんなにからかわれるだろう。だが、サリーは得意にならずにはいられなかった。「ありがとうございます、先生。ぜひ教えて下さい」

その日はずっと、学校がいつもとちがって感じられた。みんな、クリスマスまえで興奮している子供に戻ったかのようだ。すこし浮き足だった雰囲気。エネルギーが有り余っていて、集中できないのだ。学校じゅうがアップ・ヘリー・アー一色だった。六年生はこうした状況を馬鹿にしていたが、かれらの休憩室にも抑えた興奮と浮わついた気分が充満していた。昼休みに、サリーは予想どおり、みんなにからかわれた。「スコッティはあなたにぞっこんね」リサがいった。「見え見えだわ」そのとき、誰かがいった。「気をつけろよ。あいつはキャサリンにぞっこんだった。その彼女は、どうなった？」一瞬、部屋が静まりかえった。それから、ジェームズ・シンクレアが食べ残したサンドウィッチをサイモン・フレッチャーに投げつけ、ふたたび騒がしさが戻ってきた。

サリーは最後の授業がなかったので、町まで歩いて、ガレー船の仕上げ作業がおこなわれている集会場へいった。ロバートはすでにきていた。一日じゅう、そこにいたように見えた。髪にニスがついている。ここで会う約束をしていたにもかかわらず、ロバートは彼女を見て、一瞬、ぎょっとしたようだった。あたしの知ってる人は、みんなどうしちゃったんだろう？　母さん、ロバート、それに父さんまでもが、おかしかった。みんな、それぞれの夢とか関心事に夢中になるあまり、日常生活のごくあたりまえなことに、いちいち驚いているような感じだった。

ガレー船は見事な出来栄えだった。巨大で、船首にある竜の頭が彼女の上にせりだしていた。炎の描かれた鼻の穴、ぎらぎらした目。サリーは催眠術にかかったみたいに、どうしてもそちらを見ずにはいられなかった。ロバートがにやりと笑った。角の突き出たヘルメットをかたわらの棚から取って頭にかぶり、楯を胸もとでかまえる。

「どうだい？　感想は？　親父があとで戻ってくる。親父のために、すべてを完璧にしたいんだ」

まるで見せびらかしてる子供だ、とサリーは思った。シェークスピアを生徒たちに読んで聞かせるスコット先生の姿が脳裏に浮かんで、一瞬、裏切りの気持ちが芽生えた。ほんとうにロバートでいいのだろうか？　そのとき、彼の素晴らしい肉体が目に入った。ブロンドのひげ、ブロンドの髪。スコット先生なんて、較べものにならなかった。

ロバートが楯を頭上に掲げ、彼女はその力強さにうっとりした。彼ならおなじくらい軽々と彼女を持ちあげ、片手で彼女の手首を折ってしまえるだろう。

「今夜、またベビーシッターなの。こられる？　いってあったでしょ。覚えてる？」

彼の顔にちらりと困惑の色が浮かんだので、すっかり忘れていたのがわかった。

「いけるかどうか、わからない」彼が声を低く抑えていった。「チームの最後のミーティングがある。公式写真を撮るんだ。親父のそばを離れるわけにはいかないだろう。親父がいないあいだ、いろいろなことをまかされてるから。けど、あしたはいっしょにいられる。集会所のひとつでひらかれるパーティのチケットを用意しといた。だが、今夜はなあ。わかるだろ。抜けられないんだ」

いいえ、とサリーは思った。あたしにはわからない。

「お願いよ」彼女は手をのばして、彼の顔にふれた。それから、すばやくキスをした。舌先を唇の隙間に押しこむ。ロバートが彼女の肩越しに、ガレー船を仕上げているふたりの男たちのほうをうかがっているのがわかった。男たちは船のなかでしゃがみこみ、マストの根もとを固定していたので、こちらを見てはいなかった。どうしたっていうの？　あたしは両親の心配をしなくちゃいけないけれど、彼は大人で、自由の身だ。なんでこれを秘密にしておきたがるのだろう？

「あとでいくようにする」彼がいった。本気でそういったのか、それとも彼女を追い払うためならなんでも約束するつもりだったのか、見分けがつかなかった。

結局、家に帰るバスに間に合う時間に学校に戻れたので、けさでっちあげた母親への言い訳は必要なかった。だが、どちらにしても母親とは顔をあわせたくなかった。一日じゅう興奮した子供たちにつきあわされて、いつにもまして母親は不機嫌なはずだ。サリーはアップ・ヘリー・アーの直前の小学校の様子を覚えていた——みんな騒ぎまくって、ボール紙の剣で戦いをくり広げていた。母親は虫の居所が悪いだろう。サリーはメインロードでバスを降りると、とりあえずフランの家へ直接むかった。

「あたしがキャシーに夕食を食べさせたら、出かけるまえに落ちついて用意ができるかと思って」彼女はドア口に立っていった。仕事熱心な模範的なベビーシッターだ。「そちらしだいですけど。きょうはあまり宿題がないんです」母親にしたのとおなじ作り話だった。サリーは嘘が上手かった。おなじ嘘をつきつづけることの重要性を知っていた。そして、機会があればいつでもそれを補強しておくことの重要性を。「なんだったら、出直してきますけど」

「いいえ」フランがドアを開けて、彼女をなかに入れた。「助かるわ。キャシーは凧みたいに舞いあがってるの。あすの晩、アップ・ヘリー・アーを見にラーウィックへ連れていくと約束したから。あの子は、はじめてなの。あなたもいくの？」

「ええ、いきます」サリーはこういって自慢しかけた。ボーイフレンドがガイザー・ジャールのチームにいるんです。だが、なんとなく思いとどまった。ドアのすぐ内側に立っていると、アイデアがひらめいた。母親の目を逃れ、気兼ねなく夜を楽しめるようにしてくれる作り話だ。ミセス・ハンターから、あすの晩いっしょにきてくれと頼まれたの。キャシーが迷子にならないようにするのを手伝って欲しいって。集会場のパーティにいきたいから泊まってもらえないか、ともいわれてるわ。ねえ、かまわないでしょ？　もちろん、ロバートのことは遅かれ早かれ母親に知れるだろう。だが、サリーは自分の話をまとめる時間、正確になんというか決める時間が欲しかった。

フランが出かけたとき、キャシーはまだ起きていた。むずかって、扱いにくかった。これほど質問が多くて想像力に富んだ子は、はじめてだった。どうやったら、辛抱強くそのすべてにこたえることができるのだろう？　母親がいなくなると、すぐにキャシーは起きだしてきた。そわそわと落ちつきがなく、水を飲みたがり、本を読んでくれとせがみ、そのあいだじゅう、ずっとおしゃべりしていた。サリーはくたくたになった。癇癪《かんしゃく》を起こさずにいるのが、むずかしかった。はじめて、母親が学校であんなに子供にきつくあたる理由が理解できた。ロバートはいつあらわれてもおかしくなく、そのときまでにキャシーを寝かしつけておきたかった。ようやく彼女をベッドに入れ、浅くて断続的な眠りに落ちるまで見守っていた。

ロバートがくると、キャシーはノックの音か聞き慣れない男の声で目を覚ましたにちがいなく、ふたたび寝室の入口にあらわれた。髪の毛はくしゃくしゃで、パジャマの裾がズボンからはみ出していた。邪魔が入ってロバートは怒るだろう、とサリーは思ったが、彼はちょうどほろ酔い機嫌で、暖炉のそばの大きな椅子にすわると、キャシーを膝にのせた。キャシーはしばらく抵抗していたが、やがておとなしくなった。自分の家にいる知らない大男に怯えて静かになったのか、それともこれを楽しんでいるのか、サリーにはわからなかった。キャシーは膝の上で、そのまま眠りについた。ロバートがキャシーを部屋まで運んでいき、そっとベッドに寝かせた。彼の腕のなかで、キャシーは人形みたいにぐったりして見えた。

フランが帰ってきたとき、サリーはロバートがきていたことをいう必要を感じた。キャシーの口から聞くのは、まずいだろう。

「気にしないでもらえるといいんですけど。友だちが寄ったんです。彼はすぐに帰りました」

サリーは質問されるのを待った。話は用意してあった。だが、フランはなにかに気を取られているらしく、もの思いにふけっていた。「そうなの。わかったわ。かまわないわよ」

41

シェトランドにこれだけ大勢の人が集まることがあるとは、フランは思ってもいなかった。今夜は町の外、北の島々、ブレッサー島、ファウラ島、ウォルセイ島からきた人びとが、全員町にくりだしているにちがいなかった。通りを埋めつくしているのは、シェトランド人だけではなかった。世界じゅうから観光客が訪れていた。ホテル、民宿、B&Bは満杯だろう。人混みのなかで、彼女はアメリカ訛りやオーストラリア訛りの英語、それに理解できない言語を耳にした。とはいえ、いまは行列を先導するバグパイプの楽団がちかづいてきていたので、音楽と歓声以外は、ほとんどなにも聞こえなかった。すべての声がひとつに溶けあって盛りあがり、耳を聾《ろう》する音を生みだしていた。

キャシーはフランの隣にいた。よく見えないので、そわそわしていた。人混みを押しわけて最前列までいく子供もいたが、フランはキャシーの手を放さなかった。そんなことをしたら、二度と会えないだろう。キャシーは朝からずっとおかしかった。学校で仕入れてきた秘密で、はち切れそうになっていた。わけもなく黙りこみ、母親の質問にこたえなかったかと思うと、突然、興奮して、ほとんど意味をなさないことをまくしたてた。いまは落ちつきなく、遠くのかがり火を眺めていた。ガイザー・ジャールが登場した。衣装を身につけ、角の突き出したヘルメットをかぶり、ぴかぴかの楯を持ったところは、すごく堂々としていた。そのあとに、ヴァイキングたちがつづいた。フランはガイザー・ジャールが見えるように、キャシーを肩車した。だが、その光景のなにか——荒々しくて好戦的に見えるヴァイキングか、そのあとにつづくカーニバルの衣装を着た男たちか、炎か——に怯えたらしく、キャシーはすぐに下ろしてくれともがきはじめた。たしかに、この光景には悪夢のようなところがある、とフランは思った。一ダースのバート・シンプソンのあとに一ダースのジェームズ・ボンドがつづき、そのあとに大きな歯をむきだしにした一ダースの漫画のロバがつづく。男たちはみんなやかましく、カーニバルの仮面をかぶっていない顔は、かがり火とアルコールで紅潮していた。

行列はフランが予想していたよりも長くつづいた。灰色の家に挟まれた細い通りを行進しなくてはならないからだ。

「もう満足した？」フランはかがみこんで、キャシーの耳もとで叫んだ。「そろそろ帰る？」

キャシーはすぐにはこたえなかった。もう帰りたいのだが、翌日に学校で顔をあわせる友だちのことを考えているのだ。みんなきっと自分がどれほど遅くまで起きていられたかを自慢し、クライマックスを見逃した彼女をからかうだろう。

「ガレー船が燃やされるところを見なくちゃ」ようやくキャシーがいった。母親に反対されるのを予想してか、断固とした口調だった。だが、フランは子供たちがどれほど残酷になれるかを知っていた。

そこで、ふたりはそのままとどまった。人の流れに身をまかせ、ガレー船に火がつけられることになっているキング・ジョージ五世グラウンドにむかった。ここでもまた、フランはシェトランドじゅうの人間が集まっているような印象を受けた。そこいらじゅう、知りあいだらけだった。遠くからちらりと見かけるだけのこともあれば、しばらくいっしょに歩いて、そのうち押し合いへし合いする群衆のなかではぐれることもあった。

フランは戸口に立つユアン・ロスを見かけた。みじかい階段のてっぺんにいて、祭りには参加せずに、それを観察していた。まるでキャサリンだ、とフランは思った。キャサリンがここにいたら、きっとあんなふうにしていただろう。フランはキャシーの手をひっぱって人の流れから抜けだし、彼にちかづいていった。ここは比較的、静かだった。楽団が通りすぎたあとだったのだ。彼女は大声を出さずにしゃべることができた。

「ご感想は？」

彼はすぐにはこたえなかった。歩道まで下りてきて、しゃがみこんでキャシーに挨拶し、彼女の首のまわりのマフラーをもっとしっかりと巻きつけた。それを見ながら、フランは思った。ユアンはキャサリンがこの子くらいのときを思い出しているのだろう。妻と子がいたころを。

「けっこう楽しめるな、だろ？」彼がまっすぐ立ちあがっていった。「これがヴィクトリア時代にでっちあげられたお祭りなのは、知っている。けど、成功させるために、これだけ多くの時間と労力が注ぎこまれているんだ。それに難癖をつけるのは、野暮な気がする。結局のところ、これによって人びとはひとつにまとまっているんだから。キャサリンも映画のなかで、その点を認めていたのならいいんだが」

「ガレー船が燃やされるところを見にいく？」

「もちろんさ。こうなったら、最後まで見届けないと。でも、先にいっててくれ。自分のペースで、のんびりいくから」

歌がはじまっていた。大きくて荒々しい男たちの歌声。ラグビーとかサッカーの試合みたいだ。フランはユアンを戸口に残して歩きはじめたが、ふり返ると、彼の姿はすでに消えていた。キャシーが母親をせかした。置いてきぼりをくって、グラウンドでの催しを見逃すのではないかと心配しているのだ。だが通りに戻ると、行列はまだつづいていて、グロテスクなにやけた顔が行進していた。ふたりはそこで、ヤン・エリス——犬をくれたレイヴンズウィックの女性——と娘のショーナに出くわした。ヤンはふたりに会えて嬉しそうで、犬のことをたずねはじめたが、フランがこたえるまえに、彼女の夫がそばを行進した。彼のチームは全員が幼児服におしめをつけ、頭にピンクの毛編みの幼児帽をかぶっていた。見物客から笑い声と歓声があがった。

「あの服を編むのは、ほんとに悪夢だったわ」ヤンが怒鳴った。「男って、どうして仮装したがるのかしら？」

そのあとで、父親の滑稽な姿をもう一度見たがるショーナにひきずられて、ヤンも去っていった。

フランはしばらく、じっと立っていた。騒々しさのあまり、めまいがして、すこし気分が悪くなった。気絶するかもしれないと思い、頭を垂れ、深呼吸をした。まっすぐ身体を起こしたとき、通りの反対側にダンカンが見えたような気がした。赤いアノラックを着た大柄な女性と熱心に話しこんでいる。ダンカンのはずがない、とわかっていた。彼はいまごろ飲み仲間とともに自分の屋敷にいて、浜辺のかがり火に点火する準備をしているはずだ。心の底で、彼女はダンカンに会いたいと思っているのだろうか？　今夜は、なんだって想像できてしまいそうだった。夜全体が、巧妙な目くらましのようだった。ヴィクトリア時代にでっちあげられた古代スカンジナヴィア人の真冬の祭り、決して出帆することのない船、赤ん坊の恰好をした男たち。現実のふりをした幻想、魔術師の夢だ。頭がくらくらしてきた。

キャシーが生まれるまえにダンカンの屋敷で体験したアップ・ヘリー・アーは、まったくちがっていた。洗練されたスマートさがあった。ダンカンはいつだって演出上手だった。祭りをロマンチックなものに仕立てあげていた。この群衆から遠く離れた凍てつく浜辺にいられたら、とフランは思いかけていた。いまごろは、かがり火が海を照らしていることだろう。彼女はダンカンと見間違えた男性にもう一度目をむけたが、男も赤いアノラックの女性も、反対側の歩道の人混みのなかに消えていた。あたしは頭がおかしくなりかけてる。マグナス・テイトも、こんなふうなのだろうか？　おなじように現実を見失ってしまっているのか？

キャシーがいないことに気づいたのは、そのときだった。

すぐには信じられなかった。あたりを見まわす。ダンカンのそっくりさんが消えたとき同様、ふっとキャシーがあらわれることを期待して。それからフランは、なんとかはっきりと論理的に考えようとした。ヤンとショーナに出くわしたとき、キャシーは手を離していた。母親と手をつなぐのは、赤ちゃんだけだからだ。フランはそれを理解していたので、無理に手を取ろうとはしなかった。いま彼女は必死になって人混みに目を走らせ、キャシーの青い帽子を捜していた。どこにも見あたらなかった。ヤンとショーナが立ち去ってから、キャシーを見たかどうか思い出そうとする。彼女の注意はダンカンのイメージによってそらされていた。てっきり娘はそばにいると思いこんでいた。

きっとキャシーはショーナについていったのだ、とフランは自分に言い聞かせた。ガレー船が燃えるのを見るために、いっしょにグラウンドへむかっているのだろう。ヤンが目を光らせてくれているはずだ。こんなふうに慌てふためくのは、馬鹿げていた。いまの自分をマーガレット・ヘンリーに見られてなくて、よかった。フランはポケットから携帯電話を取り出し、それから途方に暮れて、それを見つめた。ヤンの携帯の番号を知らなかったのだ。通りの群衆が散りはじめていた。男たちの集団が缶ビールを手に持ち、ガレー船の歌の猥褻な替え歌をがなりたてていた。彼女は男たちを押しのけ、行列を追いかけた。

公園では、それぞれのチームが松明を持ち、ガレー船を取り囲んでいた。街灯は七時半で消されており、ほかに明かりはなかった。すごく寒かった。煙と踏みつぶされた草の匂いがしていた。フランは笑っている人びと、家族連れ、十代の若者たちを押しのけて、ヤンを捜した。誰もが楽しんでいた。みんなアノラックにマフラーと帽子を身につけていたので、仮面をかぶった行列の参加者とおなじくらい、見分けるのがむずかしかった。ちらちらする炎が影を生みだし、全員がおなじに見えた。ときおり、遠くにキャシーが見えたと確信することがあった。だが、ちかづいてみると、それはちがう子供だった。誰か別の人の娘だった。

点火の瞬間が訪れた。魔女にもおなじことがおこなわれていた。未来を見る力がそなわった、変わった女たちにも。誰かが十からカウントダウンをしていた。娘を捜しつづけていたフランは、シーリアを見かけたように思った。裾の長い黒いコートを着た、背の高い背筋のぴんとのびた人影。頭をかしげている。もちろん、彼女は夫をサポートするために、ここにいるんだろう。あたしにとって、あなたはまさに魔女だったわ。シーリアはキャシーを見かけているかもしれなかった。すくなくともキャシーはシーリアの顔を知っており、もしも迷子になって怯えているのなら、母親以外に捜そうとするのは彼女だろう。フランは群衆をかきわけ、シーリアのほうへむかいはじめた。だが、そのときガイザー・ジャールが自分の松明を高々と掲げ、それをガレー船に投げつけた。ほかのものたちも、それにならう。あたりがぱっと明るくなり、ふたたび暗くなるまえの一瞬、フランは人混みの端に立つヤンの姿を目にした。群衆整理係を押しのけ、そちらへ歩いていく。炎にちかづきすぎて、喉の奥に燃えるペンキとニスの味が残った。ヤンは別の母親との話に夢中になっていた。

「キャシーを見た?」

フランの慌てふためいた声に、母親たちはすぐに話をやめ、彼女のほうにむきなおった。

「あの子を見失ったの。ショーナといっしょかしら?」

「いいえ」ヤンがいった。「さっき別れてから、見てないわ」

ガレー船が自らの重みで崩れ落ちた。長い厚板が曲がって折れ、炎に包まれた。残っているのは、黒こげの胸郭に支えられて群衆の頭上にそびえる竜の頭だけだった。

42

「また女の子が消えた」

かれらはマーケット・クロスから埠頭のほうへ移動し、それほど騒がしくない通りにきていた。光に縁取られたフェリーが、南のアバディーンにむかって航行していた。ふつうの観光客よろしく行列を見物しているときに、ジミー・ペレスの携帯電話が鳴ったのだった。テイラーは翌日帰ることになっていて、ふたりでビールを何杯か飲んでいた。祝杯ではない。ふたりとも、そんな気分ではなかった。だが、なんらかの区切りをつける必要があったのである。

ここでは、大声を出さずにしゃべることができた。黒い油のような水面を見おろす。

「またしても、名前がCではじまる女の子だ」ふたりともおなじことを考えており、ペレスがそれを口にした。

「偶然ってこともある。この子はただ母親からはぐれただけなのかも。今夜みたいな晩には、何件くらい迷子の問い合わせがあるんだ?」テイラーのリヴァプール訛りはよりきつく、とげとげしく聞こえた。誰を納得させようとしているのだろう？　とペレスは思った。

ペレスは平静な声を保とうとした。「当然のことながら、フラン・ハンターはヒステリーを起こしてる。彼女はどちらの死体も発見した。それだけでも、大変なことだ。それが今度は……」ペレスは自分が自制心を失いかけているのを感じた。胃のあたりに恐怖が液体みたいにたまっているのがわかった。それが喉もとにこみあげてきて、ついには自分をのみこむところを想像する。フランのことを考え、彼女の立場に自分を置くのは、馬鹿げていた。彼もフランとおなじようにパニックを起こすだけだし、そうなれば誰の役にも立たない。ここはひとつしっかりして、理性的に考えなければならなかった。「みんなダンス・パーティに出ようと集会場や公民館へむかっているから、すこし混雑が緩和されてきている。この子が迷子になって通りをうろついているだけなら、一時間以内に見つかるだろう。部下たちが目を光らせている。それでも見つからなかった場合は、連れ去られたものと考えられる。だが、そんな悠長なことはいってられない気がする。そんな余裕はない気が」

「チームのほかの連中は？　かれらはなんといってる？」

「わたしが過剰反応していて、母親はなんでもないことで大騒ぎしている、と考えてる。なんてったって、殺人犯は勾留されてるんだ、だろ？　犯人がどうやって通りに戻り、別の子供をさらえるっていうんだ？」

「これで、ミセス・ハンターがキャサリン殺しに関係ないことが、はっきりしたな」テイラーがいった。

「関係があるとは、一度も考えたことがなかった」

「彼女はいまどこに?」

「ユアン・ロスといっしょだ。彼が彼女を自宅まで送り届けた。本人がそう望んだんだ。近所の人があの子を見つけて、レイヴンズウィックの自宅に連れてきてくれた場合にそなえて。モラグもそこにいる」

「ユアン・ロスはラーウィックでなにをしてたんだ? パーティに参加するような気分じゃなかろうに」

娘の面影を探してたんだ、とペレスは思った。三脚にセットしたビデオカメラの上にかがみこむ、すらりとした黒い人影を。生きていたら、彼女はいまごろなにを撮影していただろう? そして、それはキャシーの失踪とどう関係してくるのか? 炎と氷。だめだ、こっちまで父親の思いこみに影響されてしまっている。もっと明白なことを見逃しているはずだ。「フランは通りで元夫を見かけたと思ったそうだ。娘がいなくなる直前に」ペレスはいった。テイラーの質問にはこたえなかった。

「それじゃ、娘はそこだな。これで説明がつく。この子は見知らぬ人間にふらふらついてったりしない、だろ? 無理やり連れていかれようとしたら、騒ぐはずだ。やっぱり、きみの過剰反応かもしれない。父親と連絡を取ってみたのか?」

「もちろん。自宅の電話と携帯の両方にかけてみた。つかまらない」

「だからといって、彼が娘を連れ去っていないことにはならない。親同士の取り決めに手違いがあったんじゃないのか。誤解が生じて……」

「母親によると、それはないそうだ。ダンカンはアップ・ヘリー・アーのとき、キャシーを自分の屋敷ですごさせたがった。だが、フランはそれをことわった。きっぱりと拒絶した。そのことで、ちょっとした喧嘩になったそうだ」

「だったら、父親が仕返しのために娘を連れ去ったとか？」

いくらダンカンでも、そこまで残酷なことはしないだろう、とペレスは思った。だが、その可能性を排除することはできなかった。

「子供の父親のところへは、わたしがいこうか？」テイラーは苛立ってきていた。どうしてペレスがそこに突っ立ってぼうっとしているのか、理解できないのだ。

「いや。こっちは道を知ってるし、はやく着けるだろう。あんたはここに残って、グラウンドの捜索を指揮してくれ」

町から出る道路はすごく混んでいて、発電所をすぎるまでは車が数珠つなぎになっていた。だが、その先は突然がら空きとなり、ペレスはアクセルを踏みこむことができた。思いきり飛ばす。いまアルコール検査をされたら、限度ぎりぎりだろう。ブレイを通過するとき、すこしスピードを落とした。そのあとで丘を下っていると、すでに点火されている浜辺のかがり火が見えてきた。炎のまえに、黒い人影が浮かびあがっている。ダンカンがあそこにいるのなら、電話には出ないだろう。海岸のあの付近は、携帯電話のブラックホールなのだ。電波はまったく届かなかった。

屋敷の階下の窓には、すべて明かりが灯っているようだった。ペレスはダンカンが結婚するまえのアップ・ヘリー・アーを思い出していた。若くて元気いっぱいの連中は、ラーウィックを観光客や年寄りどもにまかせて、みんなここへきたがった。そのころ、ペレスはまだ喜んでダンカンの招待を受けていた。アバディーンから連れてきたサラもいっしょだった。彼女にとってははじめてのシェトランドで、感銘を受けていた。もちろん、ダンカンはサラにちょっかいを出し、彼女はそれを友人として礼儀正しくいなした。楽しんではいたが、取りこまれてはいなかった。いつだって判断力のしっかりした女性だった。その証拠に、ジミー・ペレスと離婚したではないか？

ペレスは壁に囲まれた中庭に車を乗り入れ、そこにとめた。屋敷にはこうこうと明かりがついていたが、音はまったくしていなかった。中庭からキッチンの内部が見えた。テーブルの上にどっさり置かれた缶とボトル。だが、人の姿はなかった。みんな浜辺にいるにちがいない。キャシーがここにいたらダンカンになんというか、ペレスはあらかじめ考えておこうとした。娘を混雑した通りから連れ去ったのが、自分の言い分を通すためだったとしたら。フランがうっかりした母親であることを示すためだったとしたら。あるいは、テイラーが指摘したとおり、キャシーを屋敷にいかせなかったフランに対する仕返しだったとしたら。怒りを爆発させないことが肝心だ、とペレスにはわかっていた。彼はこの母娘に思い入れがあったが、それを見せてはならない。キャシーを見つけても、ここに残していかなくてはならない可能性もあった。フランに電話して、娘が無事だと知らせる。そのあとどうするかは、彼女に決めさせるのだ。

だが、こうしたシナリオを頭のなかで検討しているあいだも、キャシーがほんとうに無事でここにいるとは考えないようにしていた。高望みは、神の怒りを招きかねない。そうであってくれと願う気持ちが強すぎて、信じる勇気が湧いてこなかった。

浜辺で最初に見かけたのは、シーリアだった。ここでなにをしているのだろう？　結局、ダンカンへの想いが断ち切れなかったにちがいない。彼女はほかの連中から離れて立ち、瓶から直接ビールを飲んでいた。頭をそらし、残りの四分の一をいっきに飲みほしてから、瓶をかがり火のなかに投げ捨てる。瓶が燃えさしを囲っている大きくてなめらかな石にあたって、粉々に砕けた。ペレスは、彼女とダンカンがよりを戻したのかどうかという点に興味はなかった。うしろで砂利を踏みしめる音を耳にして、シーリアが突然ふり返った。相手が誰だかわかると、がっかりしたようだった。ほかの連中は飲んだり笑ったりに忙しくて、誰も彼の存在に気づいていなかった。

「ダンカンはどこです？」

「さあ」彼女がいった。「あたしも、いま着いたばかりなの。あたしから隠れてるのかもしれないわ。こういうパーティにいつも招いている若くて可愛い子とベッドにいるのかも。でも、いくらあの人でも、すこしはやすぎるわね。客を迎える時間くらいまでは、ズボンをはいてるのがふつうだから」

「キャシーを見ましたか？」

「いいえ。きてるの？」シーリアが足もとの木枠からあたらしい瓶を取り、コートのポケットからひっぱり出した栓抜きで開けた。「それじゃ、彼はそこかもしれないわね。幸せな家族を演じているのよ。ココアをいれて、おやすみまえにお話を聞かせる。生まれ変わった男ってわけ」

ペレスは彼女の声に込められた苦々しさに驚いた。

「彼とはまだ会ってないんですか？」

「ええ」彼女がいった。「あたしは町にいて、マイクルがガイザー・ジャールとして栄光に包まれてるところを見ていたから。ロバートは彼につきしたがうチームのなかにいて、自分がそれをつとめるときがくるのを指折り数えていた。子供のころから、それを望んでたの。よく頭にシチュー鍋をかぶって、ガイザー・ジャール気取りで家のなかを練り歩いてたわ」シーリアは自分にむかってしゃべっていた。酔って、内省的、感傷的になっていた。「どうしてそれがあの子にとってこれほど大きな意味を持つのか、よくわからないわ。人はときとして、おまえは仲間だといってもらう必要があるってことかしら」

「ダンカンはラーウィックにいましたか？」

「いいえ」彼女がいった。「どうしてくるの？　彼はラーウィックのアップ・ヘリー・アーに参加したりしないわ。そんなの馬鹿にしてるから。公民館や高校の体育館で中年の主婦と踊るなんて、耐えられないのよ。自分だってもうそろそろ中年だってことに、気がついていないのね」

「キャシーが消えたんです」ペレスはいった。

だが、シーリアはさらにビールを飲み、悲しげに炎を見つめるだけだった。彼の言葉が聞こえていないような感じだった。

ペレスはかがり火のそばにいる連中のほうへ歩いていったが、そのなかにダンカンがいないのは、すぐにわかった。長い灰色のコートを着た若者が、ひっくり返したビールの木枠にすわり、下手くそなギターを弾いていた。まわりに人が集まり、恰好をつけて聞くふりをしていた。ペレスがダンカンとキャシーのことをたずねると、かれらは肩をすくめた。この連中がラリっているのか、酔っぱらっているのか、それともただ無関心なのか、ペレスには見分けがつかなかった。

ペレスは屋敷に入っていき、なかを捜しはじめた。いまや、すっかり取り乱していた。彼が最後にきたときから、誰かが部屋をきれいにしていた。現金とダンカンの途方に暮れた少年のような笑みとひき換えに、掃除をしにきてくれる女性たちがブレイにいるのだ。客たちは到着すると、キッチンからまっすぐ浜辺にむかったにちがいなかった。細長い客間は静かできれいにかたづいており、まだ木の煙と蜜蠟の匂いがしていた。暖炉の火が小さくなっていたので、ペレスは反射的にバケツから流木を一本取り、それをくべた。流木はまだ湿っていたらしく、じゅーっという音を立ててから、燃えはじめた。

彼は捜しつづけた。ほかにどうすればいいのかわからなかったし、仕事をやりかけたままで町に戻るわけにはいかなかったからである。なにか見つかるとは思っていなかった。一度も見たことのない部屋が、いくつもあった。彼とダンカンがアンダーソン高校から避難して屋敷を自由に使っていた週末でさえ、入ったことのない部屋が。最上階は、フロア全体が使われていないようだった。暖房が入っておらず、寒かった。床がむきだしで、ほとんどの部屋には家具がなかった。裸電球のぎらつく光のなかに浮かびあがる部屋は、なんとなく不気味だった。ペレスは明かりをつけてなかを確認すると、すぐに消して、つぎの部屋へと移動した。まったく空の部屋もあれば、がらくたが山積みされている部屋もあった。そのとき、物音が聞こえて、彼は立ちどまった。会話する声。小さな笑い声。踊り場のいちばん奥の部屋だ。

「ダンカン！」ペレスの声はしゃがれていた。

声が途絶えたので、ペレスは聞き間違いかと思った。外で強まってきている風の音を、人のささやき声と勘違いしたのかと。だが、その部屋のドアの下には隙間があり、そこから光が洩れていた。彼は足音を忍ばせてちかづいていき、ぱっとドアを開けた。そこは屋根裏部屋で、天井が大聖堂の屋根のようなアーチ形になっていた。長い窓はごく薄いモスリンで覆われており、たてつけの悪い窓ガラスから入ってくるすきま風で、それが内側にふくらんでいた。正方形にちかいベッドがあった。四隅に木彫りの柱が立っていて、色褪せたキルトや毛布がベッドの上に積みあげられている。そのなかに、ふたりの若者が横たわっていた。男と女。半裸の状態で、キルトがずり落ちかけているにもかかわらず、寒さを感じていないようだった。セックスのあとの煙草を分けあっている。ふたりとも、すごく若かった——十六歳？　十七歳？　ペレスがあらわれて、ぎょっとしていたが、彼のほうを見るふたりの目には、羨ましくなるような自己満足と情熱が浮かんでいた。ペレスは謝るように手をふってから、部屋を出てドアを閉めた。そして、三階下まで階段を駆けおり、外に出た。

かがり火のところでは、変化が起きていた。客たちが三々五々、波打ち際をぶらぶらと歩きながら、屋敷のほうへ戻ってくる。その先頭に、ダンカンがいた。肩の上からコートを羽織り、ボタンひとつで留めていたので、うしろに垂れたコートがマントのように見えた。

ペレスはダンカンに駆け寄り、行く手をさえぎった。

「キャシーを見たか？」

「フランといっしょだ。あの性悪女め、どうしても今夜、娘をおれのところに寄越そうとしなかった。どうしてだ？」

「あの子がいなくなった。ラーウィックの通りでフランとはぐれたんだ」

ここにとどまって、もっと詳しく説明すべきだ、とペレスにはわかっていた。ダンカンは父親であり、知る権利があるのだ。だが、彼は時間がなくなりつつあるのを感じていた。ダンカンが大声で発する質問を無視して、くだらないパーティをあとにし、砂利で足を滑らせながら、屋敷のそばにとめてある車にむかう。そして、勢いよくギアを入れると、猛スピードで町へと戻った。

43

サリーは新鮮な空気を吸おうと、集会場の外に出た。うしろでドアが閉まり、音楽が小さくなった。満天の星だった。アルコールで頭がくらくらしたので、まえかがみになった。気分が悪くなるとは思わなかったが、頭のなかのぶーんという音を止めたかった。地面が動いていて、バランスを取ることに集中していなければ、ひっくり返ってしまいそうだった。コートは着ていなかった。ちょっと出てきただけだし、どのみち集会場のなかは暖房全開で大勢の人が踊っており、うだるような暑さだった。

ひと晩じゅう、両親とは会ってなかった。すくなくとも、言葉を交わしてはいない。行列を見物しているときに、父親を見かけていた。そこでなにをしてるのだろう、とサリーは思った。そばに母親の姿がなかったからである。両親は、彼女がその晩フラン・ハンターとキャシーといっしょにいると信じていた。その話をサリーがしたとき、自分たちだけで夜をすごすことになると知って、ほっとしているようにも見えた。あのふたりが燃えるガレー船を見にきていたのだとしても、グラウンドでは見かけなかった。いまごろは、家にいるのだろう。母親はベッドに入るまえに美味しいココアをいれ、湯たんぽの用意をしているところだ。サリーは身体を起こしてまっすぐに立ち、空を見上げた。またしても頭がくらくらした。それから、寒さがこたえてきたので、なかに戻った。

集会場のなかは、彼女がロバートと知りあったときと似ていた。あれより、すこし騒がしいかもしれない。学校の女の子が何人かいて、醜態をさらしていた。彼女たちがロバートといっしょにいるサリーにすごく嫉妬しているのがわかった。秘密にしなくてはという考えは、すっかり消えていた。いまは、世界じゅうに知ってもらいたい気分だった。幸せだった。あまり自意識を感じていなかった。キャサリンが死んでから体重がすこし減っており、それが自信につながっていた。このアイデアをティーン向けの雑誌に売りこめるかもしれない——親友殺しダイエット。面白がるようなことではないとわかっていたが、それでも彼女は笑みを浮かべずにはいられなかった。ロバートのところへいく。まわりを彼女の友だちに囲まれていたが、彼は目もくれなかった。とりあえず、サリーが外に出ていったあとも、彼女たちといちゃついていなかった。ロバートは彼女が戻ってきたのに気づいておらず、彼女はすこしのあいだ彼を観察していた。リサが必死に彼の気をひこうとしており、完全に無視されていた。彼はまだ衣装を身につけていたが、ヘルメットと楯はどこかに置いてきていた。ベルトの鞘には、短剣がおさまっていた。先ほどスローな曲でいっしょに踊ったときに、それがサリーの太ももにあたって、彼女をセクシーな気分にさせていた。はじめて味わう感覚だった。

サリーは彼の首をなでた。かなり飲んでいるはずだが、見ただけではわからなかった。彼はアップ・ヘリー・アーにまつわるすべてを、すごく真剣に受けとめていた。彼のそういうところが好きだった。なんでも酔っぱらうための口実としか考えない学校の男の子たちとは、ちがう。背景に流れている音楽を耳にしながら、彼女は自分が集会場の天井ちかくに浮かび、高いところから会場を見おろしているような気分になった。これまで起きたおぞましいこと――キャサリンとのこと、両親とのいざこざ、学校であったこと――すべてが過去のものになっていた。ようやく彼女は、なんでも可能だと信じることができた。バンドが一杯やるために休憩を取り、音楽がやんだ。ロバートがかがみこんで、彼女の耳もとでいった。

「ブレイに戻ろうかと思ってたんだ。あそこの屋敷でパーティをやってる。いくか？」

「もちろん」

「もう町でのおつとめははたした、だろ？」

「ええ」問題はなにもない、と彼女は考えていた。両親はあすの朝まで彼女が戻らないと思っているし、どのみちラーウィックから離れているほうが安全かもしれなかった。彼女としては、ここでの様子を誰かから聞かされた両親があらわれ、ひと騒動起こすような事態だけは、避けたかった。「運転できる？」彼に車の運転を教えてもらうのも、いいかもしれなかった。そうすれば、パーティのあとで彼を家まで車で送り届けるのだ。飲まずに、彼の役に立てる。そんな彼女を、彼は捨てたりしないだろう。

「大丈夫だ」彼はそういったが、外に出てヴァンにむかったとき、車をロックしていなかったのを忘れてドアのまえで鍵を取り落とし、悪態をつきはじめた。どうしてこんなにぴりぴりしているのだろう、とサリーは思った。今夜は大成功だったし、彼女はロバートがこの日を待ちわびていたのを知っていた。もちろん、本人は認めていなかったが、彼は母親の学校でクリスマス劇の主役を演じる子供にそっくりだった。もしかして、すべてが終わったいま、あっけなさを感じているのかもしれない。ふたりの関係のなかで強いのは自分のほうだ、という考えが、はじめて彼女の頭に浮かんだ。いざとなったら、彼女が面倒を見ることになるだろう。

北へむかって車を走らせるあいだ、彼はほとんど口をきかなかった。すごく飛ばしており、途中のカーブで、あやうくハンドルをとられかけた。砂撒きトラックが昼間のうちに出動していたが、すでに道路は滑りやすくなっていた。スピードを落とすようにいいたかったが、サリーは自分の母親のようにだけはなりたくなかった。うるさくあら探しばかりしている女性にだけは。それに、そもそも闇に包まれたがら空きの道路を車ですっ飛ばすのは、気分を浮き立たせてくれるものがあった。ロバートは大音量でロックのCDをかけていた。サリーは空を見上げたときとおなじ感覚が戻ってくるのを感じた。もはやおずおずとしたサリーではなかった。なにもかもが変わったのだ。彼女は手をのばしてロバートの膝にのせ、親指で彼の内股をなでた。

ブレイの町は、まだ明かりのついている家が何軒かあったものの、静まりかえっていた。サリーは、これからいく屋敷のことを耳にしていた。キャサリンがそこでひらかれたパーティについて話してくれたのだ。だが、キャサリンがどうやって自分がパーティに招かれるようにしたのか、結局サリーにはわからずじまいだった。昔の憤懣《ふんまん》を甦《よみがえ》らせないようにしながら、そのことについて考えていたとき、ロバートがメインロードから脇道に入ろうとして、急ブレーキをかけた。ヴァンが横滑りして、回転した。サリーは目を閉じた。ヴァンが道路脇を滑り落ちるか角の壁に激突するかして、トランクがひしゃげ、どちらか一方、もしくは両方が死ぬところを想像する。だが、ロバートはどうにか横転だけは避けていた。ヴァンは百八十度回転して、反対方向をむいているだけだった。

「くそっ」彼がいった。「厄介なことになるとこだったぜ。警官たちに調べられ、アルコール検査をやらされて」神経質に小さくくすくすと笑う。彼もすこしびびっていたのだ。ふたたび、自分のほうが彼より強いのでは、という考えがサリーの頭をよぎった。彼はゆっくりとヴァンを正しい方向にむけると、丘を下って、まえよりもスピードを落として浜辺にむかった。屋敷にちかづくと、浜辺のかがり火がまだくすぶっているのが見えた。

ロバートが母親に紹介してくれた。それで、ここに連れてきたのかもしれない。シーリアがいると知ってて、ふたりをひきあわせるために。サリーはそうであることを願った。ロバートが自分の家族を知ってもらいたがるなんて、まるで本物のガールフレンドみたいだ。とはいえ、こうして会ってみると、はたして上手くいくかどうか、サリーには自信が持てなかった。シーリアとうまがあうとは、とても思えなかった。彼女は仮装服でもまとっているような感じだった。裾の長い黒のドレス、白い顔を切り裂く口紅。屋敷に着いたとき、最初に目に飛びこんできたのが彼女だった。サリーはぎょっとした。シーリア・イズビスターのことはいろいろ耳にしていたが、会うのははじめてだったのである。もっと母親らしい女性を想像していた。

だが、自分がどう考えているのか、ロバートに知られてはならなかった。彼がシーリアに会いたがっていたのは、ひと目でわかった。まるで母親と父親のあいだで板挟みになっていて、どちらも喜ばせようと必死になっているような感じだった。だから、狂ったようにここまで車を飛ばしてきたのだ。なんだかサリーには、ゆがんだ関係に思えた。ふつうの母親と息子らしくない。どちらかというと、恋人同士のようだ。屋敷に入ろうとしたとき、シーリアが所有者みたいに戸口にあらわれたのを見て、彼はすごく嬉しそうだった。母親に腕をまわして、ひき寄せた。サリーは両親にそんなふうにふれたことは一度もなかった。そうしたいとも思わなかった。不健全だという気がした。

彼のあとについて屋敷に入るまえ、サリーは一瞬、中庭で足を止めた。あたりは物音ひとつしなかったが、浜辺に打ち寄せる波の音が聞こえるような気がした。潮が変わったのだろう。顔をあげると、上階の窓に男の顔が見えた。彼女を見おろしている。ヴァンの音を聞きつけたにちがいない。彼女には、それがダンカン・ハンターだとわかった。

すでに全員がなかにひきあげていた。かがり火は、誰かが大きな流木をくべていたのでまだ燃えていたが、それもほとんど燃えつきて、燃えさしと灰だけになろうとしていた。シーリアはふたりを連れて細長い居間へいき、フランス窓越しにかがり火を見せた。居間は無人にちかく、ほかのみんなはキッチンにいた。黒ずんだソーセージをのせた鉄板が調理用こんろの上にあり、ベークド・ポテトが添えられていた。すっかり冷めたポテトの皮は、亀の首みたいに茶色くしわくちゃだった。誰も食べていなかった。パーティらしくなかった。客たちはまだ残って飲んでいたが、音楽は低く抑えられ、あたりにはひっそりと沈んだ雰囲気が漂っていた。

「ダンカンの娘が行方不明なの」シーリアがいった。「さっき警察がきたわ。細かいことは、まだわからない。ダンカンがフランに電話したけど、大した話は聞けなかったから。きっと、なんでもないわ。キャシーはああいう子だから、ふらふらとどこかへいったのよ。でも、最近の出来事を考えると、ダンカンの気持ちも理解できるわね。彼はいま階上にいて、電話のそばで待機してるわ」

「キャシーが？」サリーはいった。「あたし、ときどき彼女のベビーシッターをしてるんです」

このドラマの一端に関係しているかと思うと、すごくわくわくした。

「あの子になにかあったら、ダンカンは生きていけないでしょうね」シーリアがいった。

「それじゃ、ここにいてもいいのかしら？」子供を失うのがどういうものなのか、サリーは想像したくなかった。だが、こんなときに大勢の他人に自宅にいて欲しくないのは、確かだろう。

「あら、いなくちゃだめよ。ダンカンはひとりでいるのが嫌いなの」シーリアは、相手に自分がすこし馬鹿だと感じさせるような話し方をした。もちろん、ロバートのために努力はするつもりだったが、サリーは彼女をまったく好きになれなかった。とはいえ、いまその判断を下すのは、公平さに欠けるだろう。シーリアはあきらかにかなり飲んでいた。口紅のほかに黒いアイライナーをつけていたが、それがにじんで、ちかくで見るとすこし悲惨な状態になっていた。カーディガンの袖口には、なにやらねばついた気持ちの悪いものがついていた。サリーの母親は最高の親ではないかもしれないが、すくなくとも品位を完全になくすことはなかった。人前で恥をさらしたりはしなかった。サリーはここから逃げだしたかった。だが、かわりにふたたび飲みはじめた。それは間違いだ、頭をはっきりさせておくべきだ、とわかっていたものの、頭がふれあうくらいぴったり寄り添ってささやきあうロバートとシーリアを見ていると、飲まずにはいられなかった。

44

マグナスがうとうとしかけたとき、扉のむこうで人の声がした。言い争っているようだった。きょうはアップ・ヘリー・アーだ、と彼は思った。誰かが飲みすぎたのだろう。子供のころ、叔父さんに連れられて、行列を見にいったことがあった。そのころでさえ、みんな酒をいっぱい飲んでいた。ある年、アグネスもいっしょにきた。まだすごく小さかった。こんな夜遅くまで外にいることを許されて、その目が興奮できらきら輝いていたのを、彼は覚えていた。それに、叔父さんがポケットに入れていたキャンディの袋のことも。

そのうち、分厚い扉の金属製の跳ね蓋がひらいて、警官がなかをのぞきこんだ。廊下の蛍光灯が、その顔を背後から照らしていた。狭いベッドに横たわっていたマグナスは、尻をうしろにずらして頭を高い位置に持っていき、背中を壁にもたせかけた。今度は、なにが望みなのだろう？　いまから彼を移送するのか？　そんなはずはなかった。フェリーはとっくの昔に出航していたし、この時間では飛行機ももうない。チャーターするなら、話は別だが。ときどき、そういうことがあった。重い病気の人を立派な機械のそろったアバディーンの病院に運ぶために、特別な飛行機を飛ばすのだ。恐怖を感じていたにもかかわらず、かれらが自分のために特別な飛行機を用意したと考えると、すこしわくわくした。身体を回転させて両脚をベッドから下ろし、ふつうにすわった。

鍵のぶつかりあう音につづいて、錠前に差しこまれた鍵のまわる音がした。ドアが開く。制服姿の警官が、誰かを通すために脇にどいた。

「お客さんだ」警官がいった。不機嫌そうな声だった。自分がなにをして相手を怒らせたのか、マグナスには思い当たる節がなかった。さっき夕食のトレイを下げにきたときには、ふつうだったのに。愛想がいいといってもいいくらいだった。ふたりでパレードの話をした。「会いたくなければ、それでもいいんだぞ」警官のうしろに、フェア島出身の刑事がいるのが見えた。このまえとおなじアウトドア仕様の大きなダウンジャケットを着て、両手をポケットに突っこんでいる。

警官が腹を立てているのはフェア島の刑事にであって、自分にではない、とマグナスは思った。

「会うよ」喜ばせたい一心で、マグナスはいった。「ああ、いいとも」

「弁護士を同席させなくていいのか?」

マグナスはその点についてはっきりしていた。彼は自分の弁護士が大嫌いだった。

ジミー・ペレスがプラスチックの椅子に腰をおろして、彼とむかいあった。立ち去る足音が聞こえなかったので、警官はドアのすぐ外にいるにちがいなかった。そのことを考えていたので——どうして警官はもっと居心地のよい自分のオフィスに戻らずに、廊下にまだ立っているのだろう？——マグナスは刑事の最初の質問を聞き逃した。沈黙が流れ、マグナスは自分が返事を求められていることに気がついた。ばつの悪さを感じながら、困惑して、あたりを見まわす。

「こちらのいったことを聞いてたのか、マグナス？」刑事の声には、これまでマグナスが耳にしたことのない苛立ちがあった。いや、ヒルヘッドでカトリオナのリボンを見せたときも、こんな感じだったかもしれない。「キャシーが行方不明だ。知ってるだろ？　ミセス・ハンターの娘だ」

マグナスの意志に反して、笑みが浮かんできた。いつでも彼を厄介な立場に追いやる、あの笑み。その女の子が橇《そり》に乗って彼の家のまえをひかれていったのを、彼は覚えていた。岬の上空を大鴉たちが飛びまわっていた雪の日だ。「可愛い子だ」

「彼女がいまどこにいるのか、知ってたりしないか、マグナス？　心当たりでも？」

マグナスは首を横にふった。

「だが、あの子を見つけるのを手伝いたいだろ？」

「おれを外に出すのか？」マグナスは確信のないままいった。「それなら喜んで参加するけど、捜索を手伝う人は大勢いるだろうし、おれはもうそんなに若くない」マグナスは別の女の子がいなくなったときのことを考えていた。丘にずらりと人が一列に並んでいたときのことを。ラーウィックからきたふたりの警官に連れていかれるまで、彼も手を貸していた。

「そういう手伝いは必要ない。カトリオナのことを話して欲しいんだ。カトリオナにはなにがあった、マグナス?」

マグナスは口をひらいたが、言葉が出てこなかった。

「あの子を殺したのか、マグナス? もしそうなら、そうだといってくれ。キャシーを見つける助けになる。殺してなくて、誰がやったのかを知ってるのなら、それもやっぱり助けになる」

マグナスの尻がベッドから滑り落ちて、彼は立ちあがっていた。息が上手くできないような気がした。「約束したんだ」という。

ふたたび刑事が苛立っているのがわかった。あとずさる。さっきの警官は、まだドアの外にいるのだろうか?

「誰に約束したんだ?」

「お袋に」

なにもいうんじゃないよ。

「彼女は死んだ、マグナス。どうせわかりゃしない。それに、彼女は子供を愛してたんだろ? あんたがキャシーを助けることを、望んだだろう」

「お袋はアグネスを愛してた」マグナスはいった。それから、自分の母親を悪くいうことになるから黙っているべきだとわかっていたものの、こうつけくわえた。「おれのことは、愛してたかどうかわからない」

「あの日、なにがあったか話してくれ。カトリオナが丘を駆けあがってきた日に。学校は夏休みだった、だろ？　風が強くて、よく晴れた日だった、そうだな？」

「おれは野原で働いてた」マグナスはいった。「干し草用の草を刈ってた。もうすぐ終わるところで、そのあとは菜園の手入れをするつもりだった。そのころは、家の横手に菜園があったんだ。風からすこし守られたところに。いまじゃ、あまり植えてない。ジャガイモと蕪《かぶ》をすこし育ててるだけだ。昔は春に青野菜、そのあとはキャベツ、にんじん、タマネギを作ってた」マグナスはフェア島出身の刑事が苛立ってきているのを察して──もっとも、表情は変わっていなかったが──それくらいでやめた。「カトリオナが丘を駆けあがってくるのが見えた。手に花束を持ってた。あの子がくるといつだって楽しかったから、ひと休みすることにした。家でコーヒーを飲むことに」彼は言い訳するように顔をあげた。「べつに悪いことないよな？　ひと休みして、あの子と話をしたって」

「もちろん、それだけなら、悪いことはなにもない」

マグナスは黙りこんだ。

「話してくれないか？」ジミー・ペレスがいった。その声はすごく小さかった。小さすぎて、マグナスは耳を澄まさなくてはならなかった。耳はすごくいいのに。ほかの老人たちとはちがった。最後にはなにも聞こえなかった母親とは。さまざまな想いが頭のなかを駆けめぐっていた。さまざまな情景が浮かんでくる。カトリオナ、病気だったときのアグネス、暖炉のそばの椅子にすわり、片方の腕で編み針を押さえて、いつものように厳しさとみじめさを漂わせながら編み物をしていた母親。子供のころの日曜学校。未仕上げの木の椅子は棘だらけで、すわると膝のうしろがちくちくした。目をあげると、細長い窓から差しこむ光のなかで埃が舞っていた。牧師さんに教えられたいろんなこと。幸せは、神の許しを通じてのみ得られる。それらの言葉の意味を、ほんとうには理解していなかった。すべての意味は。だが、ときおり霧のなかの物影みたいに、意味がちらりとわかるときがあった。もっとも、あとになると、なにひとつ信じていなかったが。

マグナスは刑事に話さないことにした。だが、口をひらくと、すべてがあふれ出してきた。

「あの子は踊るような足取りで、手に花を持って土手をのぼってきた。うちにくるつもりなのが、わかった。自分が歓迎されないかもしれないとは、思ってもいなかっただろう。髪の毛をふたつのリボンで結いあげてた……」マグナスは両方のこぶしを頭のてっぺんにつけて、示してみせた。「……なんていうか、角みたいに。そのころには、おれはキッチンにいた。手を洗って、コーヒーの用意をしてた。あの子が飛びこんできた。いつもノックなんてしなかった。その日は見た途端、すごいやんちゃになってるのがわかった。風のせいかな？　風の強い日は、子供がよく校庭を駆けまわってるだろ。すごく騒々しくて、うちからでも聞こえることがある。お袋は編み物をしてた。カトリオナにいて欲しくないと思ってるのが、わかった。夜、よく眠れないことがあったんだ。あの日は、そっとしておいてもらいたかったんだろう。まえの晩よく眠れなかったから、静かにすわって編み物をしていたかったんだ」

「だが、あんたはカトリオナと会いたかった？」

「あの子と会うのは楽しかった」彼はいった。「牛乳を一杯とビスケットを出した。でも、あの子は牛乳じゃ嫌だといった。ジュースが欲しいって。うちにはジュースがなかった。あの子は落ちつきがなかった。うちにくると、すわって絵を描くときもあれば、お袋の機嫌のいい日には、いっしょにパンを焼いたりしてた。けど、その日はそこいらじゅう動きまわって、引き出しを開けたり食器棚をのぞいたりしてた。退屈だったんだろう。自分でもそういってた」マグナスは困惑していった。彼にとって、退屈というのは理解しがたいものだった。こうして留置場にいて、閉じこめられるのは嫌だったし、ヒルヘッドの土地がどうなってるのか心配だったりもするが、退屈することはなかった。

「それじゃ、彼女は帰ったのか？」ペレスがいった。「そういおうとしてるのか？　彼女は退屈して帰った、と。どこへいったんだ？　誰と会った？」

沈黙が流れた。

「マグナス？」

「あの子は帰らなかった。おれの部屋にいって、遊ぶものがないかと探しはじめた」彼はカトリオナがドアを押しあけたのを覚えていた。彼のベッドの上で飛び跳ね、笑いながら頭をのけぞらせ、角みたいな髪の毛が宙で揺れていたのを。それを見ながら、彼は困惑していた。小さくて茶色い身体、スカートがずりあがるたびにちらちらと見えていた下着。「そんなこと、すべきじゃなかった。まずことわるべきだった」

「そうだな」刑事が同意した。マグナスはこれでまた別の質問をされるのかと思っていたが、そうではなかった。刑事はそこにすわったまま彼を見つめ、先をつづけるのを待っていた。

「おれはアグネスのものをいくつか取っておいた。ほら、アグネスのことは話しただろ。妹だ。まだちっちゃいころに亡くなった。百日咳にかかったんだ。お袋には、アグネスのものは捨てろっていわれてた。家に置いときたくなかったんだ。けど、おれには捨てられなかった。箱のなかにしまって、ベッドの下に隠しておいた」母親が春の大掃除をするときを除いては。そのときは、別の場所に移さなくちゃならなかった。こうした細かいことを、彼は刑事に話さなかった。たったひとつだけ、秘密を――自分だけのものを――持つというのがどういうものなのか、理解してもらえるとは思えなかった。「カトリオナがそれを見つけた。大したものはなかった。ぬいぐるみだ。ウサギに、長い髪の人形。アグネスが持ってたのは、それだけだった。いろんなおもちゃを持ってるいまの子たちとはちがう」

「あんたは彼女にそれで遊ばせたくなかった。アグネスのものだから」

「ちがう！」マグナスは、どうやったら相手にそのときの状況を理解してもらえるのか、わからなかった。「彼女がそれで遊ぶところを、見たかった。ただ、笑われるんじゃないかと心配だった。カトリオナがいつも遊んでるようなおもちゃじゃなかったから。でも、あの子は笑わなかった。人形を腕に抱きかかえて、赤ん坊みたいに揺すった。アグネスも、よくそうやってた。赤ん坊を揺すって、歌いかけるんだ。カトリオナは歌ってなかったけど、やさしくあやしてた。この子の髪の毛をとかしてもいいか、って訊かれた。カトリオナは悪い子じゃなかった。全然ちがう。ただ、元気がありすぎただけだ。みんな、あの子をどうしたらいいのか、わかってなかった」

「そのあとで、なにがあった?」刑事がたずねた。

マグナスは目を閉じた。そのときの情景を思い出すためではなく、締め出すために。だが、締め出すことはできなかった。それはすぐ目のまえにあり、ふたたび目を開けても、まだ見えていた。母親が突然、部屋の入口にあらわれた。馬の毛を詰めたベルトを腰に巻き、そこに編み針を差したままで。それを寄越しなさい。手をのばして、人形をつかもうとする。カトリオナは反抗した。自分が起こした騒動を楽しみ、頭の上に人形を掲げて、からかうようにジグを踊っていた。わかっていなかった。わかるはずがないではないか? アグネスのことは、死んでから一度も家のなかで口にされたことがなかったのだから。母親は例のごとく厳しさと激しさをもって、娘の思い出にしがみついていたにちがいない。だが、マグナスはそれについて語るのを禁じられていた。したがって、カトリオナはアグネスのことなど知りようがなかった。いまはもう、あたしの人形よ。マグナスがくれたんだから。ふり返って彼を見たときの母親の目に宿っていた冷たい憎悪。それから、少女はスキップして笑いながら、家の外へ出ていこうとした。

だが、戸口までいきつけなかった。母親がハサミに手をのばしていたからだ。編み物をするときに毛糸を切り、縫い物をするときに布を裁断するのに使っていたハサミだ。大きくはないが、刃が細く、すごく尖っていた。つぎの瞬間、少女は死んで、暖炉のまえの端切れ布で作った絨毯の上にじっと横たわっていた。まるで少女自身が人形のようだった。母親はハサミをふりあげ、両手で深々とカトリオナの身体に突き刺して、命を絶っていた。カトリオナはちょっと音を立てただけで、ほとんど悲鳴もあげず、小さく一歩踏みだすと、絨毯の上にくずおれた。母親がその絨毯を作ったときのことを、マグナスは覚えていた。古着を切り分け、かぎ針で袋地に縫いつけていったときのことを。彼は絨毯にひざまずき、カトリオナを見た。それから、母親のほうをふり返って、指示を求めた。どうしよう？　この家には電話がなかったが、ブルース家まで駆けていくことはできた。母親が例の落ちついた力強い声でいった。アグネスのおもちゃで遊んだりするからだよ。それから、ふたたび椅子にすわり、編み物をつづけた。

　どう処理するかをまかされたのは、マグナスだった。彼は絨毯を丸めてカトリオナを包みこむと、それを自分の部屋へ持っていった。血が流れていたが、大した量ではなかった。人形とウサギのぬいぐるみは、ベッドの下の箱に戻した。人びとがカトリオナを捜しにきたとき、彼は外の菜園にいて、長い柄の鍬《くわ》で雑草を刈っていた。いや、彼女はここにはいないよ。そして、人びとがあとでもう一度戻ってきて母親にたずねたとき、母親はおなじことをいった。誰も絨毯がなくなっていることに気づかなかった。そりゃ、そうだろう。かれらはめったに家に入ることがなかった。暗くなると、彼は絨毯をひらいた。カトリオナはその真ん中で、仰向けに横たわっていた。彼はリボンをほどき、髪の毛を広げた。それから、彼女を丘の上へ運んでいった。曇った晩だった。月は出ていなかった。漆黒の闇。男たちはまだカトリオナを捜して、岬や崖っぷちにいた。かれらの懐中電灯の光が見えたが、マグナスの姿を見たものはひとりもいなかった。かれらは海岸にいて、彼は内陸にむかっていた。荒れ地までくると、顔が雨のほうをむくようにして少女を下ろした。それから、手鋤《てすき》を取りに家まで戻った。刃の鋭い手鋤だ。ふたたび丘の上にのぼると、泥炭の土手に彼女を埋め、その跡をそこいらへんに転がっていた岩で覆った。

彼が仕事を終えて家にむかうころには、夜が明けていた。夏で、夜はまだみじかかった。だが、誰にも見られなかった。家に着くと、母親のハサミを使って絨毯を切り刻み、切れ端を一枚ずつ炎に投げこんだ。母親はすべてが終わるまで、自分の部屋にこもっていた。それから、出てきて、いつものように彼の朝食用にポリッジを作った。この件については、ふたりともなにもいわなかった。警官が彼を迎えにきたときに、母親がこういっただけだった。なにもいうんじゃないよ。

「そういうことだったんだ」ついに言葉が尽き、目のまえから情景が消えると、マグナスはいった。「起きたのは、そういうことだった」

彼はペレスががっかりしているのを見て取った。この刑事が望んでいたような話ではなかったのだ。

「そういうことだったんだ」もう一度くり返す。「謝るよ」それから、しゃべるのが癖になってしまったのか――これだけ長いこと話す相手がいなかったあとで、しゃべるのに慣れてきていた――彼はふたたび口をひらいて、フェア島出身の刑事に、最後にキャサリン・ロスを見かけたときのことを話しはじめた。なにもいうな、という母親の指示は、なぜかもうどうでもよくなっていた。

45

その晩、フランはずっと時間の経過を意識していた。一分たつごとに、迷子になったキャシーが、それを捜していた家族のもとに無事に戻ってくる、というシナリオを信じるのがむずかしくなっていった。すでに真夜中にちかく、ラーウィックの集会場ではアップ・ヘリー・アーの宴がたけなわだった。町のいたるところで、人びとが踊り、笑い、音楽に耳をかたむけていた。男たちが酔って騒いでいた。子供にふさわしい時間ではなかった。子供たちは、とっくにベッドに入っているはずだ。フランは時間がゆっくりすぎるようにと念じた。ここまで事態が深刻化しないことを、ずっと願っていたのだ。時計に目をやる。長針と短針がちかづいていく。それが重なり、ふたたび離れていくのを見るのは、耐えられなかった。

外は凍てつくような寒さだった。服を貫き、骨まで達するような寒さだ。レイヴンズウィックの家のなかは暖炉で暖められているにもかかわらず、フランは寒さに気づいていた。道路をちかづいてくるヘッドライトが見えるように、カーテンは開けっ放しにしてあった。ときどき、フランは水滴で曇った窓ガラスを拭いて、一枚一枚の草を厚く覆っている白い霜を見た。キャシーのことを考え、娘がまだマフラーと手袋をしていることを願った。外にいると考えるほうが、どこかに閉じこめられているよりもよかった。キャシーは暗闇が嫌いで、ベッドに入るときは必ずランプをつけていた。フランは娘を悩ませていた悪夢のことを考えた。寝ぼけたまま、キャシーが安心を求めて夢中で手をのばしてきたときのことを。フランはまばたきした。そのイメージに対する、無意識の反応だ。涙が頬を伝い落ちるのがわかったが、それを拭う気力はなかった。

ユアン・ロスがそばにすわっていた。太った女性警官はテーブルにいて、ぎごちなく沈黙を守っていた。ユアンがフランのためにウイスキーを用意してくれた。ちょうど娘を亡くしたあとの彼に対して、フランがそうしたように。フランは失礼にならないよう、それを啜った。パニックで思考停止状態となり、頭がおかしくなりそうだったが、それでもユアンの気持ちを傷つけたくなかった。彼は自分の娘が死んだことを知っていた。彼女の場合、まだ生きているという希望があった。ほかの少女たちの死体を見つけたときの動揺など、いまの気持ちに較べたらものの数ではなかった。

犬は寝室に閉じこめてあった。キャシーのことが、あまりにも鮮烈に甦《よみがえ》ってくるからだ。犬を見ていたくなかった。足もとにいる犬の匂いを嗅ぐだけで、吐き気がした。

電話が鳴った。フランはさっと立ちあがり、二度目のベルが鳴るまえに受話器を取った。アドレナリンが脳を直撃し、突然、頭のなかがすっきりした。ダンカンだった。

「なにか進展は？」

「あれば、電話してるわ」彼女はいった。ペレスがキャシーを捜しにダンカンの屋敷を訪れたあとで、彼から電話があり、説明を求められていた。ダンカンがどう感じているのか、わからなかった。娘を行方不明にさせたことで、彼から責められるだろう、とフランは予想していた。逆の立場だったら、ダンカンの目をくりぬいていたところだ。だが、ダンカンはそうせずに、よそよそしく、冷ややかな感じだった。はじめは、泥酔していて、それを隠そうとしているのだ、と彼女は思った。しらふだと思わせるため、懸命に努力しているのだ、と。だが、いまはもうそんなふうには考えていなかった。それ以来、彼は一時間ごとに電話してきた。フランは怒るわけにはいかなかった。これは彼ではなく、彼女のせいなのだ。もしもキャシーが父親といっしょに屋敷ですごすことを認めていれば、あの子はいまごろ無事だっただろう。

「ごめんなさい」彼女はいった。彼から電話があるたびに、この言葉もくり返されていた。

一瞬、沈黙があった。「いや」ダンカンがいう。「きみにはどうしようもなかったことだ。自分を責めちゃいけない。そっちへいこうか？」

「いいえ。そこにいて。どちらの家にも誰かいないと。もしかして、ってこともあるから……」

ダンカンがふたたびなにかいいかけたが、フランはそれをさえぎった。「お願い。もう切るわ。いまちょうど警察からかかってきてるのかもしれないし。なにか聞いたら、すぐに電話するわ。約束する」

電話を切ったフランの目に、窓に映る自分の姿が飛びこんできた。見知らぬ中年女の暗い影。不意に自己憐憫《れんびん》がこみあげてきた。ここへはキャシーの安全を考えて越してきた。フランの望みは、それだけだった。自分たち母娘にとっての、よりよい生活だ。まるで、底意地の悪いいたずらの標的になったような気がした。死体を見つけるだけでも大変なのに、こんなことまで降りかかってくるとは。気がつくと、彼女はすすり泣いていた。この涙はキャシーのためではなく、自分のためだった。

ユアンがうしろからちかづいてきて、ハンカチを差しだした。白くて清潔なハンカチで、アイロンがかかっていた。フランはそれを受け取った。頰にあたるなめらかな布の感触が、すこし慰めになった。

「どうしてアイロンのことなんて考えられるの？　こんなときに？」フランの頭にまず浮かんできたのは、そのことだった。

ユアンがその言葉の意味を理解するのに、すこし時間がかかった。かすかに頰笑む。「わたしじゃない。家に手伝いにきてもらっている、いろいろと面倒をみてくれる人だ。ひとりだったら、いまごろとんでもない状態になっていただろう。きみも見たとおり」

いまの彼は、完全に落ちついているように見えた。

「キャサリンの文書で、なにか見つかったの？」突然、フランはたずねた。「こんなことをしている犯人を見つけだす手がかりになるようなものを？」

彼がこたえるまえに、外で物音がした。窓に映っていたフランの影が、うしろからヘッドライトに照らされて消えた。フランは息を詰め、ちかづいてきた車がスピードを落とし、停止するのを見守った。ジミー・ペレスだった。すぐに、ひとりだとわかった。彼女は一縷《いちる》の望みにすがって、彼が車の反対側にまわり、後部座席から子供が降りるのに手を貸すのではと期待した。だが、彼はまっすぐ家にむかって歩いてきた。キャシーが死んだと告げにきたのだ。いいニュースなら、電話してきたはずだ。ここまで車を飛ばして、時間を無駄にしたりしないだろう。ちかづいてくる足音を聞きつけた犬が、吠えて寝室のドアに飛びついた。

ドアを開けるなり、ペレスは開口一番、こういった。「ニュースはなにもありません。彼女は見つかっていない。まだ、いまのところは」彼が家にむかって歩きはじめた瞬間、フランはキャシーが死んだと確信していたので、ほっとした。彼にキスしたいくらいだった。

「質問がいくつかあります」ペレスがいった。

「もちろん。なんでも訊いて」

彼がフランの肩越しにユアン・ロスを見た。「申しわけないが、ミセス・ハンターとふたりだけで話がしたい。ご理解いただけますね？」

「もう帰るよ」ユアンがいった。「戻ってきて欲しくなったら、電話してくれ。そのほうがよければ、うちにきてくれてもいい。時間は気にしなくていい。起きてるから」

フランは彼が帰っていくのに気がつかなかった。彼に礼をいって見送り、刑事にコーヒーと食べ物を勧めるべきだとわかっていたが、彼女はすわったまま、いらいらと質問を待っていた。きっとペレスには考えがあるのだろう。いろいろな考えが。望みはまだある。待っているあいだに、別の車がラーウィックのほうからちかづいてくるのが見えたが、それは止まらずに通りすぎていった。

ペレスは硬いダイニングチェアをひっぱり出し、そこにすわった。長い脚を椅子の下にたくしこんで、彼女とむきあう。女性警官が自分の椅子を隅のほうへそっとずらした。フランは切迫したものを感じた。彼はすばやい返事を求めていた。彼女がちょっとでもいいよどむと、口ではなにもいわなかったが、急いでくれと念じているのがわかった。彼の質問は、フランにはわけがわからなかった。まったくの行き当たりばったりに思えた。キャシーと学校での彼女の様子、フランの社交生活、レイヴンズウィック以外での交友関係について、訊かれた。どうしてそんな質問をするのか、フランはたずねなかった。娘を見つけるために彼女にできることは、なにもなかった。完全に彼にまかせていた。そして、彼がフランへの説明で時間を無駄にしていたら、手遅れになるかもしれなかった。

質問は長くはつづかなかった。十五分後に、彼はふたたび立ちあがった。「ここにひとりでいるのはよくない」

「ユアンがきてくれるといってたわ」

「いや。ミスタ・ロスはだめです。この件にちかすぎる。ほかにも誰かいるはずだ」

フランは、親切にも犬をくれたヤン・エリスのことを考えた。赤ん坊の恰好をして馬鹿をさらすのを厭わない夫を持つヤン・エリスのことを。ペレスが外に出て、自分の携帯電話で彼女に電話するのが聞こえた。ヤンの車が表に止まると同時に、彼は姿を消した。出ていくまえに、彼女に声をかけていかなかった。彼女のほうも、わかっていたので、彼を見送らなかった。なにもかも大丈夫だ、と彼はいいたくないのだ。守れるとはかぎらない約束を、したくないのだ。

46

ジミー・ペレスはフラン・ハンターの家から車を出すと、土手を下ってヒルヘッドにむかった。老人の家のまえで止まり、フロントガラスについた水滴を拭き取る。丘のふもとでは校舎とユアン・ロスの家にまだ明かりがついていたが、なかで精力的な活動がおこなわれているとは、外からではまったくわからなかった。ロイ・テイラーは目立たないようにすることとの重要性をわかっていた。車も道路からは目につかないところにとめてあった。

ペレスは自分もそこへいって参加したかった。捜索活動で身体を動かしていれば、安心感のようなものが得られるだろう。パニックを忘れられる。さまざまな所持品をふるいにかけ、まず間違いないと思われる仮説を証明することに専念するのだ。だが、それでキャシーが戻ってくるとは思えなかった。彼女はレイヴンズウィックにいない、とペレスは確信していた。

意識してゆっくりと呼吸し、つぎにどうすべきかを冷静に考えようとする。さまざまな考えが浮かんできて、頭のなかがごちゃごちゃしていた。いま直面している問題とほとんど関係ない考えばかりだった。

大鴉たち。昼間にここへくるたびに、野原の上空を飛んでいた。夜は、どこへいくのだろう？　凍りついた岬のほうに目をやる。大鴉たちが崖の岩棚に避難しているところを想像するのは、むずかしかった。だが、ほかにどこがある？　かれらは寒さをしのぐために、寄り添っているのだろうか？　どうやったらこういう冬を乗り切れるのか、ペレスにはわからなかった。マグナスの大鴉は、すでに死んでいた。ペレスはそれを傷ついた鳥や動物を世話する女性のところへ持っていき、彼女はそれにマグナスが指示したとおりの餌をあたえた。だが、環境の変化によって、バランスが崩れていた。大鴉はこれといった理由もなく、その晩に死んだ。こういうことはときどきあるの、と世話をしてくれた女性はいっていた。

それから、ペレスはダンカンのことを考えた。友人から敵へと変わった男のことを。彼の娘が亡くなっていたら、ペレスはどう話しかけたらいいのだろう？　それで、犯人のことに考えがおよんだ。なにをすべきかが、わかった。彼はエンジンをかけ、マグナスの家のむかいの門口にバックで車を乗り入れ、むきを変えた。そして、ふたたび北にむかった。

ラーウィックに着くと、彼はテイラーに電話した。「なにか出たか？」

「きみのいうとおりだった。見つけたよ。だが、上手く隠されてた。あやうく見逃すところだった」

だが、あんたは見逃さなかった、とペレスは思った。テイラーの声に勝利の響きがあるのが聞き取れた。そんなふうに感じるのをうしろめたく思い、抑えてはいたが、それでもはっきりとわかった。マグナス・テイトはキャサリン殺しの犯人ではなかった。みんなが間違っていたことを、彼が証明したのだ。彼とフェア島出身の刑事が。

「クエンデールにいくんだ。あの少年と話をしてくれ。わたしが聞きそびれたことが、なにかある」ペレスは命令をあたえる立場にはなかったが、気にしなかった。

ペレスは電話を切り、すでに集会場の捜索にかかっている連中に連絡を取った。この時間になると、ダンス・パーティはおひらきとなり、人びとは三々五々、帰路についていた。もっと体力のある連中は、個人宅のパーティへと移動していた。

「彼の姿は?」

「しばらくまえから、誰も見かけていません」

「自宅は調べたか?」

「静まりかえっています。ドアに鍵がかかってなかったので、なかを見てまわりました。誰もいません」

ペレスはゆっくりと車で通りを流し、ときおり止めては、家にむかうにぎやかな酔っぱらいたちに話しかけた。誰もロバートを見ていなかった。もう何時間も。ふたたび電話をかけ、彼はいった。「タクシー会社に話を聞け。それから、ウォルセイ・フェリーの関係者をたたき起こせ。ロバートは自分の船にいったのかもしれない」船を使えば、小さな子供を手っ取り早く処分できるだろう。船から突き落とせばいい。この水温では、たとえ泳げたとしても、数秒しかもたないはずだ。なぜか大鴉のイメージが、一瞬、彼の頭をよぎった。深さは必要なかった。潮の状態によっては、船が停泊している場所で捨てられても、死体は発見されずに終わる可能性があった。

ペレスは、ヴィドリン近辺在住で船を所有している友人たちのことを考えた。自分をウォルセイへ連れていくよう、説得できるやつはいるだろうか。そのとき、別の考えが浮かんできた。シーリアはダンカンの屋敷にいた。すくなくとも、彼が先ほど訪ねていったときには。まず、そこを調べてみてもいいだろう。その晩二度目になるが、ペレスは北にむかって車を走らせ、なにもない荒涼とした泥炭の荒れ地を突っ切った。

ブレイの分岐点で、道路にタイヤのスリップした跡が残っているのが見えた。彼はギアを変え、屋敷にむかって土手を下っていった。浜辺に人影がふたつあった。かがり火の燃えさしのなかに影となって浮かびあがっていたので、顔までは見えなかった。屋敷のなかの様子は、予想がつかなかった。ダンカンが娘の失踪にどう反応するのか、わからなかった。騒々しいパーティが宴たけなわであったとしても、彼は驚かないだろう。自己顕示欲の強いダンカンが酔っぱらって、なにも問題ないふりをしていたとしても。だが、屋敷は静まりかえっていた。エンジンを切ったあとでも、音楽は聞こえなかった。潮の変化とともに吹きはじめていたそよ風が、ふたたびやんでいた。高い煙突から、煙がまっすぐに立ちのぼっていた。月明かりのなかで、それがはっきりと見えており、煙に含まれた木の香りが嗅ぎとれた。

ペレスはノックせずにドアを開けた。キッチンでは、誰か知らない人物が例のオークニー・チェアで眠っていた。若い女性で、両脚を身体の下にたくしこんでいる。テーブルでは、ふたりの男がトーストを食べていた。スーツとネクタイ姿で、都会で朝食を兼ねたミーティングをしているといっても、とおりそうだった。ペレスが入ってくる音を耳にして、顔をあげる。かれらはペレスをダンカンの友だちのひとりだと考えていた。

「どうも」午前二時に客があらわれたことに驚きもせずに、ひとりがいった。「彼は上階にいる。あまりパーティって気分じゃないんだ」イングランド人のアクセントだった。ダンカンのビジネス関係の知りあいだろう。

ペレスはふたりを無視して、そのまま客間にむかった。最上階のベッドで見つけた若いカップルが、ソファのひとつにすわっていた。腕をからませあい、完全に寝ているわけではないが、かなりぼんやりとしている。シーリアが床にすわり、暖炉の火を見つめながら、それを錬鉄製の火かき棒でつついていた。火花が飛ぶ。泣いていたようだった。

「ロバートはいますか?」

シーリアが顔をあげて、ペレスを見た。「いたわ。いまは知らないけど。あの子のヴァンは、まだここにあるのかしら?」なぜペレスがそんな質問をするのか、キャシーについてなにかわかったのか、彼女はたずねなかった。ペレスは大声で怒鳴りつけたい衝動に駆られた。なんでもいいから、こいつらの目を覚まさせたかった。少女が行方不明だというのに、よくもまあ、みんな意識をもうろうとさせて、のんびりしていられるものだ。

彼はなにもいわずに、足早に外へ出た。最初に着いたとき、ヴァンのことを考えなかったのはうかつだった。すぐに見つかった。ヴァンにちかづくまえに、自分の車を移動させ、ヴァンが出られないようにした。ロバートに車で逃げられて、赤っ恥をかきたくなかった。

運転席のドアを試してみる。ロックされていた。ウィンドウから車内をのぞきこみ、懐中電灯で照らす。ガラスには塩が付着しており、光がそれに反射したので、なかがよく見えなかった。もっとちかづこうと、かがみこむ。助手席にピンクの手袋があったが、キャシーのものにしては大きすぎた。後部の荷台は見えなかった。板金の仕切りによって、座席と隔てられていたからである。後部ドアの取っ手をひっぱってみると、動いた。ボルトがあがり、ドアが開く。なかにふっくらとした包みがあった。それがなにか、ペレスは考えないようにした。懐中電灯をむけると、ひと組の目が浮かびあがった。恐怖で大きく見開かれた目。その目がまぶしそうにまばたきした。生きているのだ。キャシーは動くことができなかった。両手を麻紐で縛られており、その結び目は巧妙だった。油だらけのぼろ切れが猿ぐつわがわりに口に詰めてあった。ペレスはポケットからペンナイフを取り出して麻紐を切ると、口からぼろ切れをひっぱり出した。それから、キャシーを外に運びだし、赤ん坊みたいに両腕で抱きかかえた。キャシーが震えはじめた。ペレスはそのまま屋敷のなかに駆けこみ、すぐに大声でダンカンを呼んだ。ダンカンが飛ぶようにして階段を下りてきた。

47

気がつくと、サリーは浜辺にいた。ここまでどうやってきたのか、覚えていなかった。冷えこんでいたが、いまは寒さがずっと遠くに感じられた。ロバートがジャケットを脱ぎ、それを彼女の肩にかけてくれた。かがり火からは、まだいくらか熱が伝わってきていた。突然、もうたくさんだ、と思った。家にいられたら、どんなにいいだろう。両親はもう寝てるだろうから、こっそり忍びこんで、紅茶をいれるのだ。彼女は疲れていた。ベビーベッドを卒業した日からずっと使っているシングルベッドで、横になりたかった。暖かい羽毛掛け布団にくるまって、眠りに落ちる。なによりもいましたいのは、それだった。だが、そういうわけにはいきそうになかった。ロバートが話をしたがっていた。

「ここでなにがあったか、キャサリンはいってたか？　おれと彼女が最後にここへきたときに？」

「聞きたくないわ」サリーはいった。

「彼女、なにが問題だったんだ？」

「ねえ」サリーはいった。「どうだっていいじゃない。いまはもう」

うしろにいるロバートにもたれかかり、自分の目が閉じていくのを感じる。彼のベルトに差しこまれたナイフが、腰のくびれにあたっていた。それほど不快ではなかったし、姿勢を変えるのが億劫なくらい疲れていた。飲んだせいだけだろうか？　それで、眠ってなにもかも忘れたいという気分になったのか？

「キャサリンのことで、お袋はずっと正しかった」ロバートがいった。言葉が彼女の頭にあたって、跳ね返っていくような気がした。彼はなにをいおうとしてるのだろう？　いま眠るわけにはいかないのが、わかった。きちんと聞かなくてはならなかった。

「どういう意味？」

「キャサリンは変わった子だ、といってた。よくない、と」

「彼女はあたしの友だちだった」サリーはそういったが、キャサリンのためにロバートにたてつくなんて、おかしな気がした。しかも、相手はロバートなのだ。

「彼女はおれをこけにしようとした。それを許すわけにはいかなかった」

「心配する必要ないわ。彼女は死んだのよ」

「彼女が好きだった」ロバートがいった。「惚れてた。それがあの女の狙いだった。お袋は、それを見抜いてた。キャサリンはただおれをもてあそび、反応をひき出そうとしているだけだ、といってた」

お願いよ、あなたのお母さんをこの件から切り離してちょうだい。自分たちが結婚したらどういうふうになるか、サリーには想像がついた。ちょっとでも面倒が起きたら、彼はシーリアのところへ飛んでいって泣きつき、なにもかも修復してもらうのだろう。子供が母親を憎むほうが、健全なのかもしれない。サリーは母親からクソみたいに扱われたのを、感謝すべきなのかも。かがり火から離れた浜辺には、いまでは霜が降りていた。打ち寄せてきた波がひくと、そのあとに氷の筋が残って、月明かりのなかで青白く輝いていた。ああ、もう、なにもかもめちゃくちゃだわ。

「彼女はおれを撮影した」ロバートがいった。

「彼女は誰でも撮影してたわ」

「おれが彼女を殴るところを撮影したんだ。あの晩、おれは挑発されて、彼女を平手で殴った。

頬に赤い痕が残った。それが彼女の手に入れたがっていたものだった。いい映画になる。彼女はそういった。三脚にビデオカメラをセットしておいて、こっちがその存在を忘れるくらい、煽《あお》り立てたんだ。曲芸するアザラシを煽るみたいに」

サリーはなにもいわなかった。

「いまの話を聞いてたのか？」ロバートがきつい口調でいった。

サリーは彼から離れようとしたが、うしろから両肩をつかまれた。

「あたしを殴るの？」その言葉は誰か別の人の口から発せられたような気がした。彼女の口ではなく。キャサリンのことで彼を非難するのは、間違っていた。彼のせいではないのだから。

「いや」ロバートがいった。まるで小さな子供のようだった。それに、彼を怒らせるのはまずいだろう。キャサリンがどういう人間か、サリーは知っていた。

「彼女から離れろ」大人の声がいった。ふたりはかがり火とその先の海のほうをむいていたので、ジミー・ペレスがうしろからちかづいてきたのに気づいていなかった。きっと砂利の上をすごく静かに移動してきたにちがいない、とサリーは思った。彼はもの静かな男だった。先ほどの文句をくり返したときでさえ、その声は低く抑えられていた。ふたりはそろって彼のほうをふり返った。

「シーリアがあんたと話したがってる、ロバート。いくんだ」

ロバートが動きはじめ、サリーは思った。それじゃ、これまでね。シーリアが勝ったのだ。

シーリアが呼ぶたびに、彼は駆けていく。それに、自分が二度と彼と会うことがないのがわかった。ロバートがよたよたと急ぎ足で闇のなかへ消えていくのを、彼女は最後まで見届けた。浜辺の上のほうで、人の声とあわただしい物音がしていた。なにがおこなわれているのか、彼女には見当もつかなかった。ロバートの身のこなしは、あまり優雅とはいえなかった。どちらかというと脚がみじかく、お尻が地面にちかづきすぎてる。どうして彼には好きになるだけの価値があると思ったのか、サリーは自分でも不思議だった。彼はジャケットを残していってくれたが、それでも彼女は身震いし、かがり火のほうにむきなおった。片方の頰がひりひりと熱くなっていた。きっと平手打ちされたみたいに赤くなっているのだろう。手には、うしろから肩をつかまれたときにロバートのベルトから拝借したナイフが握られていた。

「彼も殺すつもりだったのか?」刑事がたずねた。

彼女はこたえなかった。ナイフをかたむけると、刃に残り火が反射した。その独特な赤い光に包まれて、刃は深紅に染まっているように見えた。すでに血にまみれているかのようだった。

「キャシーを見つけた」刑事がいった。「無事だ」

「ロバートは関係ないわ。ヴァンの荷台は開けっ放しだった。キャシーが母親からはぐれていたから、お母さんを見つけるのを手伝ってあげる、といったの。ヴァンには紐があった。ガールスカウトにいたから、紐を結ぶのは得意なの」言葉を切る。ブレイの分岐点で車が横滑りしたとき、うしろでキャシーの身体が跳ねるのが聞こえたが、ロバートは気づいていなかった。

「どうして彼女をさらった? いや、こたえなくていい。そもそも、弁護士なしで、きみに話しかけるべきじゃないんだ。でも、不思議でね。あんな子供が、どんな脅威になるっていうんだ？」

「キャシーはあの晩、あたしがキャサリンといっしょにいるところを目撃していたの。夜中に目が覚めた。悪い夢を見て。そして、寝室の窓から、月明かりのなかにいるあたしを見た。それは夢よ、とあたしはあの子に納得させた。そしたら、今夜、あの子がラーウィックで迷子になってまごついているのを見つけた。いまがチャンスだ、と思ったわ。この機会を見逃すのは愚かだし、危険だって」でも、それだけじゃない。あの子だったからだ。あの子がいずれキャサリンみたいになるのは、目に見えていた。自信たっぷりな自惚《うぬぼ》れ女になるのは。いじめられっ子にはならないだろう。毎朝学校へいくまえに胸のむかつきをおぼえるような子には。才気ばしったことをいって、ほかのかわいそうな子の気持ちを逆なでするような子になる。生意気な子に。その点は、母親のいっていたとおりだ。

「どうしてあの子をすぐに殺さなかった？」刑事がたずねた。

彼女は肩をすくめた。「静かになるのを待たなきゃならなかった、でしょ？」あたしがキャサリンを殺した晩みたいに。そう、今夜みたいに。

「ナイフはそのためか？」

彼女はふたたび肩をすくめた。

「もう必要ない」刑事がいった。「こっちに渡してくれ」

彼女はこたえなかった。砂のところに腰をおろし、膝の上でナイフを握っていた。遠くのほうで、屋敷から走り去る車の音が聞こえてきた。パーティは終わったのだ。ロバートはシーリアといっしょに家に帰るのだろう。お似合いのふたりだ。

「サリー、ナイフを渡してくれ」

止められるまえに、彼をナイフで刺せるかもしれない、と彼女は考えた。頭のなかで、可能性を検討する。そのスリル。キャサリンを殺したときのように、血が騒ぎ立つだろうか？　もしかすると、もっと興奮するかもしれない。砕ける骨、血、そしてそこに立ち、彼の命が凍ついた砂に染みこんでいくのを見守るときに感じるパワー。もちろん、今回は逃げられないだろう。キャサリンのときだって、逃げられるとは一度も思ったことがなかった。あの老人が逮捕されたときでさえ。ここはシェトランドなのだ。誰かに気づかれずにはおならもできない土地だ。それに、そもそも秘密のままで終わっていたら、彼女はがっかりしただろう。このことを知ったときの学校の友だちの顔を想像してみるといい。このニュースが伝えられ、彼女の顔が新聞の一面やテレビの画面を飾ったときに休憩室にいられるのなら、なんだってするだろう。彼女は有名人になるのだ。

「サリー。それを渡してくれ」

彼女はいつでも飛びかかれるように、ナイフの象牙の柄をきつく握りしめた。そのとき、ふたたび疲労感がこみあげてきた。最後の力をふりしぼって、ナイフを海にむかって投げる。それは空中で回転し、浅瀬に落ちた。暗かったので水飛沫《しぶき》は見えなかったが、音は聞こえた。刑事がちかづいてきて彼女の手を取り、ひっぱって立ちあがらせた。手荒くひきたてるのではなく、手を貸すような感じだった。彼女の肩に腕をまわして、いっしょに屋敷のほうへと浜辺を歩いていく。遠目には、恋人同士のように見えたことだろう。

48

翌朝、ペレスはロイ・テイラーを車で空港まで送っていった。キャサリン・ロス殺しの真犯人を捕まえたと納得していたので、いまやこのイングランド人は一刻もはやく帰りたがっていた。捜査に興味をひかれていたあいだは、どうにか抑えこんでいた落ちつきのなさが、彼を先へと駆り立てていた。すでにつぎの事件のことを考えていた。彼はラウンジを離れるまえに、ペレスと固い握手を交わした。だが、アバディーン行きの飛行機にむかってアスファルト舗装の滑走路を歩いていくあいだ、一度もふり返ることはなかった。ペレスは飛行機が離陸するまで見送っていた。自分もその飛行機に乗っていたら、と願う気分になりかけていた。島に引っ越す件については、まだ心を決めかねていた。母親はあきらめて、もう訊いてこなくなっていた。おそらく、息子は家に戻ってこないという現実を、受け入れたのだろう。

ラーウィックに戻る途中、彼はフラン・ハンターの家に立ち寄った。思いついて寄っただけだ、と車をとめながら自分に言い聞かせたが、実際には空港を出たときから、ずっと心の底にあったことだった。いや、そのまえからだ。家を出たときから、寄ってみようか、と考えていたのだ。彼女は洗濯機からシーツをひっぱり出し、プラスチックのバケツに移しているところで、手を休めずに、彼に入ってくるようにいった。

「キャシーの様子を確かめたくて」彼はいった。

「まだ眠ってるわ。けさ帰ってきたときは、外がもう明るくなりかけていたから。診察してくれたお医者さまの話では、ヴァンのうしろで揺られているときに痣《あざ》がいくつかできただけですって」

ペレスはなんといっていいのかわからなかった。ふたりとも、のちのちまで残るのは肉体的な影響でないことを知っていた。

フランがまっすぐに立っていった。「どういうことだったのか、いろいろ質問しちゃいけないんでしょうね。こたえられないんでしょ」

「なんでもどうぞ」彼はいった。「あなたはマスコミに駆けこむような人じゃない。それに、知る権利がある人がいるとすれば、それはあなただ」

「あたしが関係していると思ったことは?」

「いいえ」彼はためらわずにいった。「一度もありません」

なにか飲むかとたずねもせずに、フランはやかんをホットプレートにかけ、水切り台にあったカフェティエールをすすいで、コーヒーをスプーンで入れた。

「どうして彼女はあんなことを? ずっと考えてたの。たしかに、あたしも十代のころ、友だちと仲違いすることはあった。あの年頃は、そういうものよ。心の友だと思っていた相手が、つぎの瞬間、どうしてあんな残酷になれるのかと思うようなことをする。でも、首に巻いたマフラーをひっぱって絞め殺したりはしなかったわ」

「ただの友人同士の仲違いではなかったんです」ペレスはいった。

フランがコーヒーを注いだ。彼がブラックで飲むのを、覚えていた。

「サリーは学校でつらい思いをしていた。小学校のころから。わたしもすこしいじめられた経験があるので、どんなものかわかります。それに、母親が教師というのは、決して楽なことではない」

「ええ、そうね。とくに、それがマーガレット・ヘンリーともなれば。悪夢だわ」

「高校に進むと、事態はますますひどくなった。日常化したいじめです。肉体的な暴力がふるわれることはなかった。ほんとうの意味では。偶然かもしれないやり方で彼女にぶつかってきたり、彼女を転ばせたりするくらいで。そうではなく、かれらはサリーに対して冷たい無関心を示した。彼女は決して仲間に入れてもらえなかった。誰からも求められなかった。みんな、彼女をまったく相手にしなかった。それで、すこし妄想症になっていたのかもしれません。サリーは学校のどこへいっても、みんなが自分のことを小声でうわさしていると考えていた」

「でも、キャサリンは彼女を相手にした」

「キャサリンは、ほかの子がどう考えようと気にしなかった。自分の考えをしっかりと持っていた。サリーには、それが妬《ねた》ましかった」

「どうして、そんなことがわかるの？」

「サリーが話してくれたんです。なにもかも、われわれに知ってもらいたがっている。まるで、注目を浴びるのを楽しんでいるかのようだ」

フランは炉棚に背をむけて、暖炉のそばにすわっていた。「ふたりとも、ロバートが好きだったの？　それが諍《いさか》いの原因だったの？　彼はキャサリンのタイプには見えないけど」

ペレスは思わず頬笑んだ。「そのとおりです。そういうことではなかった。サリーは彼に熱をあげていた。それなら、想像がつきますよね？　大きくて、ハンサムで、巨大な船を指揮する男。両親が忌み嫌いそうな評判を持つ男。そして、彼女にとっては最初のボーイフレンドだった。キャサリンの興味は、もっと……」言葉を切る。「……もっと学問的なものだった」

「学問的？」

「学校の課題です。映画を作成するという」

「そうよ」フランがいった。「〝炎と氷〟ね」

「わたしの理解するところでは、その映画はシェトランドを人類学的な見地から観察したものになるはずだった。論評にちかい。だが、彼女は自分が見たものをただ記録するだけではなかった。監督として、自分の思いどおりにものごとを動かしていた。学校のある教師は、彼女を自宅に招いて、迫った。彼女はショックを受けたふりをしたが、それが最初からの狙いだった。彼女はその様子を隠し撮りしていた。クエンデールに住む若者は、彼女に想いを打ち明けた。彼女は若者をその気にさせておいてから拒絶し、恥をかかせて、それもまたフィルムにおさめた。大晦日の晩、キャサリンとサリーを家まで車で送った若者です。サリーは知らない子だといっていたが、もちろん、知っていたにちがいない。彼女はキャサリンのまわりに、もっと多くの謎を作りだしたいだけだった」

彼はふたたび言葉を切り、コーヒーを飲んだ。すごく美味しかった。どうせ、もう急ぐ必要はなかったし、この小さな暖かい家でフランといっしょにすごす以上に快適なことは、ほかに思いつかなかった。

「キャサリンは、ロバートの父親がガイザー・ジャールをつとめること、ロバートがアップ・ヘリー・アーで重要な役割を担いたいと強く願っていることを知っていた。彼が父親の評判をすごく気にかけていることも。ロバートは、昔から若い娘が好みだった。そういう相手のほうが安心できるんでしょう。完全に大人になりきれていないんです。キャサリンが彼を罠にかけた、とはいいません。そこまでは。とはいえ、彼がみっともない行動を取るように仕向けたのは、確かだ。そして、彼はまんまとそれにひっかかった」

突然、ペレスは落ちつかなくなった。キャサリンがロバートを挑発したこと、彼女がロバートを笑ったときの彼の反応のことを、話したくなかった。キャサリンは自ら暴力を招いたのだと、示唆したくなかった。そんなことをいえば、どう聞こえるだろう？　フランは南からきた進歩的な若い女性だ。彼のことをどう思うだろう？　だが実際、キャサリンは自分が望んでいたものを手に入れていた。その勝利に酔っていた。ペレスは言葉に詰まるのを感じた。

「キャサリンはロバートをフィルムにおさめた。彼がひどい男に見えるところを。彼女はそれを学校で見せるつもりだった。ここがどういう土地か、知ってますね。夜までには、シェトランドじゅうに知れ渡っているでしょう。下手をすると、彼は告訴され、裁判にかけられるかもしれない。彼の父親は、シーリアの浮気で、すでにじゅうぶん恥をかいている。そのうえ裁判沙汰になったら、面目丸つぶれだ」

「ロバートにはキャサリンを殺す動機があった」フランがいった。「でも、サリーにはなかった。でしょ？　なにか見落としてるのかしら？」顔をしかめる。だが、それは不安からではなく、好奇心から生じたしかめ面だった。彼女にとってつらい結末とならずにすんでいたので、ペレスはほっとしていた。その反応がひどく利己的なものであることは承知していたが、もしもキャシーがどうにかなっていたら、彼はフランに顔向けできなかっただろう。

「サリーがロバートに熱をあげていたことは、いいましたね。その段階で、ロバートの頭のなかに結婚とかそういうことがあったとは思えない。彼は大晦日の晩にマーケット・クロスで酔っぱらい、ふたりはいっしょになった。それだけのことだった。だが、サリーのほうはすっかりのぼせあがっていた。彼女が話すのを聞いていると、自分のウェディング・ドレスをすでにデザインしてたんじゃないかと思えてきます。あの日の午後、事件が起きた日の午後、キャサリンはマグナス・テイトといっしょだった。マグナスは彼女にカトリオナ・ブルースのことを話した。母親の秘密は、ばらさなかった。そこまでは、打ち明けなかった。だが、カトリオナのことを話し、キャサリンはそれを撮影した。その晩、彼女はサリーと会った」

ペレスはマグカップを置き、そのときの情景を頭に思い浮かべようとした。「ふたりはキャサリンの家にいた。ユアンは留守だった。キャサリンは、父親が学校の会議のあとで同僚たちと食事にいくのを知っていた。サリーの母親は、娘が自分の部屋で宿題をしていると思っていた。たとえ、それがすぐちかくのキャサリンの家であっても、彼女は娘が夜外出するのを喜ばなかった。だから、サリーが母親に気づかれずにこっそり家を抜けだしたのは、それがはじめてではなかったんでしょう。キャサリンは、自分の映画にすっかり夢中になっていた。自分が撮ったすごい映像に。獣のようにふるまうロバート・イズビスター、幼い少女の失踪と、自分が何年も共同体のなかで爪弾きにされてきたことを語るマグナス・テイト。シェトランドの観光局が隠しておきたがるような場面だ。キャサリンは映画をサリーに見せた。ふたりは飲んでいた。大した量ではなかった――ふたりでワイン一本。けれども、遠慮なく話せるようになるには、それでじゅうぶんだった。キャサリンが、ロバートについての本心を明かす。そのあざけるような口調は、想像がつきますね。よくあんな男とつきあえるわね？　彼にさわられるなんて、あたしだったらまっぴらごめんよ。それは、またいじめが戻ってきたようなものだった。

どういう成り行きかはわかりませんが、ふたりは外に出た。おそらく、キャサリンの考えでしょう。ドラマチックなことが好きだったから。映画のための別の場面撮影です。雪はまだ降りはじめていなかった。満月の夜だった。すべてが凍りついていた。キャシーが目を覚まして、寝室の窓から丘を見おろした。キャサリンとサリーがいっしょにいるところを目にした。白い野原に浮かびあがる、ふたつの黒い影を。キャサリンはロバート・イズビスターのことを、うるさく言い立てずにはいられなかった。心の底では、サリーのためを思っていたのかもしれない。結局はサリーが傷つくだけだ、とわかっていたから。けれども、ここでも彼女は相手を挑発し、その反応をビデオカメラで撮影しようとしていた、と考えるほうが自然でしょう。彼女は目的を達した。サリーは切れた。けさ供述書を取ったとき、サリーはこういってました。ただキャサリンのあざけりを止めたかっただけだ、と。彼女はキャサリンの首に巻かれたマフラーをきつく締めあげた。ようやく沈黙が訪れ、サリーはキャサリンを雪のなかに残して立ち去った。キャシーはサリーがひとりでキャサリンの家に戻っていくのを目撃した。寝ぼけていて、そのときは自分の見たものの重要性に気づいていなかった。サリーがベビーシッターとしてやってきたとき、はじめて記憶の引き金がひかれた。サリーがあの晩とおなじコートを着てあらわれたからです。それでもまだ、キャシーはそれが重要なことだとは思っていなかったんでしょう。ただ、なんとなくひっかかっていた。それで、サリーになにかいったにちがいない」

「あたし、あの子をサリーとふたりきりで家に残して出かけたの」フランはいった。「一度も」ダンカンの屋敷にいったときにキャシーが浜辺で描いていた絵のことを考える。あのとき、キャシーはすでにキャサリンが死んだことを知っていた。「気がつくべきだったわ」

「それは無理だ。誰ひとり、思ってもいなかったんですから」ペレスは、ピンからほつれた数本の髪の毛に手をのばし、うなじをなで、なにも問題ない、といいたかった。だが、ここで感情に流されてはいけない、とわかっていた。彼は指を組んで動けないようにし、その誘惑に抵抗しやすくした。「マグナスも見ていました。その一部を。若い娘たちがいっしょに小道を下りていき、ひとりだけが戻ってきた。翌日、彼は朝早く出かけていき、キャサリンが死んでいるのを見つけた。そして、彼女の顔から雪を払った」

「どうして彼はなにもいわなかったの?」

ペレスはためらった。「カトリオナが失踪したとき、彼は警察にひどい扱いを受けました。だから、今回も誰も信じてくれないと思ったんです。けれども、わたしに話してくれたおかげで、キャシーを無事に取り戻すことができた。テイラーに教員宿舎の捜索を頼むと、サリーの部屋でキャサリンの鍵が見つかりました。映画を処分するために、サリーはキャサリンの家に入りこんでいたんです」

「それじゃ、サリーは自分を愛してもいない男を守るために、キャサリンを殺したのね」

「殺人を犯したあとのサリーは、すごく冷静だったようです」ペレスはいった。フランにはすべてを聞く権利がある、と彼は考えていた。「まず、ビデオカメラを現場から持ち去った。もちろん、手袋はしてました。寒いので、外に出るまえから。彼女はキャサリンの部屋に入り、脚本とディスクを見つけ、コンピュータから『炎と氷』を消去した。それから、家に帰った。両親はもう寝ていて、なにも耳にしなかった。娘が外出していたのさえ、知らなかった。彼女はベッドにいくまえに、自分用に紅茶までいれていました」

一瞬、沈黙が流れた。もういかなくてはならないのが、ペレスにはわかっていた。逮捕のあとの仕事がいろいろとあり、サンディにそれをまかせてはおけなかった。ようやく仕方なしに、彼は立ちあがった。フランもそうした。

「ありがとう」フランがいった。

こんなのはなんでもない、自分はただ仕事をしただけだ、と彼はいうつもりだった。だが、彼が口をひらくまえに、フランがちかづいてきて、彼の頬にキスをした。あっさりとした軽いキス。感謝のしるしだ。

「ありがとう」彼を送り出してドアを閉めるときに、フランはもう一度くり返した。

ペレスは車を運転してラーウィックに戻った。警察署にいくまえに自宅に立ち寄り、母親に電話をかけた。

炎と氷、そして漆黒《レイヴン・ブラック》の闇

――イギリス最北端の地を舞台にしたミステリ〈シェトランド四重奏《カルテット》〉、ここに開幕

川出正樹

「ケシテモウナイ。ケシテモウナイ。ケシテモウナイ。勝ち誇ったように、屋烏が啼いた」

有栖川有栖『乱鴉の島』

「町の住人の中で殺人を犯す可能性がある唯一の人物だ。やつがやったとは言わないけど、今のところその可能性を持つ唯一の人物だ」

ヒラリー・ウォー『この町の誰かが』

一

ロンドンから北へ遥か九六〇キロ。イングランド本島とノルウェーを橋渡しするかのように、北海の北辺に浮かぶ島々――シェトランド諸島。

二〇〇六年度の英国推理作家協会賞最優秀長篇賞を受賞した本書『大鴉の啼く冬』は、このイギリス最北端の地に生きる人々の、懊悩と感慨を描いたアン・クリーヴスのミステリ・シリ

ーズ、〈シェトランド四重奏《カルテット》〉の第一弾です。

北緯六〇度と北極圏まであと一息――緯度的にはアンカレッジやヘルシンキとほぼ同じ――で、夏には白夜が訪れ、〝対岸〟であるスコットランドのアバディーンからもノルウェーのベルゲンからもフェリーで十四時間かかる、まさに最果ての地。

海岸線にはフィヨルドが連なり、一年じゅう吹き荒れる強風のために樹木や農作物がほとんど育たず、羊と海鳥にあふれたこの荒涼たる地は、これまでほとんどミステリの舞台となったことがありませんでした。思い出せる限りでは、ダンカン・カイルの巻き込まれ型冒険スパイ小説『恐怖の揺籃《ゆりかご》』と、イアン・ランキンの謎解きの興趣に満ちた警察小説『黒と青』に登場するくらいでしょうか。ただし、どちらの作品も、複数の舞台の一つという位置づけに止まり、全篇にわたってこの〝最果ての地〟を舞台にした作品というのは、前例がないと思います（ちなみに後者の主人公リーバスは、「飛行機が飛びたったら、もうスコットランドとはお別れです。広大な無の地域へ向かう〝シェットランド人〟となるんです」と言うパイロットに対して、「〝広大な無の地域〟という表現は公正を欠いている。樹木はほとんどないが、羊がたくさんいる。荒涼とした美しい海岸線に、白い波頭が砕けている」と述懐し、「当たり前と思っているものから遠く離れたところで生きることを選んだ人々は、尊敬に値する」と、シェトランドの人々の生き方に感嘆しています）。

閑話休題。とはいえ人の営みがある以上、犯罪と無縁ということはありえません。それどころか、誰もが知り合いという濃密な人間関係故に、ちょっとした行き違いから、それまで無意識のうちに封印してきた怨嗟や嫉妬、そして欲望といった情念が噴出し、殺人へと至る、そんなスモールタウンの犯罪は、古今東西を問わずミステリの〝定番ネタ〟です。ミス・マープルの住むセント・メアリ・ミード村や金田一耕助が奔走する岡山の村落、さらにヒラリー・ウォーの描くコネティカット州の郊外住宅地《サバービア》と、事件の舞台となる閉ざされた社会《クローズド・サークル》は、枚挙にいとまがありません。

なぜか？　それは、このタイプが謎解きと相性が良いためです。容疑者が自然と限定されるため、探偵による犯人の指摘が論理的かつスムーズに行えるのです。人口がわずか二万二千人で、登場人物の一人が嘆息するように、「誰かに知られずにはおならもできない土地」であるシェトランド諸島は、まさにうってつけの舞台といえましょう。

二

さて物語は、凍てつく元日の深夜に、孤独な老人マグナスが唯一の同居者である大鴉とともに、新年の訪問客を空しく待つシーンで幕を開けます。なぜ空しいのか？　それは、ある忌まわしい事件がきっかけとなり、この八年間、彼のもとを訪れる者が一人もいないからです。にもかかわらず、万が一を期待するマグナス。やがて待ちくたびれて寝入ってしまった彼の目を覚まさせたのは、騒々しい笑い声とともに乱暴にドアを叩く音でした。

飛び込んできたのは二人の女子高生——金髪のサリーと黒髪のキャサリン。島の中心地ラーウィックでの大晦日のどんちゃん騒ぎからの帰り道で、丘の上にぽつんと立つマグナス宅の灯りを目にしたキャサリンが気まぐれを起こして、新年の挨拶に立ち寄ってみよう、と言い出したのです。

「絶対に彼に近寄ってはいけない」と、子供の頃から母親に厳しく言われてきたサリーは、にやにや笑いを浮かべて早口でしゃべりながら、しきりと酒とケーキを勧める〝醜いこびと《トロール》〟そっくりのマグナスに嫌悪と恐怖を覚え、早く帰りたくてしょうがありません。けれども一年前にイングランドから引っ越してきたばかりのキャサリンは、そんな彼女の気持ちはお構いなしに、臆するどころか、むしろ興味を覚えたかのようで、なかなか席を立たない始末。ようやく解放されたときには、サリーは緊張が解けたあまりに、笑いが止まらなくなるありさまでした。

そして四日後。

シェトランド全土を凍てつかせた暴風雪がひとまず止み、燦々と陽光が降り注ぐ新年五日目の早朝、キャサリンは無惨な死体となって発見されます。

遺体を見つけたのは、シングルマザーのフラン・ハンター。新学期最初の日に、娘のキャシーを学校へ送る途中で彼女は、なにもかもがくすんだシェトランド——なにしろ樹木がほとんど生えない上、年じゅう霧が立ちこめている場所ですから——には珍しい、鮮やかな色の対比に目を奪われます。それは、白一色の原野にぽつんとおかれた〝赤〟と〝黒〟。画家としての好奇心を刺激されたフランですが、近寄った彼女を待っていたのは、近所に住むキャサリンの変わり果てた姿でした。赤は、首に食い込んだ深紅のマフラー、黒は漆黒の髪《レイヴン・ブラック》――そして、物言わぬ彼女の顔を突つく三羽の大鴉《レイヴン》だったのです。

この、シェトランドでは前例のない殺人事件を担当することになったジミー・ペレス警部は、フランを事情聴取した際に、前の日にキャサリンがマグナスと一緒にバスから降りて歩いていったと聴き、彼の家を訪ねます。丘の麓で死体が発見されたと告げるや否や、「キャサリン」と断言したマグナス。その口調はペレスの脳裏に、八年前に起きた少女失踪事件を否応なく思い出させました。当時十一歳だったカトリオナもまた、マグナスの家を訪ねたきり姿を消してしまっていたのです。

誰が、なぜ、キャサリンを殺さねばならなかったのか。カトリオナはどこに消えたのか。果たして二つの事件に関連はあるのか。一般の住民のみならず警察の同僚までがマグナスの犯行だと決めつける中、いくつもの疑問を胸に、本土のインヴァネス警察から派遣されてきたティラー警部とともに、捜査を進めるペレスですが……。

三

初めに述べたように、この作品はスモールタウンを舞台とした謎解きミステリです。探偵役が試行錯誤を経た後に、濃密な人間関係の奥に隠された動機を探り出し、犯人を指摘する、そんなオーソドックスなミステリ。それこそ、一九二〇年代の謎解きミステリ黄金時代から、幾千幾万と綴られてきた伝統的な殺人事件《オールド・ファッションド・マーダー・ケース》の物語です。

　このタイプのミステリの成否は、「いかにして自然に閉ざされた社会《クローズド・サークル》を設定するか」にかかっています。ここで手を抜いた作品は、他の部分――トリックやロジック――にどれだけ工夫が凝らされていようと、一流の作品にはなりえません。そのため多くのミステリ作家が、貴族のカントリーハウスから宇宙船に至るまで、〝リアル〟な舞台設定の創出に腐心してきました。デビュー作 *A Bird in the Hand*（一九八六）以来、一貫して社会や事物のディテールにこだわり、現代性／社会性を備えた謎解きミステリを書いてきたアン・クリーヴスもその一人です。かつて、シェトランド諸島のフェア島にある野鳥観測所でコックとして働いた経験を持つ彼女が、〝実在する閉ざされた社会《クローズド・サークル》〟であるこの地を自作の舞台に選んだのは、必然だったといえるでしょう。

　この〝実在する〟という点こそが、本書『大鴉の啼く冬』の大きな特徴です。この手の作品の舞台は、だいたいにおいて架空の場所――モデルの有無はあるにせよ――であり、現存するスモールタウンを舞台としたミステリは、ほとんど見当たりません（他に思い当たる例としては、小笠原諸島の父島（人口二千人）を舞台とした樋口有介の『海泡』ぐらいでしょうか）。

　個人や組織の利害、そしてプライバシーの関係から、自由に想像力の羽を伸ばしづらいために、敬遠されがちなのでしょう。けれども巧く処理すれば、より臨場感のある物語を創り出すことが可能です。アン・クリーヴスは、人口二万二千人の島内にレイヴンズウィックというシェトランドのエッセンスを凝縮した架空の集落を設定することで見事この問題をクリアしています。

四

この絶妙な舞台設定と並んで、本書にはもう一つ大きな特徴があります。それは、三人称多視点の採用です。

全四十八章からなるこの物語は、章ごとに主要登場人物である四人の男女の視点を切り替えて語られます。その四人とは――

まずは、ヒルヘッドの丘の上の小屋で、大鴉とともに暮らすマグナス・テイト。知的障害のある彼は、予想外の出来事に直面すると、にやにや笑いが浮かぶのを止められないため相手をいらつかせてしまいます。しかも周りからは、八年前に起きたカトリオナ失踪事件の犯人と思われているために、彼をかばい続けた女丈夫の母親が八十歳で亡くなってからというものは、誰一人として訪ねる者も口をきく者もいない、共同体から完全に孤立した老人です。

二人目は、殺されたキャサリン・ロスの友人、サリー・ヘンリー。堅苦しい教師である母親の過剰な監視と干渉のもとに生きてきた彼女は、太り気味の体型もあって、自分に自信が持てず、鬱屈した日々を過ごしています。〝教師の娘〟故にいじめの対象とされ、小学校の頃から友達が一人もいませんでした。一年前にイングランドから転校してきたキャサリンは、彼女にとって初めての友達と呼べる存在だったのです。

三人目は、遺体の発見者となった、画家でシングルマザーのフラン・ハンター。娘のキャシーとともに、つい最近、ロンドンから転居してきた彼女ですが、実は、シェトランドは初めてではありません。女性誌の編集助手をしていたときに、名門一族の跡取りで〝シェトランドの皇太子〟とも言うべき大富豪のダンカンと知り合い結婚。その後夫の浮気が原因で離婚し、娘とともに島を離れてロンドンで暮らしていたのですが、恋人との破局を機に、キャシーを父親の近くで育てるために、最近になって舞い戻ってきたのです。島の人からは、完全な余所者ではないにしろ、やはり部外者として接せられるという微妙な立場にあります。ロス父娘とは、ヒルヘッドを挟んで隣人。ともにイングランド出身で、親一人子一人という共通点から彼らに親近感を抱いています。

そして最後は、事件の捜査にあたるシェトランド署の警部、ジミー・ペレス。彼はこの最果ての地の中でも、とりわけ僻地であるフェア島——シェトランド本島から郵便船で三時間、住民百人程度の小島——の出身です。しかも名前からも明らかなように、祖先にスペイン人の血が混じっており、黒髪、鉤鼻と容貌からして他のシェトランドの人々——十五世紀半ばまでノルウェーの支配下にあり、ヴァイキングの血を引く——と大きく異なっています。シェトランド人でありながら、二重の意味で異端者といえる特異な存在なのです。

彼は、本島の学校に通うために、十二歳のときから、〝大都市〟ラーウィックで寄宿寮生活を送っていました。その後スコットランドのアバディーン警察に勤務していたものの、流産が元で妻との仲がぎくしゃくし離婚したのをきっかけに、シェトランドに〝栄転〟。四十半ばにして既に人生を諦観しており、故郷に骨を埋めるために必要な小農場の空きがフェア島に出るまでの場つなぎとして、本当の警察業務とは無縁のこの地で、空しく日々を送っています。

生粋のシェトランド人二人――年老いた男と若い娘――と、イングランド出身の進歩的な女性、そしてシェトランド人でありながら二重に異質の中年男性。それぞれ異なる立ち位置にある四人の男女の一人称視点を採用することで、〝実在する閉ざされた社会《クローズド・サークル》〟を舞台に、一人の女子高生の死が、いかに関係者の人生に影響を及ぼすかを多面的に描き出すとともに、この特異な地域社会に内在された普遍的な問題を剔出する。実に見事な手法です。

事件終盤でペレスが、ジョン・ダンの詩――『誰がために鐘は鳴る』の題名のもととなった――になぞらえて、「ある人物の死はすべてのものに影響をあたえ、目に映る世界の景色を変えてしまう。そして、それは悪いことではないのかもしれなかった」と述懐するように、キャサリンの死をきっかけとして、傷つきながらも現実を直視する者、懊悩した末に再生する者と、皆、程度の差こそあれ変わっていくのです。

絶妙な舞台設定と計算されつくした視点採用が両輪となり読む者の心をとらえて離さない、謎解きと人生のドラマが融合した味わい深いミステリといえましょう。

五

最後に、作者であるアン・クリーヴスについて記しておきます。

一九五四年、イングランド西部のヘレフォードに生まれた彼女は、大学中退後、ロンドンでソーシャルワーカーとして子供たちの面倒をみたり、家庭内暴力の被害に遭った妻たちの避難所で働いたりしたのち、前述したようにフェア島に渡り野鳥観測所でコックとして働き、そこで王立鳥類保護協会の監督官であるティム・クリーヴスと知り合い結婚。その後、沿岸警備隊補助員、保護観察官と精力的に活動しています。

本書『大鴉の啼く冬』が、初の翻訳となる彼女ですが、作家としての経歴は結構長く、結婚後間もない一九八六年に移り住んだ離島――電気も水道も通っておらず、居住者はクリーヴス夫妻のみ――で、手持ち無沙汰のあまりに書いた *A Bird in the Hand* がデビュー作。バードウォッチングにのめり込みすぎた人たちの間で起きる殺人事件を、内務省を定年退職した後、ノーフォーク州の田舎で十代の子供に失踪されてしまった家族のための相談所を経営する、パルマー－ジョーンズ夫妻が解決するこの作品は、シリーズ化され現在までに八作書かれています。

ほかにも、イングランド最北の州ノーサンバーランドを舞台に、独断専行型の警部スティーヴン・ラムゼーが活躍するシリーズが六作。さらに近頃では、書評家から「ウォーショースキーというよりはネロ・ウルフだ」と讃えられる（?）ヴェラ・スタンホープ警部を主人公にしたシリーズを開始。英国推理作家協会賞受賞後第一作となる最新作 *Hidden Depths*（2007）は、その三作目です。こうしていくつものシリーズ・キャラクターを使い分けて、ほぼ年一作のペースで作品を発表してきた彼女の四番目のシリーズとなるのが、本書『大鴉の啼く冬』に始まる〈シェトランド四重奏《カルテット》〉です。

一月の最終火曜日に、ヴァイキングの扮装をした男たちがガレー船を燃やす火祭り〈アップ・ヘリー・アー〉と、愛犬家から〈シェルティー〉の愛称で親しまれるシェトランド・シープ・ドッグ、それに複雑な模様と鮮やかな色使いのシェトランド・セーターぐらいしか知られていなかったこのイギリス最北の地を舞台に、春夏秋冬それぞれの季節に合わせて、四重奏を奏でる予定だと語るアン・クリーヴス。第二弾の *White Nights* も脱稿され、現在編集中なので、この厳しくも美しい土地に生きる魅力的な人々に再会できる日もそう遠くはないでしょう。

〈アン・クリーヴス著作リスト〉

※パルマー＝ジョーンズ・シリーズ
＃スティーヴン・ラムゼー警部シリーズ
＊ヴェラ・スタンホープ警部シリーズ
◎〈シェトランド四重奏《カルテット》〉／ジミー・ペレス警部シリーズ

※1 *A Bird in the Hand* (1986)
※2 *Come Death and High Water* (1987)
※3 *Murder in Paradise* (1988)
※4 *A Prey to Murder* (1989)
＃5 *A Lesson in Dying* (1990)
＃6 *Murder in My Back Yard* (1991)
※7 *Sea Fever* (1991)
＃8 *A Day in the Death of Dorothea Cassidy* (1992)
※9 *Another Man's Poison* (1992)

♯10 *Killjoy*（1993）
※11 *The Mill on the Shore*（1994）
♯12 *The Healers*（1995）
※13 *High Island Blues*（1996）
♯14 *The Baby Snatcher*（1997）
＊15 *The Crow Trap*（1999）
16 *The Sleeping and the Dead*（2001）
17 *Burial of Ghosts*（2003）
＊18 *Telling Tales*（2005）
◎19 *Raven Black*（2006） 本書
＊20 *Hidden Depths*（2007）
◎21 *White Nights*（2008）『白夜に惑う夏』創元推理文庫
◎22 *Red Bones*（2009）『野兎を悼む春』創元推理文庫
◎23 *Blue Lightning*（2010）『青雷の光る秋』創元推理文庫
＊24 *Silent Voices*（2011）
＊25 *The Glass Room*（2012）
◎26 *Dead Water*（2013）『水の葬送』創元推理文庫

検印
廃止

訳者紹介　1962年東京都生まれ。慶應大学経済学部卒。英米文学翻訳家。主な訳書にブルックマイア「楽園占拠」、ブリンコウ「マンチェスター・フラッシュバック」などがある。

大鴉の啼く冬

2007年7月27日　初版
2023年12月22日　10版

著者　アン・クリーヴス

訳者　玉《たま》木《き》亨《とおる》

発行所　(株)東京創元社
代表者　渋谷健太郎

162-0814/東京都新宿区新小川町1-5
電話　03·3268·8231-営業部
03·3268·8204-編集部
URL　http://www.tsogen.co.jp
暁印刷・本間製本

乱丁・落丁本は、ご面倒ですが小社までご送付ください。送料小社負担にてお取替えいたします。

ISBN978-4-488-24505-4　C0197